A QUESTÃO FINKLER

Howard Jacobson

A QUESTÃO FINKLER

Tradução
Regina Lyra

Rio de Janeiro | 2013

Copyright © 2010 by Howard Jacobson

Título original: *The Finkler Question*

Capa: Raul Fernandes

Editoração: FA Studio

Texto revisado segundo o novo
Acordo Ortográfico da Língua Portuguesa

2013
Impresso no Brasil
Printed in Brazil

Cip-Brasil. Catalogação na fonte
Sindicato Nacional dos Editores de Livros. RJ

J18f   Jacobson, Howard. 1942-
     A questão finkler / Howard Jacobson; tradução
Regina Lyra. – Rio de Janeiro: Bertrand Brasil, 2013.
448p.: 23 cm

Tradução de: The finkler question
ISBN 978-85-286-1649-1

1. Romance inglês. I. Lyra, Regina. II. Título.

12-8845   CDD: 823
                        CDU: 813.111-3

Todos os direitos reservados pela:
EDITORA BERTRAND BRASIL LTDA.
Rua Argentina, 171 – 2º andar – São Cristóvão
20921-380 – Rio de Janeiro – RJ
Tel.: (0xx21) 2585-2070 – Fax: (0xx21) 2585-2087

Não é permitida a reprodução total ou parcial desta obra, por quaisquer meios, sem a prévia autorização por escrito da Editora.

Atendimento e venda direta ao leitor:
mdireto@record.com.br ou (0xx21) 2585-2002

Em memória de três amigos queridos,
grandes produtores de gargalhadas

Terry Collits (1940-2009)

Tony Errington (1944-2009)

Graham Rees (1944-2009)

Quem agora há de fazer a mesa explodir em risadas?

PARTE I

CAPÍTULO 1

1

Ele podia ter previsto.

Sua vida havia sido uma sucessão de equívocos. Por isso, deveria estar preparado para mais um.

Era um sujeito que pressentia coisas. Não que se tratasse de premonições antes e depois do sono; estava mais para a antevisão de perigos reais e presentes à luz do dia. Postes de iluminação e árvores precipitavam-se sobre ele, estilhaçando-lhe as canelas. Carros a toda a velocidade perdiam o controle e invadiam a calçada sobre a qual o deixavam jazendo qual uma pilha de carne macerada e ossos partidos. Objetos pontiagudos caíam de andaimes e perfuravam-lhe o crânio.

Pior ainda eram as mulheres. Quando uma mulher do tipo que Julian Treslove considerava bonita cruzava seu caminho, não era o corpo dele que sofria o tranco, mas a mente. Ela punha fim ao seu sossego.

É bem verdade que ele não tinha sossego, mas a mulher punha fim a qualquer perspectiva de sossego que pudesse aguardá-lo no futuro. Ela *era* o futuro.

Gente que pressente coisas tem uma cronologia defeituosa, só isso. Os relógios de Treslove não funcionavam direito. Nem bem punha os olhos na mulher, ele já via as consequências que viriam em seu rastro — o pedido de casamento e o "sim" dela, o lar que constituiriam juntos, as cortinas de seda pesada que deixavam vazar uma claridade arroxeada, os lençóis encapelados como nuvens na cama, a espiral de fumaça cheirosa subindo da chaminé (ou, melhor dizendo, os escombros resultantes), os tijolinhos vermelhos imbricados, as eiras e beiras do telhado, sua felicidade, seu futuro – desabarem sobre a própria cabeça no instante em que ela lhe virava as costas.

Ela não o trocava por outro nem lhe dizia que estava cheia dele e da vida em comum. Não. Ela falecia em um sonho lapidar de amor trágico – numa despedida tísica, lacrimosa, quase sempre cantada em diálogos emprestados de óperas italianas bastante conhecidas.

Não havia filhos. Filhos estragavam a história.

Entre os postes de luz que se projetavam cá embaixo e as ferramentas de pedreiro que se projetavam lá de cima, às vezes Treslove se pegava ensaiando suas últimas palavras para a amada – também quase sempre emprestadas de óperas italianas bastante conhecidas –, imaginando o tempo se comprimir como as dobras de um acordeão, enquanto seu coração se partia ao vê-la morrer antes mesmo de os dois serem apresentados.

Para Treslove, havia algo de especial no pressentimento da morte de uma mulher amada em seus braços. Às vezes, era ele quem morria nos dela, mas a morte dela nos dele soava bem melhor. Era assim que ele sabia quando estava apaixonado: nada de últimos suspiros, nada de pedido de casamento.

Nisso consistia a poesia da sua vida. Na vida real, sua existência se resumia a mulheres que o acusavam de sufocar-lhes a criatividade e lhe davam o fora.

A vida real chegava até a incluir filhos.

Mas, para além da realidade, alguma coisa buscava atraí-lo.

* * *

Numas férias escolares em Barcelona, Treslove pagou a uma vidente cigana para ler sua mão.

— Estou vendo uma mulher — disse ela.

Treslove se animou.

— Bonita?

— Para mim, não — respondeu a cigana. — Mas, para você... pode ser. Também estou vendo perigo.

Treslove ficou ainda mais animado.

— Como vou saber quem é ela?

— Você vai saber.

— Ela tem nome?

— Para dar nomes cobro por fora — explicou a cigana, inclinando para trás o polegar de Julian. — Mas vou abrir uma exceção porque você é jovem. Estou vendo uma Juno. Conhece alguma Juno?

Na pronúncia da cigana soava "Runo". Mas só quando ela se lembrava do sotaque.

Treslove fechou um olho. Juno? Conhecia alguma Juno? Será que *alguém* conhecia uma Juno? Não, infelizmente não. Mas conhecia uma June.

— Não, não. — A cigana aparentemente se aborreceu por ele não conseguir produzir nada maior que June. — Judy... Julie... Judith. Você conhece alguma Judith?

Rudith.

Treslove fez que não com a cabeça. Mas gostou do que ouviu — Julian e Judith. Rulian e Rudith Treslove.

— Bom, ela está esperando você, essa Julie ou Judith ou Juno... Continuo vendo uma Juno.

Treslove fechou o outro olho. Juno, Juno...

— Quanto tempo ela vai esperar? — indagou.

— O tempo que você levar para encontrá-la.

11

Treslove se imaginou procurando, singrando os sete mares nessa busca.

— Você disse que viu perigo. Como ela pode ser perigosa?

Ele já a via atirar-se sobre ele e encostar uma faca em seu pescoço — *Addio, mio bello, addio.*

— Eu não disse que ela é perigosa. Só falei que via perigo. Talvez você seja perigoso para ela. Ou alguma outra pessoa seja perigosa para os dois.

— Então, devo evitá-la? — perguntou Treslove.

A vidente estremeceu como costumam estremecer as videntes.

— Você não pode evitá-la.

A cigana era bonita. Ao menos para Treslove. Macilenta e trágica, com argolas de ouro nas orelhas e os vestígios, imaginou ele, de um sotaque lá das bandas de Birmingham. Não fosse o sotaque, ele bem poderia se apaixonar por ela.

A cigana não lhe disse nada que ele já não soubesse. Alguém, alguma coisa, o aguardava.

Alguma coisa mais impactante que um equívoco.

Ele estava fadado à calamidade e à tristeza, mas sempre se achava em outro lugar quando uma ou outra batia à porta. Certa vez, uma árvore caiu e esmagou uma pessoa que caminhava a apenas meio metro de distância dele. Treslove ouviu o grito e se perguntou se teria saído da própria boca. Perdeu por muito pouco — na verdade, o equivalente ao comprimento de um único vagão — a oportunidade de enfrentar um atirador tresloucado no metrô de Londres. Nem sequer chegou a ser interrogado pela polícia. E uma garota por quem nutria a paixonite desesperançada de um colegial — filha de um dos amigos do pai, um anjo com a pele tão linda quanto uma pétala de rosa e olhos que pareciam sempre úmidos – morreu de leucemia aos quatorze anos enquanto Treslove estava em Barcelona consultando a cigana. Os pais não o chamaram de volta para assistir aos momentos derradeiros da menina nem para o seu enterro. Não quiseram estragar suas férias, explicaram, mas a verdade é que não confiavam no equilíbrio emocional do filho. Quem conhecia Treslove pensava duas vezes antes de convidá-lo a visitar um moribundo ou comparecer a um enterro.

Assim, a vida ainda era toda sua para perder. Aos quarenta e nove anos, estava em boa forma física, não sofrera um arranhão desde a queda, ainda pequeno, contra o joelho da mãe, e ainda não tivera a chance de enviuvar. Que soubesse, nenhuma mulher que amara ou levara para a cama havia morrido. Poucas, aliás, haviam permanecido a seu lado tempo suficiente para que sua morte coroasse com um final tocante o que quer que pudesse ser chamado de *grand affair*. Essa expectativa não consumada de um acontecimento trágico lhe dava uma aparência sobrenaturalmente jovem. A aparência que, algumas vezes, os renascidos na fé têm.

2

Era uma noite amena de fim de verão e a Lua cintilava, alta, no céu. Treslove voltava de um jantar nostálgico com uma dupla de velhos amigos, um deles da sua idade, o outro bem mais velho, ambos recém-enviuvados. Apesar de todos os perigos que espreitavam nas ruas, decidira caminhar um pouco numa zona de Londres que conhecia bem, matutando sobre a tristeza da noite que ficara para trás, antes de pegar um táxi para casa.

Um táxi, não o metrô, embora morasse a cem metros de uma estação. Um homem temeroso, como Treslove, do que pudesse se abater sobre ele na superfície dificilmente se aventuraria no subsolo. Não depois de escapar por um triz do atirador tresloucado.

— Que coisa mais triste — disse ele, não propriamente em voz alta.

Referia-se à morte das esposas dos amigos e à morte das mulheres em geral. Mas também estava pensando nos homens que haviam sido deixados para trás, entre os quais se incluía. É horrível perder uma mulher a quem se amou, mas não é perda menor não contar com uma mulher para tomar nos braços e consolar antes que a tragédia aconteça...

— Sem isso, para que eu sirvo? — perguntou-se, pois era um homem que não funcionava bem sozinho.

Passou pela BBC, uma instituição para a qual já trabalhara e pela qual nutrira esperanças idealistas, mas que agora odiava num grau irracional. Se fosse racional esse ódio, ele se daria ao trabalho de não passar pelo prédio com tanta frequência. Entre os dentes, xingou-a baixinho:

— Monte de bosta.

Um xingamento infantil.

Era precisamente isso que odiava com relação à BBC: a instituição o infantilizara. "Titia" era como a chamava o país todo com carinho. Mas tias são figuras equívocas de afeto, más e indignas de confiança, fingindo amor apenas enquanto estão carentes e depois virando as costas. A BBC viciava seus ouvintes, acreditava Treslove, reduzindo-os a um estado de dependência vazia. Assim como fazia com seus funcionários. Só que no caso dos funcionários era pior — algemava-os a promoções e presunções, incapacitando-os para qualquer outra vida. O próprio Treslove era um exemplo típico. Sem promoção, porém. Apenas incapaz.

Havia gruas em torno do prédio, tão altas e instáveis quanto a lua. Esse seria um destino bem-talhado, pensou Treslove: no fim como no começo — uma grua da BBC esmagando meus miolos. O *monte de bosta*. Podia ouvir o crânio se partir como a crosta da Terra se rompendo num filme catástrofe. De todo modo, a vida é um filme catástrofe em que mulheres lindas morrem, uma após a outra. Apressou o passo. Uma árvore avançou sobre ele. Para driblá-la, quase bateu de cara numa placa de obras. PERIGO. Suas canelas sentiram a dor da colisão imaginária. Nessa noite até sua alma tremia de apreensão.

O perigo nunca está onde o procuramos, disse a si mesmo. Sempre vem de outra direção. No mesmo instante, um vulto escuro materializou-se em assaltante, pegou-o pelo pescoço, imprensou-o contra uma vitrine, avisou-o para não gritar nem resistir e lhe afanou o relógio, a carteira, a caneta-tinteiro e o celular.

Apenas quando parou de tremer e teve condições de checar os bolsos e encontrá-los vazios Treslove se certificou de que o acontecido acontecera de fato.

Nada de carteira, nada de celular.

No bolso do paletó, nada de caneta-tinteiro.

No pulso, nada de relógio.

E nele mesmo nada de luta, nada de instinto de preservação, nada de *amour de soi*, nada daquela espécie de cola — seja lá que nome tenha — que mantém um homem inteiro e o ensina a viver no presente.

Por outro lado, francamente, quando foi que ele teve isso?

Na universidade, vivera em regime de créditos, feito de peças soltas, que não estudava coisa alguma reconhecível como disciplina, apenas componentes que cabiam em disciplinas, para não dizer indisciplinas, relacionadas às artes, encaixadas tal qual pecinhas de Lego. Arqueologia, Poesia Concreta, Mídia e Comunicações, Gerência de Espetáculos, Religião Comparada, Design e Cenografia, Contos Russos, Política e Gênero. Ao concluir seus estudos – e jamais ficou totalmente claro quando e *se* concluíra seus estudos, já que ninguém na universidade sabia ao certo quantos módulos constituíam um total –, Treslove descobriu-se com um diploma tão inespecífico que tudo o que pôde fazer com ele foi aceitar um estágio na BBC. Da sua parte – da parte *dela* –, tudo o que a BBC pôde fazer com Treslove quando o admitiu foi lhe delegar a produção de programas intelectualizados de fim de noite para a Rádio 3.

Treslove se sentiu como um reles arbusto numa floresta tropical de árvores gigantes. Por todo lado à sua volta outros estagiários ascendiam a uma eminência imponente poucas semanas depois de assumirem seus cargos. Disparavam para o topo porque não havia outra direção a seguir senão escada acima, a menos que se fosse Treslove, que permaneceu onde estava porque ninguém sabia que ele estava lá. Os outros se tornavam editores de programa, chefes de departamento, responsáveis por aquisições, executivos e até mesmo diretores. Ninguém jamais saía. Ninguém jamais era demitido. A Corporação cuidava dos seus com uma lealdade mais feroz do que a de uma família mafiosa. Em consequência, todos se conheciam intimamente – menos Treslove, que não conhecia ninguém – e falavam a mesma língua – menos Treslove, que falava uma língua de perda e tristeza que ninguém entendia.

"Anime-se", ouvia ele na cantina. Mas tudo o que isso fazia era lhe dar vontade de chorar. Que expressão mais triste: "anime-se." Não só admitia a improbabilidade de que ele um dia se animasse, como também reconhecia a impossibilidade de existir muita coisa animadora, já que se animar era tudo o que se podia almejar.

Foi repreendido numa carta oficial por alguém do Conselho Criativo – não reconheceu o nome do queixoso – por abordar questões mórbidas demais e por tocar músicas tristes demais em seu programa. "Essa é a temática da Rádio 3", concluía a carta. Ele respondeu por escrito dizendo que o seu programa *era* da Rádio 3. Ficou sem resposta.

Depois de mais de doze anos vagando pelos corredores fantasmagóricos da sede da emissora na calada da noite, ciente de que ninguém ouvia coisa alguma que ele produzia – já que, às três da madrugada, quem haveria de querer ouvir poetas vivos falando de poetas mortos, que bem podiam ser poetas mortos falando de poetas vivos –, Treslove pediu demissão. "Será que alguém notaria se meus programas não fossem transmitidos?" Mais uma vez ficou sem resposta.

A titia também não estava ouvindo.

Respondeu a um anúncio de jornal que pedia um diretor assistente para um recém-lançado festival de artes na costa sul. "Recém-lançado" significava uma biblioteca escolar que não continha livro algum, apenas computadores, três palestrantes convidados e nenhum espectador. O que lhe lembrou a BBC. A diretora-executiva reescrevia todas as suas cartas em linguagem mais simples e fazia o mesmo com a sua conversa. Os dois se desentenderam por causa do texto de um folheto de divulgação.

– Por que usar empolgante quando se pode usar sexy? – indagou ela.

– Porque um festival de artes não é sexy.

– Quer saber por quê? Porque você insiste em usar palavras como empolgante.

– O que há de errado com ela?
– É linguagem indireta.
– Empolgante não tem nada de indireto.
– Tem, sim, do jeito que você usa.
– Podemos entrar num acordo quanto a exuberante? – perguntou, sem se sentir nadinha exuberante.
– Podemos entrar num acordo quanto a você procurar outro emprego?

Os dois vinham dormindo juntos. Não tinham nada para fazer. Transaram no chão do ginásio quando ninguém apareceu para assistir ao festival. Ela usava Birkenstocks até para trepar. Ele só se deu conta de que a amava quando foi demitido.

Seu nome era Julie, algo que ele também só notou quando foi demitido.

Rulie.

Daí em diante, Treslove abriu mão de uma carreira nas artes e se dedicou a uma sucessão de empregos insatisfatórios e mulheres igualmente insatisfatórias, apaixonando-se toda vez que assumia um cargo novo e se desapaixonando – ou, melhor dizendo, sendo forçado a desapaixonar-se – toda vez que seguia em frente. Dirigiu uma van de mudanças, apaixonando-se pela primeira mulher cuja casa esvaziou; entregou leite num carrinho elétrico, apaixonando-se pela encarregada do caixa que lhe entregava o pagamento toda sexta-feira à noite; trabalhou como assistente para um marceneiro italiano que substituía janelas de guilhotina em mansões vitorianas e que substituiu Julian Treslove no coração da encarregada do caixa; foi gerente do departamento de calçados de uma famosa loja de Londres, apaixonando-se pela mulher que era gerente de móveis estofados no andar de cima; finalmente, encontrou uma ocupação semipermanente e sub-remunerada numa agência de atores especializada em fornecer sósias de celebridades para festas, conferências e eventos empresariais. Treslove não se parecia com nenhuma celebridade específica, mas se parecia com várias celebridades em geral, razão pela qual era muito requisitado, se não pela verossimilhança, ao menos pela versatilidade.

E a mulher dos estofados? Deu-lhe um pontapé quando ele se tornou o sósia de ninguém em especial.

— Detesto não saber quem você está representando — disse. — Isso fica mal para nós dois.

— Escolha você — sugeriu Treslove.

— Não quero escolher. Quero saber. Preciso de certeza. Preciso saber que você vai estar do meu lado na alegria e na tristeza, na saúde e na doença. Trabalho com flocos de espuma o dia todo. Quando chego em casa quero algo sólido. Preciso de uma rocha, não de um camaleão.

Seu cabelo era ruivo e seu gênio era péssimo. Tinha um pavio tão curto que Treslove vivia apavorado de chegar perto demais.

— Sou uma rocha — declarou ele, de longe. — Ficarei com você até o fim.

— Bom, ao menos quanto a isso você tem razão — concordou ela. — Este é o fim. Estou largando você.

— Só porque a demanda por mim é grande?

— Porque da minha parte não há demanda por você.

— Por favor, não faça isso. Se não fui uma rocha até agora, vou ser uma rocha daqui para a frente.

— Vai nada. Não é da sua natureza.

— Não cuido de você quando você fica doente?

— Cuida. Você é maravilhoso comigo quando estou doente. É quando estou boa que você não tem serventia.

Ele implorou para que ela ficasse. Arriscou-se e a abraçou com força, soluçando em seu pescoço.

— Que rocha, hein? — zombou ela.

Seu nome era June.

Demanda é um conceito relativo. A demanda por Treslove como sósia de todo mundo e de ninguém não era grande o bastante para evitar muitas horas de folga para pensar em tudo o que lhe acontecera, ou melhor, não acontecera, bem como em mulheres e na tristeza que sentia em relação a elas, na sua solidão e no vazio interior para o qual não tinha nome. Sua incompletude, sua instabilidade, seu começo à espera de um fim — ou seria seu fim à espera de um começo? —, sua história à espera de uma trama.

Eram precisamente onze e meia da noite quando o assalto ocorreu. Treslove tinha certeza do horário porque algo o levara a consultar o relógio um segundo antes. Talvez o pressentimento de que jamais o consultaria de novo. Mas, com a claridade dos postes e o número de estabelecimentos comerciais acesos — um cabeleireiro ainda estava aberto, e um restaurante chinês e um quiosque de jornais, em reforma —, àquela altura mais parecia o meio da tarde. As ruas não estavam desertas. No mínimo, uma dúzia de pessoas podia ter acorrido em seu socorro, mas ninguém fez isso. Talvez a afronta do assalto — a apenas cem metros da rua Regent, quase perto o bastante da BBC para soltar um palavrão — tivesse enchido de perplexidade qualquer eventual testemunha. Vai ver acharam que os participantes estivessem fingindo ou tão somente envolvidos numa briga doméstica na saída de um restaurante ou do teatro. Os dois podiam — essa era a parte estranha — ter sido confundidos com um casal.

Foi isso que deixou Treslove mais irritado, e não a interrupção de um de seus devaneios inebriantes e deliciosos sobre a viuvez, não a chocante surpresa ante o ataque, ante a mão que o agarrou pela nuca e o empurrou de forma tão agressiva contra a vitrine da loja Guivier que os violinos gemeram e vibraram atrás do vidro estilhaçado — a menos que a música que ouviu não tivesse passado do som do próprio nariz se partindo. Nem mesmo o roubo do relógio, da carteira, da caneta-tinteiro e do celular, por mais sentimental que fosse sua ligação com o primeiro e por mais inconveniente que fosse a perda dos demais. Não. O que o perturbou, acima de tudo, foi o fato de a pessoa que o roubou, que o assaltou e, sim, o aterrorizou — pessoa contra a qual ele não reagiu nem com um sopro de luta — ser... uma mulher.

3

Até o assalto, a noite de Treslove havia sido docemente sofrida, porém não deprimente. Embora se queixassem de lhes faltar rumo ou propósito por se encontrarem sozinhos, os três homens — os dois viúvos e Treslove, passível de ser descrito como um terceiro, honorário — curtiram a companhia uns dos outros, discutiram economia e questões mundiais, recordaram piadas e histórias do passado e quase foram capazes de se convencer de terem retrocedido a uma época em que ainda não tinham esposas para perder e prantear. Não passara de um sonho, breve, o amor que haviam sentido, os filhos que haviam gerado — Treslove, inadvertidamente, gerara dois, ao que sabia — e as separações que os destroçaram. Ninguém ainda os deixara porque ainda não haviam amado ninguém. A perda, naquela época, pertencia ao futuro.

Por outro lado, a quem pretendiam enganar?

Depois do jantar, Libor Sevcik, em cujo apartamento, entre a sede da BBC e o Regent's Parker, haviam jantado, sentou-se ao piano e tocou o Improviso Opus 90 de Schubert, que a esposa,

Malkie, adorava tocar. Treslove se viu prestes a morrer de desgosto pelo amigo. Não sabia como Libor sobrevivera à morte de Malkie. O casamento durara mais de meio século. Libor se aproximava agora do seu nonagésimo aniversário. O que mais lhe restaria como motivação para viver?

A música de Malkie, talvez. Libor jamais se sentara ao piano enquanto ela era viva — a banqueta era sagrada para ela. Mais fácil seria invadir sua privacidade no banheiro do que sentar-se ali, mas muitas vezes se postava às costas da esposa enquanto ela tocava, no início acompanhando-a no violino, e, ultimamente, cedendo à sua insistência serena ("*tempo*, Libor, *tempo!*"), sem o violino, encantado com a competência da esposa, com o aroma de aloés e incenso (todos os perfumes da Arábia) que seus cabelos exalavam e com a beleza de seu pescoço. Um pescoço mais macio, elogiara ele no dia em que se conheceram, do que vison. Por causa do sotaque, Malkie achou que ele havia dito que o seu pescoço era mais macio que um *svontz*, o que lhe recordou uma palavra em iídiche usada frequentemente pelo pai, que significava pênis. Será que Libor tinha realmente querido dizer que o seu pescoço era mais macio que um pênis?

Se não tivesse se casado com Libor, ou assim rezava a mitologia da família, Malkie Hofmannsthal muito provavelmente se tornaria uma pianista famosa. Vladimir Horowitz ouviu-a tocar Schubert em um salão em Chelsea e a elogiou. Ela interpretava as obras como as obras deviam ser interpretadas, observou ele, como se Schubert as fosse inventando — improvisações emotivas com um estimulante subtom de intelectualidade. A família lamentou o casamento por várias razões, entre elas o intelecto mediano e a falta de berço de Libor, o nível rasteiro de seus artigos de jornal e as companhias em que andava, mas, sobretudo, lamentou-o por causa do futuro musical que a filha jogaria fora.

— Se você tem de casar com alguém, por que não com Horowitz? — perguntaram.

— Ele tem o dobro da minha idade — respondeu Malkie. — Por que não me casar com Schubert, então?

— Quem disse que um marido não pode ter o dobro da sua idade? Músicos vivem para sempre. E, se você sobreviver a ele, bom...

— Ele não me faz rir — insistiu Malkie. — Libor me faz rir.

Ela podia ter acrescentado que Horowitz já era casado com a filha de Toscanini.

E que Schubert morrera de sífilis.

Malkie jamais se arrependeu da decisão que tomou. Não quando ouviu Horowitz tocar no Carnegie Hall — os pais pagaram sua viagem aos Estados Unidos na tentativa de fazê-la esquecer Libor e compraram ingressos na primeira fila para que Horowitz não deixasse de vê-la —; não quando Libor ganhou certa notoriedade como jornalista do showbiz, viajando para Cannes, Monte Carlo e Hollywood sem ela; não quando ele mergulhou numa de suas depressões tchecas, nem mesmo quando Marlene Dietrich, incapaz de calcular o horário em qualquer outro lugar do mundo salvo naquele onde estivesse, ligava do Chateau Marmont para o apartamento do casal em Londres às três da madrugada, chamando Libor de "meu querido" e soluçando ao telefone.

— Minha realização plena está em você — dizia Malkie a Libor. Correu um boato de que Marlene Dietrich dissera o mesmo a ele, mas, ainda assim, Libor perseverou em sua escolha de Malkie, cujo pescoço era mais macio que um *svontz*.

— Você deve continuar tocando — insistiu ele, depois de lhe comprar um Steinway de armário com candelabros dourados num leilão em Londres.

— Vou continuar — concordou ela. — Vou tocar diariamente. Mas só quando você estiver aqui.

Quando teve dinheiro, Libor comprou para Malkie um Bechstein de cauda todo em ébano. Ela queria um Blüthner, mas ele jamais admitiria em casa algo fabricado atrás da Cortina de Ferro.

Nos últimos anos, ela o fizera prometer que não a deixaria viúva, de tão incapaz que se sentia de sobreviver uma hora sem ele, promessa que ele cumpriu solenemente.

— Pode rir — disse Libor a Treslove —, mas fiquei de joelhos para fazer a promessa, igualzinho ao dia em que a pedi em casamento. É o único motivo por que estou vivo agora.

Incapaz de encontrar palavras, Treslove se ajoelhou e beijou a mão de Libor.

— Nós chegamos mesmo a discutir a possibilidade de nos atirarmos de Bitchy 'Ead juntos, se um de nós ficasse gravemente doente — prosseguiu Libor —, mas Malkie achou que eu era leve demais para bater no mar ao mesmo tempo que ela e não gostou muito da ideia de ficar lá na água me esperando.

— Bitchy 'Ead? — perguntou Treslove.

— É. Chegamos a ir até lá de carro, num dia de folga. Para provocar um ao outro. Lugar encantador. Enormes falésias sobrevoadas por gaivotas e cobertas de ramos de flores mortas presas a cercas de arame farpado. Um dos buquês ainda tinha a etiqueta de preço grudada, eu me lembro. E havia uma placa com um trecho de um salmo sobre Deus ser mais poderoso do que o turbilhão das águas, além de montes de cruzinhas de madeira espetadas na grama. Provavelmente foram as cruzes que nos fizeram mudar de ideia.

Treslove não entendeu o que Libor dizia. Cercas de arame farpado? Teriam os dois partido para Treblinka num pacto suicida?

Mas gaivotas... E cruzes... Vai saber.

Malkie e Libor, de todo jeito, acabaram nada fazendo. Foi Malkie quem caiu seriamente doente, e os dois nada fizeram a respeito.

Três meses depois da morte da esposa, Libor mergulhou bravamente no âmago do próprio desespero e contratou um professor que cheirava a cartas emboloradas, cigarro e cerveja Guinness para ensiná-lo a tocar os improvisos que Malkie interpretava como se Schubert se encontrasse presente na sala com eles (compondo simultaneamente). Passou a tocá-los sem parar, tendo quatro de suas fotos favoritas de Malkie em cima do piano e debaixo de seus olhos. Como inspiração, instrução, companhia e juiz. Numa delas, Malkie parecia insuportavelmente jovem, inclinada, rindo, no píer de Brighton com o sol lhe batendo no rosto. Em outra, ela estava de vestido de noiva. Em todas, só tinha olhos para Libor.

Julian Treslove chorou ostensivamente assim que a música começou. Se tivesse se casado com Malkie, sem dúvida choraria diante da sua beleza toda manhã quando a encontrasse na cama ao acordar. E depois, quando acordasse e não mais a encontrasse em sua cama... Não conseguia sequer imaginar o que faria. Talvez se atirasse de Bitchy 'Ead — por que não?

Como alguém continua a viver sabendo que nunca mais — nunca, nunquinha — voltará a ver a pessoa amada? Como alguém sobrevive uma hora que seja, um minuto, um segundo, a essa certeza? O que se faz para não desmoronar?

Queria perguntar a Libor: "Como você sobreviveu à primeira noite sozinho, Libor? Dormiu? Tem dormido desde então? Ou será que o sono é tudo o que lhe resta?"

Mas não podia. Talvez não quisesse ouvir a resposta.

Embora Libor tenha dito, com efeito, certa vez:

— Justo quando achamos que o sofrimento foi superado, a gente descobre que sobrou a solidão.

Treslove tentou imaginar uma solidão maior que a sua. "Justo quando superamos a solidão", pensou, "a gente descobre que sobrou o sofrimento".

Por outro lado, ele e Libor eram homens diferentes.

Treslove ficou chocado quando Libor lhe confessou um segredo. Nos últimos tempos, o casal passara a usar linguagem chula um com o outro. Linguagem definitivamente chula.

— Você e Malkie?

— Eu e Malkie. A gente usava linguagem vulgar. Era nossa defesa contra o *páthos*.

Treslove não se conformou com tal ideia. Por que alguém haveria de querer uma defesa contra o *páthos*?

Libor e Malkie pertenciam à mesma geração de seus pais, ambos havia muito falecidos. Ele amara os pais sem lhes ser próximo. Os dois teriam dito o mesmo a seu respeito. O relógio que lhe seria afanado mais tarde naquela mesma noite havia sido um presente da mãe sempre ansiosa. "Uma joia para meu Jules", era a inscrição. Só que ela jamais chamara o filho de Jules. A sensação de completude que perdera era também uma herança do pai, um homem que se mantinha de tal forma empertigado que criava uma espécie de silêncio arquitetônico à volta. Podia-se esticar um fio de prumo a partir dele, recordava-se Treslove. Mas não acreditava que os pais fossem o motivo das lágrimas que vertia na companhia de Libor. O que o tocava era essa prova da destrutibilidade das coisas; tudo cobrava seu preço no final, e talvez a felicidade o cobrasse de forma ainda mais cruel que o seu oposto.

Seria melhor, então — considerando o tamanho da perda —, não conhecer, de todo, a felicidade? Seria melhor passar a vida esperando o que jamais chegava, já que assim haveria menos a perder?

Poderia ser por isso que Treslove tantas vezes se descobria sozinho? Estaria se protegendo contra a companhia da felicidade a dois pela qual ansiava por viver com medo do sofrimento que enfrentaria quando ela lhe fosse tirada?

Ou a perda que temia podia ser precisamente a felicidade pela qual tanto ansiava?

Pensar sobre as causas das suas lágrimas só o fazia chorar ainda mais.

O terceiro membro do grupo, Sam Finkler, não derramou, durante todo o concerto de Libor, uma única lágrima. A morte chocantemente prematura da própria esposa — por terrível coincidência no mesmo mês em que Libor enviuvara — o deixou quase mais enfurecido que pesaroso. Tyler jamais disse a Sam que ele era sua "plena realização". Mesmo assim, ele a amara com paixão, com uma devoção ansiosa e até vigilante — que não o isentava de outras devoções por fora —, como se torcesse para que a esposa declarasse seus verdadeiros sentimentos por ele um dia. Mas ela nunca fez isso. Sam sentou-se à sua cabeceira até a última noite. De uma feita, ela lhe pediu para se aproximar. Ele atendeu, encostando o ouvido naquela pobre boca ressecada. Mas, se Tyler pretendia lhe dizer algo terno, não conseguiu. Um gemido de dor foi tudo o que Finkler escutou. Um som que podia muito bem ter saído da sua própria garganta.

O casamento deles também havia sido feliz como o de Libor e Malkie, ainda que às vezes tumultuado, além de mais frutífero, se considerarmos os filhos, mas Tyler sempre pareceu a Sam meio reservada ou misteriosa. Talvez infiel, sabe-se lá. Talvez não fizesse diferença para ele saber. Também isso não saberia dizer. Nunca teve a oportunidade de descobrir. Agora, como dizem por aí, os segredos tinham sido enterrados com ela. Os olhos de Sam Finkler se enchiam de lágrimas, mas ele as vigiava tanto quanto vigiara a esposa. Se fosse para chorar, queria ter certeza de que seria de amor, não de raiva. Por isso era preferível – ao menos até que se habituasse melhor à própria dor – não chorar, e ponto final.

De todo jeito, Treslove tinha lágrimas bastantes para os três.

Julian Treslove e Sam Finkler frequentaram juntos a escola. Mais rivais que amigos, embora rivalidade também possa durar toda uma vida. Finkler era o mais inteligente. Samuel, como insistia em ser chamado.

– Meu nome é Samuel, não Sam. Sam é nome de detetive particular. Samuel foi um profeta.

Samuel Ezra Finkler – como não ser o mais inteligente com um nome desses?

Foi para Finkler que Treslove correu, no auge da excitação, depois de ter seu futuro lido nas férias em Barcelona. Treslove e Finkler dividiam um quarto.

– Você conhece alguma Juno? – indagou Treslove.

– Se conheço uma Ju... Deus? – atalhou Finkler.

Treslove não entendeu a brincadeira.

– Se conheço uma Ju... Deus? É isso que você está me perguntando?

Treslove continuou sem entender. Então, Finkler escreveu: *Se conheço uma Ju... Deus!*

Treslove deu de ombros.

– Isso é para ser engraçado?

– Para mim, sim – respondeu Finkler. – Mas você pode pensar o que quiser.

– É engraçado para um judeu fazer piada com a palavra judeu? É aí que está a graça?

— Esquece — disse Finkler. — Você não entende.

— Por que eu não haveria de entender? Se eu escrevesse: *Os não judeus não sabem o que os judeus sabem,* talvez pudesse mostrar que graça há nisso.

— Não tem graça nenhuma.

— Exatamente. Não judeus não acham hilário ver a palavra não judeu. Não vemos graça em escrever a nossa identidade.

— E não sei disso eu, Deus? — interveio Finkler.

— Foda-se — rebateu Treslove.

— E esse é o humor não judeu?

Antes de Finkler, Treslove jamais conhecera um judeu. Não que ele soubesse, pelo menos. Supunha que um judeu devesse ser como a palavra judeu — pequeno, sombrio e saliente. Uma pessoa reservada. Mas Finkler era quase cor de laranja e explodia dentro da roupa. Tinha feições extravagantes, um queixo proeminente, braços compridos e pés grandes, para os quais era um problema encontrar sapatos largos o bastante, mesmo quando tinha apenas quinze anos (Treslove reparava em pés; os dele eram delicados como os de um dançarino). Mais que isso — tudo era mais no que dizia respeito a Finkler —, ele tinha um jeito imponente que o fazia parecer mais alto do que era e emitia veredictos sobre indivíduos e fatos com tamanha segurança que dava a impressão de cuspi-los. "Fale, não cuspa", diziam às vezes os outros garotos, embora soubessem o perigo que corriam ao fazê-lo. Se todos os judeus eram assim, pensou Treslove, então Finkler, que soava como Sprinkler,* seria um nome mais apropriado para eles do que judeu. Razão pela qual era assim que os chamava em segredo — *finklers*.

---

* Traduz-se como borrifador. Referência à impressão de Treslove de que Sam Finkler cuspia veredictos. (N.T.)

Adoraria contar isso ao amigo. Para ele, era uma forma de neutralizar o estigma. No instante em que se passasse a falar em *Questão Finkler* ou *Conspiração dos finklers,* as toxinas seriam eliminadas. Mas jamais conseguiu ter peito para explicar tudo isso ao próprio Finkler.

Ambos eram filhos de comerciantes metidos a besta. O pai de Treslove vendia charutos e acessórios para fumantes; o de Finkler era farmacêutico. O pai de Sam Finkler tinha a fama de distribuir pílulas que restauravam a saúde de quem, aparentemente, se encontrava à beira da morte. Tomadas as pílulas, o cabelo voltava a crescer, as costas se empertigavam, os bíceps floresciam. O próprio Finkler pai era um milagre ambulante: um ex-paciente de câncer de estômago que se tornou a prova viva do que as suas pílulas eram capazes de fazer. Convidava os fregueses a conhecer sua loja, independentemente das mazelas de cada um, e pedia que lhe socassem o estômago. Precisamente onde antes grassava o câncer.

— Mais força — insistia. — Bata com mais força. Não, mais forte que isso. Ainda não estou sentindo nadinha.

Então, quando o freguês ficava maravilhado com tamanha resistência, ele mostrava a caixinha de pílulas.

— Três ao dia, com as refeições, e você nunca mais vai sentir dor.

Apesar de todo esse circo, Finkler pai era um homem religioso, que usava um chapéu de feltro preto, frequentava ativamente a sinagoga e rezava pedindo a Deus para conservá-lo vivo.

Julian Treslove sabia que jamais seria inteligente à maneira finklerista. *Se conheço uma Ju... Deus!* Jamais seria capaz de bolar algo assim. Seu cérebro funcionava num tempo diferente. Demorava mais para se decidir, e, nem bem havia se decidido, queria mudar de ideia outra vez. No entanto, era — acreditava piamente, e talvez precisamente por isso – o mais ostensivamente imaginativo dos dois. Chegava à escola equilibrando os próprios sonhos, como um acrobata sustentando uma pirâmide humana em seus ombros. A maioria deles era sobre ser abandonado em salões cheios de ecos, ou de pé sobre túmulos vazios, ou a observar casas ardendo em chamas.

– O que você acha que isso quer dizer? – indagava do amigo.

– Vai saber – respondia, invariavelmente, Finkler. Como se tivesse coisas mais importantes em que pensar.

Finkler jamais sonhava. Por princípio, supunha Treslove, Finkler jamais sonhava.

A menos que, simplesmente, ele fosse tão cheio de si que não sonhasse.

Por esse motivo, Treslove era obrigado a decifrar sozinho os próprios sonhos. Neles, sempre estava no lugar errado na hora errada. Neles, sempre estava atrasado demais, quando não estava adiantado demais. Sempre esperando uma machadinha acertá-lo, uma bomba explodir, uma mulher perigosa fazer picadinho do seu coração. Julie, Judith, Juno...

Runo.

Também sonhava que guardava coisas que depois era incapaz de encontrar, apesar das buscas desesperadas em lugares improváveis – atrás de rodapés falsos, dentro do violino do pai, entre as páginas de um livro, mesmo que o objeto perdido fosse maior que o livro. Às vezes, essa sensação de não poder achar algo precioso que havia guardado durava o dia inteiro.

Libor, com mais que o triplo da idade de Finkler e Treslove quando se conheceram, surgiu do nada – com efeito, dava a impressão, vestido em seu terno de veludo marrom e gravata-borboleta combinando, de ter, à semelhança de Treslove em seus sonhos, aberto a porta errada – para dar aula de História Europeia, embora desejasse falar, sobretudo, da opressão comunista (da qual teve o impulso premonitório de escapar em 1948, pouco antes que ela enterrasse as garras em seu país), da Boêmia hussita e do papel das janelas na história tcheca. Julian Treslove achou ter ouvido "donzelas" e se empolgou.

– Donzelas na história tcheca, professor?
– Janelas, *chlapec*, janelas!

Trabalhara em algum ramo jornalístico na terra natal, atuara como crítico de cinema e assinara uma coluna de fofocas, além de ter sido, como Egon Slick, comentarista de showbiz em Hollywood, servindo de escudeiro para atrizes bonitas nos bares do Sunset Boulevard e depois escrevendo a respeito para a imprensa inglesa sedenta de glamour. Agora, apesar de tudo, ali estava ele ensinando os absurdos da história tcheca a estudantes ingleses numa escola primária de Londres. Mais existencialmente absurdo que a história tcheca era sua própria história.

Foi por causa de Malkie que Libor largou Hollywood. Malkie jamais o acompanhava em suas missões, preferindo manter o lar aquecido para a sua chegada. "Gosto de esperar por você", dizia ao marido. "Adoro a expectativa da sua volta." Mas dava para ver que a expectativa já começava a minguar. E não lhe parecia correto deixar certas responsabilidades materiais exclusivamente a cargo da esposa. Por isso, rompeu um contrato e discutiu com o editor. Queria tempo para escrever a respeito dos lugares onde estivera e as pessoas que conhecera. O magistério lhe dava esse tempo.

De Pacific Palisades para Highgate, de Garbo para Finkler – a trajetória da sua carreira o fazia rir desrespeitosamente durante as aulas, o que levava os alunos a gostar dele. Manhã após manhã, repetia a mesmíssima aula – uma denúncia de Hitler e Stalin seguida pela Primeira e, "se vocês se comportarem", pela Segunda Defenestração de Praga. Em determinados dias, pedia a um dos garotos para dar a aula por ele, já que todos conheciam seu discurso de cor e salteado. Quando nenhuma pergunta sobre a Primeira, a Segunda ou nem mesmo sobre Quaisquer Defenestrações Posteriores de Praga aparecia nas provas, a classe se queixava a Libor. "Não esperem que eu prepare vocês para as *provas*", dizia aos alunos, arqueando o lábio já arqueado. "Não faltam professores para ajudar vocês a tirar boas notas. Minha intenção é dar aos meus alunos um gostinho do mundo lá fora."

Libor gostaria de falar de Hollywood com seus alunos, mas Hollywood não constava do currículo. Ele podia dar um jeito de incluir Praga e suas defenestrações; as estrelas e suas indiscrições, não.

Ele não durou muito. Professores que usam gravatas-borboletas e falam do mundo lá fora raramente duram. Seis meses depois, Libor já estava trabalhando no Departamento Tcheco do World Service da BBC de dia e escrevendo biografias de algumas das maiores beldades de Hollywood à noite.

Malkie não se incomodava. Ela adorava Libor e o achava engraçado. Engraçado era melhor que absurdo. O fato de a esposa achá-lo engraçado o mantinha mentalmente são. "Não se pode dizer o mesmo de muitos tchecos", brincava Libor.

Continuou a encontrar os dois garotos sempre que tinha tempo. A inocência de ambos o distraía; jamais conhecera a inocência adolescente em primeira mão. Levava os dois a bares que eles não teriam recursos para frequentar sozinhos, preparando drinques de que nem um nem outro jamais havia ouvido falar, e menos ainda tido a oportunidade de provar, descrevendo com detalhes consideráveis suas explorações eróticas – empregava, com efeito, a palavra "erótico", acariciando-a com a língua como se a lascívia das sílabas por si só já bastasse para excitá-lo – e contando histórias da Boêmia, de onde felizmente escapara e onde jamais pretendia voltar a pôr os pés.

Das nações do mundo livre, apenas a Inglaterra e os Estados Unidos serviam para morar, na opinião de Libor. Amava a Inglaterra e fazia compras como imaginava que os ingleses fizessem, adquirindo chá aromatizado na Fortnum & Mason e camisas e blazers na rua Jermyn, onde também se permitia que lhe fizessem a barba, desfrutando do luxo de toalhas aquecidas e perfumadas sempre que podia. Israel ele também defendia, como condiz a um finkler, embora isso tivesse mais a ver com a vontade de espicaçar o ouvinte com a sua existência do que com o desejo de morar lá, supunha Treslove. Sempre que Libor pronunciava a palavra Israel dava a impressão de haver nela três erres, ao mesmo tempo que o "l" sumia, como a sugerir que o lugar pertencesse ao Todo-Poderoso, e ele, Libor, não fosse digno de pronunciar o seu nome por inteiro. Os finklers eram assim com a língua, Treslove sabia. Quando não brincavam com ela, atribuíam-lhe características sagradas. Ou o oposto. Sam Finkler vez por outra cuspia palavras associadas a Israel – como sionista, Tel-Aviv e Knesset – como se fossem xingamentos.

Um dia Libor contou um segredo aos dois. Ele era casado. E havia mais de vinte anos. Com uma mulher parecida com Ava Gardner. Uma mulher tão bonita que ele não ousava levar os amigos à sua casa por medo de cegá-los com o que vissem. Treslove se perguntou por que, já que nada dissera antes, ele estaria dizendo isso agora.

— Porque acho que vocês estão prontos — foi a resposta.
— Prontos para ficarmos cegos?
— Prontos para se arriscarem a isso.

O motivo verdadeiro era que Malkie tinha sobrinhas da mesma idade de Treslove e Finkler, meninas que tinham dificuldade para arrumar namorados. A tentativa casamenteira não deu em nada — nem mesmo Treslove conseguiu se apaixonar pelas sobrinhas de Malkie, que não se pareciam em absoluto com a tia, apesar de esta ser velha o bastante para ser sua mãe. Libor não exagerara. Malkie era tão parecida com Ava Gardner que os rapazes discutiram entre si a possibilidade de ela *ser* a Ava Gardner.

A amizade esfriou um pouco depois disso. Depois de exibir a esposa aos rapazes, Libor não dispunha de muito mais para impressioná-los. E os rapazes, por outro lado, tinham suas próprias Ava Gardners para encontrar.

Pouco tempo depois, a primeira das biografias foi publicada, rapidamente seguida por outra. Picante e divertida e ligeiramente fatalista. Libor tornou-se famoso novamente. Com efeito, mais famoso do que jamais havia sido, porque muitas das mulheres sobre as quais escrevia estavam agora mortas, e imaginou-se que tivessem confiado mais segredos a Libor do que a qualquer outro homem. Em várias das fotografias onde Libor aparecia dançando de rosto colado com elas, quase dava para vê-las lavando a alma com ele. O fato de Libor ser engraçado lhes possibilitava confiar nele.

Durante muitos anos, Sam e Julian continuaram em contato com o progresso de Libor unicamente através dessas biografias. Julian o invejava, Sam nem tanto. Notícias de Hollywood raramente chegavam aos corredores desertos da madrugada na sede da BBC, que era o lar — se é que se pode chamar um inferno de lar — de Julian

Treslove. E, por considerar a carreira de Libor o inverso da sua, Julian vivia, ainda que em segredo, fascinado por ela.

Sam Finkler, ou Samuel Finkler, como ele continuava a ser então, não fizera um curso em módulos numa universidade à beira-mar. Ao que dizia, sabia direitinho como tirar proveito das coisas. Algo tipicamente finklerista, pensava Treslove com admiração, lamentando não ter o instinto necessário para saber como tirar proveito das coisas.

— Então, você vai fazer o quê? — perguntou Treslove. — Medicina? Direito? Contabilidade?

— Sabe como se chama isso?

— Como se chama o quê?

— Esse troço que você está fazendo.

— Interesse?

— Estereotipagem. Você está me estereotipando.

— Você disse que sabe como tirar proveito das coisas. Isso não seria autoestereotipagem?

— Eu tenho direito de me estereotipar — respondeu Finkler.

— Ah! — exclamou Treslove. Como sempre, se perguntou, então, se algum dia conseguiria saber de verdade o que era permitido aos finklers dizer a respeito de si mesmos e que os não finklers não tinham permissão de dizer.

De forma não estereotípica — o que, pensando bem, não deixava de ser uma forma de estereotipagem mental, pensou Treslove —, Finkler foi estudar Filosofia Moral em Oxford. Embora não parecesse uma carreira especialmente atraente à época, e os cinco anos em Oxford ensinando retórica e lógica para turmas reduzidas parecessem ainda menos atraentes, Finkler justificou sua reputação de astuto aos olhos de Treslove publicando primeiro um, depois outro, e depois mais outro guia prático de autoajuda sobre filosofia, livros com os quais fez fortuna. *O existencialista na cozinha* foi o primeiro. *O livro vermelho do estoicismo doméstico* foi o segundo. Daí em diante Treslove parou de comprá-los.

Foi em Oxford que Finkler abandonou o nome Samuel em prol de Sam. Teria sido porque de repente quisesse que pensassem que ele era um detetive particular?, perguntou-se Treslove. Sam, o Tal. Passou-lhe pela cabeça que tudo o que o amigo não queria era ser considerado um finkler, mas aí talvez fizesse mais sentido mudar o Finkler do que o Samuel. Talvez quisesse apenas passar a impressão de ser uma pessoa fácil de conviver. O que ele não era.

Na verdade, a intuição de Treslove quanto a Finkler não mais querer ser visto como um finkler revelou-se correta. O pai morrera, sofrendo muito no final, com ou sem pílulas milagrosas. E havia sido o pai o responsável por mantê-lo na linha finklerista. A mãe jamais entendera nada desse assunto e entendia menos ainda agora que estava sozinha. Capítulo encerrado para Finkler. Fim dos sistemas irracionais de crença. O que Treslove não conseguia entender é que o nome Finkler continuasse a significar alguma coisa ainda que o mesmo não acontecesse com a ideia finkler. Ao manter-se Finkler, Finkler mantinha vivo o sentimento às avessas da sua fé. Abandonando o Samuel, ele abdicava de um futuro finkler.

Na esteira do sucesso da série de guias de sabedoria prática, Finkler se tornou — com seus pés grandes, sua borrifação verbal, e a despeito da falta de carisma em geral, segundo Treslove — uma personalidade da televisão, produzindo programas nos quais invocava Schopenhauer para resolver problemas conjugais, Hegel para organizar as férias, e Wittgenstein para decorar senhas (e ajudar os finklers a superar suas deficiências físicas, concluiu Treslove, desligando irritado a televisão).

— Sei o que todos vocês pensam de mim — dizia Finkler, fingindo se desculpar em público quando seu sucesso se tornou difícil de aceitar para quem o conhecia e amava —, mas preciso ganhar dinheiro rápido para quando Tyler me deixar e me garfar tudo o que tenho. — Ele vivia na expectativa de que ela dissesse que o amava demais para sequer sonhar em deixá-lo, coisa que Tyler jamais fez. Talvez porque pouco mais fizesse além de sonhar em deixá-lo.

Por outro lado, Finkler, a se imaginar correta a suposição de Treslove, era por demais cheio de si para sonhar fosse com o que fosse.

Embora suas vidas tivessem tomado rumos distintos, os dois jamais perderam contato um com o outro ou com as famílias um do outro (na medida em que se pudesse dizer que Treslove tinha família), nem com Libor, que, primeiro no auge da fama e, depois, quando esta foi se apagando e a doença da esposa se tornou sua preocupação, de repente se lembrava da existência dos dois e os convidava para uma festa, para a inauguração da casa nova ou até mesmo para a estreia de um filme. A primeira vez que foi ao imponente apartamento de Libor em Portland Place e ouviu Malkie tocar o Improviso Opus 90, nº 3, de Schubert, Julian Treslove chorou como um bebê.

Desde então, o luto aplainara as diferenças de idade e de carreiras, e reacendera o afeto entre os três. O luto — luto impiedoso — era o motivo pelo qual os três agora se encontravam mais do que haviam se encontrado ao longo de trinta anos.

Com a partida das esposas, podiam agora voltar a ser rapazes.

"Partida", no que concernia a Treslove, significava fazer as malas ou encontrar alguém menos carente ou simplesmente deixar de cruzar seu caminho nas ruas perigosas e destruir sua paz de espírito.

4

Depois do jantar, Julian foi a pé até os portões do Regent's Park e espiou lá dentro. Finkler lhe oferecera carona, mas ele recusara.

Não queria afundar no estofado de couro do enorme Mercedes de Sam e sentir a inveja esquentar seu traseiro. Odiava carros, mas se ressentia com Sam por causa do Mercedes e do motorista para as saídas noturnas em que o amigo sabia que tomaria um porre – qual o sentido disso? Ele queria um Mercedes? Não. Queria um motorista para as saídas noturnas em que sabia que tomaria um porre? Não. O que ele queria era uma esposa, e Sam não tinha mais uma esposa. Então, o que é que Sam tinha que ele não tivesse? Nada.

Exceto, talvez, respeito próprio.

E isso também carecia ser explicado. Como é possível produzir programas que associam Blaise Pascal e beijo de língua, e manter o respeito por si mesmo? Resposta: não é possível.

Ainda assim, Sam mantinha.

Talvez não se tratasse, em absoluto, de respeito por si mesmo. Talvez o si mesmo não entrasse aí; talvez, na verdade, fosse uma liberação de si mesmo, ou ao menos de si mesmo no sentido Treslove de si mesmo – uma consciência tímida do pequeno espaço que se ocupa num universo delimitado por uma cerca de arame farpado de direitos e limites. O que Finkler tinha – como o pai, o farmacêutico showman antes dele – era uma espécie de indiferença ao fracasso, uma baita ousadia, que a Treslove só restava supor ser um típico atributo do legado finkler. Quando se é um finkler simplesmente se tem isso nos genes, juntamente com outros atributos finklers sobre os quais não é educado falar.

De todo jeito, esses finklers entravam porta adentro – inclusive Libor – onde não finklers hesitavam em penetrar. Nessa noite, por exemplo, quando não estavam ouvindo música, eles haviam debatido o Oriente Médio, Treslove ficando de fora por se considerar sem direito a opinar sobre um assunto que não era, ao menos não da forma como era para Sam e Libor, da sua conta. Mas será que os dois realmente sabiam mais que ele – e, nesse caso, por que discordavam sobre todos os aspectos da questão? – ou simplesmente não os incomodava a própria ignorância?

– Lá vamos nós – dizia Finkler toda vez que surgia a questão de Israel. – Holocausto, Holocausto – gemia, ainda que Treslove tivesse certeza de que Libor nem uma vez mencionara o Holocausto.

Era possível, admitia Treslove, que os judeus não precisassem mencionar o Holocausto a fim de ter o Holocausto mencionado. Talvez fossem capazes de transmitir mentalmente o Holocausto um para o outro, com um olhar. Mas Libor não lhe *parecera* estar transmitindo mentalmente o Holocausto.

– Lá vamos nós embarcar nesse papo judeu de auto-ódio – dizia Libor, por sua vez, embora Treslove jamais tivesse conhecido um judeu, ou, a bem da verdade, qualquer pessoa, que se odiasse menos que Finkler.

Dali em diante, os dois atacavam o assunto como se examinassem e destroçassem as provas um do outro pela primeira vez, enquanto Treslove, que nada sabia, sabia que eles vinham dizendo a mesma coisa havia décadas. Ou, no mínimo, desde que Finkler partira para Oxford. Na escola, Finkler era um sionista tão ardoroso que, quando a Guerra dos Seis Dias eclodiu, tentou se alistar na Força Aérea israelense, embora tivesse apenas sete anos de idade.

– Você não se lembra direito do que eu lhe disse – atalhou Finkler, corrigindo Treslove, quando o amigo lhe recordou o fato. – Eu tentei me alistar na Força Aérea palestina.

– Os palestinos não têm uma Força Aérea – retrucou Treslove.

– Exatamente – respondeu Finkler.

A atitude de Libor com relação a Israel com três "r" e sem "l" – Isrrrae – era a que Treslove já ouvira ser descrita como posição de barco salva-vidas.

– Não, nunca pisei lá nem quero jamais pisar – dizia –, mas mesmo na minha idade talvez não esteja longe a hora em que não me reste outro lugar *para* ir. Essa é a lição da história.

Finkler não se permitia empregar a palavra Israel. Não havia Israel, apenas Palestina. Treslove chegara, em algumas ocasiões, a ouvi-lo usar o nome Canaã. Israelitas, contudo, não podia deixar de haver, para diferenciar os agressores dos agredidos. Mas, enquanto Libor enunciava o nome Israel como um pronunciamento sagrado, como uma tossida de Deus, Finkler colocava um nauseado "i" entre o "a" e o "e" – isra*i*elenses –, como se a palavra rotulasse uma das doenças para as quais o pai costumava receitar suas famosas pílulas.

– Lição da história! – desdenhava Finkler. – A lição da história é que os israielenses jamais lutaram até hoje com um inimigo que não tenha saído da luta fortalecido. A lição da história é que os valentões acabam derrotando a si mesmos.

– Então, por que não esperar, simplesmente, que isso aconteça? – atalhou, hesitante, Treslove. Nunca entendera direito se Finkler se ressentia de Israel por vencer ou por estar prestes a perder.

Embora odiasse seus compatriotas judeus por causa da sua noção de clã quanto a Israel, Finkler não conseguia esconder seu desdém por Treslove pela ousadia de, na qualidade de estranho, ter um ponto de vista.

– Por causa do sangue que será derramado enquanto ficarmos de braços cruzados sem fazer nada – respondeu, borrifando Treslove com seu desprezo. – E porque, como judeu, fico envergonhado – acrescentou, dirigindo-se a Libor.

– Olhe só para ele – disse Libor –, exibindo sua vergonha para o mundo gentio que tem coisa muito melhor em que pensar, não é mesmo, Julian?

— Bem — começou Treslove, mas isso era o máximo que ambos estavam dispostos a ouvir a respeito do que pensava o mundo gentio.

— Quem lhe deu o direito de dizer que estou "exibindo" alguma coisa? — quis saber Finkler.

Mas Libor persistiu, cegamente:

— Será que eles já não amam você o suficiente por causa dos seus livros? Precisam também amar você pela sua consciência?

— Não estou correndo atrás do amor de ninguém. Estou correndo atrás de justiça.

— Justiça? E você se considera um filósofo! O que você está querendo é o calor reconfortante que um dono da verdade sente quando diz essa palavra. Preste atenção: eu fui seu professor e tenho idade bastante para ser seu pai. Vergonha é uma questão íntima. Que a gente guarda para si.

— Ah, sim, o argumento da família.

— E o que tem de errado com ele?

— Quando um membro da sua família age de forma errada, Libor, não é seu dever dizer isso a ele?

— Dizer, sim. Boicotar, não. Que espécie de homem boicota a própria família?

E daí por diante, até que as necessidades de homens carentes do conforto de uma companhia feminina — mais um cálice de Porto, mais uma visita desnecessária ao toalete, um cochilo pós-jantar — demandassem sua atenção.

Observando de fora, Treslove sentiu-se invejosamente pasmo com o finklerismo dos dois amigos. Tamanha confiança, tamanha certeza de estarem certos, quer ou não Libor tivesse razão de pensar que tudo o que qualquer finkler buscava era a aprovação dos não finklers.

O que quer que Sam Finkler quisesse, seu efeito sobre Julian Treslove era sempre deixá-lo desnorteado e fazê-lo sentir-se excluído de alguma coisa. E traidor de um "eu" que não tinha certeza de possuir. O mesmo acontecera na escola. Finkler costumava fazer com que ele se sentisse alguém que não era. Meio palhaço. Vai entender.

Treslove era considerado bonito de um jeito difícil de descrever; ele se parecia com gente bonita. A simetria tinha seu papel aí. Ele tinha um rosto simétrico. A elegância também. Ele tinha feições elegantes. E se vestia bem. Vestia-se bem como... Como quem mesmo? Enquanto Finkler — cujo pai convidava os fregueses a lhe socarem a barriga — se permitira ganhar peso, quase sempre deixava a barriga sobrar para fora da camisa, cuspia na câmera, andava desajeitado com aqueles pés enormes sempre que cismava em gravar cenas externas inúteis em que descia a rua até o lugar em que a van da lavanderia derrubara Roland Barthes ou atravessava o campo em que Hobbes fora dono de um lote. Mesmo assim era ele, Treslove, quem se sentia um palhaço!

Será que a filosofia tinha algo a ver com isso? De vez em quando, Treslove resolvia que estava na hora de tentar novamente a filosofia. Em lugar de começar do início com Sócrates ou pular direto para a epistemologia, ele saía e comprava o que prometia ser uma introdução clara ao assunto — da autoria de Roger Scruton ou Bryan Magee, embora, por motivos óbvios, jamais de Sam Finkler. Essas tentativas de autoinstrução sempre funcionavam bem a princípio. O tema, afinal, não era tão difícil assim. Treslove podia acompanhá-lo com facilidade. Depois, porém, mais ou menos no mesmo ponto, Treslove esbarrava em algum conceito ou linha de raciocínio que era incapaz de seguir, por mais que passasse horas e horas tentando decifrá-lo. Uma frase como "a ideia, derivada da evolução, de que a ontogênese recapitula a filogênese", por exemplo, embora não fosse irremediavelmente intricada em si, de alguma forma resistia ao esforço, detonando, ao que parecia, alguma coisa impenitente, e até mesmo delinquente, em seu cérebro. Ou a promessa de abordar um argumento a partir de três pontos de vista, cada qual com cinco características relevantes, o primeiro deles com quatro aspectos distintos. Era como descobrir que uma pessoa supostamente sã com quem se estivesse tendo uma conversa perfeitamente normal fosse, na verdade, louca de pedra. Ou, se não louca, sádica.

Teria Finkler algum dia se deparado com a mesma resistência?, perguntou-lhe Treslove certa vez. Ouviu um não como resposta. Para Finkler, tudo fazia perfeito sentido. E os seus leitores achavam que também ele fazia sentido. De que outro jeito explicar a existência de tantos?

Somente quando acenou em despedida ocorreu a Treslove que seu velho amigo talvez quisesse companhia. Libor tinha razão: Finkler estava querendo amor. Um homem sem esposa pode se sentir solitário num grande Mercedes preto, por mais leitores que tenha.

Treslove ergueu os olhos para a Lua e deixou a cabeça divagar. Adorava aquelas noites quentes, quando se sentia solitário e excluído. Agarrou-se às grades como se pretendesse pôr abaixo os portões, mas nada fez de violento, apenas escutou o parque respirar. Qualquer um que o observasse poderia tomá-lo por um interno em alguma instituição, prisioneiro ou louco, desesperado para sair. Mas havia outra interpretação para o seu comportamento: ele podia estar desesperado para entrar.

No fim, precisou da grade para mantê-lo em pé, de tão embriagado que estava, não pelo vinho de Libor, a despeito da quantidade mais que suficiente para três homens enlutados, mas, sim, pela sensualidade das profundas exalações do parque. Abriu a boca, como faria um amante, e deixou o suave odor de folhagem penetrar em sua garganta.

   Havia quanto tempo não abria a boca como amante, propriamente? Abrir a boca de verdade, para tomar fôlego, para exclamar expressando gratidão, para uivar de felicidade e de pavor. Seu estoque de mulheres teria esgotado? Ele era um amante, não um sedutor, por isso não se podia dizer que tivesse esgotado todo o estoque de candidatas adequadas à sua afeição. Mas elas pareciam não existir mais, ou haviam se tornado, de repente, impermeáveis à piedade, o tipo de mulher que no passado tocava seu coração. Treslove via a beleza das moças que passavam por ele na rua, admirava a musculatura de suas pernas, entendia a atração, para outros homens, daquela atitude despreocupada, mas nele elas não mais causavam o efeito do poste de iluminação. Não conseguia mais visualizá-las morrendo em seus braços. Não conseguia mais chorar por elas. E, como não conseguia chorar, não conseguia amar.

   Não conseguia sequer desejar.

   Para Treslove, melancolia era algo intrínseco ao desejo. Seria tão incomum assim?, perguntava-se. Seria ele o único homem que se agarrava com todas as forças a uma mulher de modo a não perdê-la? Não se tratava de perdê-la para outro homem. Basicamente, ele não se preocupava muito com outros homens. O que não significa dizer que sempre os despachara – continuava marcado pela forma indolente com que o italiano que consertava venezianas lhe roubara a namorada –, mas não era ciumento. Inveja, sim, ele era capaz de sentir – havia invejado e invejava ainda a vida de Libor, vivida monoeroticamente (*elochticamente*, conforme pronunciava Libor, tricotando as sílabas com seus tortos dentes tchecos) –, mas ciúme não. Sua única rival era a morte.

– Tenho complexo de Mimi – dizia aos colegas de faculdade, que achavam que ele estava brincando ou sendo engraçadinho, mas estavam errados.

Treslove escreveu um trabalho sobre o assunto para o módulo de Literatura Mundial Traduzida, módulo que passara a cursar depois de levar bomba em Processo Decisório em Questões Ambientais – usando o pretexto do romance de Henri Murger adaptado para a ópera *La Bohème*. Seu orientador lhe deu um A pela interpretação e um D- pela imaturidade.

– Você vai superar isso – disse a Treslove quando este questionou a nota.

A nota de Treslove foi aumentada para A++. Todas as notas eram aumentadas se os alunos as questionassem. E, como todos os alunos as questionavam, Treslove se perguntava por que os orientadores não davam logo A++ e economizavam tempo. Mas jamais superou seu complexo de Mimi. Aos quarenta e nove anos ainda sofria muito com ele. Não acontecia o mesmo com todos os amantes de ópera?

E talvez – como acontecia com todos os amantes da pintura pré-rafaelita e todos os leitores de Edgar Allan Poe – também um complexo de Ofélia. A morte extemporânea de uma mulher bonita... Que tema mais poético pode existir?

Sempre que passava por um salgueiro ou um regato, ou, melhor ainda, por um salgueiro crescendo à beira de um regato – o que não acontecia com muita frequência em Londres –, Julian via Ofélia na água, as roupas flutuando, como se fosse uma sereia, entoando sua balada melodiosa. Sem dúvida, água não lhe faltava – haveria na arte mulher mais afogada? –, mas ele não demorava a acrescentar as próprias lágrimas àquela inundação.

Era como se um pacto lhe tivesse sido imposto pelos deuses (não podia falar em Deus, não acreditava em Deus), obrigando-o a possuir uma mulher de forma tão integral e exclusiva, a abrigá-la em seus braços de maneira tão completa, que a morte não tivesse como dela se apossar. Ele fazia amor com esse espírito – isto é, na época em que fazia amor. Desesperada e incessantemente, como se pretendesse exaurir e espantar quaisquer que fossem as forças malévolas que conspirassem contra a mulher em seus braços. Dentro do abraço de Treslove, uma mulher podia se considerar para sempre imune ao perigo. Morta de cansaço, mas segura.

Como dormiam as mulheres que Treslove amara depois que ele terminava... Às vezes, ele ficava de vigília, temendo que jamais acordassem.

Era um mistério, por isso, o motivo que as levava a deixá-lo ou a tornar impossível para ele não as deixar. Essa era a decepção da sua vida. Destinado a ser um novo Orfeu encarregado de resgatar a amada do Hades, que, no fim, se veria revisando uma vida inteira de devoção e vertendo lágrimas de sofrimento intolerável quando ela desmaiasse pela derradeira vez em seus braços – "Meu amor, meu único amor!" –, cá estava ele, em vez disso, fingindo ser alguém que não era, um sósia universal que não sentia o mesmo que os outros, reduzido a inalar as fragrâncias dos parques e a chorar perdas que, a bem da verdade, não lhe cabiam sofrer.

Mais uma coisa para invejar em Libor – seu luto.

5

Ficou ali junto aos portões do parque talvez uma meia hora e depois se encaminhou a passos calculados para o West End, passando pela BBC — seu velho desafeto — e pela igreja projetada por John Nash, onde, certa vez, se apaixonara por uma mulher que vira acendendo uma vela e fazendo o sinal da cruz. Sofrendo, supôs. No *chiaroscuro*. Crepuscular, como a luz. Ou como ele próprio. Inconsolável. Por isso a consolara.

— Vai dar tudo certo — disse ele à mulher. — Vou proteger você.

Ela tinha belas maçãs do rosto e uma pele quase transparente. Dava para ver a luz atravessá-la.

Passados quinze dias de intensa consolação, ela perguntou:

— Por que você vive me dizendo que vai dar tudo certo? Não há nada de errado.

Ele balançou a cabeça.

— Vi você acendendo uma vela. Venha cá.

— Eu gosto de velas. Elas são bonitas.

Ele lhe acariciou os cabelos.

— Você gosta de vê-las bruxulear. Gosta dessa inconstância. Eu entendo.

— Tem uma coisa que preciso lhe contar a meu respeito — disse ela. — Sou meio incendiária. Nada muito sério. Eu não pretendia pôr fogo na igreja. Mas a chama me excita.

Ele riu e lhe beijou o rosto.

— Sssh, meu amor.

Na manhã seguinte, duas constatações o despertaram. A primeira: ela se fora. A segunda: os lençóis estavam pegando fogo.

Em vez de caminhar pela rua Regent, virou à esquerda na igreja, esgueirando-se por entre as colunas, roçando com o ombro a superfície roliça, macia e animal, até se encontrar no meio das pequenas pontas de estoque de roupas das ruas Riding House e Little Titchfield, surpreso, como sempre, ao ver a velocidade com que, em Londres, uma atividade cultural ou comercial cede lugar a outra. O pai havia sido proprietário de uma loja de cigarros e charutos ali — *Bernard Treslove: Tabacaria* —, razão pela qual conhecia o local e lhe tinha carinho. Para ele, aquilo ali sempre cheiraria a charutos, como acontecia com o pai no passado. As vitrines das joalherias baratas e das lojas de bolsas e pashminas de mau gosto o faziam pensar em romance. Deu meia-volta, sem pressa para chegar em casa; depois, parou, como sempre parava quando estava ali, do lado de fora da J. P. Guivier & Co. — o mais antigo vendedor e restaurador de violinos do país. Embora o pai tocasse violino, Treslove não tocava. O pai o dissuadira.

— Isso só vai deixar você nervoso. Esqueça.

— Esquecer o quê?

Bernard Treslove, careca, bronzeado, empertigado como uma vara, soprou fumaça de charuto na cara do filho e lhe deu um tapa afetuoso na cabeça.

— Música.

— Então, também não posso ter um violoncelo? — A J. P. Guivier vendia belos violoncelos.

— O violoncelo há de deixar você ainda mais triste. Vá jogar futebol.

Em vez disso, Julian foi ler romances e ouvir óperas do século XIX. O que também não agradou ao pai, já que todos os livros que Treslove lia, assim como as óperas que ouvia, saíam das estantes de Bernard.

Depois dessa conversa, Bernard Treslove dirigiu-se ao próprio quarto para tocar violino. Como se não quisesse dar mau exemplo para a família. Seria apenas imaginação de Treslove ou o pai chorava sobre o violino enquanto tocava?

Assim, Julian Treslove não tocava instrumento algum, embora sempre que passava pela vitrine da J. P. Guivier lamentasse tal fato. Podia, é claro, ter estudado música quando quisesse depois da morte do pai. Como Libor, que aprendera a tocar piano aos 80 anos.

Por outro lado, Libor tinha alguém para quem tocar, por mais que ela já não estivesse presente, enquanto ele...

Foi quando olhava para os violinos, perdido nessas reflexões melancólicas, que Treslove foi atacado, pego pelo pescoço sem qualquer aviso, como um gato valioso durante uma voltinha na rua poderia ser afanado por um gatuno de gatos. Treslove se encolheu e baixou a cabeça, exatamente como um gato. Só que não arranhou nem mordeu, nem de outra maneira reagiu. Conhecia essa gente de rua – os mendigos, os sem-teto, os despossuídos. Em sua imaginação, era um deles. Para ele, também, as ruas e calçadas da cidade representavam ameaças.

Anos antes, temporariamente desempregado e cortejando uma bela assistente social avessa a depilação e com piercing no nariz com a qual acreditava estar destinado a ser feliz – ou infeliz: não fazia diferença, desde que fosse esse o seu destino –, doara seu tempo aos sem-teto e fizera reivindicações em nome deles. Não ficava bem discutir quando eles fizessem reivindicações em nome próprio. Por isso, relaxou e se permitiu ser atirado contra a vitrine e depenado de seus pertences.

Permitiu-se?

A palavra tornava digno seu papel no episódio. Tudo terminou rápido demais para que lhe coubesse tomar alguma decisão. Ele foi agarrado, atirado, eviscerado.

Por uma mulher.

Mas isso não foi sequer a metade da história.

A questão foi o que — revivendo o episódio nos momentos seguintes — ele acreditou ter ouvido dela. Podia muito bem estar errado. O assalto havia sido repentino e rápido demais para que ele soubesse que palavras foram ditas, se é que o foram. Não era capaz de ter certeza sobre se tinha ou não emitido alguma sílaba. Será que realmente aceitara tudo em silêncio, sem sequer um "Me larga!", ou "Como se atreve?", ou mesmo um "Socorro!"? E as palavras que imaginava terem sido ditas por ela podiam ser apenas o som do seu nariz se partindo no vidro ou das cartilagens explodindo ou do coração pinoteando em seu peito. Ainda assim, um conjunto de sons confusos persistia e começava a se formar e reformar em sua cabeça...

— Seus bijus, suas joias — imaginava tê-la ouvido dizer.

Uma exigência estranha, de mulher para homem, a menos que um dia tivesse sido feita a ela e ela agora a refizesse a ele num espírito de ironia amarga, vingativa. "Seus bijus — agora você sabe como é ser mulher!"

Treslove cursara um módulo na faculdade intitulado Patriarcado e Política, ao longo do qual, com frequência, ouvira a frase "Agora você sabe como é ser mulher".

Mas... e se tudo isso não passasse de uma fabricação sua, oriunda de alguma obscura culpa machista? E se ela tivesse dito "Você é o Jules"?

Isso, igualmente, demandava alguma explicação, já que dificilmente ele precisaria que lhe dissessem quem era.

Talvez fosse o jeito dela de marcá-lo, de fazê-lo saber que conhecia sua identidade — "Você é o Jules, e não pense que um dia vou me esquecer disso".

No entanto, sem dúvida algo mais teria vindo em seguida. Algo mais veio em seguida, é claro, considerando-se que ela o depenou de todos os seus bens valiosos. Mas não haveria a mulher de querer — para que a satisfação dela fosse completa — fazê-lo saber também quem era ela? "Você é o Jules, eu sou a Juliette — se lembrou de mim agora, seu bostinha?"

Quanto mais pensava no assunto, menos seguro se sentia quanto ao som exato do que ouvira. O tom, sem dúvida, era acusatório. Mais "Você é Jules" do que "Você é o Jules".

"Você é Jules", como em "Você é Jules!".

Mas o que isso significava?

Além disso, teve a sensação de que ela não pronunciara "s" algum. Aguçou a memória auditiva para conferir se havia escutado um "s", mas em vão. "Você Jule" parecia mais o que ela havia dito. Ou "Seu biju".

Mas faria sentido chamar alguém de "biju" e depois quebrar-lhe a cara e afanar todos os seus pertences?

Treslove achava que não.

O que o fez voltar ao "Você é Jule!"

Uma coisa inexplicável.

A menos que o que ela tivesse dito ao lhe esvaziar os bolsos fosse: "Seu ju!"

CAPÍTULO 2

1

— Qual é a sua cor favorita?
— Mozart.
— E o seu signo?
— Meu sino?
— Signo. Astros, *estrelas*.
— Ah! Jane Russell.

Assim começou o primeiro encontro romântico de Libor na viuvez.

Encontro romântico! Que piada! Ele com noventa anos, ela com menos da metade disso, talvez nem mesmo um terço. Encontro! Mas que outra palavra haveria?

Aparentemente, ela não reconheceu o nome Jane Russell. Libor se perguntou onde estaria o problema — no sotaque que ele não perdera por completo ou na audição que não conservara por completo. Estava além da sua compreensão o fato de que Jane Russell pudesse, simplesmente, ser esquecida.

— R-u-s-s-e-l-l — soletrou ele. — J-a-n-e. Bonita, enormes... — Ele fez o que fazem, ou costumavam fazer, os homens, fingindo pesar nas mãos os seios de uma mulher, como um dono de mercearia que vende sacos de farinha.

A garota, a jovem, a menina, desviou o olhar. Ela era praticamente uma tábua, notou Libor, e por isso poderia considerar uma ofensa aquele gesto mercantilista. Embora, se tivesse peitos, talvez se sentisse ainda mais ofendida. As coisas de que alguém precisa se lembrar na companhia de uma mulher depois de passar meio século casado! As suscetibilidades que precisam ser levadas em conta!

Uma grande tristeza apossou-se dele. Como gostaria de estar dando gargalhadas com Malkie sobre tudo isso.

— Então, eu...

— Não, Libor, você não fez isso!

— Fiz. Fiz, sim.

Ele a viu levar a mão à boca — os anéis que comprara para ela, seus lábios carnudos, a basta cabeleira negra — e a quis de volta ou quis que tudo terminasse: o encontro, o constrangimento, a dor, tudo.

A moça se chamava Emily. Um nome bonito, pensou. Pena que trabalhasse para o World Service da BBC. Na verdade, havia sido por isso mesmo que os amigos o apresentaram a ela. Não para arrulhar sobre o *goulash* e os *dumplings* — a comida austro-húngara tinha sido ideia dele: glutonices do Velho Mundo para preencher quaisquer lacunas na conversa —, mas para que os dois conversassem sobre a instituição que lhes servia de denominador comum, talvez sobre o quanto tudo mudara desde que Libor saíra de lá, talvez para descobrirem que ela se ocupava com as crianças cujos pais Libor conhecera.

— Tomara que ela não seja uma dessas esquerdistas presunçosas — comentara Libor.

— Libor!

— Eu posso falar -- insistiu. — Sou tcheco. Já vi o que os esquerdistas fazem. E na BBC são todos esquerdistas presunçosos. Sobretudo as mulheres. As judias são piores ainda. É o canal predileto delas para a própria apostasia. Mais da metade das moças com as quais Malkie cresceu sumiu dentro da BBC. Perderam o senso de ridículo, e Malkie as perdeu.

Ele também podia falar que "as judias são piores ainda". Pertencia ao clube dos que tinham permissão para isso.

Felizmente, Emily não era uma esquerdista judia. Infelizmente, não era coisa alguma. Salvo deprimida. Dois anos antes, o namorado, Hugh, se suicidara. Jogara-se debaixo de um ônibus enquanto ela o esperava para sair. Na frente do Teatro Aldwych. Mais um motivo para levar os amigos a juntar os dois – não, é claro, com algum intuito romântico, mas na esperança de que um pudesse animar o outro. Mas, entre os dois – Emily e Hugh –, Libor se sentia mais ligado a Hugh, morto debaixo de um ônibus.

– De que bandas você gosta? – indagou Emily, depois de um silêncio, preenchido com *dumplings*, mais longo do que sua paciência era capaz de aguentar.

Libor refletiu sobre a pergunta.

A moça riu da própria indagação absurda. Enroscou uma mecha de cabelo sem vida em torno de um dedo envolto em Band-Aid.

– De que bandas você *costumava* gostar? – corrigiu-se, corando depois como se constatasse que a segunda pergunta era ainda mais absurda que a primeira.

Libor voltou a audição para ela e assentiu:

– Em princípio, não sou a favor de banir coisa alguma.

A moça o encarou.

Ai, meu Deus, recordou-se ele a tempo, ela vai querer que eu seja contra a caça a raposas, rampas de decolagem, experiências com animais e lâmpadas elétricas. Mas não fazia sentido começar – não que os dois fossem a algum lugar, claro que não – com uma mentira.

– Carros quatro por quatro – prosseguiu ele. – Agás aspirados. Os meus são culturais. *Talk shows,* socialismo, sapatos de tênis, a Rússia... Mas os casacos de pele definitivamente não. Se você tivesse visto Malkie com a sua chinchila...

Ela continuou a encará-lo. Ele temeu que ela desandasse a chorar.

— Não. Bandas — disse ela, finalmente. — *Bandas*.

Decidido a não mencionar a Filarmônica tcheca, Libor deu um suspiro e mostrou as mãos. A pele, desfigurada pelas manchas da idade, estava solta o bastante para que ela enfiasse os dedos por debaixo. Sairia toda, de uma só vez, como a pele de uma galinha levemente assada. As juntas eram grossas, as unhas, amareladas e curvas nas pontas.

Então, ele passou as mãos pela careca e inclinou a cabeça. Sempre havia sido careca. A careca lhe caía bem. Mas agora não restava um só fio de cabelo. A pátina da velhice extrema se assentara sobre ele. Queria que a garota visse seu próprio reflexo ali, medisse todo o tempo que lhe restava no espelho baço da antiguidade dele.

Deu para perceber que ela não fazia a mínima ideia do que ele estava querendo lhe mostrar. Quando Libor mostrava a careca a Malkie, Malkie a lustrava com a manga da blusa.

Isso costumava excitá-la. Não apenas a careca, mas o ato de lustrá-la.

Haviam mobiliado o apartamento ao estilo Biedermeier. Gosto de Libor, não de Malkie (embora Malkie tivesse sangue Biedermeier nas veias), mas ela fez essa concessão ao aspirante a pequeno-burguês europeu que havia no marido.

— A careca me lembra a nossa escrivaninha — comentava ela. — Reage do mesmo jeito a um bom lustro.

Ele gostava de ser a mobília dela.

— Você pode remexer no que guardo aqui dentro sempre que quiser — retorquia ele.

E ela ria e lhe passava o braço pelo pescoço como numa "gravata". No final, os dois trocavam obscenidades. Era assim que se defendiam do *páthos*.

— Desculpe — disse ele à moça, dobrando o próprio guardanapo. — Isso não é justo com você.

Fez sinal para o garçom antes de se lembrar das boas maneiras.

— Você não vai querer sobremesa, vai, Emily? — indagou. Ficou feliz por se lembrar do nome dela.

Emily balançou a cabeça.

Ele pagou a conta.

Ela sentiu tanto alívio quanto ele quando os dois se despediram.

2

— Uma companhia até que me faria bem, mas não sou capaz de fazer o esforço necessário para isso — disse Libor a Treslove por telefone.

Passara-se uma semana desde que tinham jantado juntos. Treslove não contara a Libor do assalto. Por que preocupá-lo? Por que deixá-lo amedrontado com o próprio bairro?

Não que Libor precisasse de proteção. Treslove se maravilhava com a coragem do amigo — para se arrumar, sair num encontro romântico, falar de amenidades. Imaginou-o em seu figurino David Niven, uma camisa polo branca elegante sob um blazer azul-marinho com botões dourados. A maioria dos homens da idade de Libor usava paletós verde-vômito e calças pescando siri. Isso sempre divertia e preocupava Treslove. Numa certa idade, os homens começavam a encolher, mas era precisamente nessa idade que suas calças ficavam pescando siri. Vai entender.

Mas não Libor. Ou, pelo menos, não quando saía para se encontrar com um amigo ou com uma mulher. Ele ainda continuava a ser um dândi europeu. Apenas ao telefone parecia ter a idade que tinha. Era como se o telefone filtrasse tudo o que não fosse unicamente a voz — a graça, a ousadia, as mãos dançantes. Uma velha laringe gasta era tudo o que restava. Treslove era capaz de visualizar Libor em carne e osso quando falava com ele ao telefone, alinhado em sua camisa polo, mas o som ainda assim o deprimia. Era como ouvir um morto falando.

— Garanto que não foi tão doloroso quanto você está fingindo ter sido — disse.

— Você não estava lá. E, para coroar, não foi decente.

— Por quê? O que você fez?

— Quis dizer correto.

— Por quê? O que você fez?

— Quis dizer que foi errado da minha parte concordar em conhecê-la. Fui até lá com um pretexto falso. Não quero estar com outra mulher. Não posso olhar para outra mulher sem fazer comparações.

Quando Malkie era viva, Libor carregava sua foto na carteira. Agora que ela morrera, ele a carregava no celular. Embora raramente usasse o telefone como telefone — achava difícil enxergar o teclado —, consultava a imagem da esposa cem vezes ao dia, abrindo e fechando o flip no meio de uma conversa. Um fantasma que jamais o abandonava, graças à tecnologia. Graças a Finkler, para ser preciso, já que Finkler programara o celular para ele.

Libor mostrara a tela a Treslove. A foto não era de Malkie no fim da vida, mas de como ela era no início do namoro. Os olhos sorridentes e maliciosos, apreciativos, adoradores e levemente borrados, como se vistos através de uma bruma – a menos que se tratasse de uma bruma toldando a visão de Treslove.

Treslove imaginou Libor abrindo o celular e olhando para Malkie embaixo da mesa, enquanto a moça lhe perguntava sobre signos e bandas.

— Aposto que a garota se divertiu à beça com você – disse Treslove.

— Pode crer que não. Mandei flores para me desculpar.

— Libor, isso só vai fazer com que ela pense que você quer ir em frente.

— Vocês ingleses, arre! Veem uma flor e já acham que foram pedidos em casamento. Pode crer, ela não vai achar. Mandei junto um bilhete manuscrito.

— Você não foi grosseiro com ela, foi?

— Claro que não. Só quis que ela visse como minha caligrafia é trêmula.

— Talvez ela encare como uma prova de que deixou você excitado.

— Não vai encarar. Eu disse a ela que sou impotente.

— Será que precisava ser tão íntimo?

— Isso foi para evitar a intimidade. Eu não disse que *ela* me deixou impotente.

Treslove ficava sem graça de falar em potência. E não apenas porque recentemente tivesse sido despido da própria masculinidade por uma mulher. Não havia sido criado, como os finklers evidentemente eram criados, para discutir questões de natureza sexual com alguém com quem não estivessem fazendo sexo.

— Bem, de todo modo... – disse ele.

Mas Libor não detectou seu constrangimento.

— Não sou de fato impotente — prosseguiu —, embora me lembre de uma época em que fui. Coisa da Malkie. Já lhe contei que ela se encontrou com Horowitz?

Treslove se perguntou o que viria a seguir.

— Não — respondeu, hesitante, sem querer dar a impressão de estar incentivando Libor.

— Pois bem, ela se encontrou. Duas vezes, para ser exato. Uma em Londres e outra em Nova York. No Carnegie Hall. Ele a convidou para ir ao camarim. "Maestro": era como o chamava. "Maestro, obrigada", agradeceu, e ele lhe beijou a mão. As mãos dele, ela me contou, eram geladas. Sempre tive inveja disso.

— Das mãos geladas?

— Não, do fato de ela chamá-lo de Maestro. Você acha estranho?

Treslove refletiu a respeito.

— Não. Um homem não gosta de ver a mulher que ama chamando outros homens de Maestro.

— Mas por que não? Ele *era* um maestro. Engraçado. Eu não estava competindo com ele. Não sou maestro. Mas durante três meses depois disso não consegui. Não consegui ficar de pau duro. Não consegui fazer jus ao desafio.

— É, isso é engraçado — concordou Treslove.

Às vezes, até um finkler tão distinto e idoso quanto Libor podia fazê-lo sentir-se como um monge beneditino.

— O poder das palavras — continuou Libor. — *Maestro*. Ela chama o sujeito de maestro e eu viro um eunuco. Mas, olhe, você quer sair para jantar hoje?

Duas vezes na mesma semana? Até pouco tempo atrás, os dois não chegavam a se encontrar duas vezes num ano. E, mesmo agora que a viuvez os reunira, os encontros não chegavam a dois por mês. Será que as coisas andavam tão pretas assim para Libor?

— Não posso — respondeu Treslove. Era incapaz de dizer a verdade ao amigo: que o motivo por que não podia sair era o olho roxo, talvez um nariz quebrado e o fato de ainda estar com as pernas bambas. — Preciso fazer umas coisas.

— Que coisas? — Próximo dos noventa anos, já se pode fazer perguntas desse tipo.

— *Coisas*, Libor.

— Eu conheço você. Você nunca diz "coisas" quando de fato tem coisas para fazer. Você sempre diz o quê. Tem algo de errado aí.

— Você está certo. Não tenho coisas para fazer. E o problema é esse.

— Então, vamos comer.

— Não dá para encarar, Libor. Desculpe. *Preciso ficar só.*

A referência era ao título do livro mais famoso de Libor sobre o showbiz. Uma biografia não autorizada de Greta Garbo, com quem corriam boatos de que Libor tivera um caso.

— Com a Garbo?! — exclamara Libor quando, um dia, Treslove lhe perguntou se era verdade. — Impossível. Ela já era uma sessentona quando a conheci. E tinha cara de alemã.

— E daí?

— Daí que uma sessentona era velha demais para mim. Uma sessentona continua a ser velha demais para mim.

— Não foi a isso que me referi. Eu me referi a ela ter cara de alemã.

— Julian, eu a olhei bem dentro dos olhos. Como estou olhando para você agora. Pode crer: aqueles olhos eram de um teutão. Era como fitar as estepes geladas.

— Libor, você mesmo vem de um lugar frio.

— Praga é quente. Só as calçadas e o Moldava são frios.

— Mesmo assim, não vejo por que isso seria um problema. Ora, vamos! Greta Garbo!

— Só seria problema se eu estivesse cogitando ter um caso com ela. Ou ela comigo.

— Você não poderia de forma alguma cogitar ter um caso com alguém com cara de alemã?

— Eu poderia cogitar. Não poderia ter.

— Nem mesmo com Marlene Dietrich?

— Principalmente com ela.

— Por que não?

Libor hesitara, examinando o rosto de seu antigo aluno.

— Há coisas que não se fazem — respondeu. — Além disso, eu era apaixonado por Malkie.

Treslove tomara nota mental. *Há coisas que não se fazem.* Será que algum dia chegaria a descobrir as coisas que os finklers faziam e não faziam? Num instante, tanta indelicadeza conversacional, noutro, tamanho escrúpulo quanto às amenidades etnoeróticas.

No telefone, dessa vez, Libor ignorou a alusão.

— Um dia você vai lamentar essa necessidade de ficar sozinho, Julian. Quando não lhe restar escolha.

— Eu já lamento.

— Então, saia comigo e se divirta. É você ou alguém que deseje saber meu signo.

— Libor, *eu* desejo saber seu signo. Só que não esta noite.

Sentiu-se culpado. Não se rejeita o desespero de um velho impotente e solitário.

Mas ele tinha a própria impotência para acalentar.

3

Finkler, que não sonhava, teve um sonho.

Sonhou que estava socando a barriga do pai.

A mãe gritava, pedindo que parasse. Mas o pai apenas ria e incitava: "Mais forte!"

— *Los the boy allein* — disse à esposa. Que significa, em seu arremedo de iídiche: "Deixe o garoto em paz."

Na vida real, quando o pai falava com ele nesse arremedo de iídiche, Finkler lhe dava as costas. Por que o pai, inglês com diploma universitário, normalmente afável — um homem culto e com uma convicção religiosa inabalável —, precisava se dar a esse espetáculo em sua loja, abrindo os braços e gritando numa língua de camponês que Finkler não conseguia entender? Outros amavam seu pai por essas demonstrações de excitabilidade judaica, Finkler não. Tinha de dar o fora.

Mas, no sonho, ele não dava o fora. No sonho, ele reuniu toda a sua força e desferiu soco após soco na barriga do pai.

O que o acordou foi a barriga do pai se abrindo. Quando viu o câncer nadando em sua direção num mar de sangue, Finkler não conseguiu continuar sonhando.

Também ele ficou surpreso quando Libor telefonou. Assim como Treslove, considerou preocupante o fato de Libor precisar de companhia duas vezes na mesma semana. Mas foi capaz de ser mais condescendente do que o amigo. Talvez porque também precisasse de companhia duas vezes na mesma semana.

— Venha jantar aqui em casa. Vou pedir comida chinesa.

— Você agora fala chinês? — indagou Libor.

– Engraçadinho. Chegue às oito.

– Tem certeza de que está a fim?

– Sou um filósofo, não tenho certeza de nada. Mas venha. Só não traga o Sinédrio com você.

O Sinédrio era o conselho de juízes da antiga terra de Israel. Finkler não estava disposto a falar desse assunto. Não com Libor.

– Nem uma palavra, prometo – disse Libor. – Com a condição de que nenhum dos seus amigos nazistas esteja aí para roubar meu frango com molho de feijão-preto. Está lembrado de que eu gosto de frango com molho de feijão-preto, não?

– Não tenho amigos nazistas, Libor.

– Seja lá que nome você dê a eles.

Finkler suspirou.

– Seremos só nós dois. Chegue às oito. Vou pedir frango com castanhas-de-caju.

– Com molho de feijão-preto.

– Que seja.

Pôs a mesa para o jantar: dois pratos e pauzinhos de chifre antigos para dois. Um dos últimos presentes que dera à esposa, até então sem uso. Era arriscado, mas ele se arriscou.

– São lindos – reparou Libor com carinho, de viúvo para viúvo.

– Ou me desfaço deles, o que não consigo fazer, ou passo a usá-los. Não faz sentido criar um mausoléu de coisas sem uso. Tyler me diria para usá-los.

– É mais difícil com os vestidos – atalhou Libor.

Finkler riu um riso sem graça.

– O que dizer de um vestido que uma mulher nunca chegou a usar? – indagou Libor. – Seria de imaginar que são aqueles que guardam a lembrança do corpo e do calor dela, que ainda cheiram ao seu perfume, que a gente não aguenta tocar. Mas os que não foram usados são mais difíceis.

— Ora, não é óbvio? — observou Finkler. — Quando você olha para um vestido que Malkie nunca usou, você a vê viva e dentro dele pela primeira vez.

Libor não pareceu convencido.

— Para mim, é olhar demais para o passado.

— Temos permissão para olhar para o passado.

— Ah, eu sei disso. Não faço outra coisa. Desde que Malkie se foi é como se a minha cabeça tivesse sido virada para trás. É a sua explicação da tristeza das coisas sem uso que eu acho fixada demais no passado. Quando vejo um vestido sem uso, e Malkie tinha muitos, guardados para ocasiões especiais que nunca aconteceram, alguns ainda com as etiquetas como se quisesse a chance de devolvê-los à loja, vejo o tempo futuro que foi roubado dela. Olho para a frente, para a vida que ela não teve, para a Malkie que ela não chegou a ser, não a Malkie que ela foi.

Finkler ouvia. Malkie tinha oitenta anos quando morreu. Quanta vida mais Libor podia imaginar para a esposa? Tyler nem chegou aos cinquenta. Então, por que ele não conseguia sentir o mesmo que Libor? Embora convencido de ter sido agraciado com uma natureza avessa à inveja — o que, feitas todas as contas e tirada a prova dos nove, tinha ele a invejar? —, sentia-se invejoso, mesmo assim, não da vida mais longa que tivera Malkie, mas do escopo da dor de Libor. Não era capaz, como Libor, de projetar sua dor no futuro. Não sentia saudades da Tyler que jamais chegou a ser, mas da Tyler que havia sido.

Comparava os méritos da sua maridice aos méritos da maridice do amigo mais velho. Com graça, é verdade, mas também com sinceridade, Libor sempre afirmara ser o marido perfeito, rejeitando a cama de algumas das mulheres mais bonitas de Hollywood. "Elas me queriam não porque sou bonito, você entende, mas porque eu as fazia rir. Quanto mais bonita a mulher, mais ela precisa rir. Por isso os homens judeus sempre se deram tão bem. Mas para mim era fácil resistir a elas. Porque eu tinha Malkie, que era mais bonita que todas juntas. E que *me* fazia rir."

Quem saberia dizer o quanto havia ali de verdade?

Libor contava que Marilyn Monroe, desesperada para que a fizessem rir, mas reconhecidamente enrolada com os fusos horários internacionais — nas histórias de Libor, todas as mulheres bonitas jamais sabiam que horas eram —, ligava para ele no meio da noite. Malkie sempre atendia. O telefone ficava na mesinha de cabeceira a seu lado. "É a Marilyn para você", dizia numa voz enfadada e sonolenta, acordando o marido. A porra da Marilyn de novo.

Ela jamais duvidou da fidelidade do marido porque tinha absoluta certeza de que ele lhe era fiel. Será que essa fidelidade — uma fidelidade sem sofrimento ou privações, Libor insistia, uma fidelidade cheia até a boca de deleite sensual — explicava o fato de Libor ser isento de remorso? A culpa se tornara o habitat de Finkler quando pensava na esposa, e a culpa existia apenas no passado. Livre de culpa, supondo-se que falasse a verdade, Libor era capaz de lamentar o futuro que ele e Malkie, embora idosos, jamais teriam. Em qualquer idade existe futuro não vivido. Nunca há vida demais quando se está feliz, essa é a questão. Nunca há felicidade o bastante para não se querer ter um pouco mais. Tristeza por tristeza, Finkler não sabia qual a mais desejável, se é que tristeza pode ser desejável: sentir-se roubado da felicidade que se viveu ou jamais tê-la vivido, para começo de conversa. Mas algo lhe dizia que ser Libor era melhor.

Talvez porque fosse melhor ter sido casado com Malkie. Finkler tentou espantar tal ideia, mas não conseguiu: são precisos dois para criar fidelidade, e, embora não chegasse ao ponto de dizer que Tyler não merecera a dele, sem dúvida ela não facilitara as coisas. Seria por isso que não se sentia roubado de uma vida futura com Tyler? Por não ter certeza da existência de uma vida futura para aguardar com ansiedade? E de quem era a culpa?

– Você às vezes se pergunta se está fazendo o que devia? – indagou ao amigo durante o jantar.

– Como assim? Está falando do luto?

– Não. Bom, do luto, sim, mas não só dele. De tudo. Você às vezes acorda de manhã e se pergunta se levou a melhor vida que poderia ter levado? Não do ponto de vista moral. Ou melhor, não só do ponto de vista moral. No sentido de ter aproveitado todas as oportunidades.

– Fico surpreso de ouvir essa pergunta logo de você – disse Libor. – Me lembro de você como um aluno brilhante, sem sombra de dúvida. Mas alunos brilhantes existem aos montes, e eu jamais teria adivinhado que você chegaria aonde chegou.

– Está me dizendo que cheguei um bocado longe com o pouco que tinha.

– De jeito nenhum, de jeito nenhum. Mas, a meu ver, você conseguiu realizar mais que a maioria. Você é um nome nacional...

Finkler, satisfeito, dispensou com a mão o elogio. Quem dava bola para ser um nome nacional? O rubor de satisfação em seu rosto provavelmente não era de satisfação, afinal, mas de vergonha. *Nome nacional* – pelo amor de Deus. *Nome nacional!* Quantas bocas nacionais, imaginou, estariam pronunciando seu nome nesse momento? Quantas bocas são necessárias para tornar um nome nacional?

— Pense em Julian, por exemplo — prosseguiu Libor —, e em como deve ser decepcionante para ele a própria vida.

Finkler fez o que ele lhe pediu e pensou. Os dois pontos corados em suas bochechas, antes do tamanho de moedas de dez centavos, cresceram para se transformar em dois sóis flamejantes.

— É. Julian. Mas a verdade é que ele sempre esteve à espera, não é mesmo? Eu nunca esperei por coisa alguma. Sempre agarrei. Eu tinha essa coisa judaica. Como você. Precisava fazer tudo rápido, enquanto havia tempo. Mas isso apenas significa que fiz o que sou capaz de fazer, enquanto Julian, bom... a hora dele ainda pode estar para chegar.

— E isso amedronta você?

— Se me amedronta? Como?

— Amedronta você imaginar que ele possa passar à sua frente no final? Vocês foram amigos íntimos, ora. Amigos íntimos não superam o temor de serem vencidos no confronto final. Ele nunca se acaba, a não ser quando a amizade se acaba.

— Por quem você teme ser ultrapassado, Libor?

— Ah, comigo realmente acabou. Meus rivais estão mortos há muito tempo.

— Bem, Julian não está propriamente na minha cola, está?

Libor examinou o amigo atentamente, como um corvo de olhos avermelhados observando uma presa fácil para nela cravar seu bico.

— No sentido de estar prestes a virar um nome nacional? Não. Mas o sucesso pode ser medido com base em outros parâmetros.

— Deus meu, disso eu não duvido! — exclamou Finkler, antes de fazer uma pausa para ponderar as palavras de Libor. Outros parâmetros, outros parâmetros... Mas não conseguiu pensar em nenhum.

Libor se perguntou se teria ido longe demais. Lembrou-se de como era suscetível quanto à menção de sucesso quando tinha a idade de Finkler. Resolveu mudar de assunto, reexaminando os pauzinhos de chifre dados de presente por Finkler à esposa.

— Eles são realmente lindos — comentou.

— Ela falava em colecioná-los, mas nunca fez isso. Costumava conversar sobre colecionar coisas, mas jamais chegou a pôr a ideia em prática. Para quê?, perguntava. Eu tomava como ofensa pessoal. Como se a nossa vida juntos não fosse digna do esforço de colecionar. Você acha que ela sabia o que ia acontecer com ela? Será que *queria* que acontecesse com ela?

Libor desviou o olhar. De repente se arrependeu de estar ali. Não dava para aguentar o luto de outro viúvo. Já tinha o dele.

— A gente não pode saber esse tipo de coisa — disse. — A gente só pode saber o que sente. E, como somos os que ficaram, somente os nossos sentimentos importam. Melhor discutirmos Isrrrrae — concluiu, acrescentando um quarto "r" na palavra para irritar o amigo, desviando-o do *páthos*.

— Libor, você prometeu.

— Então, vamos discutir antissemitas. Por acaso prometi não falar dos seus amigos, os antissemitas?

O tom cômico-judaico pretendia irritar Finkler um pouco mais. Libor sabia que Finkler odiava judeusismos. *Mauscheln* era como ele chamava a odiosa linguagem secreta dos judeus que levava os judeus alemães à loucura na época em que eles achavam que os alemães os amariam mais se disfarçassem sua origem. O excesso de teatralidade provinciana do falecido pai.

— Não tenho amigos antissemitas — rebateu Finkler.

Libor contorceu o rosto até se assemelhar a um demônio medieval. Só faltaram os chifres.

— Tem, sim. Os judeus.

— Ah, lá vamos nós! Qualquer judeu que não seja o *seu* tipo de judeu é um antissemita. Isso é bobagem, Libor... falar de antissemitas judeus. É mais que bobagem: é maldade.

— Não se meta a *kochedik* comigo por eu falar a verdade. Que petulância! Como pode ser bobagem se nós inventamos o antissemitismo?

— Já sei aonde você quer chegar, Libor. Ao nosso auto-ódio...

— E você acha que isso não existe? O que você diria a São Paulo, que comichava com um judaísmo do qual só conseguiu se livrar depois de botar meio mundo contra ele?

— Eu diria "obrigado, Paulo, por ampliar a discussão".

— Você chama isso de ampliar? Estreita é a porta, lembre-se.

— Isso quem disse foi Jesus, não Paulo.

— Sim, Jesus, de acordo com os judeus já sistematicamente paulinizados. Ele não podia nos adotar em carne e osso, por isso louvava o espírito. Você está fazendo o mesmo, do seu jeito. Sente vergonha da sua carne judia. Tem pena, *rachmones*, de si mesmo. O fato de ser judeu não significa, por si só, ser um monstro.

— Não me acho um monstro. Nem mesmo acho que *você seja* um monstro. Tenho vergonha das ações judaicas... Não, das ações israelenses...

— Aí está.

— Não é privilégio dos judeus desgostar do que alguns judeus fazem.

— Não, mas é privilégio dos judeus sentir *vergonha* disso. É o nosso *shtick*, a nossa especialidade. Ninguém faz isso melhor que nós. Conhecemos os pontos fracos. Somos tão treinados que sabemos exatamente onde enfiar a lança.

— Então, você admite que existem pontos fracos?

E por aí enveredaram os dois.

* * *

Depois que Libor saiu, Finkler foi até o quarto e abriu o armário da esposa falecida. Não o esvaziara. As roupas estavam todas lá penduradas, cabide após cabide, a narrativa da vida do casal, a sagacidade social esguia e sedenta de Tyler, o orgulho que ele tinha da aparência dela, dos olhares que a acompanhavam quando os dois entravam numa sala — ela como uma arma a seu lado.

Tentou sentir tristeza. Haveria algo ali que ela não usara, que partiria seu coração em vista da vida que ela não vivera? Não conseguiu encontrar nadinha. Quando Tyler comprava um vestido, ela o usava. Tudo era para já. Se comprasse três vestidos num dia, dava um jeito de usar os três vestidos num dia. Para jardinar, se fosse preciso. Esperar para quê?

Inspirou o aroma da mulher, depois fechou as portas do armário, deitou-se no lado que a esposa ocupara na cama e chorou.

Mas as lágrimas não foram como ele queria que fossem. Não eram as lágrimas de Libor. Finkler não foi capaz de perder-se de si mesmo nelas.

Passados dez minutos, levantou-se, foi até o computador e acessou um jogo de pôquer on-line. No pôquer, conseguia o que não conseguia no luto — esquecer-se de si mesmo.

Na vitória, conseguia esquecer-se de si mesmo mais ainda.

4

No sonho de Treslove, uma garotinha corre em sua direção. Ela se abaixa, sem parar de correr, mas reduzindo a velocidade, para tirar os sapatos. É uma estudante de uniforme: saia plissada, blusa branca, colete azul e uma gravata com o nó desfeito. Os sapatos a atrapalham. Ela se abaixa, sem parar de correr, para tirá-los, para correr mais depressa, mais livre, calçada com as meias escolares cinzentas.

É um sonho analítico. Nele, Treslove questiona seu significado. O significado do sonho e o motivo de sonhá-lo, mas também o significado da coisa em si. Por que a garota o afeta tanto? Será por causa da sua vulnerabilidade? Ou será o extremo oposto, sua força e resolução? Será que ele se preocupa com os pés dela, descalços, no cimento áspero? Será que sente curiosidade quanto à razão da sua pressa? Ou inveja, talvez, por ela não se importar com ele e estar correndo para encontrar outra pessoa? Será que ele deseja ser o motivo dessa pressa?

Treslove sonhou esse sonho a vida toda e não sabe mais se ele teve origem em algo que porventura tenha visto um dia. Mas o sonho é tão real para ele quanto a realidade, e sua recorrência é bem-vinda, embora ele não o invoque antes de dormir e nem sempre se lembre dele claramente ao acordar. A dúvida quanto ao seu status tem lugar exclusivamente no âmbito do sonho. Às vezes, porém, quando vê uma estudante correndo ou se abaixando para amarrar ou desamarrar um cadarço de sapato, Treslove tem uma vaga lembrança de conhecê-la de algum lugar.

É possível que ele tenha sonhado esse sonho na noite do assalto. Seu sono foi pesado o bastante para tê-lo sonhado duas vezes.

Ele era um homem que costumava acordar com uma sensação de perda. Não se lembrava de uma única manhã na vida em que tivesse acordado com uma sensação de posse. Quando nada havia de palpável para se reprovar por haver perdido, ele encontrava a futilidade de que precisava nas notícias internacionais ou na página de esportes. Um avião se espatifara – não importava onde. Alguém famoso e respeitado caíra em desgraça – não importava como.

O time inglês de críquete fora derrotado – não importava por quem. Como não acompanhava nem dava a mínima para os esportes, era no mínimo extraordinário que essa perene sensação de estar sempre aquém tivesse encontrado uma forma de se associar à seleção nacional de críquete. Fazia o mesmo com o tênis, o futebol, o boxe e até mesmo com os jogadores de sinuca. Quando Jimmy White, um jogador de sinuca londrino, esperto e trepidante chegou à última partida do Campeonato Mundial de Sinuca com enorme vantagem e, mesmo assim, conseguiu terminar a noite derrotado, Treslove recolheu-se à cama como um homem vencido e acordou de coração partido. Ele dava bola para sinuca? Não. Admirava Jimmy White e queria que ele vencesse? Não. No entanto, na humilhante capitulação de White aos deuses do fracasso, Treslove, sabe-se lá por quê, foi capaz de identificar a dele. Não era impossível que White tivesse passado o dia seguinte à sua incomensurável derrota rindo e se divertindo com os amigos, pagando drinques para todo mundo que conhecia, com um astral bem melhor que o de Treslove.

Não era de esperar, por isso, que, na manhã seguinte ao seu assalto humilhante, Treslove tivesse acordado com uma desconhecida sensação de quase euforia. Seria isso que o tempo todo faltara em sua vida – uma perda palpável que justificasse aquela até então infundada sensação conhecida, o roubo de pertences reais em oposição à consciência constantemente incômoda de que algo se perdera? Um correlativo objetivo, como chamou T. S. Eliot num ensaio idiota sobre Hamlet (Treslove tirou um B- promovido a A++ com seu ensaio sobre o ensaio de T. S. Eliot), como se tudo de que Hamlet precisasse para justificar o fato de sentir-se um camponês escravo e vagabundo fosse que alguém surrupiasse seus bens.

Treslove e Finkler recitavam *Hamlet* um para o outro incessantemente na escola. *Hamlet* foi a única obra literária capaz de agradar aos dois ao mesmo tempo. Finkler não era um literato. A literatura nunca lhe pareceu suficientemente suscetível à racionalidade para seu gosto. E carecia de aplicação prática. Mas *Hamlet* funcionou com ele. Sem saber que Finkler desejava matar o pai, Treslove não entendia por quê. Ele próprio gostava, não porque desejasse matar a mãe, mas por causa de Ofélia, a santa padroeira das mulheres aquosas. Fosse qual fosse a motivação de cada um, os dois entrelaçaram a peça à sua amizade. "Há mais coisas entre o céu e a terra, Samuel, do que sonha sua vã filosofia", costumava dizer Treslove quando Finkler se recusava a ir a alguma festa com ele porque não era adepto de tomar porres. "Vamos, vai ser engraçado." Mas, é claro, estava fadado a ouvir de Finkler que ultimamente, embora não soubesse onde, perdera toda a sua capacidade de rir.

Para em seguida acabar mudando de ideia e concordando em ir à festa.

Pessoalmente, passados tantos anos, Treslove não tinha certeza de ainda lhe restar alguma alegria inata para recuperar. Não se divertia havia muito tempo. E não estava propriamente se divertindo agora. Mas, sem dúvida, sentia-se mais motivado nesse instante do que em muito tempo. Como isso era possível ele não sabia. Seria de esperar que quisesse ficar na cama e nunca mais se levantar. Assaltado por uma mulher! Para um homem cuja vida consistira em uma sucessão de infortúnios absurdos, isso certamente era o auge da ignomínia. Mas ao contrário.

E isso a despeito dos efeitos físicos desagradáveis pós-assalto. Os joelhos e os cotovelos latejavam. Ostentava um hematoma horrível em volta de cada olho. Sentia dor quando respirava pelas narinas. Mas havia ar do lado de fora, e ele estava ansioso para inspirá-lo.

Levantou-se e abriu as cortinas, as quais fechou em seguida. Nada havia para ver. Morava num apartamento pequeno numa região de Londres cujas pessoas que não tinham dinheiro para morar em Hampstead chamavam de Hampstead, mas, como não era Hampstead, não tinha vista para o parque Heath. Finkler tinha vista para o parque Heath. De todas as janelas. Ele – Finkler – não dava a mínima para o parque Heath, mas comprara uma casa de onde se via o parque de todas as janelas por ter dinheiro para comprá-la. Treslove reprovou-se por essa quase recaída da sensação de perda. Uma vista para o parque Heath não era tudo. Tyler Finkler gozara de uma vista diferente do parque Heath de cada uma das janelas e de que isso lhe adiantou afinal?

Durante o café da manhã, teve um leve sangramento nasal. Ele normalmente gostava de visitar as lojas bem cedinho, mas não podia correr o risco de ser visto por algum conhecido. Sangramento nasal – como o luto, conforme se lembrou de ter ouvido de Libor – é algo a ser curtido na intimidade do próprio lar.

Lembrou-se do que, em meio à humilhação e à exaustão, se esquecera de fazer na noite anterior: cancelar os cartões de crédito e registrar a perda do celular. Se a mulher que o assaltou tivesse passado a noite pendurada no seu telefone ligando para Buenos Aires ou tivesse pegado um avião para lá, debitando a passagem num de seus cartões, e se pendurado no celular a manhã toda de lá para Londres, ele já estaria insolvente. Estranhamente, porém, nada havia sido gasto. Talvez ela ainda continuasse pensando em aonde ir. A menos que o roubo não fosse a sua motivação.

Se quisesse apenas complicar a vida dele, ela não podia ter encontrado método mais eficiente. Treslove passou o restante da manhã ao telefone, esperando que gente de verdade que falasse uma língua que ele pudesse entender respondesse, tendo que provar ser quem dizia ser, embora não soubesse dizer por que estaria preocupado com a perda dos cartões se não fosse. A perda do celular gerou mais problemas. Aparentemente, iria receber um número novo, justo quando conseguira, finalmente, memorizar o velho. Ou talvez não. Dependia do plano da operadora. Ele nem sequer sabia que tinha um plano.

Apesar dos pesares, em nenhum momento ficou puto ou pediu para falar com um superior. Se fossem necessárias mais provas de que a perda real, em comparação à perda imaginária, fizera maravilhas com seu humor, aí estavam elas. Nem sequer uma vez ele pediu o nome de alguém ou ameaçou providenciar sua demissão. Nem sequer uma vez mencionou a palavra ombudsman.

Não havia correspondências. Embora contasse com a força emocional necessária para abrir envelopes, o que nem sempre acontecia de manhã, sentiu-se aliviado por nada haver para abrir. Ausência de correspondências significava ausência de compromissos, já que ele aceitava compromissos exclusivamente marcados por carta, mesmo quando vinham diretamente de seus agentes. Aceitar, por telefone, fazer uma aparição Deus sabe onde como sósia sabe Deus de quem significava correr o risco de embarcar numa canoa furada. Apenas correspondência de verdade significava trabalho de verdade. E, quanto a isso, Treslove era altamente profissional, jamais recusava um trabalho, com base na suposição supersticiosa de que o primeiro trabalho que recusasse poderia ser o último. Havia um monte de sósias implorando por trabalho. Londres estava cheia de dublês de outras pessoas. Todo mundo se parecia com alguém. Sumir de vista equivalia a ser esquecido. Como na BBC. Mas, hoje, ele se veria forçado a recusar, por causa da sua aparência. A menos que lhe pedissem para comparecer a alguma festa parecendo Robert de Niro em *Touro indomável*.

Ademais, havia coisas sobre as quais necessitava de espaço mental para refletir. Como, por exemplo, por que tinha sido assaltado. Não apenas para quê, já que nem os cartões de crédito nem o celular havia sido usado, mas por que *ele*? A pergunta podia ser formulada de forma existencial: por que eu, Senhor? Ou de forma pragmática: por que eu em vez de outro?

Seria por parecer um alvo fácil? Um homem inadequadamente funcional, com um diploma conseguido em regime de créditos, que, com certeza, não ofereceria resistência alguma? Um joão-ninguém específico que por acaso se encontrava diante da vitrine da J. P. Guivier quando a mulher – desequilibrada, alcoolizada ou drogada – por acaso passou por ali? Um sósia de algum sujeito de quem ela quisesse se vingar, fosse ele quem fosse?

Ou será que ela sabia direitinho quem ele era e executou uma vingança há muito planejada? Existiria no mundo alguma mulher que o odiasse tanto?

Mentalmente, ele reviu a lista. As decepcionadas, as prejudicadas (não sabia como as prejudicara, apenas que elas pareciam, se sentiam e soavam prejudicadas), as perturbadas, as ofendidas, as que sofreram abuso (não sabia como abusara delas etc.), as descontentes, as nunca satisfeitas ou apaziguadas, as infelizes. Por outro lado, todas elas haviam sido infelizes. Infelizes quando ele as conheceu e mais infelizes ao abandoná-lo. Um monte de mulheres infelizes. Um marzão de sofrimento feminino.

Mas nada disso por culpa dele, pelo amor de Deus.

Algum dia, por acaso, levantara a mão para uma mulher de modo a justificar que uma mulher quisesse levantar a mão para ele? Não. Jamais.

Bom, uma vez... quase.

O incidente das moscas.

Tinham tirado um longo fim de semana romântico para viajar, ele e Joia — Joia, cuja voz soava como organza se rasgando e cujo sistema nervoso era visível sob a pele, um emaranhado de linhas azuis, fininhas como rios num atlas —, três dias irritantes em Paris, durante os quais os dois não conseguiram encontrar um único lugar para comer. Em Paris! Haviam passado por diversos restaurantes e dado uma olhada lá dentro, claro, chegando mesmo, algumas vezes, a sentar a uma mesa, mas tudo o que agradava a ele desagradava a ela — por motivos nutricionais ou dietéticos ou humanitários ou tão somente porque o local parecesse errado —, e tudo o que agradava a ela desagradava a ele, ou por ser caro demais para o seu bolso ou por ter sido ofendido pelo garçom ou porque o cardápio exigia mais do seu francês do que se permitiria mostrar na frente de Joia — Roia. Durante três dias, os dois palmilharam a maior meca gastronômica do planeta, batendo boca, envergonhados e famintos. Depois, quando voltaram para o apartamento de Treslove, calados e de mau humor, descobriram mais de dez mil moscas agonizantes — *mouchoirs*; não, *mouches*: como se explica que ele só conseguisse se lembrar dessa palavra entre todas que conhecia em francês? Que pena que as *mouches* não constassem de um único cardápio — um suicídio em massa de moscas em seus últimos estágios de agonia, moscas morrendo na cama, em janelas e peitoris, nas gavetas das mesinhas de cabeceira e até nos sapatos de Joia. Ela gritara, apavorada. É possível que ele também tenha gritado apavorado. Mas, se gritou, parou. E Joia, cujos gritos de organza fariam estremecer as almas no inferno, não. Treslove já vira uma quantidade suficiente de filmes em que um homem estapeia uma mulher histérica para fazê-la recuperar a sanidade e por isso sabia que é assim que se faz uma mulher histérica recuperar a sanidade. Mas ele apenas fingiu que ia estapeá-la.

O ato de fingir que ia estapeá-la — o gesto congelado de um tapa — foi tão ruim, porém, quanto se a tivesse realmente estapeado, ou talvez pior ainda, já que indicava intenção em lugar de uma temporária perda de sanidade para a qual a fome decerto contribuíra.

Treslove não negou, ao menos para si mesmo, que a visão de todas aquelas moscas morrendo como... bom, como moscas — *tombant commes des mouches* —, causara nele um efeito não menos devastador do que em Joia e que seu quase tapa tanto serviu para acalmar os próprios nervos quanto os dela. Mas se espera que um homem saiba o que fazer quando o imprevisto acontece, e o fato de não saber o que fazer foi usado contra ele tanto quanto o quase tapa.

— Bata nas moscas, já que precisa bater em alguém — gritou Joia, com a voz trêmula como a de um equilibrista sobre uma corda bamba de seda —, mas não ouse jamais, jamais, jamais na vida, sequer pensar em me bater.

Por um instante, ocorreu a Treslove que havia um número maior de "jamais" que o de moscas moribundas se multiplicando naquele quarto.

Fechou os olhos para bloquear a dor e quando os abriu Joia sumira. Fechou a porta do quarto e foi dormir no sofá. No dia seguinte, as moscas estavam mortas. Nenhuma se mexia. Ele as recolheu com a pá e encheu a lata de lixo. Nem bem tinha acabado quando o irmão de Joia apareceu para pegar as coisas dela.

— Menos o sapato com as moscas dentro — explicou a Treslove, embora Treslove não fosse mau o bastante para, de propósito, pôr moscas em sapatos femininos. — Minha irmã disse que você pode ficar com ele como lembrança dela.

Treslove se lembrava, sim, direitinho, e sabia que não havia sido ela a assaltante. Os ossos de Joia não lhe permitiriam agredi-lo como a assaltante o agrediu. Nem a voz podia assumir um tom tão grave. Além disso, ele saberia se Joia estivesse por perto. Teria ouvido seus nervos vibrarem a quarteirões de distância.

E o contato teria destruído sua mente.

E havia *o incidente da pintura de rosto*.

Treslove lembrou-se dele apenas para esquecê-lo. Podia ter acordado com uma estranha sensação de quase júbilo, mas não estava disposto a recordar *o incidente da pintura de rosto*.

Depois de quatro dias de molho sentindo uma dor mais que razoável, Treslove ligou para o médico. Tinha um médico particular – uma das vantagens de não ter esposa ou algo do tipo para lhe pesar no orçamento –, o que lhe permitiu conseguir uma consulta naquela mesma tarde em vez de no mês seguinte, quando a dor já tivesse passado ou ele, morrido. Enrolou uma echarpe no pescoço, puxou o chapéu borsalino para encobrir os olhos e desceu a rua às pressas. Vinte anos antes, seu médico era o pai do dr. Gerald Lattimore, Charles Lattimore, que caíra duro enquanto realizava uma cirurgia minutos depois de atender Treslove. Mais de vinte anos antes disso, o avô do dr. Gerald, o dr. James Lattimore, morrera num desastre de carro ao voltar do parto de Treslove. Sempre que ia ao consultório do dr. Gerald Lattimore, Treslove se lembrava das mortes do dr. Charles Lattimore e do dr. James Lattimore, e supunha que Gerald Lattimore também se lembrasse delas.

Será que ele me culpa?, perguntava-se Treslove. Ou pior, será que ele tem medo das minhas visitas por achar que o mesmo possa acontecer com ele? Os médicos leem os genes do mesmo jeito que os videntes leem folhas de chá; eles acreditam em coincidência racional.

Fosse o que fosse que o dr. Gerald Lattimore temesse ou recordasse, ele sempre tratava Treslove com mais rudeza do que Treslove considerava necessário.

— Quanto isso dói? — indagou o médico apertando o nariz do paciente.

— Pra caramba.

— Mesmo assim, acho que não tem fratura alguma. Tome paracetamol. O que você fez?

— Trombei com uma árvore.

— Você ficaria surpreso de saber o número de pacientes meus que trombam com árvores.

— Não fico nem um pouco surpreso. Hampstead é cheia de árvores.

— Não estamos em Hampstead.

— E todo mundo vive preocupado hoje em dia. A gente não tem espaço mental para reparar por onde anda.

— O que está preocupando você?

— Tudo. A vida. A perda. A felicidade.

— Quer se consultar com alguém sobre isso?

— Estou me consultando com o senhor.

— Felicidade não é a minha área. Está deprimido?

— Por incrível que pareça, não. — Treslove ergueu os olhos para o ventilador de teto, uma trapizonga periclitante com lâminas finas que chacoalhavam e zumbiam enquanto giravam devagar. Um dia esse troço vai se soltar e cair em cima de um paciente, pensou Treslove. Ou de um médico.

— Deus é bom para mim — respondeu, como se fosse isso que estivesse procurando no ventilador —, guardadas as devidas proporções.

— Tire a sua echarpe um instante — disse Lattimore de repente. — Deixe-me ver seu pescoço.

Para um médico, Lattimore era mais ou menos como seu ventilador: periclitantemente seguro. Treslove lembrou-se do pai dele e visualizou o avô como homens de peso e autoridade. O terceiro dr. Lattimore parecia jovem demais para ter concluído os estudos. Seus pulsos eram finos como os de uma garota. E a pele entre os dedos, cor-de-rosa, como se ainda não tivesse apanhado ar. Mas Treslove fez o que ele mandou.

— E a árvore também produziu essas marcas no seu pescoço? — indagou o médico.

— Ah, uma mulher me arranhou.

— Não parecem arranhões.

— Ah, uma mulher me atacou.

— Uma mulher atacou você! O que você fez a ela?

— Está perguntando se eu revidei? Claro que não.

— Não! O que você fez para *fazê-la* atacar você?

Culpa.

Desde antes que Treslove se lembrasse, em primeiro lugar, o primeiro dr. Lattimore, através de insinuações, e, em segundo, o segundo dr. Lattimore, através de olhares e palavras severas, o haviam punido com culpa. Independentemente da mazela que o afligisse — amidalite, falta de ar, pressão baixa, colesterol alto —, de alguma forma tudo era culpa de Treslove, culpa sua simplesmente por ter nascido. E agora a suspeita do nariz fraturado. Também culpa sua.

— Não me cabe a responsabilidade por isso — disse ele, voltando a se sentar e deixando pender a cabeça, como a sugerir a postura de um cachorro morto. — Fui assaltado. Incomum, eu sei, um homem adulto ser atacado e depois ter os bolsos esvaziados por uma mulher. Mas aconteceu. Eu diria que se deve à minha idade. — Pensou duas vezes sobre o que dizer em seguida, mas disse assim mesmo. — Talvez você não saiba que o seu avô fez o meu parto. Estou nas mãos dos Lattimore desde o início. Talvez tenha chegado a hora de uma terceira geração de Lattimore recomendar que eu me recolha a uma instituição de amparo.

— Não quero desiludi-lo, mas, se você pensa que estará seguro num lugar desses, esqueça. Existem mulheres lá que assaltariam você assim que o vissem.

— Que tal um lar para idosos?

— Acho que dá na mesma.

— Pareço um alvo fácil?

Lattimore olhou-o de alto a baixo. A resposta nitidamente era sim, mas ele achou uma forma mais delicada de enunciá-la.

— Não se trata de você — disse ele —, mas das mulheres. Elas estão mais fortes a cada dia. É nisso que dá o progresso da medicina. Tenho pacientes de oitenta anos que eu não me atreveria a enfrentar. Acho que você está mais seguro no mundo, onde, ao menos, dá para correr.

— Duvido. O boato já deve estar circulando. E elas serão capazes de farejar meu medo, de todo jeito. Todas as assaltantes de Londres. Até mesmo algumas que jamais pensaram em assalto à mão armada.

— Você parece animado com a ideia.

— Não. Só estou tentando não deixar que ela me abata.

— Bem-pensado. Espero que peguem essa, pelo menos.

— Quem? A polícia? Eu não liguei para a polícia.

— Não acha que deveria ter ligado?

— Para que me perguntassem o que eu fiz para provocá-la? Não. Eles vão me acusar de assédio ou de abuso. Ou vão me dizer para não sair à noite sozinho. De um jeito ou de outro, vão acabar às gargalhadas... um homem com o nariz quebrado por uma mulher. Parece coisa de cartum.

— Não está quebrado. E eu não estou rindo.

— Está, sim. Por dentro, você está.

— Bem, espero que você também esteja, por dentro. É o melhor remédio, sabia?

E o curioso é que Treslove estava. Rindo por dentro.

Mas não esperava que durasse.

E não se convencera de que o nariz não estivesse quebrado.

5

Havia mais uma coisa que Treslove quisera contar, porque precisava contar para alguém, mas, com o riso, achou melhor ficar calado. E Lattimore, concluiu ele, não era o homem para isso. Tipo errado. Estatura errada. Religião errada.

O que a mulher dissera a ele.

Treslove não se encontrava propriamente em terreno seguro quanto a isso, mesmo consigo mesmo. Talvez tivesse apenas imaginado que ela o chamara do que chamara. Talvez ela tivesse, afinal, apenas exigido dele suas joias, referindo-se possivelmente, e com a intenção de ser ostensiva e violentamente ofensiva, ao seu patrimônio viril. Vou cassar sua virilidade, ela bem poderia ter querido dizer. Seus colhões. O que, com efeito, havia feito.

Por outro lado, por que simplesmente não aceitar que ela o tivesse identificado, para sua própria satisfação, como "Você é Jules"?

O problema era que... como ela podia saber o nome dele? E por que haveria de querer, com tantos colhões disponíveis, justo os *dele*?

Nada disso fazia sentido.

A menos que ela o conhecesse. Mas ele já verificara isso. Além de Joia (e Joia estava eliminada da lista), e Joanna, cujo rosto ele pintara (e Joana estava eliminada porque Treslove não se permitiria pensar nela), que mulher que o conhecesse iria querer assaltá-lo? Que dano físico, em oposição a dano moral, ele jamais causara a uma mulher?

Por mais que ruminasse a questão, acabava sempre no mesmo lugar. Não a bijus, não a biju, não a Jules, não a Jule, sim a ju.

Seu ju...

Uma solução que criava mais mistérios do que esclarecia. Pois, se a mulher não era sua conhecida, ou ele dela, que equívoco havia cometido quanto à sua... – queria ser mico de circo se soubesse que nome dar a isso – etnia, seu sistema de crença (deveria dizer sua fé, mas Finkler era um finkler e Finkler *não* tinha fé)! Sua fisionomia espiritual.

Seu.

Julian Treslove – um judeu?

Seria, então, simplesmente um caso de identidade equivocada? Teria ela, confusa, seguido Treslove desde a casa de Libor, onde estivera à espera de Sam Finkler, e não dele? Treslove em nada se parecia com Sam Finkler – com efeito, Sam Finkler era uma das poucas pessoas com quem Treslove *não* se parecia –, mas, se a mulher estivesse apenas cumprindo ordens ou executando um contrato, talvez não houvesse avaliado corretamente a aparência do indivíduo que deveria atacar.

E, na confusão, faltara a ele presença de espírito para dizer: "Eu não ju. Finkler ju."

Por outro lado, quem estaria atrás de Sam Finkler? Isto é, além de Julian Treslove? O sujeito era um filósofo inofensivo, ainda que rico e volúvel. As pessoas gostavam dele. Liam seus livros. Viam seus programas na TV. Finkler buscara e ganhara o amor de todos. Havia alguns problemas com compatriotas finklers, imaginava Treslove, sobretudo entre os que, como Libor, chamavam Israel de Isrrrae, mas nenhum compatriota finkler, nem o mais sionista dos sionistas, iria atacá-lo e abusar dele com base em sua ancestralidade comum.

E por que uma mulher? A menos que fosse uma mulher que Finkler tivesse prejudicado pessoalmente — certamente devia haver algumas. Mas uma mulher que Finkler tivesse prejudicado pessoalmente sem dúvida saberia a diferença entre Finkler e Treslove vistos de perto. E ela chegara um bocado perto.

Ele sentira o odor do seu corpo. Ela devia ter sentido o odor do dele. E ele e Finkler... bem...

Nada disso fazia o menor sentido.

E tinha mais uma coisa que não fazia o menor sentido, salvo fazer, no máximo, sentido demais. E se a mulher não estivesse chamando o nome dele — *Você é o Jules... Você é Jule... Você é Ju* —, mas, sim, informando-lhe o dela — não *Você é* ou *Seu Jules*, mas *Sua Juno*, *Sua Judith* ou *Sua June*? "Sua" no sentido da promessa de uma Juno, Judith ou June que lhe fizera certa vez uma vidente espanhola com sotaque de Halesowen. Acompanhada do aviso sobre o perigo implícito na barganha.

Ele não acreditava, é claro, em vidência. Duvidava até mesmo de que se lembraria da vidente caso não tivesse se apaixonado por ela. Treslove jamais se esquecia de uma mulher por quem tivesse se apaixonado. Também jamais se esquecia de ter sido feito de bobo, muito menos porque a primeira coisa costumava vir seguida da segunda. E havia também a piadinha de Sam – "Se conheço alguma Ju... Deus!" –, destinada a lhe mostrar que um não finkler não chegava aos pés de um finkler. "Se conheço alguma Ju... Deus!" era uma ferida jamais cicatrizada.

Mas, afora aquilo de que se lembrava, a única maneira de uma vidente saber o nome da mulher que o assaltaria trinta anos mais tarde era ser a mulher que o assaltaria trinta anos mais tarde, e que possibilidade havia disso? Tolice, tudo tolice. Mas a ideia de algo preordenado pode balançar a alma do mais racional dos homens, e Treslove não era o mais racional dos homens.

Talvez nada disso significasse coisa alguma, mas, por outro lado, tudo isso podia significar, quando menos não fosse, a existência de uma extrema coincidência. Ela podia tê-lo chamado de *Você é Jules* ou *Você é Ju* ou outro nome qualquer *e* ter lhe dito que era a sua Judith ou outro nome qualquer. Jules e Judith Treslove – Rules e Rudith Treslove. Por que não, porra?

Assaltá-lo e ferrá-lo por causa de cartões de crédito e celular, e não usar nem um nem outro. Ou seja, assaltá-lo e ferrá-lo por causa dele mesmo.

Não, nada disso fazia o menor sentido.

Mas o enigma aumentou sua inesperada (guardadas as devidas proporções) leveza. Caso estivesse mais familiarizado com tal estado, talvez desse um passo a mais e se declarasse – para usar a palavra que emputecera a mulher que transara com ele usando Birkenstocks (pois também dela ele jamais se esquecera) – empolgado.

Como um homem à beira de uma descoberta.

* * *

Pela mesma razão pela qual não ligara para a polícia, Treslove também nada disse aos filhos.

No caso deles, os dois nem sequer se dariam ao trabalho de lhe perguntar o que ele fizera para provocar a mulher. Embora filhos de mães diferentes, os dois eram semelhantes na maneira de vê-lo e ele já dava como certas suas provocações. É isso que se ganha como pai quando se abandona as mães dos próprios filhos.

Na verdade, Treslove não abandonara ninguém, caso se entenda "abandonar" como algum ato de deserção. Faltava-lhe a resolução, ou seja, a independência de alma, para tanto. Ou ele se afastava, objetivamente — pois Treslove sabia quando não era desejado —, ou as mulheres o abandonavam, fosse por causa de moscas, de outro homem ou simplesmente em busca de uma vida que, por mais solitária que fosse, era preferível a mais uma hora passada com ele.

Ele as entediava até as fazer sentir ódio dele, sabia disso. Embora não tivesse prometido à mulher alguma uma vida excitante ao conhecê-la, passava a impressão de glamour e sofisticação, de ser diferente de outros homens, profundo e curioso — um produtor artístico, durante algum tempo, um diretor assistente de festivais, e, mesmo quando apenas dirigia um carrinho de leite ou vendia sapatos, um artista por temperamento —, o que, somado a tudo, levava as mulheres a pensar que estariam garantindo uma vida de aventura, no mínimo mental. Uma vez decepcionadas, encaravam a devoção de Treslove a elas como uma espécie de prisão; falavam de casas de bonecas e cadeias femininas, chamavam Treslove de carcereiro, colecionador, psicopata sentimental — bom, talvez ele fosse um psicopata sentimental, mas isso caberia a ele, e não a elas, dizer —, um assassino de sonhos, um algoz de esperanças, um sanguessuga.

Sendo um homem que matava as mulheres de amor, Treslove não via como também podia ser um assassino de seus sonhos. Antes de sair da BBC, pedira uma de suas apresentadoras – uma mulher que usava uma boina vermelha e meias de rede, à semelhança de uma espiã francesa de mentirinha – em casamento. Em algum lugar recôndito de si mesmo viu isso como um favor. Quem mais haveria de pedir Jocelyn em casamento? Mas ele estava apaixonado por ela. A incapacidade de uma mulher para se vestir decentemente, por mais que tentasse, sempre enterneceu Julian Treslove. O que significava sentir-se enternecido pela maioria das mulheres que trabalhavam à sua volta na BBC. Por trás daquela dolorosa batalha frenética para ser moderninha ou ostensivamente afrontar a moda – *nouvelle vague* ou *ancienne vogue* –, ele viu uma solteirona usando sutiãs de alças encardidas que adentraria uma velhice interminável para acabar numa fria e negligenciada cova. Por isso disse: "Quer casar comigo?", porque tinha bom coração.

Estavam comendo um tardio jantar indiano depois de uma gravação tardia. Eram as únicas pessoas no restaurante, o chef já havia se mandado, e o garçom estava impaciente.

Talvez a hora e o ambiente tenham revestido de desespero – desespero com relação a ambos – o pedido de casamento. Um desespero involuntário da parte de Treslove. Talvez ele não devesse ter falado de um modo que sugerisse tanto um favor.

– Casar com você, seu velho agourento! – exclamou Jocelyn, rindo, os lábios vermelhos, que faziam *pendant* com o vermelho da boina francesa, contorcidos num ricto. – Eu morreria em sua cama.

– Você morreria fora dela – disse Treslove, magoado e enfurecido com a violência da rejeição. Mas com honestidade. Onde Jocelyn iria arrumar oferta melhor?

— Está vendo? — cuspiu ela com sarcasmo, indicando alguma manifestação ectoplásmica da verdadeira natureza de Treslove. — Agourento, como eu falei.

Depois, num ônibus corujão, ela lhe deu uma palmadinha na mão e disse que não tivera a intenção de ser grosseira. Não pensava nele dessa maneira, só isso.

— Que maneira? — indagou Treslove.

— Como mais que um amigo.

— Bom, encontre outro amigo — retrucou ele.

O que — certo, certo, ele sabia — não fez senão provar que ela estava com a razão.

Assim, qual seria o sentido de procurar solidariedade nos filhos, ambos filhos de mulheres que haviam dito precisamente o mesmo que Jocelyn?

Quanto a mencionar a questão do "seu Ju", ele preferia morrer a fazer isso.

Os filhos estavam na casa dos vinte anos e não eram para casar. Não eram para casar por temperamento, isto é, independentemente da idade. Rodolfo, Ralph, para os íntimos, tinha um bar de sanduíches na City — basicamente no mesmo espírito com que o pai dirigira uma carrocinha de leite e substituíra janelas de veneziana, imaginava Treslove — supostamente devido a frustrações profissionais similares —, embora com o agravante da discriminação sexual. O filho usava rabo de cavalo e um avental para preparar os recheios. Não se falava no assunto. O que Treslove teria para dizer "Prefira as mulheres, filho, e você vai ter a boa vida que eu tive"? Boa sorte para ele. Mas entendia tão pouco disso que bem podia estar falando de um marciano. Alfredo — Alf para os íntimos, embora os íntimos fossem poucos e bem espaçados — tocava piano em hotéis em Eastbourne, Torquay e Bath. A música pulara uma geração. O que o pai proibiu Treslove encorajou, mesmo que a distância. Mas pouca alegria lhe dava a musicalidade de Alfredo. O garoto – homem agora – tocava introvertidamente, para seu próprio prazer e de mais ninguém. Isso o tornava ideal para tocar durante o chá da tarde ou o jantar em grandes salões onde ninguém queria ouvir música alguma, salvo, de vez em quando, um "Parabéns para Você", e nem mesmo isso nos lugares onde os frequentadores conheciam a maneira sarcástica como Alfredo executava o pedido.

Problemas de sexualidade também? Treslove achava que não. Gerara um homem que possuía as mulheres ou as deixava em paz, só isso. Mais um marciano.

De toda forma não havia registro de Treslove falar de si mesmo com eles. Havia vantagens no fato de ter tido filhos que ele não criara. Não precisava se culpar pelo resultado, para começar. E ele não era a primeira pessoa a quem os dois recorriam quando tinham problemas. Às vezes, porém, Treslove sentia falta da intimidade que supunha que os pais gozassem com seus filhos.

Finkler, por exemplo, tinha dois filhos e uma filha, todos começando ou acabando a faculdade, alunos típicos como o pai, e Treslove supunha que houvessem se unido após a morte de Tyler Finkler, apoiando-se mutuamente. Talvez Finkler tivesse sido capaz de chorar com os meninos, talvez até de chorar em seus ombros. O próprio pai de Treslove chorara em seu ombro, embora apenas uma vez: a ocasião ficara gravada a fogo em seu cérebro, não de forma fantasiosa, em absoluto – tão quentes haviam sido as lágrimas do pai, tão desesperada a forma como ele segurara a cabeça de Treslove, com ambas as mãos agarrando seus cabelos, tão inconsolável a dor, tão escandaloso o sofrimento, que Treslove pensou que o seu próprio cérebro fosse entrar em combustão espontânea.

Não desejava experiência tão terrível para os próprios filhos. Não houve alternativa depois para Treslove e o pai. Os dois se fundiram daquele momento em diante, restando-lhes apenas duas alternativas: passar o que restava da vida em conjunto grudados, como dois nadadores em vias de se afogar segurando um ao outro num luto lacrimoso, ou olhar para o outro lado evitando partilhar um único momento que fosse de intimidade. Sem jamais conversar a respeito, os dois optaram pela última.

No entanto, entre chorar como um anjo caído no ombro de um filho e apertar sua mão como faz um estranho devia haver, imaginava Treslove, um território intermediário. Território que ele não encontrara. Rodolfo e Alfredo eram seus filhos, chegavam às vezes a se lembrar de chamá-lo de pai, mas qualquer sugestão de intimidade apavorava os três. Havia algum tipo de tabu aí, como acontece com um incesto. Bom, era explicável e provavelmente justificado. Não se pode deixar de criar os filhos e depois esperar que eles nos ofereçam o ombro para aparar nossas lágrimas.

Treslove também não tinha certeza de que queria confessar um momento de vergonha e fraqueza, muito menos de suposição e superstição desenfreadas, aos filhos. Será que eles o admiravam – o pai remoto e bonito passível de ser confundido com Brad Pitt e que ganhava dinheiro com tal privilégio? Treslove não sabia dizer. Por mais remota que fosse essa possibilidade, porém, não estava preparado para pôr em risco essa admiração contando aos dois que havia sido achacado por uma mulher em plena cidade e praticamente à luz do dia. Não entendia muito bem de vida em família, mas supunha que um filho não desejasse ouvir uma coisa dessas sobre o pai.

O bom era que raramente falava com os dois, razão pela qual ninguém acharia significativo o seu silêncio. Fosse o que fosse que *eles* entendessem de vida de família, um e outro sabiam que um pai é alguém que raramente aparece.

Em vez disso, depois de se dar tempo para ruminar o episódio — Treslove não era um homem precipitado quando se tratava de qualquer outra coisa que não um pedido de casamento —, resolveu convidar Finkler para o chá da tarde, tradição que remontava à época da escola. Croissants e geleia em Haverstock Hill. Finkler lhe devia isso por não ter aparecido na última vez em que os dois combinaram um encontro. Cara ocupado, Finkler. Sam, o cara. E ele devia a Finkler um aviso, caso alguém realmente estivesse na sua cola, por mais absurdo que isso parecesse quando ensaiava dizê-lo.

Além disso, Finkler era um finkler e Treslove estava envolvido na questão finkler.

6

— É possível que alguém esteja querendo acabar com você — disse ele, resolvido a desembuchar logo, enquanto servia o chá.

Por algum motivo, ele sempre servia o chá quando estava com Finkler. Depois de mais de trinta anos tomando chá juntos, não se lembrava de uma única ocasião em que Finkler tivesse servido o chá ou pagado a conta.

Não mencionou isso a Finkler. Não podia. Não sem ser acusado de estereotipá-lo.

Estavam na Fortnum & Mason, que agradava a Treslove porque servia sanduichinhos e petiscos antiquados e agradava a Finkler por ele saber que o reconheceriam ali.

— Acabar comigo? Com críticas? Não há novidade nisso. Estão sempre querendo acabar comigo.

Essa era a fantasia de Finkler — todos estarem sempre querendo cair em cima dele com críticas. Na verdade, ninguém jamais havia querido isso, salvo Treslove, que não contava, e talvez a assaltante que caíra em cima de Treslove por engano. Embora os motivos dela decididamente não fossem do tipo artístico ou filosófico.

— Eu não quis dizer acabar com você dessa forma — explicou Treslove.

— De que forma, então?

— Acabar com você no sentido de acabar com você — respondeu Treslove apontando uma arma imaginária para as têmporas ruivas de Finkler. — Você sabe...

— Alguém está querendo me *matar*?

— Não, matar não. Dar um tranco. Roubar sua carteira e seu relógio. E eu só disse que *é possível*.

— Ah, bom. Desde que você ache que é só *possível*. Tudo é possível, meu Deus. Por que você acha isso?

Treslove contou o que acontecera. Não os detalhes ignominiosos. Só o básico. Andando pela rua no escuro. Distraído. Paf! A cabeça de encontro à vitrine da J. P. Guivier. Carteira, relógio e cartões de crédito sumidos. Tudo encerrado antes que pudesse dizer...

— Cristo!

— Para você ver.

— E?

— E o quê?

— Onde é que eu entro?

Eu, eu, eu, pensou Treslove.

— *E* é possível que ela tenha me seguido desde a casa de Libor.

— Espere aí. *Ela?* Como tem tanta certeza de que era ela?

— Acho que sei a diferença entre ela e ele.

— No escuro? Com o nariz enfiado numa vitrine?

— Sam, a gente sabe quando está sendo assaltado por uma mulher.

— Por quê? Quantas vezes você *já foi* assaltado por uma mulher?

— A questão não é essa. Nunca. Mas a gente sabe quando está acontecendo.

— Você apalpou a mulher?

— Claro que não apalpei. Não deu tempo.

— Do contrário teria apalpado?

— Devo confessar que não me passou pela cabeça. Eu estava chocado demais para sentir tesão.

— Então, ela não apalpou você?

— Sam, ela me assaltou. Ela esvaziou meus bolsos.

— Estava armada?

— Que diferença faz?

— Você poderia achar agora que ela não estava, embora achasse na hora que ela estivesse.

— Acho que não achei. Mas posso ter achado.

— Você deixou uma mulher desarmada esvaziar seus bolsos?

— Não tive escolha. Senti medo.

— De uma mulher?

— Do escuro. Do imprevisto...

— De uma *mulher*.

— Ok, de uma mulher. Mas eu não sabia, no início, que era uma mulher.

— Ela falou?

Uma garçonete, trazendo mais água quente para Finkler, interrompeu a resposta de Treslove. Finkler sempre pedia mais água quente, independentemente de quanta água quente já tivessem levado. Era o jeito dele de mostrar poder, acreditava Treslove. Sem dúvida, Nietzsche também pedia mais água quente do que precisava.

— Muita gentileza sua — agradeceu Finkler à garçonete, sorrindo.

Será que ele queria despertar amor ou medo na moça?, indagou-se Treslove. A autoridade preguiçosa de Finkler o deixava fascinado, a ele que sempre quis apenas despertar amor numa mulher. Talvez por isso se dera mal.

— Então, vamos ver se entendi direito — disse Finkler, esperando que Treslove despejasse água quente no bule de chá. — Essa mulher, essa mulher *desarmada*, atacou você, e você acha que era a mim que ela pensava estar atacando, porque *é possível* que ela tenha seguido você desde a casa de Libor, que, aliás, não me pareceu bem.

— Achei que ele estava ótimo, guardadas as devidas proporções. Comi um sanduíche com ele outro dia, como você devia ter feito. Ele me pareceu bem nessa ocasião também. Você me preocupa mais. Está saindo? — perguntou Treslove.

— Estive com ele, e ele não me pareceu bem. Mas o que é esse conceito de "sair". Que bem faz "sair"? Não é do lado de fora que as mulheres me esperam para me atacar?

— Você não pode viver dentro da sua cabeça.

— Comentário legal esse, vindo de você. Não vivo dentro da minha cabeça. Jogo pôquer na internet. Isso não fica nem perto da minha cabeça.

— Suponho que ganhe dinheiro.

— Claro. Na semana passada, ganhei três mil libras.

— Nossa!

— É, nossa. Por isso não precisa se preocupar comigo. Mas Libor anda chafurdando no sofrimento, se agarrando a Malkie com tanta força que ela vai levá-lo junto para o túmulo.

— É o que ele quer.

— Bom, eu sei que você acha tocante, mas isso é doentio. Ele devia se livrar daquele piano.

— E jogar pôquer na internet.

— Por que não? Uma bela bolada o animaria.

— E um belo prejuízo? Ninguém ganha para sempre. Você deve ter escrito um livro sobre alguém que disse isso. Existe um filósofo famoso que jogava, não? Hume, certo?

Finkler fitou-o sem pestanejar. Não tire conclusões, parecia dizer seu olhar. Não tire conclusões a partir da minha aparente ausência de luto. Só porque não escolhi o caminho de Libor de transformar minha vida em santuário não quer dizer que eu seja insensível. Você não sabe o que eu sinto.

Ou, talvez, Treslove apenas estivesse inventando isso.

— Desconfio de que você esteja pensando em Pascal — respondeu Finkler, afinal. — Só que ele disse o oposto. Disse que mais vale a pena apostar em Deus, porque desse jeito, mesmo que Ele não exista, você não tem nada a perder, enquanto, se apostar contra Deus e Ele existir...

— Você se ferra.

— Eu gostaria de ter dito isso.

— Você vai dizer, Finkler. — Finkler sorriu para o ar. — Voltando ao assunto: você sai da casa de Libor mais pra lá do que pra cá, e essa ladrinha, confundindo você comigo, segue atrás, andando centenas de metros até onde na verdade está mais claro, algo que não faz o menor sentido, e limpa você. O que, exatamente, em todo o incidente, liga essa mulher a mim? Ou me liga a você? Não somos propriamente idênticos, Julian. Você tem metade do meu tamanho, duas vezes mais cabelo...

— Três vezes mais cabelo.

— Estou de carro, você a pé... O que teria levado a assaltante a cometer esse erro?

— Vai saber... Porque ela nunca tinha visto nenhum de nós?

— E viu você e achou que você parecia alguém que carrega uma carteira recheada, e o que aconteceu aconteceu. Continuo sem entender por que você acha que ela queria acabar comigo.

— Vai ver ela sabia que você tinha ganhado três mil libras no pôquer. Ou talvez seja sua fã. Talvez, uma leitora de Pascal. Você sabe como são as fãs.

— E talvez ela não seja uma fã. — Finkler chamou a garçonete e pediu mais água quente.

— Olhe — disse Treslove, mudando de posição na cadeira, como se não quisesse que toda a Fortnum & Mason ouvisse —, foi o que ela disse.

— O que foi que ela disse?

— Ou, ao menos, o que acho que ela disse.

Finkler abriu os braços finklerísticos num gesto colossal. A paciência infinita está se esgotando, demonstrava seu gesto. Finkler fez Treslove se lembrar de Deus. Deus em desespero, no alto de uma montanha, diante do Seu povo. Treslove sentiu inveja. Esse foi o presente de Deus aos finklers como sinal da Sua aliança com eles — a capacidade de dar de ombros como Ele. Presente que, na condição de não finkler, Treslove não ganhou.

— O que ela disse ou você acha que ela disse? Desembuche, Julian.

E Julian desembuchou:

— *Seu judeu*. Ela disse *Seu judeu*.

— Você inventou isso aí.

— Por que eu inventaria?

— Porque você é um cara amargo e pervertido. Não sei por que você inventou. Porque estava ouvindo seus próprios pensamentos.

Tinha acabado de se despedir de mim e de Libor. Provavelmente estava pensando "Seus judeus!". *Seus judeus de merda.* Você transferiu a frase da sua boca para a dela.

— Ela não disse *Seus judeus de merda*. Ela disse *Seu judeu*.

— *Seu judeu?*

Agora que ouvira a frase dos lábios de outra pessoa, Treslove não tinha certeza de ter certeza.

— Acho que sim.

— Você *acha?* O que ela poderia dizer que soasse como *Seu judeu?*

— Já matutei sobre isso. *Seu Jules.* Mas como ela iria saber meu nome?

— Ele estava nos cartões de crédito que ela roubou de você, dãã!

— Não me venha com "dãã". Você sabe que eu odeio isso.

Finkler lhe deu uma palmadinha no braço.

— Ele estava nos cartões de crédito que ela roubou de você, sem dãã.

— Meus cartões têm as minhas iniciais, J. J. Treslove. Não há nenhuma referência a Julian e menos ainda a Jules. Vamos dar nome aos bois, Sam: ela me chamou de judeu.

— E você acha que o único judeu em Londres que ela poderia confundir com você sou eu?

— A gente tinha acabado de se despedir.

— Coincidência. A mulher provavelmente é uma antissemita serial. Sem dúvida chama todo mundo que ela assalta de judeu. É um termo genérico que vocês gentios usam com qualquer um de quem não gostem muito. Na escola chamavam de judeu quem ficava com o que não era seu. É o que vocês veem quando veem um judeu: um ladrão ou um aproveitador. Vai ver ela estava agindo assim com você, por vingança. *Eu te judio*. Você acha que pode ter sido isso? *Eu te judio*, no sentido de toma lá dá cá.

— Ela disse *Seu judeu*.

— Então, ela se enganou. Estava escuro.

— Estava claro.

— Você me disse que estava escuro.

— Eu estava criando o clima.

— Falsamente.

— Poeticamente. Estava escuro no sentido de estar tarde, e claro no sentido de iluminado pelos postes da rua.

— Claro o bastante para ser evidente que você não era um judeu?

— Tão claro como está aqui. Eu pareço judeu?

Finkler soltou uma de suas gargalhadas televisivas. Treslove sabia por experiência própria que Finkler jamais gargalhava na vida real — essa era uma das queixas de Tyler quando estava viva: a de que se casara com um homem que não sabia rir. Na televisão, porém, quando queria demonstrar receptividade, gargalhava ruidosamente. Apesar de ser visto por centenas de espectadores, Treslove se admirava com o fato de que um único deles engolisse esse engodo.

— Vamos perguntar aos presentes — sugeriu Finkler.

E, durante um momento apavorante, Treslove achou que o amigo poderia passar da palavra à ação. *Levante a mão quem acha que este homem é, ou poderia ser confundido com, um judeu*. Seria uma forma de conseguir que todos que ainda não tivessem reconhecido Finkler reparassem nele.

Treslove enrubesceu e baixou a cabeça, pensando, ao fazê-lo, que era precisamente essa timidez que o carimbava como não judeu. Quem já viu um judeu tímido?

— Pronto, está aí a história — disse ele quando enfim criou coragem para levantar a cabeça. — Me diga. Qual seria o conselho de Wittgenstein?

— Que você pare de inventar besteiras. E que largue do meu pé e do de Libor. Olhe aqui: você foi assaltado. Isso não é legal. E você já estava meio emotivo. Provavelmente não é saudável nós três nos encontrarmos como temos feito. Ao menos para você. Nós temos motivo. Estamos de luto. Você, não. E, se está, não devia. É mórbido, porra. Você não pode ser a gente, Julian. Não devia querer ser a gente.

— Eu não quero ser vocês.

— No fundo quer, sim. Sem querer ser cruel, mas você sempre quis uma parte de nós.

— *Nós?* Desde quando você e Libor são *nós*?

— Pergunta interessante essa. Você sabe muito bem desde quando. Agora isso não basta para você. Agora você quer outra parte de nós. Agora você quer ser judeu.

Treslove quase se engasgou com o chá.

— Quem disse que eu quero ser judeu?

— Você. Do contrário, por que toda essa história? Olhe, você não é o único. Muitos querem ser judeus, um monte de gente.

— Bom, *você* não.

— Não comece. Você está falando como o Libor.

— Sam, Samuel, leia os meus lábios: Eu. Não. Quero. Ser. Judeu. CERTO? Não tenho nada contra, mas gosto de ser quem eu sou.

— Lembra quando você dizia que adoraria que o meu pai fosse seu pai?

— Eu tinha quatorze anos. E gostava quando ele me chamava para socar a barriga dele. Eu morria de medo de encostar a mão no ombro do meu. Mas não tinha nada a ver com ser judeu.

— Então, o que você é?

— Como assim?

— Você disse que gosta de ser o que é. Então, o que você é?

— O que eu sou? — Treslove contemplou o teto. Parecia uma pegadinha.

— Precisamente. Você não sabe o que é e por isso quer ser judeu. Logo vai passar a usar cachinhos compridos e me dizer que se ofereceu como voluntário para pilotar jatos israelenses contra o Hamas. Isso, Julian, repito, não é saudável. Dê um tempo. Você devia estar na noite. "Sair", como você mesmo diz. Arrume uma garota. Tire férias com ela. Esqueça o resto. Compre uma nova carteira e siga em frente com a sua vida. Garanto que não foi uma mulher que roubou a sua carteira velha, por mais que você quisesse que fosse. E quem quer que tenha sido, tenho certeza, não confundiu você comigo nem chamou você de judeu.

Treslove quase se sentiu derrotado por tanta certeza filosófica.

CAPÍTULO 3

1

– Oi, Brad.

A mulher que falou tinha traços fortes, uma cascata de cachos louros e um vestido império que exibia seu colo de forma dramática. Pela terceira vez naquela noite, Treslove – em seu primeiro compromisso depois do retorno ao ofício de sósia – era confundido com Brad Pitt. Na verdade, havia sido contratado como dublê de Colin Firth no papel de Sr. Darcy. Tratava-se de uma grande festa de aniversário num loft de Covent Garden para uma cinquentona abastada cujo nome era realmente Jane Austen. Diante disso, que outra celebridade Treslove podia ter sido contratado para incorporar? Todos usavam fantasia. Treslove, metido em culotes justos, numa camisa branca de herói e gravata de seda, ostentava uma expressão emburrada. Como, então, teria sido confundido com Brad Pitt? A menos que Brad Pitt tivesse atuado em alguma produção de *Orgulho e preconceito* que ele perdera.

Em pouco tempo, todos estavam bêbados e alheios. E a mulher que o abordou, além de bêbada e alheia, era americana. Mesmo antes que abrisse a boca, Treslove já deduzira tudo isso a partir do seu comportamento. Ela parecia encantada demais com a vida para ser inglesa. Os cachos eram cacheados demais. Os lábios, grandes demais. Os dentes, alvos e regulares demais, como uma grande arcada dentária com exatos intervalos verticais. E os seios pareciam autoritários e agressivos demais para serem ingleses. Se as heroínas de Jane Austen portassem seios assim, jamais precisariam temer acabar solteironas.

— Tente outra vez — disse Treslove, animado com o encontro. A mulher não fazia seu tipo. Nem podia fazer: era por demais evidente que sobreviveria a ele. Mas Treslove achou sua disposição agressiva excitante. E, como os demais, também ele começava a sentir-se alheio.

— Dustin Hoffman — disse ela, examinando o rosto de Treslove. — Não, acho que você é moço demais para ser o Dustin Hoffman. Adam Sandler? Não, você é velho demais. Ah, já sei: Billy Crystal.

Ele não retrucou o óbvio: *O que estaria Billy Crystal fazendo numa festa de Jane Austen?*

A mulher levou-o para o hotel em que estava hospedada. Sugestão dela. Mostrou-se lasciva no táxi, apalpando-o peito acima por baixo da camisa de herói e coxa abaixo por dentro dos culotes do Sr. Darcy. Chamando-o de Billy, cujo som ocorreu a ela, quando os dois passaram pela estátua de Eros, usar como trocadilho para "bilau". Estranho como os americanos podem ser impuros, pensou Treslove, para gente tão puritana de alma. Comportados e pornográficos ao mesmo tempo.

Mas Treslove não estava em condições de ser crítico.

Gratidão e uma sensação de alívio o assaltavam. Continuava no jogo; ainda era um jogador. Na verdade, jamais havia sido um jogador, mas sabia o porquê da metáfora.

Passou a língua por trás daquele esfuziante cenário de dentes, tentando, em vão, distinguir um do outro. Teve o mesmo problema com os seios. Não se dividiam. Constituíam um único regaço, no singular.

Ela era tão perfeita que precisava apenas de uma unidade de cada coisa.

Trabalhava como produtora de TV estava passando alguns dias em Londres para tratar de um projeto em conjunto com o Canal 4. Treslove ficou aliviado por não ser com a BBC. Não sabia ao certo se seria capaz de dormir com alguém que tivesse qualquer ligação com a BBC, caso pretendesse conseguir uma ereção decente que durasse algum tempo.

No caso em questão, ele não conseguiu uma ereção decente de qualquer duração porque a mulher se sacudia em cima dele numa efusão de cachos e bicos de seios, levando-o, envergonhado, a um resultado prematuro.

– Uau – exclamou ela.

– É o vestido – justificou Treslove. – Eu não devia ter pedido a você para não tirá-lo. Excesso de associações excitantes.

– Tipo?

– Tipo *A abadia de Northanger* e *Palácio das ilusões*.

– Eu posso tirar o vestido.

– Não. Fique com ele e me dê vinte minutos.

Conversaram sobre seus personagens favoritos de Jane Austen. Kimberley – logicamente ela se chamava Kimberley – gostava de Emma. Estava fantasiada de Emma. Emma Woodhouse, bonita, inteligente, rica.

– E com os peitos de fora – acrescentou ela, rindo e botando-os novamente para dentro. Ou melhor, pensou Treslove, botando-*o* de novo para dentro.

Tirando-o outra vez, ele disse que achava algumas das heroínas de Jane Austen um tantinho efervescentes para o seu gosto – não

Emma, claro que não Emma –, preferindo Anne Elliott, não, amando, realmente *amando* Anne Elliot. Por quê? Não sabia ao certo, mas achava que tinha algo a ver com o fato de já não lhe sobrar tempo para ser feliz.

– Tomando o último gole antes que fechem o saloon – interveio Kimberley, mostrando entender as nuances da Inglaterra georgiana.

– Sim, sim, isso mesmo. É a ideia da beleza desbotada dela que eu adoro. E que vai desbotando à medida que a gente lê.

– Você gosta de beleza desbotada!

– Não, santo Deus, não como norma. Não me referi à vida real.

– Espero que não.

– Minha nossa, não!

– É um alívio saber.

– Tem a ver com a ideia do conto de fadas – acrescentou Treslove, fazendo uma pausa para roçar de propósito aquele único seio. – Jane Austen, com um estalar de dedos, produz um final feliz em cima da hora, mas na vida real teria sido uma tragédia.

Kimberley anuiu, sem escutar.

– E agora está na hora de *você* estalar os dedos – disse ela, consultando o relógio. Dera a ele exatos vinte minutos. Ela não curtia cálculos aproximados, como também não curtia tragédia.

– Uau! – exclamou Kimberley outra vez, cinco minutos depois.

Foi a noite de sexo mais alegre da vida de Treslove. Uma surpresa, porque ele não curtia alegria. Quando foi embora de manhã, recebeu de Kimberley um cartão de visitas – caso algum dia ele aparecesse em LA, mas não sem antes avisar, bem entendido, já que o marido não iria ficar propriamente encantado de encontrar Billy Crystal postado à porta vestindo culotes do século retrasado. Sapecou-lhe uma palmada no traseiro à guisa de adeus.

Treslove se sentiu uma prostituta.

* * *

E quanto àquela precocidade? Treslove, à paisana, parou para um café em Piccadilly a fim de refletir sobre o assunto. Impetuosidade nunca havia funcionado com Treslove. Impetuosidade, com efeito, sempre havia sido prejudicial ao processo. Assim, o que, nessa ocasião específica, detonara o resultado precoce? O vestido, sem dúvida, tinha algo a ver — Anne Elliot montada nele e balançando a cabeça de um lado para o outro como uma atriz pornô sueca. Mas só o vestido não justificaria a rapidez da sua admiração, nem o replay num intervalo de vinte minutos, não durante a noite toda, mas durante mais tempo do que seria cavalheiresco alardear. O que deixava como alternativa apenas o assalto. Ele não juraria num tribunal sobre a veracidade do fato, mas tinha a impressão de haver brevemente pensado na mulher que o assaltara enquanto Kimberley subia e descia e gritava uau! em cima dele. As duas tinham mais ou menos o mesmo físico, calculou. Estaria, então, pensando nela ou em tornar a encontrá-la? Também não juraria sobre a veracidade de uma nem de outra hipótese.

Só que havia um problema nisso tudo. O assalto decerto não o estimulara sexualmente na ocasião. E por que estimularia? Ele não era esse tipo de homem. Um nariz quebrado doía um bocado, *ponto final*, como diziam os filhos. Também não o estimulara, sequer remotamente, nos dias que se seguiram. Nem estava lhe causando efeito algum agora, sentado ali refletindo a respeito. Mas alguma coisa estava deixando Treslove excitado. Lembranças da noite anterior, claro. Uma noite da qual se orgulhar e guardar boas lembranças. Que não só quebrara um longo jejum, mas também havia sido uma trepada de uma noite só para se rivalizar com a melhor das melhores, e Treslove não era, por natureza, homem de trepadas de uma noite só. Ainda assim, alguma consciência adicional de excitação e perturbação erótica o cutucava.

Foi quando entendeu. Billy Crystal. Kimberley o confundira, inicialmente, com Brad Pitt, mas, quando examinou seu rosto mais de perto, viu outra pessoa. Dustin Hoffman... Adam Sandler... Billy Crystal. Ele a interrompera ali, mas, se ela tivesse prosseguido, a lista provavelmente, a julgar pela direção que começava a tomar, acabaria por incluir David Schwimmer, Jerry Seinfeld, Jerry Springer, Ben Stiller, David Duchovny, Kevin Kline, Jeff Goldblum, Woody Allen, a porra do Groucho Marx... Já estava de bom tamanho, não?

Finklers.

Malditos finklers, todos eles.

Treslove lera em algum lugar que todo ator de Hollywood nascera finkler, independentemente de manter ou não seu sobrenome finkler. E Kimberley — Kimberley, caramba! Qual seria seu nome original? Esther? —, Kimberley o confundira com todos eles.

Com confundir ele não queria dizer — não podia querer dizer; *ela* não podia querer dizer — confundir *fisicamente*. Mesmo para a visão embaçada de Kimberley, Treslove não podia se parecer fisicamente com Jerry Seinfeld ou Jeff Goldblum. Tinha o tamanho errado. Tinha a temperatura errada. Tinha a velocidade errada. Sua semelhança com esses homens devia, nesse caso, ser de outra natureza. Devia ser uma questão de espírito e essência. *Essencialmente* Treslove era como eles. *Espiritualmente* Treslove era como eles.

Não podia dizer com certeza se confundi-lo com um finkler em essência detonara o tesão de Kimberley — não havia razão para isso, já que do lugar de onde ela vinha todos eram finklers —, mas e se tivesse detonado o dele?

Dois equívocos de identidade desse tipo em duas semanas. Não fazia a mínima diferença o que Finkler achava disso. Finkler era possessivo quanto a seu finklerismo. "O nosso clube não está aberto a qualquer um", explicara a Treslove na época em que insistia em ser chamado de Samuel.

— Eu não estava pensando em me filiar — dissera Treslove na ocasião.

— Eu nunca disse que você estava — concordara Finkler, já sem qualquer interesse.

Por isso, Finkler não era o que se poderia chamar de terceiro desinteressado.

Não se podia dizer o mesmo das duas mulheres sem comprometimento com a questão — duas semanas, duas mulheres, dois equívocos de identidade!

Treslove mordeu as juntas, pediu mais café e permitiu que a vida — sua vida de mentiras, não? — lhe passasse diante dos olhos.

2

Finkler fez por onde.

Foi essa a conclusão de Tyler Finkler à época e também de Julian Treslove. Sam ia ter o troco.

O argumento de Tyler Finkler era mais forte. O marido estava trepando com outras mulheres. Ou, se não estivesse trepando com outras mulheres, poderia muito bem estar trepando com outras mulheres, dado o volume de atenção que dispensava a ela.

Para Treslove, simplesmente Finkler teria o troco por ser finkler. Mas Treslove também achava que uma mulher tão bonita quanto Tyler não devia ter de sofrer.

Tyler Finkler. A *falecida* Tyler Finkler. Lembrando-se dela enquanto tomava um segundo café, Treslove soltou um suspiro profundo.

— Sam está envolvido num projeto que lhe demanda muito — justificara para Tyler, então. — É um sujeito ambicioso. Foi um garoto ambicioso.

— Meu marido foi um garoto!

Treslove sorrira sem jeito. Finkler não havia sido, com efeito, propriamente um garoto, mas não lhe pareceu correto dizer isso à esposa enfurecida de Finkler.

Os dois estavam deitados na cama de Treslove naquele subúrbio que ele insistia em chamar de Hampstead. Não deveriam estar deitados na cama de Treslove em subúrbio algum. Ambos sabiam disso. Mas Finkler fizera por onde.

Tyler ligara para Treslove a princípio para indagar se podia aparecer para assistir ao primeiro programa da nova série do marido na TV de Treslove.

— Claro — respondeu Treslove —, mas você não vai assistir com Sam?

— Samuel está assistindo ao programa com a equipe, codinome amante.

Tyler era a única pessoa que ainda chamava Sam de Samuel. Dava-lhe poder sobre o marido, o poder de alguém que conhecera uma pessoa importante antes que ela se tornasse uma pessoa importante. Às vezes, ela ia mais longe e o chamava de Shmuelly para recordá-lo de suas origens, sempre que ele parecia correr o risco de esquecê-las.

— Oh — disse Treslove.

— E o pior é que ela nem é a porra da diretora. Não passa de assistente de produção.

— Ah — disse Treslove, imaginando se Tyler estaria assistindo ao programa com Sam, caso Sam, de forma mais convencional, estivesse trepando com a diretora. Nunca se sabe exatamente onde se pisa quando se trata de finklers, homens ou mulheres, e de questões que giram em torno de humilhação e prestígio. Os não finklers pensam que todas as infidelidades são iguais, mas, por experiência, Treslove sabia que os finklers são capazes de fazer concessões se o terceiro por acaso for alguém importante. O príncipe Philip, Bill Clinton, até o papa. Treslove esperava não estar estereotipando ninguém pensando assim.

— Você vai trazer as crianças? — indagou Treslove.

— As crianças? As *crianças* estão estudando fora. Logo vão entrar na faculdade. Ao menos finja algum interesse, Julian.

— Não sou chegado a filhos — explicou ele. — Nem aos meus.

— Bom, você não precisa se preocupar. Não vamos fazer filho nenhum. Meu corpo já passou dessa fase.

— Oh — disse Treslove.

Foi a primeira pista de que ele e a mulher do seu amigo não veriam muita televisão naquela noite.

— Ah — disse ele para si mesmo, debaixo do chuveiro, como se fosse a vítima do que quer que estivesse para acontecer, em lugar de um parceiro ativo na coisa toda. Mas nunca houve a mais remota possibilidade de que pudesse ser capaz de resistir a Tyler, por mais que ela o estivesse usando apenas para se vingar do marido.

Embora Tyler não fosse o tipo de mulher por quem normalmente se apaixonasse, ele se apaixonara por ela mesmo assim na primeira vez que Sam a apresentou como esposa. Não via o amigo havia algum tempo e não sabia que ele estava namorando firme, muito menos que se casara. Mas esse era um hábito de Finkler: erguer a barra da própria vida um tiquinho, tão somente o bastante para fazer Treslove se sentir intrigado e excluído, e depois baixá-la outra vez.

A recém-casada sra. Finkler não era de fato bonita, mas era como se fosse, morena e angulosa, com feições nas quais um homem descuidado poderia se cortar e olhos impiedosamente sarcásticos. Embora houvesse pouca carne a lhe cobrir os ossos, de alguma forma ela conseguia sugerir ocasiões voluptuosas. Sempre que Treslove a encontrava, Tyler estava vestida como se fosse a um banquete oficial, onde comeria pouco, falaria com segurança, dançaria com graça com quantos pares precisasse dançar e atrairia olhares admiradores de todos os presentes. Era o tipo de mulher da qual um homem de sucesso precisa. Competente, sociável, altivamente elegante – desde que esse homem não a esquecesse por causa do sucesso. A palavra *úmida* vinha à mente de Treslove quando ele pensava em Tyler Finkler. O que o surpreendia, já que sua superfície era árida. Mas Treslove imaginava como ela seria por baixo da superfície, quando penetrasse seu sombrio mistério feminino. Ela habitava algum lugar onde ele jamais estaria e onde ele provavelmente não deveria sequer pensar em estar. Era a eterna mulher finkler. Daí jamais ter existido para Treslove a mais remota possibilidade de recusar a oferta quando a recebeu. Ele precisava descobrir como seria penetrar o mistério feminino sombrio e úmido de uma *finkleresa*.

Os dois ligaram a televisão, mas não assistiram a um único segmento do programa de Sam.

– Que grande mentiroso – disse ela, despindo um vestido que poderia ser usado para assistir à condecoração do marido como cavaleiro. – Cadê aquela filosofia toda quando não sirvo o jantar dele na hora certa? Cadê aquela filosofia toda quando deveria estar com o pau dentro das calças por aí?

Treslove nada disse. Era estranho estar diante da cara do amigo na tela da TV ao mesmo tempo que segurava a mulher do amigo nos braços. Não que Tyler estivesse de fato *em* seus braços. Tyler gostava que lhe fizessem amor a distância, como se não estivesse de fato acontecendo. Boa parte do tempo, ela nem olhou para Treslove, trabalhando em seu pênis com a mão atrás das costas, como se abotoasse um sutiã complicado ou lutasse com um vidro difícil de abrir, enquanto comentava o marido, matraqueando incessantemente. Preferia a luz acesa e não via qualquer virtude sensual no silêncio. Apenas quando a penetrou – rapidamente, porque ela lhe disse que não lhe agradavam intercursos longos – Treslove conseguiu de fato encontrar a sombria e cálida *umidade* finkleresa que antecipara. E ela superou toda e qualquer expectativa.

Deitado de costas, sentiu as lágrimas brotarem em seus olhos. E disse a ela que a amava.

– Não seja ridículo – rebateu Tyler. – Você nem me conhece. Era com Sam que você estava transando.

Ele se sentou na cama.

– Definitivamente não.

– Não me importo. Por mim, tudo bem. A gente pode até repetir. E, se você se excita por trepar com seu amigo, trepar ou lhe passar a perna, não há por que tergiversar, por mim tudo bem.

Treslove se apoiou no cotovelo para fitá-la, mas novamente ela lhe dera as costas. Ele estendeu a mão para lhe acariciar os cabelos.

– Não faça isso – objetou Tyler.

– O que você não entende é que esta é a minha primeira vez.

– A primeira vez que você transa? – Na verdade, ela não parecia muito surpresa.

– A primeira vez... – Soava insosso agora que ele traduzia em palavras. – A primeira vez... você sabe...

— A primeira vez que você sacaneia Samuel? Eu não me preocuparia com isso. Ele não pensaria duas vezes em fazer o mesmo com você. Provavelmente, até já fez. Ele encara o fato como *droit de philosophe*. Por ser um pensador, acha que tem o direito de foder quem bem quiser.

— Eu não quis dizer isso. Eu quis dizer que você é a minha primeira...

Dava para perceber que sua hesitação começava a irritá-la. A cama congelou ao redor dela.

— Primeira o quê? Desembuche. Mulher casada? Mãe? Esposa de um apresentador de TV? Mulher sem diploma?

— Você não tem diploma?

— Primeira o quê, Julian?

Ele engoliu a palavra duas ou três vezes, mas precisava ouvi-la da própria boca. Dizer era quase tão doce em sua perversão quanto fazer.

— Judia — conseguiu finalmente falar. — Judiiiiia — repetiu, demorando-se para terminar, deixando as sílabas esquentarem em seus lábios.

Ela se virou como se pela primeira vez precisasse ver como ele era, os olhos brilhando com zombaria.

— Judia? Você acha mesmo que sou uma *judia*?

— E não é?

— Essa é a pergunta mais gentil que você poderia me fazer. Mas de onde você tirou a ideia de que eu seja o produto genuíno?

Treslove não conseguiu pensar em algo para dizer, havia tanta coisa.

— Tudo — foi só o que, afinal, achou como resposta. Lembrou-se de ter ido a um bar mitzvah de algum dos filhos de Finkler, mas, como não tinha certeza de qual deles, permaneceu calado a esse respeito.

— Bom, o seu tudo é nada — disse ela.

Ele estava amargamente desconcertado. Tyler não nascera judia? Então o que *era* aquela sombria umidade na qual penetrara?

Ela fez beicinho para ele (e *isso* por acaso não era tipicamente judeu?).

— Você acha, honestamente, que Samuel se casaria com uma judia?

— Bom, não pensei que não casasse.

— Então, você conhece muito pouco o meu marido. É atrás das gentias que ele corre. Sempre correu. Você devia saber disso. Ele transou com judias. Nasceu judeu. Elas não podem rejeitá-lo. Então, por que perder tempo com elas? Ele teria se casado comigo na igreja se eu pedisse. Ficou ligeiramente furioso comigo porque não pedi.

— Então, por que você não pediu?

Ela riu. Um ruído rouco de uma garganta seca.

— Porque sou uma outra versão dele, só isso. Cada um de nós queria conquistar o universo do outro. Ele queria que as *goyim* o amassem. Eu queria ser amada pelos judeus. E gostava da ideia de ter filhos judeus. Achava que eles se sairiam melhor na escola. E, cara, não é que se saíram mesmo?

(Ela se orgulhava deles — *isso* também não era tipicamente judeu?)

Treslove estava perplexo.

— Pode-se ter filhos judeus sem ser judia?

— Não aos olhos dos ortodoxos. Não é fácil, de todo jeito. Mas nós fizemos um casamento liberal. Até precisei me converter para isso. Durante dois anos eu investi, aprendi como administrar um lar judeu, como ser uma mãe judia. Me pergunte qualquer coisa que queira saber sobre judaísmo que eu respondo. Como preparar uma galinha *kosher*, como acender as velas do *shabbes*, o que fazer em um *mikva*. Você quer que eu lhe diga como uma boa judia sabe que sua menstruação acabou? Conheço mais a cultura judaica do que todas as judias *echt* de Hampstead juntas.

Treslove se abstraiu, mentalmente juntando todas as judias *não judias* de Hampstead, mas o que perguntou foi:

— O que é um *mikva*?

— Um banho ritual. A gente vai lá para se purificar para o nosso marido judeu, que morre se encostar numa gota de sangue da gente.

— Sam quis que você fizesse isso?

— Samuel não, eu quis. Samuel não estava nem aí. Achava uma barbárie essa preocupação com sangue menstrual, do qual, a bem da verdade, ele gosta um bocado, o tarado. Fui ao *mikva* por mim mesma. Achei calmante. Sou a parte judia do casal, mesmo tendo nascido católica. Sou a princesa judia sobre a qual se lê nos contos de fada, só que não sou judia. A ironia é que...

— Ele trepa com as *shiksas*?

— Óbvio demais. Ainda sou uma *shiksa* para ele. Se ele quiser o proibido, pode tê-lo em casa. A ironia é que ele trepa com as judias. Esse cocô da Ronit Kravitz, a assistente de produção. Eu não me espantaria se ele a convertesse.

— Achei que você tinha dito que ela já é judia.

— Convertê-la ao cristianismo, seu pateta.

Treslove calou-se. Havia tanta coisa que ele não entendia. E tanta coisa para deixá-lo nervoso. Sentiu que haviam lhe dado um prêmio que há muito almejava, mas apenas para tirá-lo dele antes que sequer encontrasse um lugar para exibi-lo. Tyler Finkler não era uma finkler! Consequentemente, o profundo, úmido e sombrio mistério de uma mulher finkler continuava, estritamente falando — e esse era um conceito estrito, afinal —, desconhecido para ele.

Ela começou a se vestir.

— Espero não ter decepcionado você — disse Tyler.

— Me decepcionado? Imagine. Você vem ver o segundo programa aqui?

— Reflita a respeito.

— O que há para refletir?

— Ah, você sabe... — respondeu ela.

Tyler não o beijou ao sair.

Mas voltou-se, da porta, para fitá-lo.

— Um sábio conselho: não deixem que peguem você falando "judiiiiia" — avisou, imitando a forma lânguida como ele pronunciara a palavra. — Elas não gostam.

Havia sempre alguma coisa de que elas não gostavam.

Mas ele seguiu a sugestão e refletiu sobre o assunto.

Pensou na traição ao amigo e se perguntou por que não se sentia culpado. Ponderou se o fato de ter secundado o amigo na visita à vagina da esposa não seria, em si, um prazer. Não o único prazer, mas uma contribuição significativa para o prazer geral. Ponderou se Finkler teria, de fato, *kosherizado* a esposa de dentro para fora, não obstante as origens dela, de modo que ele, Treslove, pudesse acreditar ter praticamente possuído uma judia... a, a, a... (palavra essa que, por algum motivo, ele não podia ser flagrado pronunciando)

— afinal. Ou não. Nesse caso, será que precisava voltar ao comecinho da própria fantasia?

E ainda ponderava esses mistérios e outros similares da vida erótico-religiosa, mesmo depois da trágica morte de Tyler Finkler.

3

Normalmente habituado a ter um sono pesado, Treslove começou a ter insônia noite após noite, remoendo o assalto.

O que havia acontecido? Como iria relatar o episódio à polícia, supondo que *fosse* relatá-lo à polícia, o que, definitivamente, não faria? Passara a noite com dois velhos amigos, Libor Sevcik e Sam Finkler, ambos ficaram viúvos recentemente — não, delegado, não sou casado —, discutindo luto, música e a política do Oriente Médio. Saíra do apartamento de Libor por volta das onze horas, gastara um tempinho apreciando o parque, inspirando o aroma da folhagem — Se eu sempre faço isso? Não, só às vezes, quando fico nervoso —, e depois passara a pé pela Broadcasting House, que se dane esse nome, que o prédio caia aos pedaços — brincadeirinha —, para entrar numa zona de Londres onde o seu pai havia tido uma famosa loja de charutos — Não, delegado, eu não tinha bebido demais —, quando, sem qualquer aviso...

Sem qualquer aviso... Essa era a parte chocante: sem a mais ínfima sensação de perigo ou desconforto da sua parte, logo ele, que de hábito pressentia os riscos.

A menos que...

A menos que tivesse, com efeito — ao virar a esquina para entrar na rua Mortimer —, visto uma figura espreitando nas sombras do lado oposto da rua, visto quando ela emergiu de uma soleira, ainda nas sombras, um vulto avantajado, poderoso, mas possivelmente, muito possivelmente, um vulto feminino...

Em cujo caso – a pergunta era condicional: se ele o *vira*, a vira –, por que não ficou mais atento, por que virou as costas para olhar a vitrine da Guivier, oferecendo o pescoço indefeso a qualquer pessoa, homem ou mulher, que pudesse escolher atacá-lo?

Culpa.

Culpa outra vez.

Mas será que importava se ele a vira ou não a vira?

Por algum motivo, importava sim. Se ele a vira e a convidara a atacá-lo – ou ao menos *permitira* que ela o atacasse –, sem dúvida isso explicaria, ainda que parcialmente, o que ela dissera. Treslove sabia que não era moral ou intelectualmente aceitável acusar judeus de promover a própria destruição, mas haveria nessas pessoas uma propensão à catástrofe que a mulher reconheceu? Teria ele, em outras palavras, feito o papel de um finkler?

E se assim fosse, *por quê?*

Uma pergunta sempre levava a outra, quando vinha de Treslove. Digamos que ele tivesse feito o papel de um finkler, e digamos que a mulher tivesse percebido – será que isso justificava o ataque?

Qualquer que fosse a explicação para suas ações, qual seria uma explicação possível para a dela? Será que um homem não podia mais fazer o papel de um finkler quando lhe aprouvesse? Digamos que ele estivesse parado contemplando a vitrine da J. P. Guivier como se fosse Horowitz, ou Mahler, ou Shylock, por exemplo, ou Fagin, ou Billy Crystal, ou David Schwimmer, ou Jerry Seinfeld, ou Jerry Springer, ou Ben Stiller, ou David Duchovny, ou Kevin Kline, ou Jeff Goldblum, ou Woody Allen, ou a porra do Groucho Marx. Isso seria motivo para que ela o atacasse?

O fato de ser um finkler seria um convite ao assalto?

Até então, tomara a ofensa como pessoal – é o que se faz quando alguém chama a gente pelo nome, ou algo muito parecido, e nos obriga a esvaziar os bolsos –, mas e se aquele tivesse sido um ataque antissemita aleatório, que por mera casualidade deu errado apenas na medida em que ele não era um semita? Quantos outros incidentes do mesmo tipo poderiam estar ocorrendo? Quantos finklers genuínos estariam sendo atacados nas ruas da capital todas as noites? Bem na esquina da BBC, Jesus Cristo!

Perguntou-se a quem perguntar. O próprio Finkler não iria lhe dizer. E ele não queria amedrontar Libor perguntando quantos judeus eram surrados em frente à sua casa praticamente todas as noites. Sem muita esperança de descobrir alguma coisa posterior a Chelmno no século XIII, pesquisou "Incidentes Antissemitas" na internet e ficou surpreso ao encontrar mais de cem páginas. Nem todos haviam ocorrido na esquina da BBC, é bem verdade, mas mesmo assim eram mais numerosos nas partes do mundo que se rotulavam de civilizadas do que seria de esperar. Num site bem-administrado teve a opção de pesquisar por país. Treslove começou por um local longínquo...

VENEZUELA:

E leu que em Caracas cerca de quinze homens armados haviam amarrado um segurança e invadido uma sinagoga, vandalizando a área administrativa com pichações antissemitas e atirando rolos da Torá no chão num frenesi de quase cinco horas de duração. As pichações incluíam frases como "Malditos judeus", "Fora judeus", "Assassinos israelenses" e a imagem de um diabo.

O detalhe do diabo intrigou Treslove. Significava que esses quinze homens não haviam saído para uma noitada e ao se verem do lado de fora de uma sinagoga a invadiram num impulso. Sim, por que quem sai para uma noitada levando uma imagem do diabo no bolso?

ARGENTINA:

E leu que em Buenos Aires, uma multidão que comemorava o aniversário de Israel foi atacada por uma gangue de jovens armados de paus e facas. Três semanas antes, no Dia do Tributo às Vítimas do Holocausto – lá vamos nós, Holocausto, Holocausto –, um antigo cemitério judeu havia sido pichado com suásticas.

CANADÁ:

Canadá? Sim, Canadá.

E leu que durante os eventos da agora anual Semana Israelita contra o Apartheid, celebrada em universidades de todo o país, tropas de policiais ameaçaram judeus baderneiros, tendo um guarda vociferado para um estudante judeu "cale a porra da sua boca ou corto a sua cabeça".

Seria uma típica ameaça canadense, perguntou-se Treslove, essa de cortar cabeças judias?

Então, pesquisou mais próximo de casa.

FRANÇA:

E leu que em Fontenay-sous-Bois, um homem usando um colar com uma Estrela de Davi levou facadas na cabeça e no pescoço.

Em Nice, picharam os muros de uma escola primária com os dizeres "Morte aos Judeus". Morte aos judeus de todas as idades, aparentemente.

Em Bischheim, três coquetéis molotov foram atirados contra uma sinagoga.

Em Creteil, dois judeus de dezesseis anos levaram uma surra em frente a um restaurante *kosher* de uma gangue que gritava: "A Palestina há de vencer, judeus imundos!"

ALEMANHA:

Como assim, isso ainda estava acontecendo na porra da Alemanha?

E não se deu ao trabalho de ler o que continuava a acontecer na porra da Alemanha.

INGLATERRA:

Inglaterra, a sua Inglaterra. E leu que em Manchester um judeu de trinta e um anos levou uma surra, que o deixou de olho roxo e com vários hematomas, de vários homens que gritavam "por Gaza" durante o ataque.

Em Birminghan, uma estudante de doze anos fugiu de um bando de crianças da mesma idade que cantavam "Morte aos judeus".

E em Londres, logo ali, na esquina da BBC, um gentio de quarenta e nove anos, olhos azuis e belas feições teve seus pertences afanados e foi chamado de Ju.

Ligou, afinal, para Finkler para dizer como gostara do encontro dos dois e perguntar se ele sabia que em Caracas e em Buenos Aires e em Toronto – sim, Toronto! – e em Fontenay-sous-Bois e em Londres... Mas Finkler o interrompeu a essa altura:

– Não estou dizendo que é agradável de ouvir – observou –, mas não se trata propriamente da Kristallnacht, não é mesmo?

Uma hora mais tarde, depois de refletir a respeito, Treslove tornou a ligar.

– A Kristallnacht não aconteceu do nada – insistiu, embora tivesse apenas uma vaga ideia do que dera origem à Kristallnacht.

– Me ligue quando um judeu for morto por ser judeu na rua Oxford – disse Finkler.

4

Embora não fosse a Kristallnacht, o ataque não instigado que sofrera por ser judeu tornara-se, na cabeça de Treslove, pouco menos que uma atrocidade. Ele admitia para si mesmo estar reagindo exacerbadamente. A noite com Kimberley, o equívoco dela ao lhe atribuir características judaicas, em consequência do que, via-se propenso a confessar, talvez tivesse gozado — aos quarenta e nove anos! — o melhor sexo da sua vida (bem, ao menos ambos haviam sorrido durante o ato), e a sensação da história redemoinhando à sua volta: tudo isso contribuíra para fazer dele uma testemunha nada confiável da própria vida.

Será que ainda se lembrava do que realmente acontecera?

Resolveu revisitar a cena do crime, reprisar os acontecimentos da noite, não a partir do jantar na casa de Libor — não queria envolver Libor, tinha escondido a coisa toda de Libor, Libor já tinha problemas suficientes —, mas a partir do portão do Regent's Park. Esfriara mais ainda nas semanas seguintes ao assalto, por isso não pôde se vestir como estava vestido na noite em questão. Todo agasalhado, ele parecia maior, mas afora isso sua assaltante — Judite, como agora a chamava —, caso também voltasse à cena do crime, o reconheceria.

Não lhe restava escolha senão chamá-la de Judite. Algo a ver com o segurança canadense que ameaçou cortar fora a cabeça do estudante judeu. Foi Judite quem decapitou Holofernes. Verdade que ela própria era judia, mas seu ato teve um quê da violência vingativa do Oriente Médio. No lugar de onde Treslove vinha — chamemos de Hampstead, para poupar tempo — deixava-se a cabeça até mesmo dos inimigos permanecer-lhes sobre os ombros.

Por via das dúvidas, Treslove deixou o celular e os cartões de crédito em casa.

O que estava fazendo, afinal? Convidando a mulher a atacá-lo de novo? Vamos lá, Judite, mostre a sua maldade. *Esperando* que ela o atacasse de novo (só que dessa vez ela veria que ele, prevenido e pré-armado, seria um alvo mais difícil). Ou apenas desejava confrontar uma inimiga de judeus, olho no olho, e deixar o destino cuidar do resto?

Não para todas as alternativas acima, mas talvez sim, sob um prisma investigativo, para todas elas.

Em algum lugar no fundo da sua mente desordenada, tomava forma também a decisão de capturá-la, se ao menos ela mostrasse seu rosto, e efetuar uma prisão civil.

Agarrou-se aos portões do parque e espiou lá dentro, inspirando o aroma da folhagem. Não podia induzir um pilequinho, não podia ignorar um conhecimento que agora se impunha sobre todos os outros pensamentos. Mas estaria tão inocente assim quinze dias antes? Ou estaria à procura de problemas?

Haviam falado de temas finklers na casa de Libor, lembrava-se disso. Lembrou-se da velha sensação de exclusão, invejando nos outros aquele calor animal mesmo enquanto os dois discutiam, como de hábito, *a* questão finkler do momento, cada um dizendo "Ah, lá vamos nós" toda vez que o interlocutor abria a boca, como se a desconfiança mútua estivesse gravada nos finklers como o nome de um resort de beira de praia gravado numa pedra – *Lá vamos nós, lá vamos nós* –, do mesmo modo que estava, aparentemente, o amor mútuo. Assim é que pairava sobre ele o miasma dos dois. Qualquer um que não apreciasse especialmente aquele cheiro seria capaz de detectá-lo nele. De repente, Treslove se perguntou se era um erro não aparecer na casa de Libor e tomar um copo de vinho com o amigo. Poderia ter a esperança de reproduzir aquela noite sem experimentar a proximidade de Libor primeiro?

Deu meia-volta e tocou a campainha. Ninguém atendeu. Libor tinha saído. Talvez para outro encontro, obrigando-se a falar de signos com uma moça jovem demais para saber quem era Jane Russell. A menos que estivesse deitado atravessado em cima do Bechstein com um vidro vazio de aspirina no teclado e uma corda de piano em torno do pescoço, como ele, Treslove, decerto estaria, caso Malkie tivesse sido sua esposa e o deixasse sozinho no mundo.

Os olhos se encheram de lágrimas, enquanto ele ouvia Schubert mentalmente. Por que o pai não o deixara aprender piano? O que temera permitir brotar no próprio filho? Morbidez? Palavra finkler. O que havia de tão errado com a morbidez?

Tomou seu caminho alegremente, passando pelos perigos, espirituais e genuínos, da Broadcasting House e se aproximou, novamente, da igreja de Nash. Não tinha certeza de lembrar-se exatamente do percurso que fizera na noite do assalto, mas sabia que ele incluíra as pontas de estoque de roupas na zona em que um dia o pai tivera a loja de charutos. Por esse motivo, subiu a rua Riding House e depois desceu a Mortimer, em direção à J. P. Guivier, mas atento para chegar à loja dos violinos vindo da direção correta, o que exigia – supunha – que voltasse pelo caminho pelo qual viera e se demorasse um tantinho mais na rua Regent antes de atravessá-la de novo. Ao sair da rua Regent, certificou-se de prestar mais atenção que de hábito nos vultos à espreita em soleiras de portas. Também achou uma boa ideia parecer mais vulnerável que de hábito, embora qualquer um que o conhecesse não fosse notar qualquer diferença em seu andar ou no seu estado geral de agitação.

As ruas estavam tão movimentadas quanto haviam estado quinze dias antes. O mesmo salão de beleza e o mesmo restaurante *dim sum* permaneciam abertos para atendimento tardio. O mesmo quiosque de jornais continuava em reforma. Salvo pelo frio maior, as duas noites eram idênticas. Treslove se aproximou da J. P. Guivier com o coração na boca. Tolice, sabia. A mulher que o atacara devia ter coisa melhor a fazer do que aguardar nas sombras pela remota possibilidade do seu retorno. E para quê? Ela já estava com os pertences dele.

Mas como nada disso fizera sentido na ocasião, não havia motivo para que fizesse agora. E se ela estivesse arrependida do seu ato e quisesse lhe devolver os seus pertences? Ou talvez o assalto não passasse de um trailer do que ela reservara para ele. Uma faca em seu coração, quem sabe? Uma arma em sua cabeça. Um serrote em sua garganta. Vingança por algum mal imaginário que ele lhe causara. Ou vingança por algum mal real sofrido nas mãos de Finkler, com quem ela o confundira.

Essa possibilidade era realmente assustadora — não o fato de ser confundido com Sam Finkler, embora isso já constituísse ofensa suficiente, mas o fato de ser responsabilizado por alguma má ação de Finkler. Treslove não isentava Finkler de infligir sofrimento a uma mulher e levá-la à beira da loucura. Imaginou-se morrendo por Finkler, esvaindo-se em sangue na calçada, sem socorro, por um crime que não tinha, e jamais poderia ter, cometido. As pernas bambearam sob seu corpo com a amarga ironia da coisa toda. Um final irônico para a própria vida não era uma suposição abstrata para Treslove: Treslove era capaz de imaginá-lo, assim como imaginava um poste de rua a espreitá-lo ou a queda de uma árvore na própria cabeça.

E se viu chutado do caminho por transeuntes, como o cão de um judeu nas ruas de Caracas, ou Buenos Aires, ou Fontenay-sous-Bois, ou Toronto.

Postou-se diante da vitrine da J. P. Guivier admirando os instrumentos em seus estojos, bem como os acessórios, arrumados num novo e satisfatório arranjo que surgira – como embrulhos de presente para bombons caros – depois que olhara a vitrine pela última vez. Sentiu uma palmadinha no ombro...

– Judite! – exclamou em choque. E o sangue se esvaiu do seu corpo.

CAPÍTULO 4

1

Mais ou menos nesse momento — com a diferença de uma meia hora, para mais ou para menos —, num restaurante próximo — a uma distância de oitocentos metros mais ou menos —, os filhos de Treslove pagavam a conta do jantar. Tinham a companhia de suas mães. Não era a primeira vez que as duas mulheres se encontravam, embora nada soubessem da existência uma da outra nos meses durante os quais carregaram no ventre Ralph e Alf, respectivamente, ou, com efeito, nos anos imediatamente seguintes ao parto dos filhos.

Treslove não era Flinker. Não poderia entregar o coração a mais de uma mulher de cada vez. Amava de forma absorvente demais para tanto. Mas sempre soube quando estava prestes a ser chutado e era rápido para tomar as providências cabíveis, onde fosse possível, para voltar a amar de forma demasiado absorvente. O que gerava, às vezes, a ocorrência de uma breve imbricação do novo sobre o velho. Por questão de princípio, não mencionava o fato para nenhuma das partes imbricadas — nem a que ainda não o deixara, nem a que ainda não tomara, efetivamente, o lugar da precedente. As mulheres já sofriam demais, a seu ver; não havia motivo para fazê-las sofrer mais ainda. Nisso também se sentia diferente de Finkler, que evidentemente não se dava ao trabalho de esconder da esposa suas amantes. Treslove invejava Finkler pelas amantes, mas aceitava que aquilo estava além da sua capacidade. Até estar casado extrapolava a capacidade de Treslove, que nunca conseguiu na vida administrar mais que namoradas. Mas havia um quê de decência em manter afastadas as namoradas imbricadas.

Seguindo o mesmo raciocínio teria mantido, também, os filhos afastados, caso não tivesse confundido o dia que lhe cabia passar com Rodolfo (Treslove nunca curtira a anglicanização dos nomes das crianças) com o dia em que lhe cabia ficar com Alfredo. Os meninos tinham seis e sete anos, embora não fosse justo esperar que Treslove soubesse ao certo qual deles tinha seis e qual tinha sete anos. Não os via o suficiente para tanto, e na ausência de ambos achava mais fácil fundi-los. Seria isso tão grave assim? Os dois eram igualmente objetos de devoção para ele. O fato de misturar seus nomes e idades apenas servia para mostrar com quanta intensidade e tamanha falta de favoritismo amava os dois.

Surpresos um com o outro no dia em que se encontraram no apartamento do pai, mas definitivamente preferindo brincar com alguém praticamente da mesma idade a chutar bola num parque vazio com Treslove — que se cansava com facilidade, estava sempre parecendo outra pessoa e quando se lembrava da presença deles fazia um número excessivo de perguntas mórbidas sobre o estado de saúde de suas mães —, Alf e Ralph imploraram ao pai para confundir os dias de suas visitas outras vezes.

Os garotos falaram com excitação dos meios-irmãos ao voltarem para casa, e logo Treslove foi o destinatário de cartas desagradáveis de suas antigas namoradas — no caso da mãe de Rodolfo, reprovando-o por uma infidelidade retrospectiva que pretendia deixar claro que a magoara apenas do ponto de vista abstrato, e no caso da mãe de Alfredo, informando-lhe que os direitos de visita estavam suspensos até segunda ordem dos advogados. No final, porém, o desejo dos meninos prevaleceu sobre a maldade indolente (como chamava Treslove) das mães, e com o tempo as últimas acharam que também elas deveriam encontrar algum tipo de consolo ácido na companhia uma da outra, quando menos não fosse para descobrir o motivo por que não apenas uma, mas duas mulheres haviam consentido em ter um bebê de um homem para o qual não davam a mínima. Uma interpretação imprecisa, concluiu Treslove quando tomou conhecimento dela, já que consentimento de um lado implica a existência de um pedido do outro, e ele jamais na vida pedira a mulher alguma para ter um bebê seu. Por que faria isso? A cortina sempre se fechava sobre a fantasia de felicidade de Treslove com ele gritando "Mimi!" ou "Violetta!", e beijando os lábios gélidos e mortos numa derradeira despedida que o deixaria para sempre inconsolável. Não poderia ter feito isso com uma criança presente. Uma criança transformava uma ópera trágica em *opera buffa* e exigia ao menos mais um ato, para o qual faltava a Treslove tanto energia quanto imaginação.

As mulheres ficaram pasmas, quando finalmente se conheceram, de ver como se assemelhavam não apenas os filhos um com o outro, como elas mesmas uma com a outra.

— Eu entenderia se ele fosse atrás de uma morena com seios grandes e quadris roliços e um explosivo gênio latino — disse Josephine —, mas o que será que ele viu em você que já não tivesse comigo? Nós duas somos vacas anglo-saxônicas esquálidas.

Não estava achando graça nenhuma, mas tentou emitir uma gargalhada — mais parecida à exalação de um bafo azedo, como um engasgo, algo que encrespou seus lábios finos.

— Isso se partirmos do princípio que você está encarando as traições dele na ordem cronológica correta — retrucou Janice. Também os lábios dela eram festonados, como a bainha de uma combinação de renda, e pareciam se mexer para os lados em lugar de para cima e para baixo.

Nenhuma delas sabia ao certo qual das duas surgira em cena primeiro, e as idades dos meninos também não serviam de ajuda, pois Treslove não era propriamente muito bom quando se tratava de romper relacionamentos com as mulheres e às vezes visitava uma namorada antiga quando já estava com uma nova. Ambas concordaram, no entanto, que se tratava de um homem que precisava receber ordens — "mexa-se", nas palavras de Janice — e que as duas eram igualmente sortudas por terem se livrado dele.

Treslove conhecera Josephine na BBC e sentira pena dela. As mulheres mais bonitas na BBC eram as judias, mas na época ele não tinha coragem de se aproximar de uma judia. E em parte porque Josephine não tinha a tez nem a confiança das judias da BBC, Treslove sentiu pena dela — embora apenas em parte. Porque, por mais magricela que fosse, como ela própria admitia, Josephine tinha as pernas torneadas de uma mulher muito mais avantajada, para as quais chamava atenção usando meias que imitavam teias de aranha. Gostava de blusas transparentes de renda, transparentes o bastante para que Treslove vislumbrasse o sutiã de uma mulher com peitos duas vezes maiores em cima do qual vestia uma combinação e mais uma coisa que supunha chamar-se chemise e outra que se lembrava de ouvir a mãe chamar de corpete. Sentado à sua frente numa cerimônia de premiação — Josephine foi agraciada com um Sony Radio Academy Award por um programa que produziu sobre a andropausa —, Treslove, que não foi agraciado com prêmio algum por coisa alguma, contou cinco alças em cada um de seus ombros. Ela enrubesceu ao aceitar o prêmio — fazendo um breve discurso sobre desembrulhar um pacote de ideias, que era como o pessoal da BBC descrevia o ato de ter uma ideia —, assim como enrubescia sempre que Treslove a abordava no corredor ou na cantina, permanecendo com a pele avermelhada durante várias horas. Treslove, que conhecia a vergonha que era enrubescer, ofereceu-lhe seu ombro para que ela nele enterrasse seu rosto e se escondesse do mundo.

– É a humilhação que nos torna humanos – sussurrou dentro do cabelo sem vida.

– Quem está humilhado?

Ele fez o que lhe pareceu decente.

– Eu – respondeu.

Josephine teve o filho dele, agressivamente, sem lhe contar. Salvo pelas feições elegantes, perfeitas, Treslove era o último homem que Josephine queria para pai do próprio filho. Por que nesse caso quis o filho dele ela não soube dizer. Por que havia de querer um filho, fosse de quem fosse? Não conseguir encarar o aborto foi uma explicação tão boa quanto qualquer outra. E conhecia muitas mulheres que estavam criando seus filhos sozinhas. Era a coqueluche do momento – a moda da mãe solteira. Podia ter tentado o lesbianismo por motivos similares, só que também nessa seara não conseguia chegar aos finalmentes, como acontecia com o aborto.

Vingança provavelmente era outra explicação plausível. Ela teve o bebê de Treslove para puni-lo.

Treslove se apaixonou por Janice antecipando a fúria da rejeição de Josephine, se é que não foi o contrário. As mulheres estavam certas ao reparar na própria semelhança. Todas as mulheres de Treslove se pareciam um pouquinho, despertando-lhe piedade com sua palidez neurastênica, por, de alguma forma, viverem fora do ritmo, não apenas no sentido da dança, embora todas fossem más dançarinas, mas também no sentido da linguagem e do figurino, já que nem uma sequer sabia usar a linguagem do momento ou duas peças de roupa que combinassem. Não que ele não reparasse e admirasse mulheres robustas, fluentes, bem-vestidas, mas simplesmente não via como tornar a vida melhor para elas.

Ou elas para ele, já que uma mulher robusta ensejava pouca possibilidade de uma morte prematura.

Janice tinha um par de botas que usava em todas as estações, remendando-o com fita isolante quando o via prestes a desmantelar-se. Por cima das botas, usava uma saia vaporosa de cigana de uma cor que Treslove era incapaz de identificar e por cima dela um cardigã cinza e azul, cujas mangas desciam pelas mãos como se tentassem proteger do frio as pontas dos dedos. Em qualquer temperatura, as extremidades de Janice eram frias como as de uma criança órfã, segundo imaginava Treslove, num romance vitoriano. Janice não fazia parte do quadro de funcionários da BBC, embora Treslove tivesse a impressão de que ela se encaixaria perfeitamente entre as mulheres da BBC que ele conhecia e talvez chegasse mesmo a se destacar nesse meio. Uma historiadora de arte que escrevera um bocado sobre o vazio espiritual em Malevich e Rothko, ela aparecia com frequência no tipo de programa de arte com parca plateia e parco patrocínio que Treslove trabalhava noite adentro para produzir. Sua especialidade era a ausência de alguma coisa nos artistas varões, ausência esta que ela tratava com mais benevolência do que era moda na época. Treslove sentiu uma pena erótica brotar em seu íntimo no instante em que Janice entrou tremendo de frio em seu estúdio e pôs os fones de ouvido. Os fones pareceram sugar a última gota de sangue vital de suas têmporas.

— Se você acha que eu vou trepar com você no nosso primeiro encontro — disse ela, trepando com ele no primeiro encontro —, está muito enganado.

A explicação para o acontecido foi que a ocasião não constituiu um encontro.

Por isso ele a convidou para um encontro. Ela apareceu usando luvas eduardianas de ópera, compradas num brechó, e não aceitou trepar com ele.

— Então, vamos sair num não encontro — sugeriu Treslove.

Ela explicou que não se pode planejar um não encontro, pois o planejamento já caracteriza um encontro.

— Então não planejamos nem um encontro nem um não encontro. Vamos trepar e pronto.

Ela lhe sapecou um tapa.

— Que tipo de mulher você acha que eu sou?

Um dos botões da luva de ópera cortou a bochecha de Treslove. As luvas estavam tão sujas que ele teve medo de contrair septicemia.

Os dois pararam de se encontrar depois disso, o que significava que Treslove estava livre para fodê-la.

— Vai fundo — dizia ela, quase sem fôlego, como se lesse um texto no teto.

Ela lhe despertava uma pena profunda.

Mas isso não o impedia de ir fundo como ela pedira.

E talvez ela também tivesse pena dele. Das namoradas de Treslove nesse período, Janice provavelmente foi a única a sentir por ele algo passível de ser descrito como afeto, embora isso não bastasse para fazê-la gostar da sua companhia.

— Você não é propriamente um homem mau — disse ela certa vez. — Não no sentido de ter uma aparência ruim ou de ser ruim de cama, ou seja, você não é do mal. Falta alguma coisa em você, mas não é bondade. Não acho que você queira fazer mal a alguém, por si só. Nem mesmo às mulheres.

Por isso era possível que ela afinal tivesse parido o filho dele por achar que não seria uma coisa má a fazer. Por si só.

Mas avisou que queria criar a criança por conta própria, o que ele aceitou sem contestar, mas quis saber por quê.

— Simplesmente seria difícil demais optar pela outra alternativa — respondeu ela. — Sem querer ofender.

— Não fiquei ofendido — esclareceu Treslove, profundamente sentido, porém aliviado. Teria saudades das extremidades gélidas dela, mas não de um bebê.

O que aborreceu mais que tudo as duas mulheres quando se apresentaram uma à outra e conheceram os respectivos filhos — nos quais reconheceram, em separado, a beleza trivial, para não dizer insípida, de Treslove — foi a descoberta de que ambas haviam capitulado ante a influência de Treslove, batizando seus filhos de Rodolfo e Alfredo. Naquela época Treslove ouvia, alternadamente, gravações de *La Bohème* e *La Traviata*. Sem saber que sabiam, as duas, com efeito, conheciam de cor uma e outra óperas, sobretudo os duetos de amor e os finais lacrimosos, quando Treslove, quer como Rodolfo, quer como Alfredo, gritava seus nomes: "Mimi!" ou "Violetta!", às vezes confundindo as óperas, mas sempre no tom de súplica desesperada de um homem que crê que sem elas — Mimi ou Violetta — sua vida estaria acabada.

— Ele me ensinou a odiar aquelas porcarias de óperas — disse Josephine a Janice —, o que para mim não fez a menor diferença, mas se eu não ia sequer lhe contar sobre Alfredo, por que diabos botei nele esse nome? Por que então botei nele o nome de Alfredo? Dá para você me explicar?

— Bom, eu sei por que botei o nome de Rodolfo no Rodolfo. Por mais paradoxal que pareça, foi para me livrar de Julian de uma vez por todas. Era tudo tão mórbido que achei que se pusesse uma nova vida no lugar de toda aquela morte seria melhor para nós.

— Deus meu, estou entendendo perfeitamente. Você acha que ele seria capaz de ficar com uma mulher viva?

— Não. Nem com um filho vivo. Por isso sempre fiz questão de manter Rodolfo longe dele. Tive medo que ele botasse o garoto para ouvir óperas e enchesse aquela cabecinha de mulheres de mãos geladas e à beira de um ataque de nervos.

— Eu também — disse Josephine, pensando que, como filho de Janice, Rodolfo não tinha escolha senão ficar com a cabeça cheia de mulheres de mãos geladas e à beira de um ataque de nervos.

— Os românticos são sempre os piores, você não acha?

— Com certeza. A gente quer espantá-los para longe. Como piolhos.

— Só que não dá para simplesmente espantar um piolho, certo? É preciso botar fogo neles.

— É. Ou despejar álcool. Mas você entendeu o espírito da coisa. Eles passam o tempo todo repetindo como estão apaixonados pela gente enquanto ao mesmo tempo procuram a próxima namorada.

— É, estão sempre com as malas prontas, mentalmente.

— Isso mesmo. Só que eu fiz a minha primeiro.

— Eu também.

— Nossa, e aquelas óperas! Quando penso naquelas mortes todas na vitrola...

— Eu sei. "Oh, Deus, morrer tão cedo!" Não só ouço como sinto o cheiro daqueles leitos de morte. Ainda. Até hoje. Às vezes acho que ele está exercendo sua influência tísica a distância.

— Puccini?

— Não, Julian. Mas, na verdade, é Verdi. A sua é Puccini.

— Como é que ele faz isso?

— Puccini?

— Não, Julian.

— Nem desconfio.

Assim, uma vez a cada dois ou três anos elas se encontravam, usando o pretexto do aniversário de Alf ou Ralph, ou algum outro aniversário que conseguissem bolar, como o da ruptura com Treslove, por exemplo, deixando para lá quem o largou primeiro. E o hábito permaneceu mesmo depois que os filhos cresceram e saíram de casa.

Nessa noite, de acordo com a prática usual, haviam evitado toda e qualquer menção a Treslove, que ocupava mais espaço em suas conversas do que lhe seria devido na melhor das circunstâncias, mas que, para coroar, tornara-se agora motivo de embaraço para elas por estar fazendo o que estava fazendo para ganhar dinheiro. Continuava a ser pai de Alf e de Ralph, por mais água que tivesse passado por baixo da ponte, e elas gostariam de poder dizer que o pai de seus filhos fizera mais na vida do que virar sósia de celebridades.

Mas enquanto pegavam seus agasalhos Josephine chamou Rodolfo, o filho de Janice, de lado.

— Você tem notícias do seu pai? — indagou. Aparentemente era uma pergunta que ela se sentia incapaz de fazer ao próprio filho.

Rodolfo balançou a cabeça.

— E você? — perguntou Janice a Alfredo.

— Ora — começou o rapaz —, é engraçado você mencioná-lo...

E os quatro tiveram de perguntar ao garçom se podiam sentar-se de novo à mesa.

2

— Então, quem é Judite?

Caso as pernas de Treslove tivessem cedido sob seu peso, como ameaçaram fazer, seria improvável para Libor Sevcik encontrar força suficiente para levantar o amigo do chão.

— Libor!

— Assustei você?

— O que você acha?

— Pergunta errada. *Por que* foi que eu assustei você?

Treslove fez menção de consultar o relógio antes de lembrar que não tinha mais relógio para consultar.

— Estamos no meio da noite, Libor — respondeu, como se consultasse o pulso despido.

— Eu não durmo — explicou Libor. — Você sabe que eu não durmo.

— Não sabia que você vagava pelas ruas.

— Bom, não tenho esse hábito. Só quando a coisa está feia. Hoje a coisa estava feia. Ontem também. Mas eu também não sabia que você vagava pelas ruas. Por que não tocou a campainha lá em casa? A gente podia passear por aí juntos.

— Não estou passeando.

— Quem é Judite?

— Não me pergunte. Não conheço nenhuma Judite.

— Você chamou esse nome.

— Judite? Você se enganou. Devo ter dito Jesus. Você me deu o maior susto.

— Se não estava passeando nem esperando Judite, estava fazendo o quê? Escolhendo um violoncelo?

— Sempre olho esta vitrine.

— Eu também. Malkie me trouxe aqui para avaliar meu violino É uma das nossas Estações da Cruz.

— Você acredita na cruz?

— Não, mas acredito no sofrimento.

Treslove pousou a mão no ombro do amigo. Libor parecia menor naquele momento do que ele se lembrava, como se na rua seu tamanho se reduzisse. A menos que a ausência de Malkie fosse a responsável por isso.

— E a avaliação foi boa? — indagou Treslove. Era isso ou desatar a chorar.

— Não o suficiente para que valesse a pena eu me separar dele. Mas prometi a Malkie que não iria mais insistir para tocarmos em dueto. A única parte minha de que ela não gostava era o violino, e Malkie não queria que houvesse coisa alguma em mim que ela não adorasse.

— Você tocava mal mesmo?

— Acho que tocava muito bem, mas não fazia parte da turma de Malkie, apesar de ser parente de Heifetz por parte de mãe.

— Você é parente de Heifetz? Jesus!

— Você quis dizer Judite!

— Você nunca me contou que era parente de Heifetz.

— Você nunca perguntou.

— Eu não sabia que Heifetz era tcheco.

— E não era. Era lituano. A família da minha mãe era oriunda daquela fronteira porosa entre a Polônia e a Tchecoslováquia, uma zona conhecida como Suwalki. Todos os países ocuparam aquilo lá. O Exército Vermelho entregou aos alemães para que eles matassem os judeus de lá. Depois tomaram de volta para matar os que ainda tinham sobrado. Sou primo em quarto ou quinto grau de Heifetz, mas minha mãe sempre fingia que éramos meios-irmãos. Ela me ligou de Praga quando soube que Heifetz ia tocar no Albert Hall e me fez prometer solenemente que eu iria ao camarim me apresentar a ele. Tentei, mas isso foi há muito tempo e eu não tinha os contatos que adquiri depois e ainda não aprendera a me virar sem eles. Seus asseclas me deram uma foto autografada e me puseram para fora. No dia seguinte, minha mãe perguntou: "O que ele falou?", e eu disse: "Mandou lembranças." Às vezes uma mentirinha não tira pedaço. "E ele está bem?", ela quis saber. "Ótimo", respondi. "E a performance?" "Fantástica", eu disse. "Ele lembrou de todo mundo?" E eu falei: "Pelo nome. E ainda mandou um beijo para você."

E ali, do lado de fora da J. P. Guivier, às onze horas de uma noite londrina, Libor fez o gesto elaborado do lúgubre beijo báltico que Heifetz teria mandado para sua mãe caso ele houvesse encontrado um jeito de falar com o músico.

Judeus, pensou Treslove, com admiração. Judeus e a música. Judeus e as famílias. Judeus e suas lealdades (salvo Finkler).

— Mas e você? — indagou Libor, dando o braço a Treslove.
— O que realmente trouxe você a esta vitrine, se não foi Judite? Não nos falamos há dias. Você não liga, não escreve, não aparece. Disse para mim que estava agitado demais para sair, mas cá está a cem metros da minha casa. Espero que tenha alguma explicação para um comportamento tão inesperado.

E de repente Treslove, que adorava quando Libor lhe dava o braço na rua, achando que isso fazia dele um judeu europeu murchinho, percebeu que devia desembuchar.

— Vamos procurar um café — sugeriu.
— Não, vamos até a minha casa — atalhou Libor.

— Não, vamos procurar um café. Talvez a gente a encontre.

— *Quem?* Quem é *ela?* Essa Judite?

Em lugar de contar tudo de uma vez, Treslove concordou em acompanhar Libor até sua casa.

Na opinião de Libor, Treslove estava superestressado — e já fazia algum tempo — e provavelmente precisava de férias. Podiam viajar juntos para algum lugar quente. Rimini, talvez. Ou Palermo.

— Foi o que Sam disse.

— Que eu e você devíamos ir para Rimini, ou que você e ele deviam ir para Rimini? Por que não vamos os três?

— Não, que eu estava superestressado. Na verdade, ele achou que eu deveria me encontrar menos com vocês dois, não mais. Morte em demasia, ele diagnosticou. Viúvos demais na minha vida. E esse cara é um filósofo, não se esqueça.

— Então faça o que ele disse. Vou morrer de saudades suas, mas siga o conselho dele. Tenho amigos em Hollywood a quem posso apresentar você. Ou ao menos às sobrinhas-bisnetas de amigos.

— Por que é tão difícil alguém acreditar que o que aconteceu comigo aconteceu?

— Porque mulheres não assaltam homens, só isso. No meu caso, uma mulher pode até tentar. Dá para me derrubar com um peteleco. Mas você ainda é moço e forte. Esse é o ponto A. O B é que as mulheres não têm o hábito de atacar homens na rua e chamá-los de judeus, sobretudo, ponto C, quando eles não são judeus. O ponto C é bom. Dá o arremate.

— Bom, foi o que ela fez e foi o que ela disse.

— Isso é o que você acha que ela disse.

Treslove se acomodou no desconforto macio do sofá Biedermeier de Libor.

— Mas... e se? — perguntou, agarrando-se ao braço de madeira, ansiosamente evitando pôr as mãos no tecido de aparência impecável e cara.

— E se o quê?

— E se ela estivesse certa?

— Certa sobre você ser...?

— Isso.

— Mas você não é.

— Nós *achamos* que não.

— Você algum dia já pensou que fosse?

— Não... Quer dizer, já. Fui um menino musical. Ouvia ópera e queria tocar violino.

— Isso não faz de você um judeu. Wagner ouvia óperas e queria tocar violino. Hitler adorava óperas e queria tocar violino. Quando Mussolini visitou Hitler nos Alpes, os dois tocaram o Concerto para Dois Violinos, de Bach, juntos. "Agora vamos matar uns judeus", disse Hitler quando terminaram. Não é preciso ser judeu para gostar de música.

— Isso é verdade?

— Que não é preciso ser judeu para gostar de música? Claro que sim.

— Não, sobre Hitler e Mussolini.

— Sei lá se é verdade. Quem se importa? Não dá para difamar um fascista morto. Olhe, se você fosse o que essa mulher imaginária disse que você é e quisesse tocar violino teria tocado violino. Nada o impediria.

— Obedeci ao meu pai. Será que isso não prova alguma coisa? Respeitei a vontade dele.

— Obedecer ao seu pai não faz de você um judeu. Obedecer à mãe, talvez. Ademais, o fato de o seu pai não querer que você tocasse violino praticamente comprova que ele não era judeu. Se tem uma coisa que todo pai judeu aceita...

— Sam diria que isso é um estereótipo. E você não está levando em conta a possibilidade de meu pai não querer que eu tocasse violino por não querer que eu fosse como ele.

— Ele era violinista?

— Sim, como você. Está vendo?

— E por que não haveria de querer que você fosse como ele? Ele era um mau violinista?

— Libor, estou tentando falar sério. Ele deve ter tido seus motivos.

— Desculpe. Mas em que sentido ele haveria de querer que você fosse diferente dele? Ele era infeliz? Sofria?

Treslove refletiu a respeito.

— Sim — respondeu. — Ele ficava abalado com facilidade. A morte da minha mãe partiu seu coração. Mas já havia alguma coisa antes partindo o coração dele. Como se ele soubesse o que o esperava e tivesse se preparado para isso a vida toda. Podia estar me protegendo de sentimentos profundos, querendo me salvar de algo que temia em si mesmo, algo indesejável, até mesmo perigoso.

— Os judeus não são os únicos sofredores no mundo, Julian.

Treslove pareceu decepcionado ao ouvir isso. Soltou um suspiro profundo e balançou a cabeça, prestes a discordar de si mesmo e de Libor ao mesmo tempo.

— Vou lhe dizer uma coisa — prosseguiu. — Durante toda a minha infância e adolescência jamais ouvi a palavra judeu. Você não acha estranho? Também durante todo esse tempo jamais conheci um judeu amigo do meu pai nem encontrei judeu algum na loja dele nem na nossa casa. Eu ouvia tudo que era palavra. Encontrava tudo que era gente. Vi hotentotes na loja do meu pai.

Tongueses, também. Mas jamais um judeu. Até conhecer Sam eu não sabia que cara tinha um judeu. E quando ele foi comigo lá em casa, meu pai disse que aquela amizade não era conveniente para mim. "Aquele Finkler", ele costumava me dizer, "aquele *Finkler*. Você continua andando com ele?" Tente explicar isso.

— Fácil. Ele era antissemita.

— Se ele fosse antissemita, Libor, eu ouviria sem parar a palavra *judeu*.

— E sua mãe? Se você é judeu, tem de ser por causa dela.

— Jesus Cristo, Libor, eu era um gentio há cinco minutos, agora você me diz que só posso ser judeu pelos canais apropriados. Daqui a pouco vai querer verificar se sou circuncidado. Quanto à minha mãe, não sei, mas com certeza ela não parecia judia.

— Julian, *você* não parece judeu. Me perdoe, não quero que soe como ofensa, mas você é a pessoa menos parecida com um judeu que já encontrei na vida, e já encontrei caubóis suecos e dublês esquimós e diretores prussianos e nazistas poloneses trabalhando como construtores de cenário no Alasca. Ponho a minha mão no fogo para garantir que nenhum gene judeu chegou perto do gene de um membro da sua família nos últimos dez mil anos, e há dez mil anos não existia nenhum judeu. Agradeça. Um homem pode ser muito feliz e não ser judeu. — Libor fez uma pausa. — Veja Sam Finkler.

Os dois tiveram um acesso simultâneo de riso maldoso.

— Que maldade — disse Treslove, tomando mais um gole do drinque e batendo no peito. — Mas isso só reforça o meu argumento. Essas coisas não devem ser decididas superficialmente. Você pode se chamar Finkler e ficar devendo, ou se chamar Treslove...

— Que não é propriamente um nome judeu...

— Exatamente, e corresponder às expectativas. Não faria sentido, caso meu pai não quisesse que eu descobrisse que éramos judeus, ou que ninguém descobrisse que éramos judeus, mudar o nosso nome para outro que soasse o menos possível judeu? Treslove, santo Cristo. Ele grita "Não judeu" na sua cara. A defesa se cala.

— Vou lhe dizer como calar sua defesa, dr. Perry Mason. Pode calar sua defesa botando um ponto final nessas especulações ridículas e perguntando a alguém. Pergunte a um tio, a um amigo do seu pai, pergunte a quem conheceu a sua família. Esse mistério é solucionável com um telefonema.

— Ninguém conheceu a minha família. Éramos muito reservados. Não tenho tios. Meu pai não tinha irmãos, nem minha mãe. Foi o que atraiu os dois, para começar. Eles me contaram. Dois órfãos, ou algo similar. Dois bebês perdidos na selva. Me diga o que significa essa metáfora.

Libor balançou a cabeça e serviu mais uísque para ambos.

— É uma metáfora para você não querer saber a verdade porque prefere inventá-la. Certo, invente. Você é judeu. *Trog es gezunterhait* — concluiu, erguendo o copo num brinde.

Sentando-se, cruzou os pés pequenos. Trocara o sapato por uma pantufa *ancien régime* que trazia suas iniciais bordadas a ouro. Um presente de Malkie, concluiu Treslove. Não era tudo presente de Malkie? Naquelas pantufas, Libor parecia ainda mais etéreo e transparente, sumindo na fumaça. No entanto, Treslove invejava sua segurança. Em seu lar. Ele mesmo. Ainda apaixonado pela única mulher que amara na vida. Sobre a lareira havia fotos dos dois sendo casados por um rabino, Malkie usando véu, Libor usando um quipá. Profundamente enraizados, antigos, seguros de si mesmos. Musicais, porque a música evocava o romantismo da origem de ambos.

Voltando a olhar com admiração para as pantufas de Libor, viu que as iniciais num dos pés eram *LS*, enquanto no outro eram *ES*. Claro: Libor mudara o próprio nome, nos seus anos hollywoodianos, de Libor Sevcik para Egon Slick. Era o que faziam os judeus, não? O que precisavam fazer os judeus, certo? Então por que Libor/Egon não se mostrava mais solidário com Teitelbaum/Treslove?

Girou o uísque no copo. Cristal da Boêmia. O pai também gostava de copos de uísque de cristal, mas os dele eram um tanto diferentes. Mais formais. Provavelmente mais caros. Mais frios em contato com os lábios. Esse, basicamente, era o resumo da diferença — temperatura. Libor e Malkie — mesmo a pobre Malkie, morta — eram, de alguma forma, aquecidos pela submersão em um passado cálido. Em comparação, Treslove sentia que havia sido criado para brincar na superfície da vida, como aqueles vegetais que crescem acima do solo, onde faz frio.

Libor estava sorrindo na sua direção.

— Agora que você é judeu, venha jantar — sugeriu. — Venha jantar na semana que vem. Não com Sam. Vou apresentá-lo a algumas pessoas que vão gostar de conhecer você.

— Soa meio sinistro na sua boca: *algumas* pessoas. Que pessoas? Guardiões da fé judaica que hão de investigar minhas credenciais? Não tenho credenciais. E por que eles não gostariam de me conhecer antes de eu ser judeu?

— Muito bem, Julian. Ficar suscetível é um bom sinal. Não dá para ser judeu quando não se consegue ser suscetível.

— Vou lhe dizer uma coisa. Eu venho jantar se você me deixar trazer a mulher que me assaltou. Ela é a minha credencial.

Libor deu de ombros.

— Traga a moça. Encontre-a e pode trazê-la.

Do modo como ele falou a possibilidade parecia tão remota quanto a de Treslove encontrar Deus.

Alguma coisa incomodava ligeiramente Treslove enquanto, deitado na cama, ele tentava encontrar o fio da meada que embalaria seu sono: a história de Libor sobre Heifetz no Royal Albert Hall... Será que essa história, com seu... – não lhe ocorria a palavra: preciosismo, precisão, rapinagem cultural tipicamente judaica – não se aproximava de um jeito um tantinho constrangedor da história de Libor sobre Malkie e Horowitz no Carnegie Hall?
Bem que ambas podiam ser verdadeiras, mas, por outro lado, o eco, uma vez ouvido, era desconcertante.
Verdadeiras ou falsas, como mitologias familiares, essas eram invejáveis, de primeiríssima linha. Não foi a Elvis Presley que Malkie se dirigiu chamando de maestro. Foi a Horowitz. Como Egon Slick, Libor passara metade da vida convivendo com os vulgarmente famosos, mas na hora H, quando precisou impressionar, acabou tirando seus trunfos, sem corar, de outro baralho. Não era com Liza Minnelli nem com Madonna que ele se dizia aparentado – era com Heifetz. É preciso valorizar um bocado a sofisticação intelectual para querer Horowitz e Heifetz na própria turma. E quem, no mundo, curte mais a sofisticação intelectual do que os finklers?
Sim, deve-se tirar o chapéu para eles... são caras de pau, são atrevidos, mas o deles é um atrevimento apoiado numa educação musical refinada.
Tendo encontrado seu fio da meada, Treslove adormeceu profundamente.

3

Embora tivesse havido pouco intercâmbio entre os Finkler e os Treslove — descontando-se o intercâmbio entre Tyler Finkler e Julian Treslove —, os Finkler juniores e os Treslove juniores se encontravam vez por outra, e decerto Alfredo e Rodolfo conheciam Finkler o suficiente por meio de seus livros e programas televisivos para gostarem de pensar nele como o famoso tio Sam. Se Sam tinha algum interesse em pensar nos dois como seus charmosos sobrinhos Alf e Ralph já era outra história. Treslove desconfiava de que o amigo não fizesse a menor ideia de quem eram os dois.

Nisso, como em tantos outros assuntos pertinentes a Finkler e, com efeito, impertinentes, Treslove estava errado. Era Treslove que não fazia a mínima ideia de quem eram seus filhos.

Finkler, na verdade, tinha plena consciência dos filhos do velho amigo e se sentia propenso a lhes ter carinho, quando menos não fosse por ser rival de Treslove na paternidade e no cargo de tio, bem como em tudo o mais, e apreciava ser visto compensando os garotos por aquilo que o pai não lhes dera. Compensando-os e lhes dando um padrão mais alto para servir de parâmetro. Alf era, dos dois, o que ele conhecia melhor, por conta de um incidente no Grand Hotel em Eastbourne — em essência derivado do fato de ter Finkler imaginado que o Grand Hotel fosse um lugar confiavelmente romântico e discreto para passar a noite de sexta para sábado com uma mulher — gaivotas voando lá fora e os demais hóspedes velhos demais para reconhecê-lo ou para fazer algo a respeito se isso acontecesse — sem, contudo, imaginar que encontraria Alf tocando piano lá durante o jantar.

Isso teve lugar dois anos antes da morte de Tyler, dois anos antes até mesmo do diagnóstico da doença, o que não tornava, por si só, totalmente imperdoável o seu comportamento. Caso soubesse que Tyler também estava, na ocasião, portando-se mal e ainda por cima com Treslove talvez isso pudesse igualmente atenuar sua criminalidade, pesando-se os prós e contras. Ainda assim, aproximar-se do piano e pedir ao pianista para tocar "Stars Fell on Alabama" para Ronit Kravitz e descobrir que estava falando com Alfredo, filho de Treslove, revelou-se um infortúnio que Finkler preferia ter evitado.

Não reconheceu Alfredo de imediato – em lugares onde não se espera encontrar pessoas que não conhecemos bem é fácil não reconhecê-las –, mas Alfredo, gozando da vantagem de vê-lo com frequência na tevê, reconheceu Finkler na mesma hora.

– Tio Sam – disse. – Uau!

Finkler pensou em retorquir "Conheço você?", mas teve dúvidas sobre se conseguiria juntar as palavras com um mínimo de convicção.

– Opa! – exclamou, ao invés, resolvido a aceitar o fato de ter sido flagrado com a boca na botija e representar o tio travesso quanto a isso. Dada a incontroversibilidade do decote de Ronit Kravitz, com certeza de nada adiantava dizer que estava em Eastbourne para uma reunião de negócios.

Alfredo lançou um olhar para a mesa da qual Finkler se levantara e disse:

– A tia Tyler não pôde vir?

Imediatamente, Finkler se deu conta de que jamais gostara de Alfredo. Também não juraria que algum dia realmente gostara do pai de Alfredo, mas amigos de bancos escolares são amigos de bancos escolares. Alfredo lembrava muito o pai, mas se tornara uma versão mais velha dele, com seus óculos de aro dourado, dos quais provavelmente não precisava, e o cabelo gomalinado e penteado para trás que lhe dava o ar de gigolô berlinense da década de 1920. Só que sem o sex-appeal compatível.

— Eu ia lhe pedir para tocar uma música para a pessoa que está comigo — disse Finkler —, mas diante das circunstâncias...

— Não, imagine, eu toco — interveio Alfredo. — Estou aqui para isso. Do que ela gostaria? "Parabéns para Você"?

Por algum motivo, Finkler se viu incapaz de pedir a música que havia ido até ali para pedir. Esquecera-se de qual era em meio à vergonha de ser descoberto, ou estaria punindo Ronit por ser a causa dessa vergonha?

— "My Yiddishe Mama" — falou. — Se você conhecer.

— Toco essa música o tempo todo — disse Alfredo.

E tocou-a, mais debochadamente do que jamais Finkler a ouvira ser tocada, com acordes rudes e sincopados seguidos de passagens absurdamente arrastadas, quase como uma fuga, como se pretendesse ser uma zombaria e não uma celebração da maternidade.

— Essa não é "Stars Fell on Alabama" — disse Ronit Kravitz. Além do decote, maior do que ela mesma, havia pouco a reparar na pessoa de Ronit Kravitz. Sob a mesa, seus pés estavam calçados em sapatos de salto alto salpicados de strass, mas não dava para vê-los. E embora tivesse um belo cabelo negro-azulado, refletindo a luz dos candelabros, também ele mergulhava, à semelhança de todos os olhos no salão, dentro do desfiladeiro dourado que ela ostentava com o mesmo orgulho que um deficiente orgulhoso ostenta a própria enfermidade. Finkler pensava nesse desfiladeiro como a Garganta de Manawatu quando não estava apaixonado por Ronit, como acontecia precisamente agora.

— É a interpretação dele — explicou. — Eu assovio para você do jeito como você gosta depois.

Era uma lição que ele parecia incapaz de aprender: a companhia de mulheres absurdamente sexy sempre deixa um homem com cara de bobo. Pernas longas demais, saia curta demais, seios expostos demais, e o que isso tudo desperta nos outros é riso, não inveja. Por um instante, seu desejo foi estar em casa com Tyler. Até que se lembrou de que também ela andava se exibindo demais ultimamente. E ela era mãe.

Nem uma vez sequer ele piscou para Alfredo do outro lado do restaurante, como também não o puxou de lado no final da noite para enfiar uma nota de cinquenta libras no bolso de cima do paletó do *summer jacket* com um pedido para — você sabe... — manter o assunto entre eles. Como filósofo pragmático que era, Finkler estava a par da etiqueta da traição e da falsidade. Não era apropriado, pensou, entrar num conluio machista com o filho de um velho amigo, quanto mais envolvê-lo nas artimanhas de uma geração mais velha na prática do adultério, fossem ou não risíveis tais artimanhas. Ele dissera "Opa". Teria de bastar. Mas os dois se esbarraram no banheiro masculino.

— Menos uma noite no Copacabana que nem um zumbi — comentou Alfredo com ar cansado, fechando o zíper da calça e reemplastando o cabelo, de frente para o espelho. Isso feito, plantou na cabeça um chapéu borsalino que, de pronto, apagou toda e qualquer sugestão de Berlim e fez Finkler pensar em Bermondsey.

Bem filho do pai dele, pensou Finkler, capaz de parecer com todo mundo e com ninguém.

— Você não gosta do seu emprego?

— Gostar? Você devia tentar tocar piano para esse pessoal que vem aqui para comer. Ou morrer. Ou as duas coisas. Estão todos ocupados demais ouvindo os próprios estômagos para ouvir uma nota que eu toque. Não saberiam dizer se estou tocando o "bife" ou Chopin. Faço ruído de fundo. Você sabe como me distraio enquanto toco? Invento histórias sobre os frequentadores. Esse aqui está fodendo aquela ali, aquele ali está fodendo essa aqui. O que é difícil numa espelunca como esta, pode crer, onde a maioria não faz sexo desde que eu nasci.

Finkler não comentou que ele próprio era uma exceção a essa regra.

— Você disfarça bem a sua insatisfação — mentiu.

— Sério? É porque desapareço. Estou noutro lugar. Na minha cabeça, estou tocando no Caesar's Palace.

— Bom, você disfarça bem isso também.

— É um emprego.

— Todos nós nos contentamos com um emprego — disse Finkler, como se falasse com a câmera.

— É assim que você encara o que faz?

— Na maior parte do tempo, sim.

— Que tristeza para você, então, também.

— Também? Quer dizer que é assim com você?

— Sim, mas sou jovem. Ainda há tempo para acontecer de um tudo comigo. Posso até conseguir chegar ao Caesar's Palace, ainda. Eu quis dizer que é tão triste quanto para o papai.

— Ele é infeliz?

— O que você acha? Você conhece o meu pai da vida toda. Por acaso ele dá a impressão de ser um cara satisfeito?

— Não, mas ele nunca deu essa impressão.

— Não? Nunca... Ah! Faz sentido. Não consigo imaginá-lo moço. Ele é um sujeito que sempre foi velho.

— Veja só que estranho — disse Finkler. — Penso nele como alguém que sempre foi jovem. Tem a ver, suponho, com o momento em que a gente conhece uma pessoa.

Sob o chapéu borsalino, Alfredo revirou os olhos, como se dissesse: *Não venha com pensamentos profundos para cima de mim, tio Sam.*

O que efetivamente disse, porém, foi:

— Não somos muito chegados. Acho que secretamente ele prefere o meu meio-irmão, mas sinto pena dele, com esse emprego de sósia, principalmente se ele se sente como eu com esse troço todo.

— Ora, vamos. Na sua idade o copo ainda está pela metade.

— Não, é na sua idade que o copo está pela metade. Na minha, não queremos copo meio cheio nem meio vazio. Na verdade não queremos um copo, ponto. Queremos um canecão, e que esteja transbordando. Somos a geração do tem tudo, lembre-se.

— Não. *Nós somos* a geração do tem tudo.

— Bom, então a nossa é a geração do saco cheio.

Finkler sorriu e sentiu brotar a inspiração para um novo livro. *O copo meio vazio: Schopenhauer para adolescentes chegados à bebida.*

Não foi uma avaliação cínica. Inesperadamente, ele se deu conta de um ímpeto paternal indireto dirigido ao rapaz. Talvez fosse uma reprise do que sentira por Treslove tantos anos atrás. Talvez se tratasse de um êxtase de usurpação — a satisfação que vem na esteira de ser pai dos filhos de outrem —, o reflexo do papel gratificante de que Treslove estava gozando naquele exato momento, o de ser o marido da esposa de outrem, ainda que essa esposa insistisse em se manter afastada e bolinar seu pênis virada de costas, como se estivesse com dificuldades para abotoar um sutiã complicado.

Antes de deixarem o banheiro juntos, Finkler entregou a Alfredo um cartão de visitas.

— Me ligue quando for a Londres — disse. — Você não fica preso aqui o ano todo, fica?

— Porra, não. Eu daria um tiro na cabeça.

— Então me ligue. Podemos conversar sobre seu pai... ou não.

— Está bem. Ou então... Vou tocar no Savoy e no Claridge umas semanas. Você podia aparecer para dar um oi.

Com uma vadia, está sugerindo o sacana, pensou Finkler. É assim que ele há de me ver para sempre. Na esbórnia com a Garganta de Manawatu. E jamais me deixará esquecer disso.

Com seu olho mental, Finkler se viu encontrando Alfredo em banheiros ao longo dos cinquenta anos seguintes — até que Alfredo fosse muito mais velho do que era agora e ele, Finkler, tivesse se tornado um matusalém encarquilhado — e lhe entregando discretamente notas estalando de novas em envelopes pardos.

Os dois se apertaram as mãos e riram. Cada um deles um tantinho cauteloso e um tantinho lisonjeado.

Esse garoto é um oportunista, pensou Finkler, mas tudo bem.

Ele acha que posso tirar algum proveito do fato de conhecê-lo, pensou Alfredo, e talvez eu possa mesmo. Mas também pode ser proveitoso para ele me conhecer. Talvez aprenda como escolher um rabo de saia menos cafona.

Assim começou uma amizade meio compulsiva, mas mutuamente irritante, entre dois homens de idades e interesses distintos.

Alfredo jamais discutira nada disso com a mãe ou com o meio-irmão. Era um homem que apreciava segredos. Mas ali, quando voltou a sentar-se com ambos depois do jantar, estava um segredo que ele não podia guardar.

— O papai foi assaltado. Vocês sabiam?

— Todo mundo é assaltado — disse Rodolfo. — Estamos em Londres.

— Só que esse foi um assalto diferente. Foi um mega-assalto.

— Credo! Ele se machucou? — indagou Janice.

— Bom, o negócio é o seguinte: aparentemente ele diz que não, mas o tio Sam acha que sim.

— Você esteve com o tio Sam?

— Esbarrei nele num bar. Foi assim que eu soube.

— Seu pai faria um escarcéu se tivesse se machucado — interveio Josephine. — Ele faz um escarcéu quando corta o dedo.

— Não se trata desse tipo de ferida. Sam diz que o assalto o abalou profundamente, mas que ele não aceita. Pura negação, na opinião de Sam.

— Ele sempre optou pela negação — observou Josephine. — Sempre negou ser um sacana.

— O que o Sam acha que ele está negando? — perguntou Janice.

— É difícil dizer. A própria identidade ou algo do gênero.

Josephine deu um risinho.

— Grande novidade.

— É mais estranho que isso. Parece que ele foi assaltado por uma mulher.

— Uma mulher? — indagou Rodolfo, quase incapaz de conter o riso. — Eu sabia que ele era um frouxo, mas uma mulher..

— Cheira um pouco à realização de um desejo — disse Janice.

— É, do meu — concordou, rindo, Josephine. — Eu só gostaria de poder dizer que fui a assaltante.

— Josephine! — reprovou Janice.

— Corta essa. Não vai me dizer que você não ia adorar assaltar o Julian se o visse andando pela rua com cara de avô do Leonardo DiCaprio e driblando os buracos ou seja lá o que ele faz agora?

— Por que você não desce logo do muro e nos diz o que acha realmente do papai? — sugeriu Rodolfo, ainda divertido com a ideia de o pai se acovardar diante de uma mulher.

— Quer que eu admita que amo seu pai? — indagou ela, fingindo enfiar dois dedos na garganta.

— De todo jeito, Sam acha que é invenção — prosseguiu Alfredo. — Sua teoria é que o papai anda estressado.

— Com o quê? — quis saber Janice.

— Com o que aconteceu com a tia Tyler e a mulher de outro amigo dele. Foi morte demais para ele administrar, na opinião do tio Sam.

— Isso é típico do seu pai — disse Josephine. — Ladrãozinho de sepultura ganancioso. Por que não pode deixar outros homens chorarem a morte das próprias esposas? Por que precisa sempre tirar uma casquinha?

— Sam disse que ele gostava muito das duas.

— É, aposto que sim. Principalmente quando elas partiram desta para melhor.

Ignorando a observação, Janice disse:

— Então Sam acha que a assaltante se materializou a partir do luto de Julian...

— Luto!

— Não, veja bem, é uma noção intrigante. Talvez um fantasma seja isso: a corporificação do que nos perturba. Só me pergunto por que uma assaltante? Por que a violência?

— Essa conversa está além do meu intelecto — interveio Rodolfo. — Não podemos voltar a falar do papai sendo afanado por alguma mendiga comum?

— Para mim, é culpa — prosseguiu Josephine, ignorando o aparte. — Provavelmente ele vinha transando com ambas. Ou pior, cantando árias de Puccini para as duas.

— As suas eram de Verdi — recordou-lhe Janice.

— De todo jeito — continuou Alfredo —, Sam sugeriu que a gente faça o papai tirar umas férias.

— No hospício?

— Podemos organizar uma viagem para ele. Vocês sabem como ele reluta em planejar viagens. Tem medo de trem, tem medo de avião, tem medo de ir para algum lugar onde não saiba como se diz paracetamol. Seria melhor, segundo o tio Sam, que um de nós fosse com ele. Alguém quer tirar férias com o papai?

— Eu não — respondeu Rodolfo.

— Nem eu — disse Janice.

— Nem que ele fosse o último homem na face da Terra — emendou Josephine. — Que Sam Finkler vá com ele, já que acha a ideia tão boa.

— Então é não? — disse Alfredo, rindo.

Apenas quando já estavam se levantando para ir embora, mais uma vez tendo concordado que os meninos deviam ao menos dar um telefonema para o pai e talvez levá-lo para almoçar fora, foi que Alfredo se lembrou de outra coisa que o tio Sam lhe havia dito.

— E, *e...* ele decidiu que é judeu.

— O tio Sam? Mas ele já não era judeu?

— Não, o papai. *O papai* decidiu que é judeu.

Os quatro tornaram a se sentar.

— É.

— Como assim, decidiu? — quis saber Rodolfo. — Não se pode, simplesmente, acordar um dia e *decidir* que se é judeu. Ou pode?

— Trabalhei com um monte de gente na BBC que acordou um dia e decidiu que *não* era judia — observou Josephine.

— Mas com certeza a recíproca não é verdadeira, é?

— Vai saber — disse Alfredo. — Mas não acho que o papai esteja pretendendo virar judeu. Se entendi direito o que o tio Sam falou, ele está com a pulga atrás da orelha sobre *já* ser judeu.

— Jesus Cristo! — exclamou Rodolfo. — Isso faz a gente ser o quê?

— Não judeus — respondeu Josephine. — Não se preocupem. Os judeus não confiam na fidelidade de suas mulheres, logo só se pode ser judeu passando por uma vagina judia. E eu não tenho uma vagina judia.

— Nem eu — disse Janice.

Alfredo e Rodolfo fizeram cara de nojo um para o outro.

Mas Rodolfo estava tão perplexo quanto enojado.

— Não entendo como essa coisa funciona. Se você não confia na sua mulher por que haveria de querer que seja ela que o torna judeu?

— Bom, você não seria judeu jamais se confiasse no seu pai e ele fosse um baita árabe com dentes de ouro.

— As judias dormem com árabes?

— Meu bem, as judias dormem com qualquer um.

— Mais baixo — alertou Janice, indicando os garçons e fazendo um floreio silencioso com a cabeça. Os quatro estavam, é bom não esquecer — os olhos de Janice avisaram os demais —, num restaurante libanês.

— Mas é interessante, assim mesmo — acrescentou Rodolfo. — Se eu descobrir que sou cinquenta por cento judeu, será que de repente fico cinquenta por cento mais inteligente?

Janice afagou a cabeça do filho.

— Você não precisa *dele* para ficar cinquenta por cento mais inteligente.

— Cinquenta por cento mais rico, então?

CAPÍTULO 5

1

Não se diz a um homem obsessivo "Encontre-a e a traga com você".

Mas Treslove preferia morrer a conceder a "ela" em questão mais um minuto do seu tempo. Chega um dia em que se precisa, simplesmente, dizer não a uma compulsão. Vestiu o sobretudo e tornou a tirá-lo. Deu um basta. Sabia o que achava. Sabia o que ouvira. *Seu Judeu*. Não ouvira *Seu Maldito Judeu* ou *Seu Judeu Imundo* ou *Seu Judeu Charmoso*. Apenas *Seu Judeu*. E era a estranheza disso, levando-se em conta a soma total, que provava o que ela dissera. Por que ele haveria de inventar algo tão estranho? *Seu Judeu*, sem rodeios — *Seu judeu puro e simples* —, não abria espaço para qualquer teoria ou suposição. Não atendia a qualquer necessidade que Treslove reconhecesse em si mesmo. Nada fornecia, nada resolvia, nada garantia.

Treslove conhecia o argumento contrário. Ele inventara a coisa toda por necessidade. Que tal lhe mostrarem que necessidade era essa?

A própria arbitrariedade constituía a prova de sua autenticidade. Sua psicologia era inocente da acusação de buscar ou encontrar a mais ínfima gratificação para extrair daí. Mas isso não dava conta da assaltante. Será que ela o chamara de *judeu* apenas por diversão? Não, ela o chamara de *judeu* porque vira um judeu. Por que precisaria lhe dizer o que vira já era uma outra história. Não precisava, levando-se em conta a soma total, dizer coisa alguma. Podia muito bem ter se apossado dos seus pertences e sumido sem dizer palavra. Treslove não havia, propriamente, se empenhado numa luta. Ou esperado um agradecimento. A maioria dos assaltantes, supunha ele, não identificava suas vítimas enquanto as assaltava. *Seu protestante, seu chinês*. Por que se dar a esse trabalho? O protestante e o chinês supostamente sabem quem são sem que um assaltante precise lhes dizer. Assim, das duas uma: ou *Seu judeu* foi uma expressão de raiva irreprimível ou teve um cunho informativo. *Peguei seu relógio, sua carteira, sua caneta-tinteiro, seu celular e o seu autorrespeito – trocando em miúdos, seus bens –, mas em troca lhe dou alguma coisa: caso você não saiba, e tenho uma sensaçãozinha estranha (não me pergunte por que) de que talvez não saiba, você é um judeu.*

Tchau.

Treslove não estava disposto a aceitar que encontrara alguém com um parafuso a menos ou que, simplesmente, estava no lugar errado na hora errada. Já sofrera acidentes suficientes. Toda a sua vida não passara de um acidente. Seu nascimento fora um acidente – os pais haviam lhe dito: "Você não foi planejado, Julian, mas nos fez uma bela surpresa." Seus filhos, a mesma coisa. Só que ele jamais lhes disse que tinham sido uma bela surpresa. O curso universitário por créditos foi um acidente; em outra época ele teria estudado os clássicos ou teologia. A BBC foi um acidente. Um acidente maligno. As mulheres que amou foram, todas, acidentes. Se a vida não tinha um pingo de propósito, por que, então, vivê-la? Alguns encontram Deus onde menos esperam. Alguns descobrem seu propósito na ação comunitária ou no autossacrifício. Treslove estava à espera desde quando era capaz de se lembrar. Muito bem. Meu destino clama, pensou.

Duas noites depois, ele estava jantando com seus pares judeus na casa de Libor.

2

Seis meses antes de perder a esposa, Sam Finkler aceitou o convite para ser um "náufrago" no programa *Meus Discos numa Ilha Deserta*.

Seria cruel presumir que os dois acontecimentos não estivessem senão coincidentemente relacionados.

Estavam sentados no jardim de casa, separados do Parque Heath tão somente por um portão baixo, quando Finkler trouxe à tona, pela primeira vez, o convite. Era isso ou ajudar Tyler a jardinar. O jardim há muito havia sido rotulado de área de não relaxamento por conta de Tyler viver sempre ocupada ali e de Finkler ter uma reação alérgica a gramados, flores e à ideia de levar a vida na flauta. "Isso se chama lugar de descanso – descanse!", costumava ordenar Tyler. Mas ele descobrira o que sempre soubera – que seu corpo não tinha sido feito para descansar num lugar de descanso. "Descansarei o suficiente quando chegar a hora", era sua resposta. Assim, nas raríssimas vezes em que se aventurava a frequentar o jardim, ele o contornava em longas passadas como um detetive particular em busca de um cadáver entre os arbustos, parando de vez em quando para discutir suas hipóteses, e isso – ao menos a parte passível de partilhar com Tyler – invariavelmente se referia a trabalho. No instante em que ficasse sem assunto ou reduzisse o ritmo da conversa, com certeza Tyler o recrutaria para segurar um pau de bambu, por favor, ou apertar com o dedo o nó de corda vegetal. Não que essas fossem, em si, tarefas penosas, mas levavam Finkler a sentir sua vida se esvair em esterco e raízes.

— Consegui um convite para ir ao *Meus Discos numa Ilha Deserta* — disse à esposa da extremidade mais remota do jardim, as mãos para trás e apoiadas, por via das dúvidas, no cano da mangueira.

Tyler estava de quatro, tentando fazer brotar vida do solo pedregoso. Absorta na terra. Não ergueu os olhos.

— Conseguiu? Como assim, conseguiu? Eu não sabia que você estava correndo atrás desse convite.

— Não estava. Eles correram atrás de mim.

— Então diga para correrem em outra direção.

— E por que eu faria isso?

— Por que deixaria de fazer? O que você quer com *Meus Discos numa Ilha Deserta*? Para começar, você já perde o rumo num jardim, imagine numa ilha deserta. E jamais na vida teve um disco. Você não conhece música alguma.

— Conheço.

— Cite alguma de que você goste.

— Ah, *gostar*! Isso não é a mesma coisa que conhecer.

— Seu pedante! — exclamou Tyler. — Já não basta ser mentiroso, tem que ser pedante também. Recomendo que você não vá ao programa. Não há de acrescentar-lhe coisa alguma. Dá para ver quando você está mentindo. Você grita.

Finkler não ia morder a isca jogada pela esposa.

— Não vou mentir. Meus discos não precisam ser de música.

— Vai escolher o que, então? Bertrand Russell lendo as próprias memórias? Mal posso esperar.

Tyler se pôs de pé e limpou as mãos no avental de jardinagem comprado por ele anos antes. Estava usando um par de brincos igualmente comprado por ele. E o Rolex de ouro que Finkler lhe dera no décimo aniversário de casamento. Tyler jardinava maquiada e coberta de joias. Poderia passar, diretamente, da tarefa de espalhar fertilizante para uma mesa no restaurante do Ritz sem precisar de mais nada além de descalçar as luvas e ajeitar os cabelos com a mão. A visão da esposa surgindo do estrume como uma Vênus *beau-monde* era o motivo pelo qual Finkler não conseguia manter-se afastado do jardim apesar de temê-lo. Considerava um mistério o fato de se dar ao trabalho de arrumar amantes quando achava a esposa tão mais desejável que qualquer uma delas.

Seria um sujeito mau ou simplesmente um bobalhão? Não se sentia, consigo mesmo, mau. Como marido acreditava ser basicamente bom e leal. Apenas não fazia parte da natureza masculina ser monógamo, só isso. E ele devia algo à própria natureza, mesmo quando a sua natureza se mostrava incompatível com seu desejo, que era o de ficar em casa e curtir a esposa.

A sua natureza — a natureza em geral, a regra natural — é que era sacana, não ele.

— Bom, para começar — disse, emotivo —, pensei na música do nosso casamento...

Tyler se aproximou do cano para abrir a torneira da mangueira.

— A "Marcha Nupcial" de Mendelssohn? Não chega a ser propriamente original. E eu preferia, se me der licença, que você deixasse o nosso casamento de fora, já que isso seria a última coisa em que você iria pensar numa ilha deserta. Se Mendelssohn é o melhor que lhe vem à cabeça, sugiro que você diga a eles que está ocupado demais. A menos que Mendelssohn tenha escrito uma "Marcha para Adultério".

— Ocupado demais para aparecer no *Meus Discos*? Ninguém está ocupado demais para aparecer no *Meus Discos*. É o tipo de convite que se pega sem pestanejar. Bom para a carreira.

— Você já tem uma carreira. Em vez disso, pegue a ponta da mangueira aí para mim.

Finkler não era capaz de identificar onde ficava a ponta da mangueira e começou a andar pelo jardim novamente como um detetive particular examinando arbustos e coçando a cabeça.

— É o pedaço por onde sai a água, idiota! Há quantos anos você mora aqui? Será possível que continua sem saber onde está sua própria mangueira? — Tyler riu da piada. Finkler não.

— Não fica bem não ser convidado para ir ao *Meus Discos* — prosseguiu ele, finalmente encontrando a mangueira e depois se indagando o que ela esperava que fizesse com aquilo.

— Você foi convidado. Convidaram você. Por que não fica bem recusar o convite? Acho que isso faria um bem enorme à sua carreira. Prove que você não é intrometido. Me dê isso aqui.

— Intrometido?

— Não é ávido. Não está desesperado.

— Você disse intrometido.

— E?

— Não sou um judeu intrometido, é isso?

— Ah, pelo amor de Deus. Não foi em absoluto o que eu quis dizer, e você sabe disso. Judeu intrometido é pura projeção sua. Se você tem medo de ser visto dessa maneira, o problema é seu, não meu. Acho que você é intrometido, ponto final. De todo jeito, a judia neste relacionamento sou eu, não se esqueça.

— Isso é maluquice, e você está farta de saber.

— Então recite o Amidah. Cite uma das Dezoito Bênçãos...

Finkler desviou o olhar.

Um dia talvez, quem sabe, num passado remoto, ela tivesse pensado em esguichar água nele, sabendo que ele revidaria esguichando água nela, e os dois começariam uma guerra de mangueiras no jardim, que acabaria em gargalhadas ou até mesmo numa transa na grama, escandalizando os vizinhos. Mas essa fase já passara...

... supondo-se que um dia tivesse existido. Tyler tentou imaginar o marido correndo atrás dela e capturando-a, esmagando seus lábios com os dele... E ficou alarmada ao perceber que não conseguia.

Sondou os amigos. Não em busca da opinião deles quanto a aparecer ou não no programa. Sabia que precisava aparecer nele. Mas atrás de músicas ao som das quais se deitar numa ilha deserta. Libor sugeriu os Improvisos de Schubert. E alguns concertos para violino. Treslove anotou os nomes de árias de grandes óperas italianas centradas na morte.
– De quantas você precisa? Seis? – perguntou a Finkler.
– Uma já chega. Eles querem variedade.
– Botei seis aqui por garantia. São todas bem diferentes. Numas é a mulher que está morrendo, em outras, é o homem. Anotei até uma em que os dois morrem juntos. Daria um grande fecho para o programa.
E para a minha carreira, pensou Finkler.
Finalmente, embora não sem igualmente consultar Alfredo, Finkler, confiando em seu próprio instinto demagógico, escolheu Bob Dylan, Queen, Pink Floyd, Felix Mendelssohn (seguindo a sugestão de Libor do Concerto para Violino em lugar da "Marcha Nupcial"), Girls Aloud, uma dose bastante óbvia de Elgar, Bertrand Russell lendo um trecho de suas memórias e Bruce Springsteen, a quem se referiu no programa como "The Boss". Quanto ao livro, optou pelos *Diálogos* de Platão, mas também indagou se apenas dessa vez as regras poderiam ser flexibilizadas para que ele pudesse levar também a série completa de *Harry Potter*.
– Como alternativa mais leve a toda essa seriedade? – indagou a apresentadora.

— Não, para isso estou levando o Platão — respondeu Finkler. Brincando, claro, mas também falando sério para os que queriam que ele falasse sério.

Para provar à esposa que ela não era o único membro judeu do casal, Finkler fez questão de mencionar em detalhes suas idas à sinagoga todas as manhãs com o pai, quando o ouvia rezar pelos pais dele, lamentos de cortar o coração que o emocionavam e que, sim, o marcaram profundamente. *Yisgadal viyiskadash...* A língua ancestral dos hebreus carpindo seus mortos. *Que Seu Nome majestoso seja exaltado e santificado.* Uma oração que ele mesmo veio a rezar quando ficou órfão. O filósofo racionalista reconhecendo a existência de Deus diante de verdades que a razão jamais poderia almejar entender. Dava para ouvir, pensou Finkler, um alfinete cair no estúdio. Seu judaísmo sempre havia sido incomensuravelmente importante para ele, confessou com solenidade, uma fonte de conforto e inspiração cotidianos, mas não lhe era possível ficar calado quanto às privações dos palestinos.

— Quanto à questão da Palestina — prosseguiu, deixando a voz se embargar ligeiramente —, me sinto profundamente mortificado.

— Profundamente arrogante, você quis dizer — corrigiu Tyler depois de ouvir o programa. — Como você se atreveu?

— Como eu poderia deixar de me atrever?

— O programa não tratou desse assunto, só por isso. Porque ninguém lhe perguntou.

— Tyler...

— Eu sei... sua consciência não lhe deixou escolha. Uma entidade conveniente, a sua consciência. Presente quando você precisa, ausente caso não precise. Bom, eu estou envergonhada com a sua exibição pública de vergonha e nem sou judia.

— O motivo é precisamente esse — concluiu Finkler.

* * *

Finkler se sentiu desapontado com o fato de nenhuma de suas observações ou escolhas genialmente espirituosas ser mencionada em *O Melhor da Semana*, mas se sentiu lisonjeado por receber uma carta, quinze dias depois da transmissão do programa, assinada por um punhado de celebridades judias teatrais e acadêmicas convidando-o para se juntar a um grupo que até então não passara de uma ideia sem direção, mas que agora estava em vias de ser revisto e batizado, em homenagem à sua coragem de se manifestar publicamente – Judeus Mortificados.

Finkler se emocionou. Elogios de seus pares mexiam com ele quase tanto quanto as preces que jamais fizera pelo avô. Examinou a lista. Já conhecia a maioria dos professores, pelos quais não tinha o menor interesse, mas os atores representavam um novo degrau em sua escalada para a fama. Embora nunca houvesse sido um grande fã de teatro e torcesse o nariz para a maioria das sugestões de Tyler de peças a que deveriam assistir, encarou o fato de ser o destinatário de uma carta assinada por atores – mesmo se tratando de atores que não lhe mereciam a atenção *como* atores – sob um novo ângulo. Havia também uma celebridade gastronômica na lista e uns dois ou três astros de *stand-up comedy*.

– Jesus! – exclamou Finkler quando recebeu a carta.

Tyler estava no jardim, dessa vez descansando. Com uma xícara de café na mão e os jornais abertos. Andara cochilando, embora ainda fosse de manhã. Finkler não reparara que ela vinha se cansando mais rápido que de hábito.

– Jesus! – repetiu ele, para que ela pudesse ouvir.

Tyler não se mexeu.

– Alguém está processando você por quebra de compromisso, meu amor?

— Nem todo mundo, ao que parece, sentiu vergonha de mim — disse ele, dando o nome dos mais eminentes signatários da carta. Devagar. Um por um.

— E?

Demorou-se tanto nessa única palavra quanto o marido para citar a dezena de nomes.

Finkler bufou, inflando as narinas.

— Como assim?

Sentando-se, Tyler o encarou.

— Samuel, não existe nessa lista que você acabou de ler uma única pessoa pela qual você tenha um mínimo de apreço. Você odeia acadêmicos. Não gosta de atores. Sobretudo *desses* atores. Não tem tempo para celebridades gastronômicas e não suporta esse pessoal de *stand-up comedy*, sobretudo *esses* comediantes que mencionou. Diz que eles são sem graça. Seriamente *sem graça*. Por que eu, aliás por que *você*, haveria de levar em conta o que pensa um deles que seja?

— Minha opinião sobre eles como intérpretes definitivamente não é pertinente nessa situação, Tyler.

— Então o que é pertinente? A opinião que você tem deles como analistas políticos? Historiadores? Teólogos? Filósofos? Não me lembro de jamais ouvir de você que, embora eles fossem uma merda como comediantes, como pensadores eram profundos. Toda vez que trabalhou com atores, você sempre os rotulou de cretinos, de incapazes de formular uma frase sequer ou de expressar uma ideia mesmo pela metade. E, com certeza, incapazes de entender as suas O que mudou, Samuel?

— É agradável receber apoio.

— De qualquer um?

— Eu não chamaria nenhuma dessas pessoas de qualquer um.

— Não, nas suas próprias palavras, elas são *menos que qualquer um*. Passaram a ser alguém unicamente porque estão elogiando você.

Finkler sabia que não podia ler para a esposa a carta toda, não podia lhe dizer que a sua "coragem" havia inspirado, ou ao menos revitalizado, um movimento — pequeno agora, mas capaz de crescer quem sabe quanto —, não podia lhe dizer que era bacana ser admirado. Dane-se, Tyler!

Ainda assim, ele não podia dispensar a presença dela.

Portanto, foi breve.

— Os elogios soam diferentes quando vêm dos seus pares.

Ela fechou os olhos. Podia ler a mente do marido sem mantê-los abertos.

— Jesus Cristo! Porra, Shmuelly, seus *pares*! Você já se esqueceu de que não gosta de judeus? Você evita a companhia de judeus. Você já declarou publicamente seu horror aos judeus porque exibem o próprio poder e depois dizem que acreditam num Deus misericordioso. E agora, porque um punhado de medíocres judeus semifamosos resolveu se manifestar e concordar com você, você se apaixonou por eles. Era só disso que precisava? Você teria sido o melhor de todos os bons meninos judeus se os outros meninos judeus tivessem gostado de você desde o início? Não entendo. Não faz sentido virar um judeu entusiasta novamente a fim de cair de pau no judaísmo.

— Não é no judaísmo que estou caindo de pau.

— Ora, com certeza não é no cristianismo. *Judeus Mortificados?* Seria mais digno da sua parte trocar figurinhas com David Irving ou entrar para o *British National Party*. Lembre-se do que você realmente quer, Samuel... Sam! E o que você realmente quer não é a atenção dos judeus. Não existem judeus suficientes.

Ele não a escutou. Subiu até o escritório, os ouvidos zumbindo, e se sentou à escrivaninha para escrever uma carta de agradecimento aos Judeus Mortificados – uma carta agradecendo o agradecimento deles. Ficaria honrado de juntar-se a eles.

Mas será que eles aceitariam uma sugestão? Na era dos *sound bites*, que, querendo ou não, certamente estavam vivendo, um acrônimo simples, de fácil memorização, poderia ter a força de mil manifestos. Ora, um acrônimo – ou algo bem próximo de um acrônimo – já se achava embutido no próprio nome que o grupo atribuíra a si mesmo. Em lugar de "Judeus Mortificados", que tal "Judeus MORTificados", que poderia ou não, dependendo do que achassem os demais, ser encurtado agora ou no futuro para MORT, a feliz coincidência a qual, dadas as circunstâncias, com certeza ele não precisaria realçar?

Uma semana depois, Finkler recebeu uma resposta entusiasmada escrita numa folha timbrada onde se lia no alto "Judeus MORTificados".

Sentiu um orgulho profundo, mitigado, é claro, pela tristeza por conta daqueles cujo sofrimento tornara necessária a existência dos Judeus MORTificados.

Tyler cometera um equívoco cruel a seu respeito. Ele não queria o que ela o acusava de querer. Sua fome de aclamação – ou mesmo de aprovação – não era tão voraz assim. Com Deus como testemunha, ele se sentia suficientemente aprovado. Isso nada tinha a ver com aceitação. Tinha a ver com verdade. Alguém precisava dar nome aos bois. E agora havia outros dispostos a fazê-lo com ele. E em nome dele.

Se Ronit Kravitz não fosse filha de um general israelense, teria ligado para convidá-la a passar um fim de semana de safadeza Judia MORTificada em Eastbourne.

3

Tyler assistiu, com efeito, ao segundo programa de tevê do marido no apartamento de Hampstead de Treslove, que não ficava em Hampstead. E, a intervalos decentes, outros programas depois desse. Encarou tais episódios como consolo pelo fato de o marido se dedicar tanto à tevê. O que havia entre ela e Julian jamais se transformou num caso amoroso. Nenhum dos dois estava atrás de um caso amoroso – ao menos Tyler não estava e Treslove se cansara de andar atrás de alguma coisa –, mas ambos descobriram um jeito de distribuir delicadezas um ao outro acima e além das convenções e um adultério vespertino movido a raiva e inveja.

O cansaço dela não passou despercebido a Treslove.

– Você está pálida – comentou ele certa vez, cobrindo-lhe o rosto de beijos.

Ela se submeteu ao carinho, rindo. Rindo seu riso sereno, não o sarcástico.

– E meio desanimada – acrescentou ele, tornando a beijá-la

– Desculpe. Não vim aqui para deixar você deprimido.

– Você não me deprime. A palidez combina com você. Gosto de mulheres com aparência trágica.

– Credo, trágica! Está tão ruim assim?

Estava ruim assim, sim.

Treslove teria dito: *Venha morrer na minha casa*, mas estava ciente de que não podia. Uma mulher tem de morrer na própria casa e nos braços do próprio marido, por mais que o amante seja capaz de enxugar-lhe a testa com mais consideração do que o marido jamais teria.

– Eu te amo de verdade, você sabe – disse Treslove no que ambos no fundo suspeitavam ser a última transa dos dois. Ele havia dito que a amava na primeira vez em que dormiram juntos, vendo Sam na tevê. Mas agora estava sendo sincero. Não que tivesse sido insincero da outra vez, mas agora era diferente. Agora estava sendo sincero por ela.

— Não seja bobo — disse Tyler.

— Amo, sim.

— Não ama.

— Amo mesmo.

— Não ama mesmo, mas fico emocionada de ver você querer me amar. Você tem sido um encanto comigo. Não tenho ilusões, Julian. Eu conquisto os homens. Conheço o funcionamento bizarro da amizade masculina. Nunca me iludi pensando que sou diferente de outras esposas na mesma posição, ou seja, um meio para vocês dois exercitarem a própria rivalidade. Eu disse isso logo no início. Mas fiquei feliz por ter me aproveitado disso em benefício próprio. E agradeço a você por me fazer sentir que era a mim que desejava.

— Era você que eu desejava.

— Acredito. Mas não tanto quanto você desejava Samuel.

Treslove ficou horrorizado.

— *Eu?* Desejar Sam?

— Não no sentido de querer transar com ele, ora. *Eu* jamais amei meu marido no sentido de querer transar com ele. Nem eu nem ninguém, aposto. Ele não é um homem transável. Não que isso o tenha impedido... Ou impedido as outras. Mas ele tem alguma coisa, não exatamente uma luz, mas um ar de intimidade que a gente tem vontade de entender, uma espécie de competência ou know-how acelerado que a gente gostaria de pegar dele. É um daqueles judeus a quem, em outra época, até o mais antijudeu dos imperadores ou sultões daria um cargo importante. Ele passa a impressão de ser bem-relacionado, de saber como conseguir as coisas, e a gente acha que, se ficar ao seu lado, ele há de conseguir coisas para nós também. Mas nem preciso lhe dizer isso. Você também sente. Sei que sim.

– Eu não sabia que sentia.

– Pode crer, você sente. E é aí que eu entro. Sou o veículo desse contágio. Através de mim você se conecta a ele.

– Tyler...

– Tudo bem. Não me incomodo de ser o pó de pirlimpimpim roubado que salpica você com essa importância de segunda mão. Eu me vingo dele e ao mesmo tempo me sinto mais apreciada por você.

Ela o beijou. Um beijo de agradecimento.

O beijo, pensou Treslove, que uma mulher dá num homem que não abala sua alma. Pois era isso o que o seu "apreço" por ela demonstrava: que ele era gentil, mas não desafiador, não um homem influente, não alguém que lhe desse acesso à via expressa do sucesso. Certo, ela vinha até a casa dele, metia-se com infidelidade angular em sua cama e trepava com ele, mas sem jamais genuinamente perceber a sua presença. Até mesmo esse beijo de alguma forma resvalava nele, como se ela estivesse, com efeito, beijando o ocupante do quarto vizinho.

Seria verdade o que ela disse? Que dormir com a mulher de Sam lhe dava acesso honorário e temporário ao sucesso de Sam? Se assim era, por que ele não se sentia mais bem-sucedido? Agradava-lhe a ideia de Sam ser um homem intransável. Pobre Tyler, transando com dois homens intransáveis. Não espanta que parecesse doente.

Mas coitado de mim, também, pensou Treslove.

Um veículo para solucionar a rivalidade deles, rotulara-se Tyler. A rivalidade *deles* – sugerindo que havia ali algo para Sam também.

Será que ela quisera dizer que o marido sabia? Seria possível que, ao chegar em casa, Tyler fosse dizer ao marido que homem intransável o amigo era? E será que Sam gozaria com isso? Será que os dois gozariam juntos?

Será que os finklers faziam isso?

Pela primeira vez, Treslove infringiu a regra que todos os adúlteros precisam seguir sob pena de perecer, e imaginou marido e mulher na cama. Tyler, recém-saída dos braços de Treslove, virando-se para o marido com um sorriso, encarando-o como jamais encarara Treslove durante o sexo, segurando seu pênis como se fosse um buquê de noiva e não um problema a ser solucionado atrás das costas, como acontecia com o pênis de Treslove. Talvez mesmo olhando para ele, quem sabe lhe dando um nome, enfrentando-o cara a cara, admirando-o, como sequer uma vez enfrentara ou admirara o dele.

— Nesse meio-tempo — disse ela, consultando o relógio, embora não estivesse se referindo àquele exato minuto — ele arrumou uma nova mania.

O que Treslove tinha com isso?

— Qual? — indagou Treslove.

Ela dispensou o assunto com um aceno, como se agora que ele fizera a pergunta estivesse arrependida de mencioná-lo, ou como se achasse que ele jamais entenderia seus meandros.

— Ah, aquela história de Israel. Desculpe, da Palestina, como ele insiste em chamar.

— Eu sei. Já ouvi mais de uma vez.

— Você ouviu a entrevista dele no *Meus Discos*?

— Perdi — mentiu Treslove. Não havia *perdido* o programa. Esforçara-se de todas as maneiras para não ouvi-lo nem entrar em contato com qualquer um que tivesse ouvido. Assistir ao programa de Finkler na tevê enquanto dormia com a mulher dele era uma coisa, mas ouvir *Meus Discos*, que o país inteiro ouvia...

— Sorte a sua. Pena que eu não perdi. Na verdade eu teria vindo aqui *a fim* de perdê-lo, mas ele quis que eu ouvisse com ele. O que deveria ter me deixado desconfiada. Por que não a Ronit...

Mais uma vez Treslove pegou-se pensando em Tyler e Sam na cama juntos, cara a cara, ouvindo *Meus Discos numa Ilha Deserta*. Tyler admirando o pênis de Sam, toda melosa, enquanto no rádio o mesmo homem fazia seu numerito da Palestina.

Ficou calado.

— Bom, foi lá que ele se saiu com a tal declaração.

— Que declaração?

— De estar mortificado.

— Por causa de Ronit?

— Por causa de Israel, seu bobo.

— Ah, isso. Já o ouvi falar desse assunto com Libor. Não é nenhuma novidade.

— É novidade quando se trata de anunciar para o país inteiro. Sabe quantas pessoas ouvem esse programa?

Treslove tinha uma leve noção, mas não quis começar uma discussão sobre audiência àquela altura. Uma menção a milhões doeria em seus ouvidos.

— E agora está arrependido?

— Arrependido! Parece mais o gato que encontrou um canário. Arrumou um novo grupo de amigos. Os Judeus MORTificados. Eles são meio como os Garotos Perdidos. É tudo uma questão de carência de amor materno, a meu ver.

Treslove riu. Em parte por causa da piada de Tyler, em parte para se livrar da ideia de Finkler ter feito novos amigos.

— Ele sabe que você botou esse nome nos caras?
— Garotos Perdidos?
— Não, Judeus MORTificados.
— Ah, não fui eu que inventei. Eles é que se chamam assim. São um movimento inspirado, acredite se quiser, pelo meu maridinho. Escrevem cartas para os jornais.
— E assinam Judeus MORTificados?
— Assinam Judeus MORTificados.
— Soa meio fragilizante, não?
— Como assim?
— Ora, essa coisa de transformar a vergonha em plataforma política. Faz lembrar as Ellen Jamesianas.
— Nunca ouvi falar. São antissionistas também? Não conte ao Sam. Se elas são antissionistas *e* mulheres, ele vai querer entrar para o grupo na hora.
— Elas são as feministas piradas de *O Mundo Segundo Garp*. De John Irving. Um romancista americano prolixo. Lutador de luta livre. Escreve mais ou menos como se luta. Um dos meus primeiros programas na rádio foi sobre as Ellen Jamesianas. Elas cortaram as línguas para se solidarizarem com uma jovem que foi estuprada e mutilada. Um ato meio autossabotador, já que, dali em diante, ficaram incapacitadas de expressar toda aquela raiva. Uma boa piada antifeminista, sempre achei, não que eu seja, veja bem...
— Bom, duvido de que alguma língua vá ser cortada nesse bando. Eles são uns exibidos habituados aos holofotes e ao som da própria voz. Sam passa todo o tempo que Deus lhe dá ao telefone com eles. E ainda tem as reuniões.
— Reuniões?
— Não são públicas, que eu saiba. Pelo menos, ainda não. Mas eles se encontram nas casas uns dos outros. Para mim soa repulsivo.

Como se fosse uma confissão comunitária. Perdoe-me, padre, porque eu pequei. Sam é o padre confessor. "Perdoo você, meu filho. Reze três *Estou Mortificados* e não vá para Eilat nas férias." Na minha casa essa gente não entra.

— E é só isso que eles pregam? Sentir vergonha de ser judeu?

— Epa! — exclamou Tyler, pousando a mão no braço de Treslove. — Não é permitido falar assim. Não é de ser judeu que eles sentem vergonha. É de Israel. Palestina. Chame como quiser.

— Então são todos israelenses?

— Você sabe que Sam não é. Ele se recusa a pôr os pés lá.

— Estou falando dos outros.

— Não posso falar de todos eles, mas são atores e comediantes. Aqueles de quem ouvi falar com certeza não são israelenses.

— E como podem se sentir mortificados? Como é possível ter vergonha de um país que não é o seu? — Treslove parecia realmente confuso.

— É porque são judeus.

— Mas você disse que eles não têm vergonha de ser judeus.

— Exatamente. Mas têm vergonha *na condição* de judeus.

— Têm vergonha *na condição* de judeus de um país do qual não são cidadãos...

Tyler voltou a pousar a mão no braço de Treslove.

— Olhe — disse ela —, vá entender. Acho que você precisa ser um para entender.

— Ser o quê? Um dos MORTificados?

— Judeu. É preciso ser judeu para entender o motivo para sentir vergonha de ser judeu.

— Sempre me esqueço de que você não é.

— Não sou. Salvo por adoção e muito esforço.

— Ao menos assim você não sente vergonha.
— Na verdade, não sinto mesmo. Ao contrário, tenho orgulho. Embora não do meu marido. Dele eu sinto vergonha.
— Então vocês dois têm vergonha.
— É, mas de coisas diferentes. Ele tem vergonha porque é judeu. Eu tenho vergonha por ele não ser.
— E as crianças?

Tyler adotou um tom abrupto.

— Eles estão na faculdade, Julian, lembre-se. O que significa que já têm idade suficiente para decidir sozinhos... Mas não os criei como judeus só para sentirem vergonha. — Ela riu das próprias palavras. — Veja só o que eu disse: "*Criei meus filhos para serem judeus.*"

Treslove teve vontade de dizer de novo que a amava.

— E? — indagou.
— E o quê?
— E o que eles são?
— Um é, o outro, não, e um não tem certeza.
— Você tem três filhos?

Ela fingiu dar um tapa nele, mas com pouca força.

— Você é que devia ter vergonha — disse Tyler.
— Ah, eu tenho, não se preocupe. Tenho vergonha da maioria das coisas, embora nenhuma delas tenha coisa alguma a ver com judeus. A menos que eu me envergonhe de *nós*.

Tyler trocou com ele um longo olhar, um olhar que falava do passado, não do futuro.

— Você nunca fica de saco cheio com a gente? — perguntou, como se quisesse mudar de assunto. — Não estou falando da gente, estou falando dos judeus. Você nunca enche o saco do nosso autocentrismo, quer dizer, do autocentrismo deles?

— Eu nunca fico de saco cheio de você.

— Pare. Responda: você não gostaria que eles parassem de falar de si mesmos?

— Os Judeus MORTificados?

— Todos os judeus. O tempo todo debatendo em público o quanto se deve ser judeu, seja quando são, seja quando não são, sejam praticantes ou não, seja sobre usar cachos ou comer bacon, sobre como se sentem seguros ou em perigo, sobre como o mundo os odeia ou não odeia, sobre a porra do Holocausto, a porra da Palestina...

— Não. Não posso dizer que eu repare. Quanto a Sam, talvez. Sempre acho que quando ele fala sobre a Palestina está se vingando dos pais por alguma coisa. Me faz lembrar do primeiro palavrão que a gente diz em criança, desafiando Deus a mandar um castigo e querendo mostrar que já fazemos parte da turma dos garotos que falam palavrões. Mas não entendo a política. Só sei que se alguém há de sentir vergonha talvez todos nós devêssemos sentir também.

— Isso mesmo. A arrogância deles. Judeus MORTificados, pelo amor de Deus! Como se o mundo vivesse à espera das conclusões das suas consciências. É o que me mortifica...

— Como juudiiia.

— Já avisei a você sobre essa palavra.

— Sei disso — assentiu Treslove —, mas ela me excita.

— Ora, não devia.

— Minha juudiiia — disse ele —, minha desavergonhada judia que não é judia...

Puxou-a para si e abraçou-a. Ela pareceu menor em seus braços do que quando tentara abraçá-la pela primeira vez um ano ou mais atrás. Havia menos elasticidade em sua carne. E as roupas eram menos pontiagudas. Literalmente pontiagudas. Ele sangrou quando a abraçou pela primeira vez. Ainda havia raiva nela, mas não luta. O fato de ter consentido no abraço, para começar, e ainda por cima permanecer em seus braços, comprovava a mudança. Quanto menos dela houvesse, mais dela era dele.

— Estou falando sério — disse Treslove. — Eu te amo de verdade.

— E falei sério quando agradeci o seu carinho.

Por um momento Treslove teve a impressão de que os dois eram os forasteiros, apenas os dois no escuro, excluídos do grupo formado pelos demais. Hoje ele não queria que ela fosse para casa, que voltasse para a cama de Sam, para o pênis de Sam. Será que Sam agora também tinha vergonha do próprio pênis, perguntou-se Treslove.

Ele vivia exibindo sua circuncisão na escola.

— As mulheres adoram — se gabara com Treslove no vestiário.

— Mentiroso.

— Que nada. É verdade.

— Como você sabe?

— Eu li. Dá mais prazer a elas. Com uma dessas belezuras você pode dar no couro para sempre.

Treslove foi ler a respeito.

— Você não goza tanto quanto eu — gabou-se com Finkler. — Perdeu a parte mais sensível.

— Sensível até pode ser, mas é horrível. Nenhuma mulher vai querer tocar no seu. De que vale a sensibilidade, então? A menos que você queira passar o resto da vida sendo sensível a si mesmo.

— Você nunca vai sentir o que eu sinto.

— Com esse troço você nunca vai sentir coisa alguma.

– Veremos.
– Veremos.

E agora? Será que a mortificação judia de Finkler se estendia a seu pau judeu?

Ou seria o pau a única parte sua que gozava de exclusão desse desprezo? Poderia um judeu envergonhado continuar a dar mais satisfação às mulheres do que um gentio desavergonhado, palestino ou não?

Isso se houvesse um átimo de verdade na coisa toda. Nunca se sabe ao certo com os judeus quando se trata ou não de uma piada, e Finkler sequer era um judeu muito piadista. Treslove esperava ansiosamente que Tyler lhe dissesse. Que ela solucionasse de uma vez por todas o mistério. Será que as mulheres tinham uma preferência? Ela se encontrava na melhor das posições para fazer a comparação. Sim ou não? Será que o seu Shmuelly poderia dar no couro para sempre? A disposição dela para olhar para o pênis do marido e não para o do amante estaria indissoluvelmente ligada ao prepúcio, tão somente ao prepúcio? Seria o pênis não circuncidado de Treslove feio demais para se olhar? Teriam os judeus acertado nisso ao menos?

O que explicaria – não é mesmo? – por que ela o bolinava daquele jeito, de costas. Estaria inconscientemente tentando arrancar seu prepúcio?

Não perguntou a ela. Não teve coragem. E provavelmente não queria ouvir a resposta. Além disso, Tyler não estava suficientemente bem para ser interrogada.

As oportunidades devem ser agarradas quando se apresentam. Treslove jamais teve outra.

4

— Então, onde ela está? — perguntou Libor, abrindo a porta para Treslove. Normalmente teria feito isso pelo interfone, mas dessa vez desceu de elevador. Queria ser apresentado privadamente à assaltante misteriosa que era capaz de farejar num homem a sua religião.

Treslove mostrou a Libor as palmas das mãos. Vazias. Então apontou para o coração.

— Aqui — respondeu.

Libor apontou para a cabeça do amigo.

— Tem certeza de que não é aí?

— Eu posso ir embora.

— E ser assaltado de novo? Não vá. Entre e conheça os outros convidados. Aliás, estamos fazendo um *Seder*.

— O que é um *Seder*?

— Um serviço de Páscoa.

— Eu volto outro dia.

— Não seja bobo. Você vai gostar. Todo mundo gosta de um *Seder*. Tem até cantoria.

— Eu volto outro dia.

— Você vai subir. É uma reunião interessante. Antiga, mas interessante. E Deus supostamente está presente. Ou, pelo menos, seu Anjo. Servimos uma taça de vinho para ele.

— Por isso você está todo engalanado? Para receber o Anjo?

Libor vestia um terno cinza com listras cinzentas e uma gravata cinza de advogado. O excesso de cinza praticamente fazia sumir sua cara. Treslove fingiu procurar dentro do paletó pelo amigo desaparecido.

Libor assentiu.

– Não está surpreso?

– Com seu terno? Estou. Principalmente porque a sua calça está cobrindo o sapato.

– Estou encolhendo, só isso. Obrigado por reparar. Mas você não está surpreso com um *Seder* em setembro?

– Por quê? Qual é a época para se fazer um *Seder*?

Libor olhou-o de esguelha, como a dizer: *E você ainda acha que é judeu.*

– Em março, abril, mais ou menos quando é a Páscoa de vocês. Depende da lua.

– Então por que vocês anteciparam? Por minha causa?

– Não antecipamos, atrasamos. Tenho uma bisa-bisa-bisa alguma coisa que está à morte. Difícil de acreditar, eu sei. Ela deve estar com cento e quarenta anos. É parente pelo lado da Malkie. Não andava bem na época do *Seder* e achou que não viveria para ver outro. Por isso estamos comemorando com ela este último antes que ela parta.

Treslove tocou a manga cinza de Libor. A ideia de qualquer coisa derradeira sempre o deixava nervoso.

– E é permitido fazer isso?

– Segundo um rabino, provavelmente não. Mas, por mim, não tem problema. A gente faz quando nos convém. Talvez seja o meu último também.

Treslove ignorou a observação.

– Vou conseguir acompanhar?

– Em parte. Estamos fazendo a versão simplificada, mais curta, enquanto ainda resta vida.

Assim, enquanto a senhora idosa anuía ao longo do último *Seder* da sua vida, Treslove, cumprimentando de cabeça os convidados reunidos, mas sem nada dizer, ocupou uma cadeira no primeiro *Seder* a que lhe coube assistir.

Ele conhecia a história. Quem não conhece a história? Treslove conhecia porque cantara na produção de *Israel no Egito*, de Handel, na escola, produção desnecessariamente ostentosa que o pai de Finkler ajudara a financiar pagando as fantasias e presenteando cada membro do elenco com um envelope de suas pílulas miraculosas, independentemente do fato de as fantasias serem lençóis costurados pela mãe de Finkler e de as pílulas terem provocado diarreia em todo mundo. O que quer que Treslove tenha cantado jamais lhe saiu da cabeça... O novo faraó, que não conhecia José e ordenou que os capatazes sobrecarregassem o povo de Israel de trabalho, os filhos de Israel, que suspiravam devido à própria escravidão – Treslove adorara "suspirar" no coro por causa dessa escravidão –, Moisés e Aarão transformando as águas em sangue, fazendo os sapos infestarem os aposentos do faraó, e pústulas brotarem nos homens e nos animais, e uma escuridão densa cobrir a terra "uma escuridão que podia ser sentida". No coro, eles haviam fechado os olhos e estendido as mãos, como se quisessem sentir a escuridão. Era uma escuridão que Treslove ainda podia tocar se fechasse os olhos. Não admira, pensou, que o Egito tivesse gostado de ver os israelitas partirem "por medo que eles se rebelassem"... Missão cumprida, a seu ver.

Mas também havia a Parte Dois, em que, basicamente, os filhos de Israel diziam a Deus o que Ele fizera por eles e como igual a Ele não havia ninguém.

— Foi por isso que Deus abandonou vocês? – lembrava-se Treslove de perguntar a Finkler após o concerto. — Porque vocês encheram o saco Dele até mais não poder?

— O nosso Deus não nos abandonou — retrucara Finkler, furioso. — E não ouse blasfemar.

Que tempo bom aquele!

Observando as pessoas à volta lerem da direita para a esquerda, Treslove se lembrou das bazófias de Finkler na escola.

— Podemos ler um livro tanto da esquerda para a direita quanto da direita para a esquerda — dissera a Treslove, que não conseguia sequer imaginar como era possível fazer tal coisa ou que poderes de conhecimento secreto e necromancia seriam necessários para realizar tal façanha. E não se tratava de um livro antigo qualquer, mas de livros escritos numa escrita tão antiga que deviam ter usado uma pedra afiada para gravar na rocha as palavras e não escrevê-las no papel de trás para a frente. Não admira que Finkler não sonhasse — não sobrava espaço para sonhos em sua mente.

Libor, em silêncio, depositara Treslove mais ou menos no meio de uma mesa comprida que acomodava cerca de vinte pessoas, todas com os narizes enfiados em livros, lendo da direita para a esquerda. Coube-lhe um lugar entre uma senhora idosa e uma jovem — isto é, jovem pelos padrões vigentes na reunião. Descontadas as rugas da idosa e um certo excesso de carne na mais jovem, Treslove concluiu que as duas deviam ser parentes próximas. Alguma coisa na maneira como ambas se inclinavam sobre a mesa, como passarinhos. Presumiu que se tratasse de avó e neta, ou talvez apartadas por uma geração adicional, porém não quis examinar mais de perto enquanto as duas continuassem absortas na história da libertação do povo judeu. De uma coisa, porém, viu-se incapaz de desviar o olhar: o livro lido pela senhora mais velha. Parecia um livro infantil ilustrado, com figuras que saltavam ou podiam ser puxadas para fora. Fascinado, observou-a transformar em jogo infantil a leitura, girando uma roda que, numa das páginas, representava as torturas infindáveis impostas aos israelitas durante a labuta incessante, ora sob o sol escaldante, ora sob uma lua gélida em forma de cimitarra — ao mesmo tempo em que a página oposta mostrava os sapos e pústulas e uma escuridão tão densa que podia ser sentida.

Quando chegou a hora da travessia do mar Vermelho, a idosa puxou uma aba, e tan-tan!: o caminho cruzado pelos israelitas em segurança foi fechado pelas águas que cobriram seus inimigos, e "nem um único restou". Ela não parava de repetir o gesto de puxar aquela aba, afogando os egípcios vez após vez.

E a desproporção, pensou Treslove, lembrando-se de algo que Finkler escrevera recentemente sobre os judeus tirarem dois olhos para cada olho que lhe tiravam. Mas, quando voltou a olhar, a idosa estava puxando com irritação outra aba, fazendo um garotinho que usava um quipá sumir sob a mesa e tornar a surgir com um pedaço de pão ázimo na mão. Também isso, ela fez acontecer várias vezes, sendo a repetição aqui um mero divertimento, não vingança.

Olhando à volta, Treslove se impressionou ao ver como a mesa de Libor parecia diferente de como se lembrava dela na época de Malkie ou mesmo na última vez em que jantara ali com Finkler. Tantos finklers presentes — embora sem Sam Finkler —, tanta comida desconhecida, tantos idosos entoando preces de uma forma que nem sempre se diferenciava de falação ou sono.

Quando deu por si, estava sendo chamado na qualidade de varão mais moço da reunião.

— Eu? — indagou, atônito.

Queriam que recitasse as Quatro Perguntas.

— Eu recitaria, se pudesse — disse aos demais. — Na verdade, existem muito mais de quatro perguntas que eu gostaria de fazer. Mas não sei ler hebraico.

— Ordem errada — disse a velha, sem tirar os olhos do livro. — Já passamos das Quatro Perguntas. Nunca fazemos as coisas na ordem certa nesta família. É tudo ao contrário. Quem é ele, afinal? Mais um dos maridos da nossa Bernice?

— Mãe, Bernice morreu faz trinta anos — informou alguém na outra extremidade da mesa.

— Então ele não deveria estar aqui — atalhou a velha.

Treslove se perguntou se teria detonado alguma comoção.

A neta, segundo ele supunha — ou seria bisneta? —, tocou de leve a mão de Treslove.

— Não repare — sussurrou. — Ela sempre fica assim num *Seder*. Adora, mas a coisa toda a deixa irritada. Acho que são as pragas. Ela sente certa culpa. Mas você não precisa ler hebraico. Pode fazer as Quatro Perguntas em inglês.

— Mas não sei ler da direita para a esquerda — sussurrou Treslove em resposta.

— Em inglês não é preciso.

Abriu o Hagadá na página pertinente e apontou.

Treslove trocou um olhar com Libor, que assentiu e disse:

— Vamos, faça as perguntas. — Contorceu o rosto de modo a se parecer com um velho israelita caricato. "Você é o garoto judeu, faça as perguntas", foi a mensagem que Treslove leu no semblante dele.

E Treslove, um bocado envergonhado, mas com o coração aos pinotes, fez o que o mandaram fazer.

Por que nesta noite só podemos comer pão ázimo?
Por que nesta noite temos de comer ervas amargas?
Por que nesta noite molhamos a comida duas vezes?
Em todas as outras noites podemos comer sentados ou reclinados mas, por que, então, nesta noite, só comemos reclinados?

Ele teve dificuldade para ouvir as respostas. O fato de o encarregarem da leitura o intimidava. Era difícil formular perguntas judaicas em uma sala de judeus que jamais vira antes, não? Esperava-se que as perguntas fossem retóricas? Uma piada? Será que deveria fazê-las como Jack Benny ou Shelley Berman, com uma inflexão cômica em *ervas amargas*? Ou em forma de hipérbole para demonstrar a extensão do sofrimento judeu? Os judeus eram um povo hiperbólico. Teria sido suficientemente hiperbólico?

Errr...vaaass — e se devesse ter falado assim, com um tremor teatral, à semelhança de Donald Wolfit no papel do fantasma do pai de Hamlet?

— Não é desse jeito que se recita — gritara a velha antes mesmo que ele terminasse de fazer a primeira pergunta.

Afora, porém, alguns "Psss, mãe", ninguém reparara nela. Em compensação, ninguém também batera palmas para ele.

As respostas a suas perguntas tinham, aparentemente, a finalidade de mostrar que a história precisava ser contada e recontada.

— "Quanto mais se falar sobre a partida do Egito, melhor" — leu ele.

O que não era, se é que entendera a questão corretamente, nem de longe a postura de Finkler. "Lá vamos nós, Holocausto, Holocausto", Treslove ouviu Finkler dizer. Será que diria o mesmo a respeito da Páscoa? "Ah, lá vamos nós, Êxodo, Êxodo..."

Treslove apreciava a ideia de contar e recontar. Adequava-se à sua personalidade obsessiva. Mais uma prova, se é que ainda faltavam provas...

O culto — supondo-se que essa fosse a palavra para algo tão amorfo e intermitente — prosseguiu num ritmo preguiçoso. Alguns grupos apontavam passagens entre si, como se perder-se no texto e ser ajudado por outrem a se encontrar fosse parte da diversão da coisa toda, enquanto outros mergulharam no que Treslove presumiu ser conversas independentes, havia os que cochilavam e os que deixavam a mesa para uma visita eventual a um dos vários banheiros de Libor, uma porção deles retornando apenas depois que os judeus já se encontravam bem longe do Egito, ao mesmo tempo em que um ou dois simplesmente olhavam para o espaço, como se estivessem recordando a saída do seu povo do Egito cinco mil anos atrás ou considerando a própria partida no dia seguinte. Treslove não conseguiu se decidir por nenhuma das duas hipóteses.

– Não temos crianças suficientes aqui – disse um velho sentado à sua frente. Tinha a pele gasta e uma basta cabeleira negra, sob a qual seus olhos faiscavam na direção da mesa toda, como se todos os presentes houvessem agido mal com ele numa ou em outra ocasião.

Tresiove olhou à volta.

– Acho que não temos criança *alguma* aqui.

O velho o encarou, furioso.

– Foi o que eu disse. Por que não ouve o que estou dizendo? Não há crianças aqui.

A mesa se uniu novamente para a refeição pascal, que aparentemente marcava o final da liturgia. Treslove comeu o que lhe deram, sem grandes expectativas gastronômicas. Ervas amargas imprensadas entre duas fatias de pão ázimo – "Para nos recordar os tempos amargos por que passamos", recitou uma pessoa que trocara de lugar com a mulher que o ajudara com as Quatro Perguntas.

– E continuamos passando, se querem saber – completou outro alguém.

Explicação rebatida por um terceiro que disse:

– Besteira. Isso representa o cimento com o qual construímos as pirâmides com nossas próprias mãos.

Em seguida foi servido um ovo mergulhado em água salgada ("Para simbolizar as nossas lágrimas, as lágrimas que derramamos"), e depois canja de galinha com *kneidlach*, então mais galinha e batatas, que, pelo que Treslove sabia, nada simbolizavam. O que lhe agradou. Comida sem simbologia pode ser digerida com mais facilidade.

Libor se aproximou para ver como ele estava se saindo.

— Gostou da galinha? — perguntou.

— Gostei de tudo, Libor. Foi você que fez?

— Tenho uma equipe de mulheres. A galinha simboliza o prazer que os homens judeus sentem em ter uma equipe de mulheres para cozinhar para eles.

Mas se Treslove achou que a cerimônia se encerraria com a refeição se enganou. Tão logo foram retirados os pratos, a coisa toda recomeçou, com agradecimentos pela bondade constante de Deus, músicas que todos conheciam, discussões às quais ninguém deu atenção e comentários eruditos sobre as palavras dos patriarcas judeus. Treslove ficou encantado. O rabino Yehoshua disse isso. Hillel fez aquilo. Sobre o rabino Eliezer contou-se uma história... Não se tratava apenas de relembrar um evento histórico, tratava-se da inteligência armazenada de um povo.

Do *seu* povo...

Treslove se apresentou, quando julgou apropriado, à mulher que supunha ser a bisneta da velha. Ela assumira o lugar da bisavó depois de fazer uma visitinha a convidados no outro extremo da sala. Dava a impressão de um viajante exausto de volta de uma árdua jornada.

— Julian — disse ele, demorando-se na primeira sílaba.

— Hephzibah — disse ela, estendendo-lhe a mão gorducha e adornada com vários anéis de prata. — Hephzibah Weizenbaum.

Declinar o próprio nome também pareceu cansá-la.

Treslove sorriu e repetiu. *Hephzibah Weizenbaum.* A língua se enrolou no "ph", que ela pronunciava a meio caminho entre um "h" e um "f", algo que para ele, por algum motivo – por não ser um finkler, talvez? –, não era possível.

– Hepzibah – disse ele. – Hepzibah, Heffzibah... não consigo dizer direito, mas é um lindo nome.

Ela pareceu divertir-se com ele.

– Obrigada – agradeceu, mexendo mais as mãos do que Treslove julgou necessário. – Não importa a forma como queira pronunciá-lo.

Os anéis o confundiram. Pareciam ter sido comprados numa loja dos Hell's Angels. Mas as roupas ele sabia de onde tinham vindo: do Hampstead Bazaar. Havia um deles perto do seu apartamento. Às vezes, ele espiava lá dentro na volta para casa, perguntando por que nenhuma mulher a quem ele já pedira em casamento jamais se vestiu como os manequins multilateralmente enfaixados da vitrine. O Hampstead Bazaar desenhava roupas para mulheres que tinham algo a esconder, ao passo que todas as mulheres de Treslove sempre foram pele e osso, e a única coisa que lhes restava esconder era o próprio Treslove. O que teria acontecido, cismou ele, se o seu gosto em termos de mulher fosse diferente? Será que uma mulher mais cheinha teria permanecido mais tempo a seu lado? Será que ele poderia ter sido feliz com ela? Será que ela lhe serviria de âncora?

Hephzibah Weizenbaum era avantajada e lembrava o Oriente Médio. Havia uma loja árabe na rua Oxford que borrifava perfume na calçada. Treslove, a caminho de lugar nenhum, às vezes parava para inspirá-lo. Hephzibah Weizenbaum cheirava assim – a escapamento de automóvel, montes de turistas e ao rio Eufrates, onde tudo começou.

Ela sorriu, sem adivinhar o que ele estava pensando. O sorriso o envolveu, como as águas mornas de uma piscina engolfando um nadador. Treslove sentiu-se flutuar dentro dos olhos dela, que eram mais roxos que pretos. Deu-lhe uma palmadinha nas costas da mão, sem atentar para o que fazia. Com a outra mão, ela deu uma palmadinha na dele. Os anéis de prata o pinicaram de um jeito que ele achou excitante.

— Então — disse Treslove.

— Então — repetiu ela.

Sua voz era quente, como chocolate derretido. Provavelmente chocolate era o que não faltava ali dentro, pensou Treslove. Geralmente escrupuloso quanto à gordura, concluiu, entretanto, que nela a gordura ficava bem, escondida nas camadas de roupa como estava.

O rosto era forte, largo — mais chegado à Mongólia do que ao Oriente Médio —, e a boca, carnuda e vivaz. Zombeteira, porém não zombeteira dele, nem zombeteira da cerimônia. Simplesmente zombeteira.

Estaria apaixonado por ela?

Achou que sim, embora não soubesse ao certo como iria conseguir amar uma mulher de aparência tão saudável.

— Sua primeira, então — disse ela.

Treslove ficou pasmo. Como ela poderia saber que era a sua primeira mulher saudável?

Ela percebeu a confusão dele.

— Sua primeira Páscoa — esclareceu.

Treslove sorriu, aliviado.

— Sim, mas espero que não seja a última.

— Vou me lembrar de convidá-lo para a minha — disse ela, olhando diretamente para ele.

— Eu adoraria — respondeu Treslove. Esperava que o motivo que a levara a perceber que era a sua primeira Páscoa residisse na sua ignorância quanto ao ritual, não na sua aparência forasteira.

— Libor fala muito de você — disse ela. — De você e do seu amigo.

— Sam.

— Sam. Julian e Sam. Parece que eu conheço vocês de longa data. Sou sobrinha-bisneta de Libor. Isto é, pelo lado de Malkie. Ou prima-tetraneta, sei lá.

— Todos aqui são sobrinhos-tetranetos da pessoa sentada a seu lado? — indagou Treslove.

— Sim, a menos que sejam parentes mais próximos.

Ele apontou com a cabeça na direção da velha.

— Ela é sua...

— Minha alguma coisa, não me pergunte exatamente o quê. Todos os judeus são parentes até o terceiro grau no máximo. Só chegamos ao terceiro grau, não vamos até o sexto.

— Uma grande família feliz.

— Feliz eu não sei, mas família, sim. Que pode ser um saco.

— Não é um saco quando nunca se teve uma família grande.

— Você não teve?

— Pai e mãe, só isso.

De repente, aos próprios ouvidos ele pareceu falar como órfão e torceu para que essa exibição de solidão não a fizesse chorar. Ao menos não muito.

— O que eu não daria, às vezes, para ter pai e mãe e mais nada — disse Hephzibah para surpresa de Treslove. — Embora só Deus saiba a falta que sinto deles.

— Eles não vieram?

— São falecidos. Por isso me transformei numa espécie de filha universal.

(*E mãe?*, perguntou-se Treslove.)

— Você tem irmãos?

— Não exatamente. Por isso também me transformei numa espécie de irmã universal. Tenho tias, tios, primos, primos de primos... Gasto o salário de um mês com cartões de aniversário. E não me lembro do nome da metade deles.

— E filhos? — Treslove fez a pergunta em tom casual, como se falasse do tempo. *Esfriou hoje, não acha?*

Ela sorriu.

— Ainda não. Não estou com pressa.

Treslove, que jamais havia sido chegado a bebês, viu os bebês que os dois teriam juntos, pois dessa vez seria diferente. Jacó, Ester, Rute, Moishe, Isaac, Raquel, Abraão, Lia, Leopoldo, Lázaro, Miriam... Começaram a lhe faltar nomes. Samuel... Não, Samuel não. Esaú, Eliezer, Bathsheba, Enoque, Jezebel, Tabata, Tamar, Judite...

Hudite.

— E você? — indagou ela.

— Irmãos? Não.

— Filhos?

— Tenho dois. Filhos homens. Ambos crescidos. Mas não fui propriamente ativo na criação deles. Mal os conheço, para falar a verdade.

Ele não queria que Hephzibah — Heppzibah... Heffzibah — Weizenbaum se sentisse ameaçada ou excluída por causa dos seus filhos. Havia nele mais potencial para filhos. Queria que ela entendesse isso.

— Você se divorciou da mãe deles, então?

— Mães. Sim. Bom, não me divorciei, propriamente. Apenas vivíamos juntos. Separados, é claro. E não durou muito tempo.

Também não queria que ela se sentisse ameaçada ou excluída por causa das mães de seus filhos. Mas igualmente não queria que ela pensasse que ele era um galinha. Fez um movimento com os ombros que torceu para que ela interpretasse como sofrimento emocional, porém não em excesso.

— Se você não quer falar sobre isso... — disse ela.

— Não, não. É só que esta me parece uma grande família, e eu não me saí muito bem nesse tópico...

Pensou em acrescentar "ainda", mas percebeu como isso poderia parecer canhestro.

— Não nos idealize — avisou ela, abarcando a sala com a mão cheia de anéis.

Nós.

Ele se fundiu à palavra.

— Por que não?

— Pelos motivos de sempre. E não se encante com o nosso calor humano.

Nosso.

Treslove olhou-a em cheio, mesmo sentindo o chão lhe fugir sob os pés.

— Então, está bem — disse num tom caloroso. — Mas fico pensando, já que você me disse que Libor fala muito de mim, por que ele nunca nos apresentou. Estava guardando você debaixo dos panos?

Falta de tato — *panos*.

Se já não tivesse enrubescido lendo as Quatro Perguntas, teria enrubescido agora. Mas apenas por conta da própria falta de tato. Por conta da sua falta de comedimento.

Por onde você andou durante a minha vida toda?, era a pergunta estampada em seu rosto.

Ela apertou os lábios e deu de ombros, gesto que Treslove achou que poderia ser dispensado, dado o efeito que causava à papada sob seu queixo. Ele encontraria uma forma delicada de lhe dizer isso quando os dois já estivessem casados.

Então ela riu, como se tivesse levado um minuto para ouvir a pergunta dele.

— Seria preciso um bocado de pano — disse, aconchegando-se no xale ou capa ou coisa que o valha que a envolvia.

Treslove foi incapaz de disfarçar seu constrangimento.

— Sinto muito — disse.

— Não sinta.

Ele mergulhou nos olhos dela à procura de uma pergunta cuja resposta juntasse os rostos de ambos.

— Hepzibah, Heffzibah... — disse, afinal, mas a hesitação em torno do nome deixou-o perdido quanto à pergunta.

Apesar dos pesares, ela aproximou o rosto do dele.

— Olhe, se o meu nome dá um nó na sua língua...

— Que nada.

— Mas se der...

Dessa vez, ele abriu um sorriso.

— Pode crer, não dá.

— Mas *se* der, meus amigos me chamam de Juno.

Treslove agarrou-se à cadeira para não cair.

— Juno? Juno!

Ela não entendeu direito por que tanto espanto. Fez um gesto com as mãos, mostrando-se a ele. Mostrando o próprio tamanho. Não nutria ilusões a esse respeito.

— A deusa da guerra — disse, rindo.

Ele riu em resposta. Ou melhor, tentou rir em resposta. Jovialmente, como o deus da guerra.

— Embora o motivo real seja — acrescentou, rapidamente —, desconfio, mais prosaico. Fiz o papel de Juno em *Juno and the Paycock*, na escola.

— Juno? Você disse Ju... Deus!?

Ela o encarou, perplexa.

Ora, isso era incrível, pensou Treslove. Nem todos eles são versados em jogos de palavras. Não que por ela ele não fosse capaz de dominar a arte de lidar com todo e qualquer truque de funambulismo verbal constantes do manual finkler de baboseiras semânticas. As palavras têm significado numérico para os finklers, ele lera em algum lugar. E até mesmo o nome de Deus era um trocadilho com alguma outra coisa. Sem dúvida o nome Juno — caso ele conseguisse numeralizá-lo e decodificá-lo — significava É Chegada a Hora de Treslove.

Porque esta noite é diferente das outras?

A pergunta era retórica.

Ju... Deus. Ju... Deus, meu Jesus!

PARTE II

CAPÍTULO 6

1

Às quartas-feiras, quinzenalmente, sempre que festividades e feriados religiosos permitiam, Finkler se reunia com seus pares Judeus MORTificados no Clube Groucho no Soho. Nem todos sonhavam com socos dados na barriga do pai. Alguns ainda se encontravam ligeiramente ligados à fé na qual haviam sido criados — daí a necessidade de desculpá-los quando uma noite dos Judeus MORTificados coincidia com algo que ainda se sentissem suficientemente judeus para chamar de *Yom Tov*: Rosh Hashanah, Yom Kippur, Sukot, Simhat Torá, Shavuot, Purim, Pessah, Hanuká. "E o restante da tropa", como dizia Finkler.

No caso de Judeus MORTificados como esses, não era a palavra com J que os deixava mortificados, mas a palavra com S, motivo pelo qual sempre havia algum grau de discórdia nas fímbrias do movimento com relação ao nome escolhido para se denominarem. Não seria mais acurado para descrever a origem e a natureza de sua mortificação mudar o nome para Sionistas MORTificados?

Por motivos eufônicos, Finkler achava que não. E por motivos lógicos, tinha certeza disso.

— Caso decidam se denominar Sionistas MORTificados, vocês estarão barrando gente que, como eu, jamais foi, para começar, sionista. Pior ainda, vocês abrirão o grupo à participação de não judeus, supondo-se que existam muitas pessoas lá fora que, em sua humanidade, sintam vergonha do sionismo. Enquanto nós sentimos vergonha da nossa humanidade *como* judeus. O que é a ideia do movimento, acho eu.

Não escapou à atenção de um ou dois membros do grupo que certo racismo estava implícito nisso, como se a vergonha judaica valesse mais que a vergonha de qualquer outra natureza, mas Finkler aplacou tais rabugices esclarecendo que, embora eles não detivessem o monopólio da vergonha e sem dúvida estivessem abertos à ideia de partilhar sua causa com outros igualmente mortificados – pessoalmente, Finkler aceitava algum grau de ecumenismo aí –, apenas os judeus eram capazes de se sentirem *judaicamente* mortificados. Ou seja, apenas eles podiam expressar, de dentro para fora, a emoção da traição.

O que levou a uma breve discussão sobre se Judeus Traídos não seria, nesse caso, a melhor denominação para o grupo. Novamente, porém, Finkler venceu, argumentando que traição era um termo por demais petulante para estampar em sua bandeira, implicando como de fato implicava, que eles se rebelavam contra o sionismo unicamente por este excluí-los ou rejeitá-los em alguma medida e não por se tratar de um crime contra a humanidade.

Se um ou dois Judeus MORTificados acharam que Finkler estava, nesse caso, comendo o bolo e ficando com ele – transformando a mágoa em virtude e depois reprovando-a, guardaram para si tal opinião. Talvez porque para eles também a vergonha fosse e não fosse, ao mesmo tempo, um acidente biográfico, fosse e não fosse um murmúrio dos seus corações, fosse e não fosse propriedade pública, e sua justiça se mostrasse suscetível ora à razão, ora à poesia.

Ficou decidido, ao menos temporariamente, assim: os Judeus MORTificados que se sentissem apenas parcialmente mortificados – ou seja, que sentissem vergonha, *qua* judeus, do sionismo, mas não, *qua* judeus, de serem judeus – estavam autorizados a dar uma trégua a essa mortificação nas festas de Rosh Hashanah, Yom Kippur e Hanuká etc., retomando-a quando voltassem ao calendário civil.

Quanto aos demais, decidiu-se que estavam livres para ser o tipo de judeus que bem quisessem. O grupo era bastante heterogêneo, incluindo judeus como Finkler, cuja vergonha abrangia tudo quanto fosse judeu e que não davam a mínima para um feriado religioso, e judeus que nada sabiam sobre nada disso, que haviam sido criados como marxistas e ateus ou cujos pais tinham mudado o nome e ido morar no interior de Berkshire, onde criavam cavalos, judeus esses que apenas assumiam o manto do judaísmo para poder atirá-lo longe quando lhes aprouvesse.

A lógica que tornava impossível para os que jamais haviam sido sionistas se denominarem Sionistas MORTificados não se estendia aos judeus que jamais haviam sido judeus. Ser um Judeu MORTificado não exigia que se tivesse reconhecidamente sido judeu a vida toda. Com efeito, um membro do grupo só descobriu ser judeu ao participar de um programa de tevê no qual foi confrontado, diante da câmera, com *quem ele era realmente*. Na última cena levada ao ar, flagraram-no diante de um memorial em Auschwitz vertendo lágrimas por ancestrais mortos que até então desconhecia ter.

– Isso talvez explique de onde tirei meu talento para a comédia – explicou ao repórter de um jornal, embora àquela altura já tivesse renegociado sua nova aliança. Nascido judeu na segunda-feira, ele se tornara um Judeu MORTificado na quarta e foi visto entoando "Somos todos Hezbollah" na porta da embaixada israelense no sábado seguinte.

A sugestão do Clube Groucho como local para as reuniões partira de Finkler quando os Judeus MORTificados o cooptaram para sua causa. Até então os mortificados embrionários costumavam se reunir nas casas dos próprios membros do grupo em Belsize Park e Primrose Hill, mas Finkler argumentou que isso domesticizava a luta e lhe emprestava um cunho intimista. Aos que torceram o nariz para a ideia de discutir assuntos dessa urgência em um local que abrigava álcool e gargalhadas (e ainda por cima recebera seu nome em homenagem a um judeu que fazia piadas sobre ser judeu), ele salientou as virtudes da publicidade. Não fazia sentido em absoluto se mortificar por ser um Judeu MORTificado. A finalidade precípua dessa mortificação era expô-la aos olhos de todos.

Tyler era de opinião que, para o marido, ser um Judeu MORTificado era a extensão do seu papel como intelectual do showbiz. Ela o acompanhara em idas ao Clube Groucho em sua fase não Judeu MORTificado e vira o jeito como ele se comportava — a ostentação com que distribuía esmolas aos sem-teto e aos dependentes da caridade pública que se aglomeravam na rua do lado de fora, o floreio com que apunha sua assinatura no livro dos associados, o papo que batia com os membros do staff que o recompensavam falando mal dele, o prazer que extraía de se misturar com diretores de cinema e outros acadêmicos midiáticos no bar. Agora, com o acréscimo de ser um maioral no meio dos Judeus MORTificados, Tyler sabia direitinho que gosto devia ter esse triunfo — o deleite cabotino que sem dúvida sentia ao ver sua influência estender-se bem além da filosofia.

Após a morte de Tyler — embora como um marido agora isento do julgamento irônico da esposa fosse de esperar que ele agarrasse a oportunidade de aproveitar ainda mais tal satisfação —, Finkler, ao contrário, tornou-se mais discreto. Devia isso à memória dela, pensou. Seu decoro seria uma espécie de epitáfio para ela.

Sabia que Tyler teria preferido que ele desistisse de vez da ideia de ser um Judeu MORTificado. Mas não dava para ir tão longe. O movimento precisava dele. Os palestinos precisavam dele. O Groucho precisava dele.

Nem tudo eram flores. Nas noites calmas, uma mesa de canto no restaurante lhes dava tão somente o grau certo de "exposição" necessário, mas quando o clube estava movimentado, os outros frequentadores podiam ouvir suas conversas e às vezes partiam do princípio de que tinham liberdade para aderir ao grupo. A situação era tolerável desde que as intervenções sem convite fossem solidárias e não excessivamente escandalosas, mas as desavenças podiam escapar ao controle, como quando um grupo de frequentadores da indústria fonográfica usando braceletes vermelhos da Cabala tomou conhecimento das pretensões dos Judeus MORTificados e tentou fazer com que eles fossem expulsos do clube como antissemitas. Uma altercação azeda se seguiu, no curso da qual o comediante Ivo Cohen acabou no chão pela segunda vez na condição de Judeu MORTificado (a primeira tendo ocorrido num protesto em Trafalgar Square, nessa ocasião com um grupo autodenominado Cristãos em Defesa de Israel).

— Belo exemplo de espiritualidade judaica! — bufou ele, enfiando a camisa para dentro da calça, ecoando o seu "Belo exemplo de espiritualidade cristã!", com o qual havia desafiado seus agressores na Trafalgar Square.

Cohen era um sujeito baixo e gorducho que nunca caía de muito alto. E como o seu número no palco pertencia ao gênero conhecido como "pastelão marxista" (de Karl, não Groucho), dele exigindo uma boa quantidade de tombos, ninguém levou o incidente muito a sério. Mas o clube não estava disposto a permitir que um episódio desses voltasse a ocorrer e insistiu para que todas as futuras reuniões dos Judeus MORTificados fossem conduzidas em outro lugar ou numa sala privativa do segundo andar.

Embora não nutrisse o desejo de irritar os cabalistas, cujos ensinamentos não deixavam de ter um certo pragmatismo excêntrico que contava com a sua aprovação, além de abrigar em suas fileiras de interessados na busca da verdade Madonna e David Beckham — ambos os quais, segundo suspeitava, eram leitores de seus livros e gostariam de conhecê-lo —, Finkler achou que não podia deixar passar a ocasião de reprová-los por uma grosseria que em nada favorecia o misticismo judaico do qual insistiam em se declarar estudiosos diligentes. Quanto a acusar os Judeus MORTificados de antissemitismo, sua reação foi dizer, de cara fechada:

— A acusação nos deixa impassíveis.

A frase não era dele. Finkler não foi capaz de se lembrar a quem pertencia. Sem dúvida a algum antissemita. Não que fizesse diferença. Não é o que se diz que importa, nem o significado do que se diz, mas como se diz e para quem.

Satisfeito com a acolhida de seus pares, Finkler repetiu a tirada — "A acusação de que somos judeus que se auto-odeiam nos deixa impassíveis" — num primeiro esboço de uma carta que acabou publicada no *Guardian* e assinada pelos vinte membros mais eminentes dos Judeus MORTificados, além de "65 outros". "Longe de odiar o nosso judaísmo", prosseguia a carta, "somos nós que damos continuidade às tradições judaicas de justiça e compaixão".

Um membro do grupo reconheceu a frase e quis removê-la. Outro temeu que o trecho "somos judeus que nos auto-odiamos" fosse retirado do contexto e usado contra o movimento, à semelhança do que fazem os teatros quando extraem "uma peça maravilhosa" da frase "Uma peça maravilhosa é o que esta não é". Um terceiro perguntou por que ele e vários outros Judeus MORTificados menos famosos não haviam sido mencionados como signatários da carta, obrigados a sofrer uma ignóbil inclusão entre os "65 outros". E um quarto simplesmente questionou a eficácia de escrever cartas para o *Guardian*.

— Gaza está em chamas e nós ficamos discutindo eficácia! — retrucou Finkler.

Sentimento esse que contaria com a aprovação universal caso Finkler o tivesse aprovado. Com efeito, ele se arrependeu de dizer o que disse. Gaza galvanizara o movimento como havia galvanizado o país, com exceção dele, talvez porque gostasse de liderar movimentos, não de segui-los. Finkler poderia ter fingido usar antolhos no que dizia respeito a Gaza. Gaza não era a sua praia. Seu ego filósofo era avesso a toda e qualquer menção a massacre e chacina nas ruas. É aconselhável guardar frases potentes e inequívocas para ocasiões potentes e inequívocas, pensou Finkler. E seria ilógico acusar o país cujo nome ele se recusava a pronunciar de usar violência gratuita e ao mesmo tempo queixar-se de que o bombardeio a Gaza havia sido desproporcional. Desproporcional a quê? Desproporcional à provocação. Caso em que a violência não tinha sido gratuita.

Logicamente, também, desproporção era um conceito duro de roer. Como medi-la? Troca-se foguete por foguete, vida por vida? Não temos, afinal, uma vez que se reconheça a provocação, permissão para retribuir na mesma moeda?

Ele estava perdendo a objetividade. Os israelenses estavam fora de controle. Sobre isso não lhe restava dúvida. Mas o que é verdade na seara individual tem de ser verdade na seara pública.

E o que os seus companheiros Judeus MORTificados afirmassem nessa situação poderia facilmente ser considerado tolice se aplicado a outra qualquer. Ele fazia o que precisava fazer: rascunhava cartas e subia em palanques, mas seu coração não estava de fato ali. A parte assustadora era se perguntar se corria o risco de começar a se esquecer do que o MORTificava. Seria possível, porventura, que Gaza causasse Alzheimer?

Anteriormente a Gaza – e Gaza, esperava ele, era seu segredinho sujo –, os Judeus MORTificados haviam se declarado amplamente satisfeitos com a sua liderança *de facto*. Viam-no como responsável por dar ao movimento embrionário um intelectualismo populista que justificava plenamente o deslumbramento inicial que despertara neles.

Pouco depois do charivari cabalístico, ficou acordado com o clube que o grupo poderia começar a reunião com um jantar no restaurante, ao longo do qual seus membros baixariam a voz e abordariam temas incontroversos, passando em seguida para uma sala privativa no segundo andar, onde falariam sem medo de ser ouvidos ou interrompidos. Nem mesmo o garçom das bebidas haveria de perturbá-los, caso preferissem assim. Isso acrescentava um toque clandestino e até mesmo arriscado às deliberações do movimento.

Foi ali, cerca de dois anos após juntar-se ao grupo, que Finkler sentiu, pela primeira vez desde sua adesão – desde que, para dar nome aos bois, praticamente fundara o movimento –, que havia uma crescente oposição à sua influência. Não sabia ao certo qual seria a causa. Inveja, provavelmente. Mesmo as melhores causas são suscetíveis à inveja. Ele escrevera demasiadas cartas em nome do grupo. Havia se oferecido para demasiadas aparições no *Newsnight* e no *Today*. Surrupiara parte da vergonha do grupo e se apropriara dela. Sam Finkler – o Judeu MORTificado.

– Logo eles se darão conta do erro que cometeram – profetizara Tyler. – Com um canalha ganancioso como você por perto, eles logo hão de descobrir como é difícil manter sua própria cota de vergonha.

Mas é possível detectar inveja, acreditava Finkler, na maneira como as pessoas olham para nós quando acham que não estamos olhando para elas e no jeito como passam a não aguentar nos ouvir falar, como se cada palavra dita representasse um martírio, e essa parecia uma insatisfação menos pessoal, mais ideológica, que levava as pessoas a coçarem a testa e revirarem os olhos. Teria sido Gaza o motivo? Saberiam os outros que ele andava titubeando? Não acreditava que tivessem descoberto. Seus equívocos o confundiram, tudo bem. Chegara mesmo a emprestar o próprio nome ao argumento da desproporção em um artigo bastante comentado cujo título foi "Quantos Olhos, Quantos Dentes?".

Afinal ficou claro que o problema não era Gaza, o problema era o "Boicote".

"O Boicote" foi o termo taquigráfico escolhido para designar o Boicote Acadêmico e Cultural Abrangente às Universidades e Instituições Israelenses. Havia outros boicotes na pauta, mas o Boicote Acadêmico e Cultural Abrangente era a bola da vez, o boicote que superava todos os outros boicotes, sobretudo porque seus patrocinadores principais eram os próprios acadêmicos e indivíduos cultos incapazes de imaginar privação maior do que ter seu acesso negado a conferências acadêmicas ou ver seu último trabalho recusado por uma publicação erudita.

Finkler despejara desdém sobre a ideia, primeiramente porque a considerava frágil.

— O que virá depois? — perguntou. — O banimento do cuspe para colar selos em Israel promovido pela Associação Filatélica da Grã-Bretanha?

Em segundo lugar, porque tal boicote punha fim ao debate justamente onde o debate tinha mais probabilidades de gerar frutos.

— Sou em princípio contrário a qualquer coisa que impeça o diálogo ou o comércio — havia dito —, mas barrar a comunicação entre intelectuais, que são sempre a nossa grande esperança de paz, é especialmente contraproducente e absurdo. Demonstra, *inter alia*, que: a) decidimos o que pensar, b) nos fechamos ao que os outros pensam, e c) escolhemos continuar sem ouvir coisa alguma de que discordemos.

— O que mais *existe* para ouvir? — quis saber Merton Kugle.

Merton Kugle era o boicoteiro-mor do grupo. Já vinha boicotando Israel, em nome próprio, pesquisando cada item nas prateleiras do seu supermercado para assegurar-se da sua origem e queixando-se ao gerente toda vez que encontrava uma lata ou pacote suspeito. Em busca de "mercadoria racista" — geralmente, lhe dizia a experiência, escondida nas prateleiras mais baixas e nos recessos mais recônditos da loja —, Merton Kugle arrumara problemas na coluna e praticamente arruinara a visão de ambos os olhos.

Na opinião de Finkler, Kugle era um dos mortos-vivos. Mais que isso: sua putrefação era contagiosa. No instante em que Kugle abriu a boca, Finkler quis se encolher num canto e morrer.

— Sempre existe mais para ouvir, Merton — respondeu, segurando-se na mesa para manter o equilíbrio. — Assim como sempre existe mais para dizer.

— Bom, alguns de nós não têm tempo para ficar aqui sentados ouvindo você. Até agora, você pediu que nos opuséssemos a um boicote de consumo a todos os produtos israelenses, a um boicote ao

turismo em Israel, salvo quando ele puder ser incidentalmente benéfico aos palestinos; a um boicote a atletas e esportistas israelenses...
— Não há nenhum — interveio Finkler.
— ... a um boicote a todos os produtos cultivados nos Territórios Ocupados, à suspensão do comércio dos Estados Unidos com Israel...
— E quanto às ocasiões em que ele possa ser benéfico aos palestinos?
— ... à retirada de investimentos em companhias israelenses, à retirada de investimentos em companhias que investem em Israel ou patrocinam o estado ilegal, e agora...

Finkler olhou à volta para aquilatar a extensão do apoio que Kugle podia granjear. Como sempre, ficou decepcionado ao ver tão poucos atores e comediantes ilustres — Ivo Cohen não era ilustre —, tão poucas lendas vivas da cultura — Merton Kugle não estava vivo —, cujo engajamento com os Judeus MORTificados o levara originalmente a juntar-se ao grupo. Gostava de ser o astro do show, sem dúvida, mas teria preferido que o show por ele estrelado fosse um tantinho mais estelar. "O primeiro entre seus pares" era como encarava o próprio papel, mas onde estavam seus pares? Vez por outra uma carta ou um texto chegava de um dos grandes, no momento em turnê na Austrália ou na América do Sul, desejando sucesso ao grupo em seu trabalho indispensável, e vez por outra, assistiam a um show em DVD no qual o músico ou teatrólogo eminente se dirigia aos Judeus MORTificados como quem se dirige ao Comitê do Prêmio Nobel para agradecer de coração a fé depositada em sua pessoa e lamentar não poder receber o prêmio pessoalmente. Afora isso, só frequentavam regularmente as reuniões os acadêmicos que nada tinham para fazer e os escritores, como Kugle, que nada haviam escrito que alguém se interessasse em publicar, além de alguns palpiteiros de plantão que se autodenominavam analistas e porta-vozes, do estranho diretor autonomeado do Instituto do Nada em Especial e de dois ou três rabinos semisseculares de olhar preocupado.

Se Finkler fosse professor de um curso para adultos, esse seria o tipo de pessoa com quem passaria suas noites.

E essa gente ousava nutrir dúvidas a seu respeito! Ora, ele tinha uma novidade para contar: começava a nutrir dúvidas sobre *essa gente*.

Em dados momentos, Finkler se perguntava o que estava fazendo ali, afinal. Se não tenho essa vontade toda de conviver com judeus, que sentido faz, indagava a si mesmo, conviver com *esses* judeus? Unicamente porque eles também não têm essa vontade toda de conviver com judeus?

Dava para ver que Reuben Tuckman estava tentando dizer alguma coisa. Tuckman era um rabino liberal que usava ternos de verão caros em qualquer estação e sofria de uma leve gagueira acompanhada de língua presa – a menos que o tique fosse forçado, o que não surpreenderia Finkler –, que fazia com que seus olhos se fechassem quando ele falava. Isso emprestava ao rosto já vulgar uma sensualidade sonolenta em nada compatível, Finkler gostaria de lhe dizer, com a santidade do seu ofício. Tuckman, no gozo de uma semipermanente licença sabática, havia recentemente obtido notoriedade por montar uma vigília solitária do lado de fora do Wigmore Hall onde um conjunto praticamente desconhecido de Haifa estava escalado para tocar. Na verdade, o conjunto cancelara o concerto por motivo de doença, mas Tuckman insistira em seu protesto mesmo assim, em igual medida a fim de envergonhar a sala de concertos (e em igual medida, supunha Finkler, para exibir seu novo terno de linho Brioni em Marylebone) e desencorajar o público de comprar ingressos.

— Gosto de mmm...música como qualquer um — disse ele a um repórter —, mas não *posho* permitir que minha alma *sche* eleve às *cushtas* de *changue inochente*.

Para não ser desviado do seu rumo e ir parar na vala comum da conversa de Tuckman, Finkler dirigiu-se novamente a Kugle:

— Quero lhe perguntar uma coisa, Merton. Não somos uma família?

— Você e eu?

— Não fique tão preocupado. Não você e eu em especial. Todos nós. Já discutimos isso mil vezes, mas o que nos deixa mortificados senão o sangue do nosso sangue? Não nos denominaríamos Judeus MORTificados se o alvo da nossa crítica fosse Burma ou o Uzbequistão. Temos vergonha da nossa família, não é mesmo?

Merton Kugle não podia concordar com isso. Onde estava a pegadinha? Os outros Judeus MORTificados também pareciam cautelosos.

Reuben Tuckman unira as mãos horizontalmente, como se rezasse ao estilo budista.

— Ch-Cham — proferiu, transformando o nome de Finkler numa oferenda de paz.

Mas Finkler não podia esperar.

— Então, se somos uma família, que história é essa de boicote? Quem boicota a própria família?

Ele roubara a fala, desavergonhadamente, de Libor. Mas é para isso que servem os amigos. Para nos dar coisas.

Ficou satisfeito por lembrar-se de Libor, um judeu de quem gostava.

2

— Pai, como você sabe quando está com a mulher certa?

— Como *eu* sei ou como *se* sabe?

— Como *eu* hei de saber?

Treslove sentiu alívio ao ouvir Rodolfo expressar qualquer tipo de interesse por mulheres, ainda por cima perguntar a si mesmo como haveria de saber escolher a certa.

— O seu coração vai dizer — respondeu Treslove, pousando a mão sobre a do filho.

— Me perdoe a falta de *finesse*, pai, mas você está dizendo merda — interveio Alfredo.

Os três não estavam na França, mas na Itália, na costa da Ligúria, comendo pesto à beira da piscina do hotel e contemplando mulheres. As férias, que tanto Finkler quanto Libor haviam sugerido que ele tirasse, ele estava tirando, só que na companhia dos filhos, algo que nenhum dos dois sugerira. Essa ideia tinha sido totalmente sua.

Uma excursão de cinco dias, planejada a toda disparada, com o papai pagando, no curso da qual os três comeriam bem, apanhariam um belo sol de final de outono, tentariam se conhecer melhor finalmente, e Treslove tentaria tirar da cabeça parte das bobagens que a vinham enchendo.

— Por que você acha isso? — indagou Treslove.

— Bom, veja aquela ali. Não me diga que por melhor que seja a sua você não há de querer um gostinho daquilo.

— Dela.

— É, ela.

— Não, *dela*.

Alfredo encarou o pai.

— Você a chamou de *aquilo*. Um gostinho daquilo. Devia ter dito um gostinho dela — esclareceu Treslove.

— Jesus Cristo, pai. Achei que estávamos de férias. *Dela*, tudo bem. Mas veja se me entende. Olhe só aquele corpo. Perfeito. Pernas compridas, barriga zero, peitinhos. Você leva uma mulher dessas com você e acha que nunca mais vai olhar para outra. Mas aí você vê aquilo... *aquela*. Corpão, peitões, coxas leitosas, e fica se perguntando o que foi que viu na magrela.

— Você é um grande filósofo — disse Treslove. — Por acaso anda lendo de novo o livro do tio Sam sobre Descartes e o Namoro?

— Bom, você nunca se saiu muito melhor que isso — palpitou Rodolfo. — A mamãe disse que você nunca ficou com mulher alguma mais de quinze dias.

— Ora, isso é o que a sua mãe diz.

— A minha diz a mesma coisa — interveio Alfredo.

— As duas sempre pensaram igual sobre vários assuntos — disse Treslove, antes de pedir mais uma garrafa de Montalcino.

Ele queria mimar os filhos. Queria dar a eles o que os dois não haviam tido. Queria mimar a si mesmo também. Desanuviar a cabeça. Essa era a frase que ele usava a toda hora. Desanuviar a cabeça.

Deitado numa cadeira da pérgula, ele lia — escondendo o livro quando achava que alguém estava olhando —, enquanto os filhos nadavam e falavam com mulheres. Era agradável. Não a vista — a vista para o mar da Ligúria era espetacular. Agradável — não mais que agradável, mas agradável o bastante — era o fato de estar ali com os filhos. Deveria deixar as coisas como estavam?, perguntou-se. Aceitar o papel de páter-famílias, viajar com os filhos duas vezes por ano e esquecer-se do resto? Logo faria cinquenta anos. Hora de sossegar. Nada mais precisava acontecer. Era quem era. Julian Treslove. O solteiro do pedaço. Gentio. Basta.

Ponto final.

No meio da tarde, Rodolfo veio sentar-se a seu lado.

Treslove escondeu o livro.

– E aí? – perguntou Rodolfo.

– Aí o quê?

– A resposta para a minha pergunta. Como decidir? Como ter certeza? E se não se tem certeza, o decente não é ficar quieto, não fazer nada? Não se preocupe, não estou lhe pedindo um conselho. Só queria conversar sobre isso. Quero saber se sou anormal.

Treslove ficou pensando como trazer à baila a loja de sanduíches na qual Rodolfo usava um avental para preparar os recheios. Não um avental de couro ou de plástico duro. Um avental estampado de flores.

Durante as férias, o rapaz estava usando uma fita de veludo preto para amarrar o rabo de cavalo.

– Já lhe ocorreu que você possa ser gay? – indagou Treslove, finalmente.

Rodolfo se levantou da cadeira.

– Você enlouqueceu?

– Estou só perguntando.

– Por que está perguntando?

– Ora, na verdade não estou perguntando nada. Você é que perguntou o que é normal. Tudo é normal, respondo, ou nada é normal. Quem se importa?

– Por que você acha que eu sou gay?

– Não acho que você seja gay. E mesmo que fosse...

– Não sou, certo?

– Certo.

Rodolfo voltou a se sentar.

— Eu gosto *dela* — disse, após um intervalo razoável, apontando com o queixo uma jovem que saía da piscina. Treslove anuiu de cabeça. Que mulher não fica incrível saindo de uma piscina? Mas além e acima de tudo — mulher saindo do líquido amniótico —, ela tinha a aparência famélica que o excitava. Absolutamente nada a ver com... bom, com o que o aguardava em casa.

A parte inferior do biquíni da mulher sobrava, úmida, em seu corpo. Era impossível não se imaginar deslizando a mão ali dentro, aberta, com os dedos apontando para baixo, não imaginar o contato com os pelos. Presumivelmente Rodolfo, agora que não era gay, estava imaginando a mesmíssima coisa.

A menos que se tratasse apenas de fingimento para o pai.

— Vá atrás dela, filho — incentivou Treslove, adorando cada palavra.

Naquela noite houve dança no terraço do hotel. Tanto Alfredo quanto Rodolfo tinham arrumado mulheres. Treslove observou-os, satisfeito. Está tudo como devia, pensou. Ser um bom pai não era tão trabalhoso quanto diziam.

Quando acabou de dançar, Alfredo conduziu a dele para apresentar ao pai.

— Hannah, meu pai; pai, Hannah.

— Prazer em conhecê-la — disse Treslove, levantando-se e inclinando a cabeça. Com as noras, presumivelmente, um homem precisa ser ultracortês.

— Vocês têm algo em comum — disse Alfredo, que usava óculos escuros, rindo seu riso vazio de pianista de hotel.

— E o que é?

— Ambos são judeus.

* * *.

— Então, o que foi aquilo? — perguntou Treslove antes que os três se recolhessem. As mulheres haviam sumido. Treslove não perguntou aos filhos se pretendiam ir atrás delas.

Essa geração era mais despreocupada quanto a mulheres do que a dele. Os rapazes não corriam atrás das moças. Se elas sumiam, ora, que sumissem. Na época de Treslove o fato de uma mulher sumir era catastrófico para a autoestima de um homem. Pressagiava o final dos tempos.

— Diversão, pai.

— Você sabe do que estou falando. Que foi aquilo de dizer que sou judeu?

— E não é?

— Faria diferença para você se eu fosse?

— Lá vai você de novo, respondendo a uma pergunta com outra. Só isso já faz de você um judeu, não?

— Vou perguntar de novo. Faria diferença para você se eu fosse?

— Está perguntando se somos antissemitas? — indagou Rodolfo.

— E faria diferença para você se fôssemos? — acrescentou Alfredo.

— Bom, definitivamente não sou antissemita — falou Rodolfo. — E você, Alf?

— Não. Você, pai?

— Todo mundo é antissemita até certo ponto. Veja o tio Sam. E ele é judeu!

— Sim, mas e você?

— Que história é essa? O que foi que vocês ouviram?

— De quem? Está falando das nossas mães?

— Me digam vocês. Qual é a piada?

— Esbarrei no tio Sam há algumas semanas. Ele disse que você foi vítima de um ataque antissemita. Disse outras coisas, também, mas vamos ficar com a parte do antissemitismo. Perguntei a ele como era possível você ser vítima de um ataque antissemita se você não é semita. Ele disse que fez a mesma pergunta e você respondeu que era, sim.

— Acho que essa é uma das famosas simplificações do meu amigo Finkler.

— Talvez, mas você *é*?

Treslove olhou de Alfredo para Rodolfo e novamente para Alfredo, perguntando-se se já os vira antes e, em caso afirmativo, onde.

— Não significa que *vocês* sejam — disse ele —, se é isso que os preocupa. Vocês podem continuar a ser o que quiserem. Não que eu saiba o que é isso. As mães de vocês nunca me disseram.

— Talvez você devesse ter perguntado a elas — disse Rodolfo. — Talvez elas gostassem que você desse uma mãozinha na nossa educação religiosa — concluiu com um risinho zombeteiro.

— Não vamos enveredar por aí — interveio Alfredo. — Você diz que só porque *você* é não significa que *a gente* seja. Mas significa, sim, não é? Um pouco?

— Depende a que pouco você esteja se referindo — insistiu Rodolfo, com o mesmo risinho zombeteiro.

— Não se pode ser um pouco judeu — respondeu Treslove.

— Por que não? Dá para ser um quarto índio ou um décimo chinês. Por que não dá para ser em parte judeu? Na verdade, isso faria de nós metade judeu e metade não judeu, não é mesmo? O que é consideravelmente maior que um pouco. Eu chamaria de muito. Devo dizer que a ideia me agrada bastante. E a você, Ralph?

Rodolfo atacou uma imitação de Alec Guinness no papel de Fagin em *Oliver Twist*:

— Por mim não me importo, meus queridos — respondeu, esfregando as mãos.

Os dois rapazes riram.

— Permita que eu me apresente: o meio-escolhido — disse Alfredo estendendo a mão para o irmão.

— E permita que eu lhe apresente a outra metade — falou Rodolfo.

Não, nunca vi esses dois na vida, pensou Treslove. E não tinha certeza se desejava vê-los outra vez.

Meus filhos *goyim*.

3

Do nada, Libor recebeu uma carta de uma mulher que não via há mais de cinquenta anos. Ela queria saber se ele continuava escrevendo sua coluna.

Libor respondeu dizendo como era bom ter notícias depois de todo esse tempo, mas que parara de escrever sua coluna em 1979.

Perguntou-se como ela descobrira seu endereço. Mudara-se diversas vezes desde que a vira por último. Ela devia ter se esforçado para descobrir onde ele estava morando.

Não lhe contou que perdera a esposa. Não tinha certeza sequer se ela sabia que ele se casara. E não se sai por aí contando que se enviuvou a mulheres que não nos veem há cinquenta anos e que fizeram o maior esforço para descobrir nosso endereço.

Tomara que a vida tenha sido amável com você, escreveu ele. *Comigo foi*.

Depois de enviar a carta perguntou-se se o tom melancólico daria uma pista a ela. *Comigo foi* — havia certo quê nostálgico nisso.

Incitava a perguntar: *E continua a ser?* Para coroar, de alguma forma lhe dava um ar frágil: um homem carente de carinho.

Só depois lhe ocorreu que ele não perguntara o motivo do inquérito. *Você continua a escrever sua coluna?* Por que haveria ela de querer saber?

Fui grosseiro com você, escreveu no verso de um cartão-postal. *Sua pergunta sobre a minha coluna tinha alguma finalidade?*

Depois de postar o postal — um autorretrato de Rembrandt: o artista na velhice —, teve medo de que ela pensasse que havia escolhido o cartão buscando incutir-lhe pena. Por isso mandou-lhe outro. Do rei Arthur, todo paramentado e no auge da juventude. Sem mensagem. Apenas com a sua assinatura. Ela iria entender.

E sem segundas intenções, acrescentou o número do seu telefone.

Assim é que ele foi parar numa poltrona do bar do University Women's Club em Mayfair, tomando champanhe da casa na companhia da única mulher além de Malkie que lhe roubara o coração. Mais ou menos. Emmy Oppenstein. Ele achou tê-la ouvido dizer Oppenheimer quando os dois se conheceram em 1950, ou por aí. Não foi essa a razão que o levou a apaixonar-se por ela, mas sem dúvida contribuiu para deixá-la mais atraente. Libor não era um esnobe, mas, como um filho do Império Austro-Húngaro, dava importância a sobrenomes e títulos. Quando, porém, deu-se conta do erro, os dois já haviam dormido juntos e ele estava interessado nela, independentemente do sobrenome que tivesse.

Ou ao menos hoje ele supõe que estivesse.

Não vê nesse rosto nada de que se lembre, nem, é claro, nesse corpo. Uma mulher na casa dos oitenta não tem corpo. Não que pretendesse ser grosseiro com tal observação. Para si mesmo explicou que só queria dizer que aos oitenta anos uma mulher tem o direito, finalmente, de ficar livre de ser devorada com os olhos.

Dá para ver que ela foi bonita de um jeito eslavo, com seus grandes e gélidos olhos cinzentos e maçãs do rosto em que um homem descuidado correria o risco de se ferir ao plantar um beijo. Mas não é uma beleza de que ele se lembre. Será que aconteceria o mesmo se estivesse com Malkie, pergunta-se, caso a tivesse deixado cinquenta anos atrás e ela ainda estivesse viva? Teria Malkie conservado sua beleza para ele porque a conservaria de todo jeito, para qualquer um que a visse, ou teria conservado sua beleza aos olhos dele, pois estes se banqueteavam diariamente ali? E se assim fosse, acaso equivaleria a dizer que sua beleza era ilusória?

Emmy Oppenstein estava fora de cogitação para Libor. Isso ele viu logo. Não havia ido encontrar-se com ela com a intenção de cortejá-la novamente, de forma alguma. Mas se tivesse ido, *se* tivesse ido, teria se decepcionado. Como não foi, não se decepcionou, nem poderia, mas *se*...

Não se decepcionou por ela ter envelhecido mal. Decididamente não era esse o caso. Ao contrário, Emmy estava incrível para a idade – alerta, elegante, bem-vestida num tailleur de lã macia, que Malkie o ensinara a reconhecer como um Chanel, e até mesmo usando salto alto. Para a idade, uma mulher não podia estar melhor. Mas *para a idade*... Libor não andava procurando uma substituta para Malkie, mas se andasse procurando uma substituta para Malkie, a verdade cruel é que aquela mulher era... ora, era velha demais.

A Libor não escapou o absurdo cruel de tais pensamentos. Ele mais parecia um fauno careca usando calças que nem sempre alcançavam o sapato, gravatas desbotadas depois de meio século aprisionadas em gavetas herméticas, e ostentando manchas de velhice da cabeça aos pés. Quem pensava que era para achar qualquer mulher velha demais? Para completar, onde ele encolhera, ela devia ter crescido, pois Libor não se lembrava de jamais haver se deitado com uma mulher daquela altura. Uma conclusão que dava para ver, conforme era examinado, espelhava precisamente a dela. Não havia dúvida: se ela estava fora de cogitação para ele, ele estava mais fora de cogitação ainda para ela.

E tudo isso ele percebeu no instante em que os dois trocaram um aperto de mãos.

Ela era, ou havia sido, diretora de escola, juíza de paz, presidente do conselho de uma famosa instituição beneficente judaica, mãe de cinco filhos e terapeuta do luto. Libor reparou que essa última atividade ficou para o fim. Seria porque Emmy sabia sobre Malkie e a sua morte? Teria sido por isso que escrevera para ele? Será que pretendia ajudá-lo a superar a dor?

— Você deve estar se perguntando... — começou ela.

— *Estou* me perguntando, mas também estou maravilhado — disse Libor. — Você parece esplêndida.

Ela sorriu.

— A vida foi amável comigo — disse ela —, como você escreveu que ela foi com você.

E tocou na mão dele. Firme como uma rocha a dela, trêmula como uma água-viva a dele. As unhas tinham acabado de ser pintadas. Ela usava, supôs Libor, no mínimo três anéis de noivado. Mas um podia ser da mãe e o outro da avó. Por outro lado, talvez fossem todos dela.

Libor sentiu um orgulho retroativo da própria masculinidade por ter dormido com mulher tão imponente. Adoraria lembrar-se dela, mas não conseguiu. O tempo e Malkie — talvez Malkie apenas — haviam apagado todas as lembranças eróticas.

Será então que não dormira com ela? Libor teve medo de perder a vida que vivera. Esquecia coisas – lugares que visitara, gente que conhecera, pensamentos que um dia foram importantes. Será que ele logo perderia Malkie? E então seria como se ela também jamais tivesse existido eroticamente para ele? Com efeito, como se ela jamais tivesse existido de todo?

Contou a Emmy sobre Malkie e sobre como pretendia mantê-la viva por mais algum tempo.

– Sinto muito – disse ela quando ele acabou. – Ouvi qualquer coisa a respeito.

– Você brindaria a ela comigo? – indagou ele. – Não vai poder brindar à memória dela, porque não a conheceu, mas pode brindar à minha lembrança dela.

– À sua lembrança dela – disse Emmy.

– E você?

Ela baixou os olhos.

– Sim, a mesma coisa.

– Então, um brinde a você e às suas lembranças – disse Libor.

Assim, ficaram os dois ali sentados tomando champanhe juntos, como dois camaradas, ambos enlutados, enquanto senhoras universitárias solteiras, algumas provavelmente mais velhas do que era Malkie ao morrer, passavam indiferentes, perdidas nos próprios pensamentos, ou subiam lentamente as escadas para seus quartos para fazer a sesta vespertina em seu clube londrino.

Isto aqui deve ser um bom lugar para morrer quando se é uma solteirona, pensou Libor. Ou um solteirão.

– Estou lisonjeado – disse, passado um tempo – por você saber que eu tinha uma coluna, mesmo sem haver notado que parei de escrevê-la há séculos.

— É difícil acompanhar tudo — observou ela, sem qualquer constrangimento.

Será que algum dia ela ficou constrangida?, perguntou-se Libor. Será que sentiu vergonha quando ele a despiu, se é que ele um dia a despiu? Era mais provável, olhando-a agora, que ela o tivesse despido.

— Vou lhe dizer por que o procurei — prosseguiu Emmy. — Tenho procurado todos os meus amigos que têm influência sobre a opinião pública.

Libor fez um gesto como se dispensasse a ideia de sua influência sobre a opinião pública, mas isso aparentemente só a impacientou. Ela se remexeu na cadeira. Graciosamente. E balançou o cabelo. Grisalho, mas não um grisalho idoso. Grisalho como se fosse por escolha própria.

— Com que propósito? — indagou. Reconheceu a mulher pública, a presidente de instituição, habituada a comandar a atenção dos homens para a defesa de causas que lhe fossem caras.

Então ela lhe contou, sem lágrimas, sem falso sentimentalismo, que o neto de vinte e dois anos havia sido esfaqueado no rosto, em consequência do que perdera a visão, vítima de um argelino que gritara "Deus é grande" em árabe e "Morte a todos os judeus".

— Sinto muito — disse Libor. — Foi na Argélia?

— Foi aqui, Libor.

— Em Londres?

— Em Londres.

Ele não soube o que mais perguntar. O argelino fora preso? Dera alguma explicação para seu ato? Como sabia que o rapaz era judeu? Acontecera numa zona considerada perigosa?

Mas que sentido fazia qualquer uma delas? Libor tivera sorte no amor, mas na política vinha de uma parte do mundo que não esperava coisa alguma de bom de ninguém. O ódio aos judeus estava de volta — claro que o ódio aos judeus estava de volta. Logo ressurgiriam com força total o fascismo, o nazismo, o stalinismo. Essas coisas não desaparecem. Não há lugar para onde possam ir. São indestrutíveis, não biodegradáveis. Aguardam na grande lixeira que é o coração humano.

No final, nem era culpa do argelino. Ele apenas fez o que a história lhe disse para fazer. Deus é grande... Mate todos os judeus. Era difícil tomar como ofensa — a menos, é claro, que o garoto cego fosse seu filho ou seu neto.

— Não me sinto capaz de encontrar algo para dizer que não seja banal — disse ele. — É terrível.

— Libor — disse Emmy, voltando a tocar na mão dele —, vai ser mais terrível ainda, a menos que as pessoas denunciem. Gente na sua área profissional, para começar.

Ele teve vontade de rir.

— *Gente na minha área profissional?* Essa gente entrevista artistas de cinema famosos. E nem estou mais nessa profissão.

— Você não escreve mais nada?

— Nem uma palavra, salvo por um poema bissexto para Malkie.

— Mas você ainda deve conhecer alguém no jornalismo, na indústria cinematográfica.

Ele se perguntou o que a indústria cinematográfica teria a ver com tudo aquilo. Será que ela nutria esperanças de que ele conhecesse alguém disposto a fazer um filme sobre o ataque ao neto?

Mas ela tinha outro motivo para tanta especificidade, para procurar um jornalista do calibre de Libor, com os contatos de Libor. Mencionou o nome de um diretor de cinema que Libor decerto já ouvira, mas jamais conhecera pessoalmente — não o tipo de diretor de cinema seu conhecido, não de Hollywood, não do showbiz –, cujos comentários recentes, acreditava Emmy, eram no mínimo escandalosos. Libor devia ter lido.

Não tinha. Não estava a par das fofocas.

— Não é fofoca — explicou ela. — Ele disse que entende por que algumas pessoas pudessem querer cegar o meu neto.

— Porque são perturbadas?

— Não. Por causa de Israel. Ele diz que, por causa de Gaza, entende por que as pessoas odeiam os judeus e querem matá-los.

Pela primeira vez, a mão dela começou a tremer.

— Ora, posso entender que alguém queira ligar causa e efeito — disse Libor.

— Causa e efeito! Onde está a causa nesta frase: "Os judeus são um povo assassino que merece tudo que venha a sofrer"? A causa está nos judeus ou no autor da frase? Posso lhe citar o efeito, mas onde está a causa, Libor?

— Ah, Emmy, não vamos extrapolar para a lógica.

— Libor, me ouça — pediu Emmy, encarando-o com seus gélidos olhos cinzentos. — Tudo tem uma causa, sei disso, mas ele diz que *entende*. O que significa *entender* aqui? Ele está simplesmente dizendo que é capaz de ver por que os indivíduos são levados a fazer coisas terríveis e chocantes, ou será que está querendo dizer outra coisa? Será que está dizendo que isso é uma coisa justa, que a cegueira do meu neto se justifica por causa de Gaza? Ou que Gaza justifica, por antecipação, quaisquer crimes cometidos em seu nome? Por acaso nenhuma maldade pode ser feita agora contra qualquer judeu, de qualquer idade e morador de qualquer lugar, sem que tenha Gaza como motivação? Isso não é buscar uma causa a partir de um efeito, Libor, mas aplaudir o efeito. *Entendo* por que as pessoas odeiam os judeus hoje, diz esse homem culto. Deduz-se daí que ele *entende* quaisquer ações cometidas para expressar tal ódio. Deus meu, será que agora *entendemos* que o Holocausto se justificou dado o horror alemão aos judeus? Ou pior, como uma retribuição antecipada ao que os judeus *viriam* a fazer em Gaza? Aonde vai chegar esse *entendimento*?

Libor sabia aonde isso chegaria. Aonde sempre chegava.

Balançou a cabeça, como para contradizer os próprios pensamentos soturnos.

– Por isso eu lhe peço – prosseguiu Emmy Oppenstein –, como venho pedindo a todos que conheço na sua profissão, para se manifestar contra esse homem, cuja esfera, como a sua, é a imaginação, mas que abusa da sagrada confiança da imaginação.

– Não se pode dizer à imaginação aonde ela pode e não pode chegar, Emmy.

– Não, mas se pode insistir para que ela vá com generosidade e justiça aonde quer que seja.

– Não, Emmy. Justiça não tem nada a ver com imaginação. Justiça é coisa de um tribunal, um bicho de outra espécie.

– Não estou falando desse tipo de justiça, você sabe disso. Não estou falando de equilíbrio. Mas de que serve a imaginação se não para entender como é o mundo para os que não pensam como nós?

– Mas isso não é exatamente o tal entendimento que você não é capaz de perdoar no sujeito do cinema?

– Não, Libor, não é. A solidariedade dele não passa da expressão de uma aliança política. Ele entende o que a política dele o faz entender. Ele concorda, só isso. Puf! – Ela estalou os dedos. Algo que não lhe merecia mais atenção que isso. – O que significa que tudo que ele entende é a si mesmo e sua própria propensão ao ódio.

— Ora, já é alguma coisa.

— Não é nada. É menos que nada, se não se dá o nome devido a essa propensão. As pessoas odeiam os judeus porque odeiam os judeus, Libor. Não precisam de desculpa para isso. O detonador não é a violência em Gaza. O detonador, na medida em que um detonador seja necessário, e para muitos não é, são os noticiários violentos, parciais e inflamados a esse respeito. O detonador é a palavra incitadora.

Ele sentiu que ela o culpava. Não a profissão, *ele*.

— Qualquer história é uma distorção, Emmy. Será que o seu jeito de contar vai ser mais imparcial que o dele?

— Vai — respondeu ela. — Vejo vilões em todos os lados. Vejo dois indivíduos com reivindicações opostas, ora justificadas, ora injustificadas. Distribuo o erro.

Uma dupla de mulheres sentou-se a uma mesa em frente aos dois, ambas duas décadas mais jovens que Emmy, calculou Libor. Pensava em décadas agora — sua unidade de medida passara a ser dez anos. As duas sorriram para ele. Ele sorriu de volta. Pareciam vice-reitoras. O comprimento de suas saias sugeria isso. Duas vice-reitoras se encontrando para discutir suas respectivas universidades. Ele poderia morar ali, se elas o aceitassem, na qualidade de mascote. Prometeria não se tornar um estorvo, não ouvir rádio tarde da noite e não falar sobre judeus. Tomaria chá com biscoitos na companhia de professoras e reitoras universitárias. Discutiria a queda de padrão do inglês escrito e falado. Ao menos elas saberiam quem foi Jane Russell.

Mudou de ideia. Não saberiam, não. De todo jeito, elas não eram Malkie.

Vilões em todos os lados, sim. E a palavra. O que ela havia acabado de dizer sobre a palavra? Ah, o poder de incitação. Bom, essa jamais foi uma viagem feita pelas palavras dele. Excitar, talvez. Incitar, jamais. Faltava a ele a seriedade necessária.

— Existe uma grande diferença — lembrou a Emmy, como se tivesse certa vergonha do que fizera com a própria vida — entre escrever sobre o busto de Anita Ekberg e os erros e acertos do sionismo.

Mas esse não era o tipo de amenidades que ela fora buscar nesse encontro.

— Eu lhe digo onde está a grande diferença, Libor. A grande diferença está entre *entender* e absolver. Só Deus pode absolver. Você sabe disso.

Ele queria se declarar solidário, mas incapaz de ajudar. Porque não se encontrava em posição de ajudar e porque nada disso tinha importância. Porque nada disso tinha a mínima importância. Achar a maneira correta de arrumar as palavras de modo a dizer a Emmy Oppenstein que nada disso tinha importância, porém, estava além da sua capacidade.

Não estamos falando da Kristallnacht, pensou.

Mas não conseguiu dizer.

Ele tivera sua Kristallnacht. Malkie morrendo — sem a absolvição de Deus para nenhum dos dois, pelo que dava para deduzir. Podia haver coisa pior?

Mas também não lhe era possível dizer isso.

— Vou falar com algumas pessoas que conheço — foi o melhor que encontrou para dizer.

Mas ela viu logo que ele não faria isso.

Como retribuição — retribuição a coisa alguma, salvo a uma velha afeição —, ela lhe deu o telefone de uma terapeuta do luto.

Ele argumentou que não precisava de uma terapeuta do luto. Ela estendeu o braço e tocou com a mão uma das bochechas dele, tal gesto subentendendo que todo mundo precisa de uma terapeuta do luto. Não pense nisso como análise ou terapia de apoio. Apenas como uma conversa.

E aquilo era o quê? Não se tratava de uma conversa?

Um tipo diferente de conversa, Libor. E não adiantaria de nada, explicou, ela mesma atuar como sua terapeuta.

Libor foi incapaz de concluir se achava decepcionante o fato de não adiantar de nada ela atuar como sua terapeuta. Para tanto seria necessário encontrar em si mesmo a parte onde reside a expectativa. E isso ele não conseguiria.

CAPÍTULO 7

1

O acordo havia sido que Treslove sairia de férias com os filhos e depois veria no que dava.

Cara: ele retomaria sua existência anterior, esqueceria aquela maluquice toda, sairia de casa na pele de Brad Pitt e voltaria, sozinho, num horário razoável, para o apartamento de Hampstead que não ficava em Hampstead.

Coroa: ele iria morar com Hephzibah.

— Não quero abrir espaço para as suas coisas e depois de quinze dias ver você mudar de ideia — explicou ela. — Não estou dizendo que é para a vida toda, que Deus nos livre, mas, se você pretende me criar um incômodo sério, crie porque é isso que você quer, não porque está num mato sem cachorro.

Ele lhe contara sobre o assalto, mas ela não dera muita importância ao fato.

— Foi isso que eu quis dizer com estar num mato sem cachorro — disse ela. — Você sai por aí com a cabeça nas nuvens, tem o telefone afanado, como basicamente acontece com todo mundo numa hora ou outra, e fica achando que recebeu um chamado de Deus. Você não se ocupa o bastante. Muito pouco acontece na sua cabeça e, ao que parece, no seu coração.

— Libor andou soltando a língua.

— Não tem nada a ver com Libor. Posso ver com meus próprios olhos. Vi logo, assim que bati os olhos em você. Você estava esperando o telhado cair na sua cabeça.

Ele se aproximou para beijá-la, atalhando com uma delicadeza exagerada:

— E ele caiu.

Ela o empurrou.

— Agora, eu sou o telhado!

Treslove achou que o coração ia se partir de tanto amor por ela. Como ela era judia! *Agora, eu sou o telhado!* E ele, que pensava que Tyler fosse o artigo genuíno! Ora, quando foi que a pobre da Tyler usou a linguagem como Hephzibah acabara de fazer? *Agora, eu sou o telhado!*

Isso é que era ser judia. Nada a ver com o úmido e sombrio mistério feminino. Uma mulher sabe tornar engraçada até mesmo a pontuação.

Ele não conseguia descobrir como ela fizera isso. Seria uma hipérbole ou uma metáfora? Estaria zombando de si mesma ou dele? Treslove concluiu que era o tom. Os finklers entendiam de tom. Como acontecia com a música: podiam não tê-lo inventado, mas dominavam o assunto. Revelavam um domínio do tom que nem seus próprios inventores — os compositores de peso —, já que nem Verdi nem Puccini eram finklers, Treslove estava a par — jamais sonhariam ser possível. Eram intérpretes geniais. Mostravam o que se podia fazer com o som.

Agora, eu sou o telhado! Nossa, ela era maravilhosa!

De sua parte, ele estava pronto para mergulhar de cabeça. Naquela horinha. Case comigo. Faço tudo que precisar ser feito. Eu estudo. Eu me submeto à circuncisão. Mas case comigo e faça piadas finklers.

Ela era a promessa que lhe haviam feito. E o fato de não se parecer nadinha com a mulher que ele supunha lhe ter sido prometida – o fato de tornar tolas todas as suas expectativas – provava apenas que algo mais poderoso que a sua propensão natural entrara em ação. Muito mais poderoso que a sua propensão a sonhar até, já que decididamente não era ela a garotinha de uniforme escolar que amarrava o cordão do sapato em seus sonhos. Hephzibah não conseguiria se inclinar tanto. Quando amarrava os cadarços do sapato, botava o pé num banquinho. Não fazia o tipo dele em termos de mulher. Vinha de outro lugar, não da sua imaginação fantasiosa. Logo, era uma dádiva.

Quem não se mostrou segura foi ela.

– Veja bem – explicou a Treslove –, eu não estava querendo que o telhado caísse na minha cabeça.

Ele tentou imitar a piada dela.

– Não sou o telhado!

Ela não notou.

Ele usou tudo que estava a seu alcance – deu de ombros, tentou um "então", um "agora" e um ponto de exclamação extra. "Então, não sou o telhado agora!!"

Nem assim ela riu. Não dava para saber se ficara chateada com ele por conta da tentativa. Ou talvez, quem sabe, as piadas dos finklers não funcionassem na negativa. Para ele teve graça. "Então, não sou o telhado agora!!" Mas, por outro lado, vai ver que os finklers só permitiam que as piadas finklers fossem contadas por finklers.

Ela já havia tido dois maridos e não estava procurando um terceiro. Não estava, aliás, procurando coisa alguma.

Treslove não acreditou. Quem não está procurando? Quem para de procurar para de viver.

Mas do que menos ela estava segura era dele. De quão seguro, ou quão confiante em sua segurança, estava *ele*.

— Estou seguro — disse Treslove.

— Você dormiu comigo uma vez e está seguro?

— Não tem nada a ver com dormir.

— Terá, se você encontrar alguém com quem tenha mais vontade de dormir.

Treslove pensou em Kimberley e ficou feliz por ter conseguido encaixá-la a tempo. Uma última leviandade antes de partir para encarar a vida a sério. Embora esse caso também nada tivesse a ver com dormir.

Mas fez o que lhe mandaram. Foi para a Ligúria com os dois filhos *goyim* e voltou pronto para se mudar para a casa dela.

— Meu *feygelah* — disse Treslove, apertando-a nos braços.

Ela reagiu com uma de suas risadas exuberantes.

— *Feygelah,* eu? Você sabe o que significa *feygelah*?

— Claro. Passarinho. Significa homossexual, também, mas eu não iria chamar você de homossexual. Comprei um dicionário de iídiche.

— Me chame de outra coisa.

Ele se preparara. Quando tinha certeza de que os filhos não estavam olhando, estudava o dicionário de iídiche à beira da piscina em Portofino. Sua meta era decorar cem palavras em iídiche com as quais cortejá-la.

— Minha *neshomeleh* — disse. — Significa meu amorzinho. Vem de *neshomeh,* que quer dizer alma.

— Obrigada — agradeceu ela. — Desconfio que você vá me ensinar como ser judia.

— Se você quiser, claro que sim, *bubeleh.*

***

O apartamento dela dava para o campo de críquete Lord's. Da varanda dava para assistir aos jogos. Treslove ficou ligeiramente decepcionado. Não se mudara para a casa dela para assistir a jogos de críquete. Lamentou que a varanda não desse para o Muro das Lamentações.

Havia mais um problema a administrar. Ela já trabalhara na BBC. Não trabalhava mais, e seu emprego tinha sido na televisão e não na rádio, o que mitigava um pouco a ofensa, mas ainda conservava algumas amigas que fizera por lá.

— Vou sair quando elas vierem visitar você — avisou Treslove.

— Você vai ficar — disse ela. — Você diz que quer ser judeu. Ora, a primeira coisa que deve saber é que um homem judeu não sai sem a esposa ou a namorada. A menos que esteja tendo um caso. Afora a casa de outra mulher, um homem judeu não tem aonde ir. Eles não frequentam bares, odeiam serem vistos desacompanhados no teatro e não conseguem comer sozinhos. Os homens judeus precisam ter com quem falar enquanto comem. Não podem fazer uma coisa só com a boca. Você há de aprender. E há de aprender a gostar das minhas amigas. Elas são uns amores.

— *Nishtogedacht* — respondeu Treslove.

A boa notícia era que ela saíra da BBC para abrir um museu de cultura anglo-judaica — "do que realizamos, não do que sofremos; dos nossos triunfos, não das tribulações" — na Abbey Road, onde os Beatles haviam gravado a maioria de seus discos e onde os peregrinos ainda apareciam aos magotes para fazer pose sobre a famosa faixa de pedestres. Agora eles teriam um museu de cultura anglo-judaica para visitar quando acabassem de prestar homenagem aos Beatles.

Não era tão espantoso. Os Beatles haviam tido um empresário judeu nos primeiros anos de sua existência. Brian Epstein. Os fãs sabiam muito bem que ele os orientara na época e que o seu suicídio talvez se devesse ao amor não correspondido por John Lennon, um não judeu e, por isso, um fruto proibido. Assim, existia um elemento judeu trágico na história dos Beatles. Não fora esse o motivo decisivo para a abertura de um museu da cultura anglo-judaica na Abbey Road, mas não deixava de ser uma consideração de ordem prática.

E, sim, a história de Brian Epstein estaria lá. Uma sala inteira dedicada à contribuição dos judeus à indústria britânica de entretenimento: Frankie Vaughan, Alma Cogan, Lew Grade, Mike e Bernie Winters, Joan Collins (pelo lado do pai, mas metade é melhor que nada), Brian Epstein e até mesmo Amy Winehouse.

Hephzibah tinha sido descoberta pelo excêntrico filantropo anglo-judeu que era, ele próprio, produtor, cuja ideia dera origem ao museu. Não podia haver pessoa melhor que ela para isso, na opinião dele e na opinião da sua fundação. A única pessoa para isso. E Hephzibah, por sua vez, adorou o desafio.

— Considerando que ele acha que a BBC é preconceituosa quando fala do Oriente Médio, é uma surpresa o fato de ter me escolhido — disse ela a Treslove.

— Ele sabe que você não é como os outros — interveio Treslove.

— Não sou como os outros em que sentido?

— No sentido de ser preconceituosa nos relatos sobre o Oriente Médio.

— É isso que você acha?

— Quanto a você? É.

— Não, quanto aos outros.

— Quanto aos outros serem preconceituosos contra o que o seu tio Libor chama de Isrrrae? Claro que sim.

— Você sempre pensou assim? — Ela não queria que ele mudasse seus pontos de vista políticos por sua causa. Acabaria ressentido com ela.

— Não, mas isso é porque eu nunca pensei a respeito. Agora que penso, lembro o quanto todos lá eram antissemitas, principalmente os judeus.

Por um instante, ele achou que o motivo para ter se saído tão mal na BBC havia sido esse — antissemitismo.

— Então você deve ter conhecido na BBC judeus bem diferentes dos que conheci — disse ela.

— Os judeus que conheci fingiam não ser judeus. Era por isso que trabalhavam na BBC, para conseguir uma nova identidade. Melhor que isso só entrar para a Igreja Católica Romana.

— Balela — discordou ela. — Eu não fui trabalhar na BBC para conseguir uma nova identidade.

— Porque você era a exceção, como eu disse. As judias que conheci mal podiam esperar para se livrarem da história judaica. Todas se vestiam como debutantes, falavam como burguesinhas, assinavam o *Guardian* e se encolhiam horrorizadas se alguém meramente mencionasse Isrrrae. Dava a impressão de que eram da Gestapo. E eu só estava tentando convidá-las para sair comigo.

— Por que você diria a palavra Isrrrae, e daria para parar de pronunciá-la desse jeito?, se só estava tentando convidá-las para sair?

— Conversa de salão.

— Vai ver elas achavam que você não podia olhar para elas sem pensar na história judaica. Já avaliou por esse ângulo?

— E por que isso haveria de ser um problema para elas?

— Porque os judeus não querem sair por aí com a história judaica estampada na cara e nada mais, Julian.

— Pois deviam se orgulhar dela.

— Não cabe a você dizer como as judias deviam ser. De todo jeito, preciso dizer que nunca encontrei ninguém do tipo que você está descrevendo. Eu teria sido contrária a isso. Judeu não é a única palavra no meu vocabulário, mas não estou preparada para ver ninguém zombar do meu judaísmo. Posso cuidar de mim.

— Não duvido.

— Nem por isso, porém, vou impedir que outros judeus sejam tão indiferentes quanto queiram ao próprio judaísmo, certo?

— Certo.

Ela o beijou. Sim, certo.

Mas ele retornou ao tema mais tarde.

— Você devia perguntar a Libor o que ele acha. A experiência dele no World Service da BBC foi muito semelhante à minha.

— Ora, Libor é um velho reacionário tcheco.

Na verdade, ela já andara, sim, fazendo perguntas a Libor, não sobre o antissemitismo judeu na BBC, mas sobre Treslove. Ele era mesmo de verdade? Será que estava pirando a cabeça dela? Tinha sofrido, de fato, um ataque antissemita? Libor botaria a mão no fogo por ele em qualquer instância?

Sim, não, quem poderia ter certeza, respondera Libor. Conhecia Treslove desde os bancos escolares. Gostava imensamente dele. Se ele daria um bom marido...

— Não estou procurando marido.

... só o tempo poderia dizer, mas esperava que os dois fossem muito felizes. Com um único senão.

Ela pareceu assustada.

— Vou perder um amigo.

— Como assim? Ele vai morar mais perto de você, aliás. E você pode vir jantar aqui em casa.

— Sim, mas ele não vai poder vir à minha sempre que eu telefonar. E estou velho demais para marcar coisas com grande antecedência. Estou vivendo um dia de cada vez.

— Que bobagem, Libor.

Mas ela notou que ele não estava nos trinques.

— Nos trinques? O sujeito tem quase noventa anos e acabou de perder a mulher. É um milagre que ainda consiga respirar.

Virando-se na cama, Treslove admirou o milagre que transformara sua vida. Jamais partilhara um colchão com alguém do tamanho dela. Algumas mulheres com as quais dormira eram tão magrinhas que ele nem sempre se dava conta da presença delas ao acordar. Precisava procurar entre os lençóis para encontrá-las. E quase sempre elas já haviam ido embora. Sumido. Saído de fininho, bem cedo e sem ruído, de forma tão escorregadia quanto uma ratazana. Bastava Hephzibah fazer um ínfimo movimento para que a metade de Treslove na cama se encapelasse como o Atlântico. Era preciso segurar-se ao colchão. Isso não lhe perturbava o repouso. Ao contrário, ele dormia o sono dos justos, confiante na certeza de que ela estava a seu lado — podia fazer toda a marola que desejasse — e que não iria a lugar algum.

Agora entendia para que servira Kimberley. Ela lhe fora dada para amaciá-lo. Para reabilitá-lo do vício em mulheres estioladas, numa espécie de transição a prepará-lo para Hephzibah — a sua Juno.

A sua Juno não era monumental. Treslove sequer sabia se era justo chamá-la de gorducha. Simplesmente o seu material diferia do material a que se acostumara a encontrar nas mulheres. Lembrou-se da que vira saindo da piscina na Ligúria, com a parte de baixo do biquíni molhada e sobrando no corpo, a pele do mesmo jeito, simultaneamente espartana e excessiva, como se a pequena quantidade de carne que ainda lhe restava fosse grande demais para os ossos. Hephzibah enchia a própria moldura, essa era a sua impressão. Estava fisicamente em harmonia consigo mesma. Preenchia-se. Sem roupas não parecia corpulenta como ele temera, não havia pneus de gordura ou camadas de carne em excesso. Ao contrário, era firme e forte, apenas tinha um pescoço um tantinho grosso demais. Em consequência, ficava mais atraente despida do que vestida. Ele tivera muito medo do que aquelas pelerines roxas e marrons do Bazaar de Hampstead pudessem esconder, mas — aleluia! —, quando as removeu, ela era linda! Hunesca.

A grande surpresa foi a suavidade da pele. Suavidade na cor, não na textura. Toda vez que encontrava um finkler, este alterava as regras que os finklers supostamente seguiam. Sam Finkler não se parecia com um besouro escuro, mas com uma aranha vermelha. Libor era um dândi e não um acadêmico. E ali estava Hephzibah, cujo nome lembrava dança do ventre e bazares e o perfume borrifado da porta da loja árabe nas calçadas da rua Oxford, mas cuja aparência, uma vez removidas as roupas, era... pensou primeiro em polaca ou ucraniana, mas à medida que se banqueteava com aquela nudez, mais lhe vinha à mente a imagem de uma escandinava, uma báltica talvez. Ela poderia ser a figura de proa de um barco de pesca estônio — o *Lembitu*, o *Veljo* — que palmilhava o golfo de Riga atrás de arenques. Cursara um módulo sobre as sagas nórdicas na universidade. Agora sabia por quê. Para preparar-se para sua própria Brunilda, assim como a amizade com Finkler e Libor o preparou para o fato de sua Brunilda ser judia.

Acidentes não existem. Tudo tem um propósito.

Era uma espécie de conversão religiosa. Ele acordava para a imagem de Hephzibah se avolumando a seu lado e vivenciava uma alegria inimaginável, como se o universo e a consciência que tinha dele houvessem miraculosamente se unido e nada restasse de desarmônico dentro ou fora de si mesmo. Seu amor não era apenas por Hephzibah, mas pelo mundo todo.

Deus do céu, ser judeu tinha um bocado de vantagens!

Treslove desistiu do trabalho de sósia a pedido de Hephzibah. O fato de fazer o papel de outra pessoa o rebaixava, na opinião dela. Agora que a encontrara, era hora de fazer o papel de si mesmo.

Graças a pais previdentes e a um par de divórcios vantajosos, ela não tinha problemas financeiros. Ao menos não os tinha numa medida que impedisse Treslove de dar um tempo para pensar no que iria fazer. Que tal voltar para a gerência artística?, sugeriu ela. Qualquer cidade da Inglaterra, qualquer aldeia da Inglaterra, abrigava agora um festival literário; todos andavam desesperados para contratar gente com o conhecimento e a experiência de Treslove. Talvez pudesse mesmo inaugurar um desses festivais em Abbey Road, próximo aos estúdios de gravação e ao museu. Entre os Beatles e os judeus: o Festival de Arte Literária e Teatral de St. John's Woods. Quem sabe um Centro de Exposições Permanentes das Atrocidades da BBC?, sugeriu Treslove. Hephzibah foi contra.

De todo jeito, ele não se animou com a ideia do festival. Lembrava-lhe a mulher que transava de Birkenstocks. Não, encerrara seu expediente nas artes.

Pensou em estudar para ser rabino.

— Talvez haja impedimentos aí — disse ela.

Ele se mostrou desapontado.

— Que tal um rabino leigo?

Ela não sabia ao certo se o judaísmo reconhecia a laicidade como acontece com o anglicanismo. Talvez o judaísmo liberal tivesse um viés laico, mas Hephzibah podia garantir que, mesmo assim, ele precisaria sujeitar-se a critérios judaicos rígidos. Havia algo chamado Reconstrucionismo, mas ela achava que era um movimento americano e não queria mudar-se para os Estados Unidos com ele.

Na verdade, não queria que ele se tornasse rabino, ponto final.

— Você pode querer tirar uma folga da judaicidade — argumentou.

Ele atalhou dizendo que esperava não ter sido por isso que ela o escolhera.

Ela disse que não, mas explicou que já havia tido dois maridos judeus e embora nem por um instante pretendesse sugerir que andava pensando em casamento, sentia alívio por não estar morando com um terceiro judeu, qualquer que fosse o nome que dessem à relação. Ao menos não com um judeu no sentido habitual do termo, acrescentou imediatamente em seguida.

Foi quando teve uma ideia brilhante. Que tal Treslove ajudá-la na montagem do museu? Não sabia ao certo em que tipo de cargo, mas discutiria o assunto com o filantropo e o conselho. De toda forma, agradeceria a ajuda como quer que viesse, ainda que apenas enquanto ele procurava o que fazer.

Treslove ficou eufórico. Não esperou que ela discutisse seu cargo com o conselho, atribuindo-se logo um: curador assistente do Museu de Cultura Anglo-Judaica.

Era por isso que havia esperado a vida toda.

2

O que Finkler não havia esperado a vida toda era ouvir um sermão de um comediante Judeu MORTificado.

Menos ainda por ser tal comediante ninguém outro senão Ivo Cohen, que achava engraçado desabar no chão.

Por iniciativa própria, Finkler começara a se referir aos Judeus MORTificados como MORT, o acrônimo que sugerira no dia em que se juntou ao grupo. "Nós na MORT", disse numa entrevista a um jornal em que falava do seu trabalho com os Judeus MORTificados, repetindo posteriormente a expressão em um programa matinal de rádio.

— Para começar já existe uma MORT — disse Ivo Cohen. — É uma instituição de auxílio aos suicidas, com a qual prefiro não me meter. Em segundo lugar, dá a impressão de que fomos enterrados vivos.

— E, em terceiro — interveio Merton Kugle —, soa muito parecido com SORT.

A SORT era uma organização que promovia intercâmbio cultural e social para jovens judeus ortodoxos e, nesse espírito, encorajava seus membros a fazer viagens a Israel.

— Não há muita chance de sermos confundidos com eles — rebateu Finkler.

— Só estamos pedindo — insistiu Merton Kugle — que você não mude o nosso nome sem nos consultar primeiro. O movimento não é seu.

A questão não resolvida do boicote ainda mexia com Kugle, que agora dera para roubar do supermercado produtos importados de Israel e conseguira ser preso por isso.

Merton Kugle, um fósforo apagado em termos de homem, segundo Finkler, um blogueiro morto-vivo que ninguém lia, um ativista que nada ativava, um zero à esquerda — um *nebbish*, um *nishtikeit*, um *nebechel*: algumas vezes, até para Finkler, só usando o iídiche —, um *gornisht* que pertencia a todos os grupos antissionistas existentes, além de vários inexistentes, ainda que alguns fossem patrocinados por muçulmanos do outro lado do mundo que acreditavam que Kugle, como judeu, sonhava com a conspiração mundial, e outros expressassem a visão de judeus ultraortodoxos com os quais Kugle em outras circunstâncias não partilharia um biscoito; desde que o termo antissionista aparecesse em letras grandes ou miúdas, Kugle assinava embaixo.

"Sou judeu devido ao fato de não ser sionista", escrevera recentemente num blog de viés existencialista.

Como é possível, Finkler gostaria de saber, ser alguma coisa devido ao que não se é? Sou judeu por não ser um pele-vermelha?

Olhando à volta na sala, Finkler encontrou o olhar piscante sob cílios ruivos da socióloga-oral e sociopsicóloga Leonie Leapmann. Finkler conhecera Leonie Leapmann em Oxford, onde ela era teórica literária e famosa pelas saias curtas que usava. Tinha uma juba de cabelo ruivo chamejante nessa época — bem mais chamativo do que o cor de laranja desbotado dele —, que arrumava em torno de si mesma ao sentar-se com as pernas nuas erguidas até o queixo, como um gato vestindo apenas o próprio pelo. Agora, o cabelo estava podado e as chamas praticamente extintas. As minissaias, igualmente desaparecidas, haviam sido trocadas por leggings étnicas de todo tipo, como essa, uma espécie de *jodhpur* Hare Krishna de gancho caído. Era um visual que Finkler se sentia incapaz de entender. Por que uma mulher haveria de querer usar uma roupa que a fazia parecer um bebezão com a fralda cheia? Isso interferia em suas interações com ela, pois lhe dava a impressão que toda vez que Leonie falava a sala se impregnasse de um odor que o obrigava a tapar o nariz.

— Por favor, de novo, não — implorou Leonie.

Finkler tapou, discretamente, o nariz.

Leonie Leapmann havia acabado de voltar dos Territórios Ocupados — ou estava sempre prestes a viajar para lá —, onde tinha vários amigos de variados credos, inclusive judeus que se sentiam tão mortificados quanto ela. Em Leonie era possível tocar o conflito, bastando estender o braço. Nas órbitas de seus olhos aflitos emoldurados por cílios ruivos era possível ver o sofrimento como num aquário de peixes dourados.

Era como assistir a um filme em 3D.

— De novo *o quê*, Leonie? — indagou Lonnie Eysenbach com uma cortesia agressivamente afetada.

Lonnie era apresentador de programas infantis na tevê e escritor de livros didáticos de geografia nos quais diziam que ele omitia menções a Israel. Tinha cara de cavalo faminto e dentes equinos encardidos, a respeito dos quais seus produtores vinham se mostrando cada vez mais ansiosos. Lonnie estava começando a assustar as criancinhas.

Lonnie e Leonie, ambos irascíveis e inflamáveis, haviam sido amantes no passado e carregavam com eles para todas as reuniões as brasas de um ressentimento jamais arquivado.

— Tenho amigos por lá, de ambos os credos, que estão à beira do desespero suicida ou homicida — disse Leonie, o que, na opinião de Finkler, embora ele não pretendesse transformar isso numa questão, equivalia quase a uma ameaça de violência contra a sua pessoa —, e aqui estamos discutindo quem somos e que nome dar ao nosso movimento.

— Desculpe — atalhou Kugle —, não acho que eu esteja discutindo que nome dar ao movimento. Sou um democrata. Baixo a cabeça ante a decisão da maioria. O problema é Sam com o seu MORT...

— Por mim, podemos ser os Cavaleiros da Porra do Apocalipse — gritou Leonie.

— Cavaleiros da Porra do Apocalipse é ótimo — disse Lonnie —, mas não deveria ser Cavaleiros e Amazonas?

— Foda-se! — respondeu Leonie.

Tapando o nariz, Finkler deu um suspiro suficientemente profundo para estremecer as fundações do Clube Groucho. Que sentido fazia esse ensaio de primeiros princípios todas as vezes em que se reuniam? Mas não lhe agradava concordar com Kugle a respeito do que quer que fosse. Se para Kugle o dia vinha em seguida à noite, Finkler torcia para a noite não ter fim.

— Não abaixo a cabeça para ninguém em minha vergonha judaica — disse. — Mas não seria importante fazermos uma distinção aqui?

Kugle rosnou.

— Você tem mais alguma coisa a dizer? — indagou Finkler, com impaciência.

Kugle balançou a cabeça.

— Foi só um pigarro.

— Pelo amor de Deus! — gritou Leonie Leapmann.

— Ei, você não acredita em Deus — recordou-lhe Lonnie Eysenbach.

— Vamos ver se eu consigo ajudar — sugeriu Tamara Krausz, em termos acadêmicos o membro mais notório dos Judeus MORTificados, uma mulher cuja autoridade serena impunha respeito não apenas na Inglaterra como também nos Estados Unidos e no Oriente Médio, onde quer que antissionistas — Finkler não iria tão longe a ponto de dizer antissemitas — se reunissem.

Até Finkler se encolhia um pouco na sua presença.

— Não seria de bom-tom mostrarmos — prosseguiu ela (embora não houvesse dúvida de que prosseguiria, pois quem se atreveria a interrompê-la?) — que ser judeu é uma coisa maravilhosa e diversificada e que não implica uma compulsão para defender Israel de toda e qualquer crítica nem em viver perpetuamente com medo? Não somos um povo vítima, somos? Como aquele corajoso filósofo israelense (pausa para assentir de cabeça na direção de Finkler), Avital Avi, disse recentemente num discurso emocionante em Tel-Aviv, que tive a honra de ouvir sentada no pódio, somos nós que mantemos vivo o Holocausto hoje, nós que continuamos do ponto onde os kapos pararam. Claro que desmerece os mortos o fato de esquecê-los, mas desenterrá-los a fim de justificar carnificinas sem dúvida os desmerece ainda mais.

A voz era cristalina e controlada, uma censura em especial, pensou Finkler, a Leonie Leapmann, cuja voz ondulava sem direção. Também no quesito figurino ela deixava Leonie envergonhada. Leonie se vestia como nativa de um lugar do qual ninguém sabia o nome — a República Popular de Etnigrado era a melhor aposta de Finkler —, enquanto Tamara jamais se apresentava em público sem parecer a executiva de uma empresa de consultoria de moda, ao mesmo tempo profissional e suavemente feminina.

Finkler, à espera, avaliou-a com o olhar. Na forma, ela o fazia lembrar a esposa falecida, mas era ao mesmo tempo mais resistente e mais frágil. Esgrimia o ar ao falar, percebeu ele, cerrando o punho aleatoriamente, como se pretendesse aniquilar qualquer ideia que não fosse sua. Imaginou-a gritando em seus braços, sabe-se lá por quê. Simplesmente algo a ver com a sua maneira de ser e a sensação de desintegração psíquica que dela emanava. Com efeito, desintegração psíquica era precisamente como ela entendia a história do moderno Estado de Israel. Tendo perdido quase toda a sanidade mental no Holocausto, em parte devido à própria impotência e passividade, os judeus vinham despejando o que sobrara dela em cima dos palestinos e chamando isso de legítima defesa. Finkler não era adepto dessa teoria de que loucura gera loucura, mas pretendia poupar essa discussão para quando estivessem sozinhos, na esperança de fazê-la gritar em seus braços.

Durante sua estada na Palestina, contou Tamara – contou como se relatasse ao grupo suas férias: na verdade, Finkler se perguntou quanto tempo levaria para surgir o álbum de fotos –, ela se encontrara com vários representantes do Hamas a fim de expressar sua preocupação com o recente programa obrigatório de islamização, que incluía interpelar mulheres impropriamente vestidas na praia, assediar donos de loja que ostensivamente vendessem lingerie ocidental, segregar os sexos nas escolas e, de maneira geral, impor cada vez mais restrições aos direitos das mulheres. Sobre o impacto negativo disso tudo sobre o apoio com que o Hamas poderia contar por parte de grupos que, do contrário, lhe seriam simpáticos, tanto na Europa quanto nos Estados Unidos, ela não teve escrúpulos em avisá-los. Mesmerizado, Finkler imaginou os líderes do Hamas tremendo diante do feminismo magnificamente indignado de Tamara. Será que também eles a imaginavam gritando em seus braços?

– Não é bom – disse ele.

– Não – concordou ela –, nem um pouco. Sobretudo porque podemos ter certeza de que os pró-sionistas acabarão dizendo que isso é prova do extremismo e da intolerância intrínsecos do Hamas. Ao passo que...

Tamara Krausz respirou fundo. Finkler respirou com ela.

– Ao passo que... – repetiu ele.

— Ao passo que, na verdade, o que se vê aqui é a consequência direta da ocupação ilegal. Não se pode isolar um povo, alijá-lo da sua conexão natural com o país, degradá-lo e matá-lo de fome sem esperar como resultado o extremismo.

— Claro que não — disse Leonie.

— Não — repetiu sem pestanejar Tamara, antes que Leonie pudesse dizer mais alguma coisa. — Avital, com quem falei sobre isso, chegou mesmo a sugerir que seria uma concretização desastrosa da pretensão política de Israel. Levar Gaza a se voltar cada vez mais para si mesma até que o Ocidente implore a Israel para reconquistar seu território.

— Que horror! — exclamou Finkler.

— Sei disso — disse Tamara, olhando nos olhos dele.

— Como vai Avital? — indagou Finkler de repente.

Tamara Krausz abriu seu semblante para ele. Para Finkler foi como ganhar uma flor.

— Mal — respondeu ela. — Não que admita. Ele é incansável.

— Se é — concordou Finkler. — E Navah?

— Vai bem, graças a Deus. Ela é o braço direito dele.

— Sempre foi. — Finkler sorriu, entregando-lhe uma flor em retribuição.

A certeza de que esse momento de intimidade entre dois entendidos estava deixando os outros enlouquecidos encheu-o de satisfação. Podia ouvir o coração de Kugle se apertar.

Só o pôquer lhe dava um prazer comparável.

3

Libor foi procurar a terapeuta do luto recomendada por Emmy. Uma mulher morena e alta, grande o bastante para balançá-lo sobre os joelhos. Podia ser a ventríloqua e ele o boneco.

— Jean Norman — disse ela, estendendo um braço comprido o bastante para contornar-lhe o corpo e apertar suas manivelas.

Jean Norman. Um nome tão comum para uma figura tão exótica, pensou ele, supostamente teria o condão de acalmar os enlutados. Nome verdadeiro: Adelgonda Remedios Arancibia.

Ele a procurou como um favor a Emmy. Por ele mesmo não teria se dado ao trabalho. O que esperava que o aconselhassem a sentir? Alegria diante do que o aguardava?

Constrangeu-se por não ser capaz de atender ao pedido de apoio feito por Emmy. Finkler era a figura mais famosa que conhecia e Finkler dificilmente se manifestaria contra o diretor de cinema que entendia por que as pessoas queriam matar judeus. Pelo que sabia Libor, os dois eram amigos do peito.

Assim, procurar a terapeuta do luto era uma espécie de prêmio de consolação que achou dever a Emmy.

Jean Norman. Nome verdadeiro: Adelaïda Inessa Ulyana Miroshnichenkop.

Ela morava em Maida Vale, não muito distante de onde morava Treslove, embora Treslove chamasse o lugar de Hampstead — aliás, não muito distante de onde Treslove *tinha morado* antes de se mudar para o apartamento da sobrinha-bisneta de Libor. Para Libor, seria preferível que ela o recebesse num consultório ou num hospital e não numa sala da própria casa, como aconteceu.

Ela estava aposentada, conforme explicou. Mas ainda atendia pacientes...

Libor achou que ela acrescentaria "como hobby" ou "para se manter ocupada", mas a frase ficou pendurada como um indivíduo na ponta de uma corda...

Embora a casa fosse grande, a sala onde ela convidou Libor a entrar era diminuta, parecendo pertencer a uma casinha de bonecas. Gravuras de cenas campestres cobriam as paredes. Pastores e pastoras. E sobre a lareira havia uma coleção de cálices de porcelana. Ela é alta demais para esta sala, pensou Libor. Precisava se dobrar quase em três para caber na cadeira. Sua altura fez Libor se sentir infantil. Mesmo estando ambos sentados, ele precisava erguer o olhar para encará-la.

Ela tinha um nariz romano afilado com narinas fartas e escuras, cujo interior não restava a Libor senão examinar. A despeito da aparência forasteira, havia nela um certo ar de Instituto Feminino, aquele ar tímido de glamour provinciano que tanto sucesso fez quando as mulheres desse tipo tiraram a roupa para aparecer num calendário beneficente. Libor imaginou que ela tivesse grandes seios caídos e um profundo e escuro umbigo siciliano escancarado.

Perguntou-se, então, se o seu talento para levá-lo a imaginá-la despida, embora estivesse coberta do pescoço aos pés e jamais esboçasse qualquer movimento minimamente sugestivo, faria parte da sua técnica de terapeuta do luto.

Os dois conversaram rapidamente sobre Emmy. Emmy lhe dissera quem era Libor. Ela se lembrou de seus artigos, chegando mesmo a se referir com precisão a um ou dois. Lembrou-se, também, de fotos famosas. Libor rindo com Greta Garbo, Libor deitado numa cama com Jane Russell e parecendo o menos masculino da dupla. Libor dançando com Marilyn Monroe, de rosto colado, numa paródia hilária de romance, considerando todas as disparidades.

— Você devia ter me visto dançar com a minha mulher — disse ele.

Disse isso como um favor a ela, do mesmo jeito que consultá-la havia sido um favor a Emmy. Supôs ser esse o seu papel. Fazer favores e estar de luto.

Ficou aliviado quando ela nada disse de absurdo sobre a morte de entes queridos — odiava a expressão entes queridos. Não havia entes queridos, apenas Malkie querida — nem sobre ciclos de emoção ou vias para expressar a dor.

Ela igualmente não o contemplou, pelo que Libor não se mostrou menos grato, com olhares de esguelha cheios de pena. Não sentiu pena dele. Deixou que ele tivesse pena de si mesmo.

Conforme passava o tempo, ia ficando cada vez mais difícil para Libor concentrar-se no que dizia Jean Norman. Nome verdadeiro: Fruzsina Orsolya Fonnyasztó.

Continuou perscrutando o interior daquelas narinas onde tudo era tão relaxantemente penumbroso e tranquilo.

Quanto ao que ele mesmo falou, não saberia dizer. Verbalizou seus sentimentos. Representou um sofredor. Disse as palavras que supôs dizerem os enlutados em ocasiões desse tipo. Chegou mesmo a acompanhá-las com gestos. Caso tivesse permanecido ali tempo suficiente, provavelmente começaria a puxar os cabelos em desespero.

A timidez que sentiu deixou-o surpreso e desanimado. Que necessidade havia disso? Por que, simplesmente, não deixava o coração falar?

Porque coração não fala, só por isso. Porque linguagem pressupõe artificialidade. Porque, trocando em miúdos, não havia nada, absolutamente nada, a dizer.

Será que ela sabia disso, essa Jean Norman, nome verdadeiro: Maarit Tuulikki Jääskeläinen? Será que esperava, profissionalmente falando, que os enlutados sentassem à sua frente, examinassem suas narinas e mentissem?

Ele devia ter uivado como um animal. Isso ao menos seria uma expressão genuína de como se sentia. Mas não era. Não havia expressão genuína de como se sentia.

Ela guardara uma pergunta para fazer a ele antes de se despedirem. Mostrou-se, ao fazê-la, mais animada do que durante todo o tempo que passaram juntos. Nitidamente esse era o motivo real — com efeito, o único — para ele estar ali. O que estava prestes a perguntar ela quisera lhe perguntar desde o instante em que Libor entrara na sala. Não, desde o instante em que soubera que ele iria consultá-la.

— É sobre a Marilyn.
— Marilyn Monroe? — indagou Libor. — O que tem ela?
— Vocês se conheciam bem?
— Sim.

Ela soltou o ar e bateu no peito.

— Então me conte...
— O quê?
— Ela se suicidou ou foi assassinada?

4

Treslove e Hephzibah estão cantando duetos de amor no chuveiro.

Finkler está perdendo dinheiro no pôquer.

Libor está afundando rapidamente.

Finkler vem perdendo dinheiro no pôquer, mas seus livros vendem bem e pelo menos ele não passou uma cantada em Tamara Krausz.

Libor vem afundando rapidamente porque perdeu Malkie. Emmy tem lhe telefonado com notícias do neto. O rapaz não vai recuperar a visão. Houve outro ataque a dois jovens judeus ortodoxos. Emmy também lhe dá essa notícia. E túmulos num cemitério judeu no norte de Londres foram vandalizados. Suásticas. O que ela quer que ele faça? Que crie uma milícia de segurança? Que monte guarda em todos os cemitérios judeus de Londres?

Libor se esforça para não confundir seus sentimentos quanto a ataques a judeus em lugares públicos com seus sentimentos por Malkie.

Treslove e Hephzibah cantam "O soave fanciulla", "Parigi o cara", "E il sol dell'anima", "Là ci darem la mano" e daí por diante.

Todas as árias que ele conhece ela conhece. Que impressionante, não?, pergunta-se Treslove.

Tudo que os dois cantam se resume a saudações ou despedidas. Ópera, ora. Treslove transforma tudo em despedida. Hephzibah faz o contrário. Assim, mesmo quando diferem, os dois se complementam, e é ele quem se beneficia.

A voz dela é forte, mais compatível com Wagner. Mas eles não cantam nada de Wagner, nem mesmo "Tristão e Isolda".

— Minha regra de ouro é que, se houver um "und" em algum lugar, eu não canto — avisa ela.

Treslove está começando a entender a cultura finkler. É como Libor e Marlene Dietrich, partindo-se do princípio de que Libor tenha falado a verdade sobre Marlene Dietrich. Existem coisas que não se faz. Muito bem, Treslove também não as fará. Se topar com um alemão, está pronto para encher o *mamzer* de porrada.

Mamzer quer dizer sacana em iídiche. Treslove não consegue parar de usar essa palavra.

Mesmo quando fala de si mesmo. Sou ou não sou um *mamzer* sortudo?, indaga.

Para comemorar o fato de ser um *mamzer* tão sortudo, Treslove convida Finkler e Libor para jantar. "Venham brindar à minha nova vida." Pensou em chamar os filhos, mas mudou de ideia. Não gosta dos filhos. Também não gosta de Finkler, para ser exato, mas Finkler é um velho amigo. Ele o escolheu. Não escolheu os filhos.

Finkler assoviava entre os dentes quando desceu do elevador diretamente no terraço de Hephzibah.

— Você deu um jeito na vida — sussurrou para Treslove.

Que *mamzer* mal-educado, pensou Treslove.

— Você acha? — perguntou secamente. — Eu não tinha percebido que ela estava *desajeitada*.

Finkler cutucou-lhe as costelas.

— Deixa disso! Eu só estava brincando.

— Tem certeza? Bom, fico feliz por você gostar daqui. Daqui você pode assistir ao críquete.

— Posso mesmo? — Finkler gostava de críquete. O fato de gostar de críquete, supunha, fazia dele um inglês.

— Eu quis dizer que *qualquer um* pode. *Pode-se* assistir ao críquete daqui.

Ele não tinha a mínima intenção de convidar Finkler para assistir ao críquete. Finkler já gozava de privilégios suficientes. Que comprasse ingressos. Na falta destes, que se sentasse no próprio terraço e contemplasse o parque. Havia muita coisa para ver no parque, segundo se lembrava Treslove. Não que se lembrasse de muita coisa de Hampstead agora. Estava morando em St. John's

Wood havia três meses e não conseguia lembrar-se de ter morado em qualquer outro lugar. Ou *com* qualquer outra pessoa.

Hephzibah obliterara seu passado.

Levou Finkler até a cozinha para conhecer Hephzibah, ocupada no fogão. Tinha esperado um bocado por esse momento.

— Sam esta é a Ju... Deus!

Nem um ínfimo sinal de compreensão ou lembrança por parte de Finkler.

Treslove pensou em soletrar as palavras para refrescar a memória do amigo, embora achasse improvável que Finkler jamais se esquecesse de algo saído da própria boca. Finkler não botava o pé na rua sem um caderninho no qual anotava o que quer que ouvisse de interessante, na maior parte das vezes seus próprios comentários. "Sabendo usar não vai faltar", disse certa vez a Treslove, abrindo o caderninho. O que Treslove entendeu como sinal de que Finkler se autorreciclava periodicamente, ciente de que podia produzir um livro inteiro a partir de comentários entreouvidos. Assim, Treslove podia apostar que Finkler se lembrava da piadinha de Deus!-judeus, mas não queria permitir que Treslove lhe desse o troco.

De todo jeito, a essa altura os dois já haviam trocado um aperto de mão, Hephzibah tendo enxugado as dela no avental.

— Sam.

— Hephzibah.

— Você é o meu deleite — disse Finkler.

Hephzibah inclinou a cabeça educadamente.

O rosto de Treslove se contorceu num ponto de interrogação.

— Este é o significado do nome Hephzioah em hebraico — explicou Finkler. — Você é o meu deleite.

— Sei disso — retorquiu Treslove, chateado.

O sacana lhe passara a perna de novo. Nunca se sabe de que direção vem o tiro. A gente se prepara para uma piada finkler e eles nos surpreendem com uma erudição finkler. Nunca se consegue passá-los para trás. Eles têm sempre algo que não temos, algum estoque verbal ou teológico ao qual recorrer para nos deixar sem resposta. Os *mamzers*.

— Preciso continuar o que estou fazendo — interveio Hephzibah — ou vocês não vão ter jantar.

— Sua culinária é o meu deleite — completou Treslove, mas ninguém estava interessado em seus comentários.

Com efeito, aos olhos de Treslove, cozinhar não era propriamente o que Hephzibah fazia. Ela mais parecia atacar os ingredientes, não lhes deixando escolha a não ser ganhar sabor. Independentemente do que preparasse, sempre tinha pelo menos cinco frigideiras ocupadas, todas grandes o bastante para ferver um gato. Agora, de quatro delas saía vapor. Na quinta, havia óleo fervente. Todas as janelas estavam abertas. Um exaustor sugava ruidosamente tudo que encontrava no ar. Treslove sugerira fechar as janelas quando ligasse o exaustor ou desligar o exaustor quando abrisse as janelas. Uma coisa anulava a função da outra, explicou cientificamente, já que o exaustor sugava, em parte, os gases provenientes da rua. Hephzibah, porém, nunca lhe deu bola, abrindo e fechando com estrondo as portas do armário, usando toda e qualquer colher e panela que possuía, inalando as chamas e a fumaça. O suor lhe escorria pela testa e lhe manchava a roupa. A cada dois minutos, ela fazia uma pausa para enxugar os olhos. Depois, voltava à faina, como Vulcano atiçando o fogo do Etna. No final de toda a operação, surgia uma omelete *aux fines herbes* para Treslove jantar.

Embora reclamasse da falta de lógica do seu método, Treslove adorava observá-la. Uma judia em sua cozinha judia! Sua mãe costumava preparar refeições de cinco pratos numa única frigideira. Os três se sentavam para esperar a comida esfriar e, então, comiam em silêncio. Um mínimo de coisas para lavar. Apenas a frigideira e os três pratos.

Finkler inspirou os aromas da cozinha devastada de Hephzibah — os cossacos a teriam deixado mais arrumada em seu rastro — e disse:

— Ahhh! Meu prato favorito.

— Você nem sabe o que estou preparando — disse, rindo, Hephzibah.

— Mesmo assim é o meu prato favorito.

— Cite um ingrediente.

— *Trayf.*

Treslove sabia o que queria dizer *trayf*. *Trayf* era qualquer coisa que não fosse *kosher*.

— Jamais nesta cozinha! — exclamou Hephzibah, fingindo-se ofendida. — O meu Julian não comeria *trayf*.

Meu Julian. Música para os ouvidos de Treslove. Schubert, interpretado por Horowitz. Bruch, interpretado por Heifetz.

Olha só, Sam: você conhece alguma Ju... Deus!

Finkler emitiu um ruído parecido com um gargarejo.

— Você já *kosherizou* o garotão?

— Ele mesmo se incumbiu disso.

Treslove viu-se desconcertado — apesar do "meu Julian" — observando os dois finklers se avaliarem e verbalmente se espicaçarem. Sentiu-se como um bobinho no meio da roda. Hephzibah era sua mulher, sua amada, sua Juno, mas Finkler aparentemente acreditava ter sobre ela direito mais antigo. Era como se os dois falassem uma língua secreta. A língua secreta dos judeus.

Preciso aprendê-la, pensou Treslove. Preciso decifrar esse código o quanto antes.

Ao mesmo tempo, porém, sentia-se orgulhoso de Hephzibah por ela poder fazer o que ele não podia. Em vinte segundos já havia penetrado mais fundo na alma de Finkler do que jamais penetrara Treslove. O amigo parecia até à vontade na presença dela.

Quando Libor chegou, Treslove se descobriu genuinamente em minoria. Hephzibah exercia uma influência inesperada sobre seus dois convidados — ela dissolvia seus atritos judaicos.

— *Nu?* — indagou Libor de Finkler.

Treslove não sabia ao certo se essa era a construção correta. Usa-se *nu* com ou sem complemento? Transitiva ou intransitivamente? *"Nu?", indagou.* Isso podia mesmo ser considerado uma pergunta? Seria assim? *Nu*, no sentido de "como vão as coisas com você", mas também de "sei como vão as coisas com você".

Faltava aprender tanta coisa!

Mas a surpresa foi que Finkler respondeu na mesma moeda. Até o surgimento de Hephzibah, ele castigava Libor pelos seus barbarismos judaicos, mas agora reluzia qual um rabino.

— *A halber emes izt a gantser lign.*

— Meias verdades são mentiras rematadas — sussurrou Hephzibah no ouvido de Treslove.

— Eu sei — mentiu ele.

— Então, quem anda lhe contando meias verdades? — perguntou Libor.

— Quem não anda? — respondeu Finkler. Mas não estava preparado para ir além desse ponto.

Nu, então, não era pergunta. Não se precisava responder. Permitia prevaricações em nome da nossa humanidade coletiva imperfeita.

Entendi, concluiu Treslove.

Durante o jantar, porém, Libor alfinetou Finkler como nos velhos tempos.

— Será que são os seus amigos judeus antissemitas?

— O que têm os meus amigos judeus antissemitas?

Normalmente, reparou Treslove, Finkler negaria o fato de seus amigos judeus serem antissemitas.

— Não são eles que andam lhe contando mentiras?

— Eles são falíveis como o restante de nós — respondeu Finkler.

— Você já está de saco cheio deles? Isso é ótimo.

— O que é ótimo — emendou Finkler — é isto...

Serviu-se mais uma vez de tudo. Arenque em vinho tinto, arenque em vinho branco, arenque no molho branco, com creme azedo, vinagre, arenque enrolado em azeitona num palitinho, arenque picado no que chamavam de jeito novo e, obviamente, picado do jeito antigo — arenques trazidos fresquinhos do mar do Norte na traineira em que Hephzibah, com um seio desnudo, era a figura de proa — e depois a carne apimentada, o pastrami, o salmão defumado, o ovo e a cebola, o fígado cortadinho, o queijo sem gosto; os *blintzes*, o *tsimmes*, o *cholent*. Apenas o *cholent* — o ensopado de carne, favas e cevada, típico das *shtetl*, os povoados judaicos da Europa oriental, ou cozido tcheco como apelidou Hephzibah em homenagem a Libor, que adorava aparecer para comê-lo — era quente. Todas aquelas chamas ruidosas, todas aquelas panelas fumegantes para, no final, chegar tudo à mesa, salvo o *cholent*, frio.

Treslove se maravilhou. Não havia como atingir o âmago dos milagres operados pela esposa, embora ela ainda não fosse sua esposa.

— Eu sabia — comentou Finkler ao chegar ao *cholent*. — *Helzel!* Eu sabia que tinha sentido cheiro de *helzel*.

Treslove também sabia, mas só porque Hephzibah lhe dissera. *Helzel* era pescoço de galinha recheado. Na opinião dela, não dava para chamar de *cholent* um *cholent* sem *helzel*. Finkler, nitidamente, era da mesma opinião.

— Você usou orégano no recheio — disse ele, lambendo os beiços. — Um toque brilhante. Minha mãe nunca pensou no orégano.

Nem a minha, pensou Treslove.

— É a versão sefardita? — indagou Finkler.

— É a *minha* versão — respondeu Hephzibah rindo.

Finkler olhou para Treslove.

— Você é um cara de sorte — disse.

Um *mamzer* de sorte.

Treslove sorriu assentindo, saboreando o *helzel*. Pescoço de galinha recheado, pelo amor de Deus! Toda a história de um povo em um único pescoço de galinha.

E Finkler, o filósofo e Judeu MORTificado, lambendo os beiços como se jamais tivesse saído de Kamenetz Podolsky.

Depois do *cholent*, veio a limpeza.

As mesas postas por Hephzibah eram elegantes e ela fazia Treslove polir os copos e talheres horas antes de os convidados chegarem. Em matéria de guardanapos, porém, os convidados podiam se sentir num boteco de beira de estrada. Diante de cada comensal havia um porta-guardanapo de aço inoxidável. A primeira vez que pôs a mesa para os dois, Treslove dobrou os guardanapos como aprendera com a mãe, no formato de barcos à vela, um para cada. Hephzibah elogiou sua destreza, desdobrando o barquinho e estendendo-o com delicadeza no colo. No entanto, quando ele se preparou para repetir o feito na ocasião seguinte, encontrou o porta-guardanapo sobre a mesa.

— Não que eu estimule a esganação — explicou Hephzibah —, mas também não quero que quem se senta à minha mesa sinta que precisa se refrear.

A própria Hephzibah usava uma dúzia de guardanapos, ou mais ainda depois de um *cholent*. A mãe de Treslove o criara para, se possível, jamais deixar marcas num guardanapo, de forma a permitir que ele fosse novamente dobrado em formato de barco à vela para voltar a ser usado. Agora, seguindo o exemplo de Hephzibah, Treslove usava um guardanapo novo para cada dedo.

Tudo estava diferente. Antes de Hephzibah, ele comia apenas com a boca. Agora comia com o corpo todo. E eram necessários muitos guardanapos de papel para manter todo o seu corpo limpo.

— Então esse museu... — disse Finkler depois de tirarem a mesa.

Hephzibah inclinou a cabeça em sua direção.

— ... já não temos museus bastantes?

— Você quer dizer museus em geral?

— Museus judeus. Aonde quer que se vá, em qualquer cidade, qualquer *shtetl*, há um museu do Holocausto. Precisamos de um museu do Holocausto em Stevenage ou Letchworth?

— Eu me espantaria se encontrasse um museu do Holocausto em Letchworth. Mas, de todo jeito, este não é um museu do Holocausto. É um museu de cultura anglo-judaica.

Finkler riu.

— E isso existe? Vai constar que fomos expulsos em 1290?

— Claro. E de termos sido bem-recebidos de volta em 1655.

Finkler deu de ombros, como se estivesse diante de uma plateia que já acreditasse no que ele acreditava.

— É a mesma história de sempre — prosseguiu. — Vocês vão acabar chegando ao Holocausto, quando menos não seja sob a legenda "A posição dos britânicos quanto ao". Vão colar fotos das câmaras de gás, escrevam o que estou dizendo. Museus judaicos sempre fazem isso. O que eu quero saber é: já que precisamos sofrer, por que não podemos, ao menos, mudar o rumo de vez em quando? Que tal um Museu do Pogrom Russo? Ou um Museu do Exílio na Babilônia? Ou, no caso de vocês, como já dispõem de local, um Museu de Todas as Coisas Desagradáveis que os Britânicos já Fizeram Conosco?

— A ideia não é abordar a maldade britânica — atalhou Hephzibah.

— Ainda bem.

— Nem — interveio Treslove — abordar a maldade de quem quer que seja. O nosso museu nem sequer vai mencionar o Holocausto.

Finkler o encarou. *Nosso! Quem foi que falou com você?*, dizia sua expressão.

Libor remexeu-se na cadeira. Num tom inconsequente, porém oracular, disse:

— Cegaram o neto de uma amiga minha.

Finkler não sabia ao certo que expressão adotar. Aquilo pretendia ser um encerramento? *E daí?*, teve vontade de perguntar. *O que isso tem a ver com a nossa conversa?*

— Nossa, Libor quem? — indagou Hephzibah.

— Você não conhece nem o neto nem a avó.

— E o que foi que aconteceu?

Libor, então, contou a história, deixando de fora a informação de que em outros tempos ele e Emmy haviam sido amantes.

— E você considera isso um motivo para haver um museu do Holocausto em todas as paróquias do país.

— Reparei que você usou *paróquia* — comentou Treslove. — Seu sarcasmo admite uma incongruência apenas explicável pela falta de hospitalidade do cristianismo com os judeus.

— Porra, Julian. O meu sarcasmo, como você chama, não admite nada desse tipo. Vejo que Libor está nervoso. Não pretendo desrespeitar os sentimentos dele, mas as ações de um indivíduo perturbado não justificam que entremos em polvorosa e afirmemos que os nazistas estão de volta.

— Nem foi isso que eu quis dizer — retrucou Libor.

Hephzibah se levantou e aproximou-se do tio. Ficou atrás da sua cadeira e pousou as mãos em suas bochechas, como se ele fosse um garotinho. Seus anéis eram maiores que as orelhas do idoso. Libor recostou-se nela. Hephzibah encostou os lábios em sua careca. Treslove temeu que o velho começasse a chorar, mas talvez porque, na verdade, temesse começar a chorar também.

— Estou bem — garantiu Libor. — Fico tão nervoso quanto à minha própria impotência como quanto ao que aconteceu com o neto da minha amiga, que não conheço e de cuja existência eu não tinha notícia até dois meses atrás.

— Bem, não há nada que você possa fazer — disse Hephzibah.

— Eu sei, mas não é só isso que me perturba. Também me perturba o fato de não sentir coisa alguma.

— Eu me pergunto se não sentimos coisa alguma precisamente porque ensaiamos os nossos sentimentos quanto a esse tema com frequência e liberdade demasiadas — disse Finkler.

— Você quer dizer em forma de rebates falsos? — indagou Hephzibah com uma gargalhada estridente.

Deus do céu, eu amo essa mulher, pensou Treslove.

— Você não concorda? — insistiu Finkler.

— Acho que não é possível.

— Você não acredita que alarmes falsos em excesso acabem por não chamar mais a atenção?

— Quando um alarme é alarme falso? — persistiu Hephziban.

Treslove viu Finkler ponderar sobre se deveria ou não responder *Quando vem do nosso amigo Julian*. O que ele disse em vez disso foi:

— Me parece que quando criamos um clima de ansiedade desnecessária: a) imaginando sempre que somos as vítimas de quaisquer acontecimentos, e b) nos recusando a entender que os outros possam, vez por outra, sentir que têm um bom motivo para não gostar de nós.

— E cegar nossos jovens — emendou Hephzibah. Suas mãos continuavam no rosto de Libor.

Libor cobriu as mãos dela com as suas, como se pretendesse ensurdecer.

— Como ao dizer "o antissemitismo é perfeitamente compreensível para mim" — completou ele, imitando o carismático diretor de cinema.

— E aí ele aparece de novo — disse Hephzibah.

Finkler balançou a cabeça como se considerasse os dois como causa perdida.

— Então, o seu Museu de Cultura Anglo-Judaica é um museu do Holocausto, afinal — afirmou.

O *yutz*, pensou Treslove. O *groisser putz*. O *shtick drek* — inútil, babacão, seu bosta!

Finkler e Libor ficaram sentados tomando uísque enquanto Treslove e Hephzibah lavavam a louça. Hephzibah costumava deixar os pratos na pia até o dia seguinte. Empilhados de tal forma sob a torneira que era impossível encher uma chaleira. E o que não cabia na pia ficava na mesa da sala. Panelas e travessas suficientes para uma centena de convidados. Treslove gostava disso nela.

Hephzibah não acreditava que fosse preciso faxinar depois de cada festança. Não havia um preço a pagar pelo prazer.

Ela não deixava os pratos na pia para que *ele* os lavasse. Simplesmente os deixava lá. A Treslove isso parecia uma fatalidade. Uma despreocupação adquirida graças aos cossacos. Já que não sabemos onde vamos estar amanhã e nem mesmo se estaremos vivos ou mortos, por que nos preocuparmos com a louça?

Nessa noite, porém, ela o levou pelo braço até a cozinha. E nem Finkler nem Libor se ofereceram para ajudar. Era como se cada dupla estivesse cedendo espaço à outra.

— Nosso amigo parece muito feliz — comentou Libor.

Finkler concordou.

— Parece mesmo. Há um brilho nele.

— E a minha sobrinha também. Acho que ela é boa para ele. Dá a impressão de que ele precisava era de mãe.

— Sempre precisou — assentiu Finkler. — Sempre precisou.

CAPÍTULO 8

1

Finkler estava ansioso para jogar algumas partidas de pôquer online antes de ir para a cama, motivo pelo qual ficou desapontado ao chegar em casa e encontrar na secretária eletrônica uma mensagem da filha, Blaise. Immanuel, o mais moço dos dois filhos homens, se envolvera em um incidente antissemita. Nada em absoluto digno de preocupação. Ele estava perfeitamente bem. Mas Blaise queria dar a notícia ao pai em primeira mão para que ele não a ouvisse de outra fonte, provavelmente maldosa.

Numa ligação cheia de estática, Finkler não conseguiu entender todos os pormenores. Quando apertou o botão do replay lhe ocorreu que a mensagem pudesse ser um engodo — Julian, Libor e Hephzibah, que continuavam a beber quando ele saiu, lhe dando uma lição de moral. Veja como é quando acontece com você, sr. Filósofo Judeu MORTificado. Mas a voz sem dúvida era de Blaise. E embora ela dissesse que não havia nada com que se preocupar, obviamente havia, sim. Do contrário por que teria ligado?

Ele retornou a ligação, mas Blaise não atendeu. Isso acontecia com frequência. O telefone de Immanuel estava permanentemente ocupado. Talvez os sacanas tivessem roubado seu celular. Treslove tentou o outro filho, Jerome, mas ele estudava numa universidade mais esquerdista, mais sólida, que a de Blaise e Immanuel, e era propenso a tratar com certo sarcasmo os que os irmãos faziam.

— Antissemitas protestando na porta da Balliol? Duvido, pai.

Como era demasiado tarde para chamar o motorista e estava bêbado demais para dirigir, Finkler ligou para um serviço de limusine ao qual vez por outra recorria. Oxford, explicou à recepcionista. Imediatamente.

Precisou pedir para o chofer baixar o volume do rádio e depois para desligá-lo. Isso de tal maneira irritou o motorista, que argumentou precisar do rádio para obter informações sobre o tráfego, que Finkler teve medo de se envolver, ele próprio, em outro incidente antissemita. Informações sobre o tráfego! À meia-noite! Depois de sair de Londres, em estradas mais tranquilas, ocorreu-lhe que o motivo real para o motorista precisar do rádio podia ser para não cochilar.

— Talvez seja bom ligar o rádio, afinal — disse.

Sentiu-se vítima de todo tipo de ansiedade irracional. Havia desnecessariamente irritado a pessoa que o levava para ver o filho. Havia, tanto quanto sabia, irritado também o filho, de uma ou de outra maneira entre as muitas que ocorrem aos pais para irritar os filhos. Será que Immanuel se metera numa briga com antissemitas para defender o pai? Mortificado ou não, Finkler era um eminente judeu inglês. Não se pode esperar que brutamontes racistas entendam as diferenças sutis do antissionismo judaico. *Ah, quer dizer que você é filho de Sam Finkler, judeuzinho safado? Então, vamos quebrar seu nariz.*

A menos que fosse pior que um nariz quebrado.

Encolheu-se no canto do Mercedes e começou a chorar. O que Tyler diria? Sentiu que a decepcionara. Ela o obrigara a prometer fazer dos filhos sua prioridade absoluta.

— Não a porra da sua carreira, não suas amantes judias de peitões, não aqueles birutas com quem você se encontra no Groucho: seus filhos e sua filha. Seus filhos e sua filha, Shmuelly! Prometa!

Ele prometera. Com sinceridade. No enterro, enlaçara o ombro dos garotos e os três ficaram ali parados um bom tempo olhando para dentro da sepultura de Tyler, três homens perdidos. Blaise se mantivera afastada. Estava do lado da mãe. Contra todos os homens, perdidos ou não. Os três passaram uma semana com o pai e depois voltaram para suas universidades. Finkler lhes escrevia, telefonava, convidava-os para lançamentos de livros e de programas televisivos. Havia semanas em que ele ia até Oxford, em outras dirigia até Nottingham, instalando-se no melhor hotel que encontrava e mimando os filhos com jantares caros. Acreditava que se saíra bem, moralmente, nessas ocasiões, não levando mulher alguma com ele. Sobretudo quando se hospedou no Manoir Aux Quat'Saisons, de Raymond Blanc, em Oxfordshire, um hotel-restaurante meio escondidinho que implorava para se ir acompanhado de amante. Mas promessa é promessa. Ele estava priorizando os filhos.

Gostava dos filhos. Eles o faziam lembrar, cada um à sua maneira, da sua pobre esposa — dois garotos argutos, inquietos, sarcásticos, e uma garota mordaz. Nenhum dos três optara por estudar filosofia, o que o deixou feliz. Blaise estudava direito. Immanuel, mais inconstante, trocara a arquitetura por línguas e parecia decidido a trocar de novo. Jerome cursava engenharia.

— Sinto orgulho de você — disse-lhe Finkler. — Uma bela profissão não judia.

— Como você sabe que eu não vou me mudar para Israel para construir muros quando me formar? — disse o rapaz. O pai, porém, pareceu tão assustado que ele precisou esclarecer que estava apenas brincando.

Os dois rapazes tinham namoradas, às quais, acreditava Finkler, eram escrupulosamente fiéis. Blaise era mais rebelde e independente. Como a mãe. Jerome não tinha certeza de já ter encontrado a garota ideal. Immanuel achava que sim. Já pensava até em ter filhos. Finkler o imaginava ciceroneando a família num tour pelo museu Ashmolean, debruçado sobre os carrinhos dos filhos, explicando isso e aquilo, adorando seus corpinhos. O novo homem. Ele jamais conseguira exatamente ser esse tipo de pai. Havia muitas coisas que considerava mais interessantes que os filhos. Mais interessantes que a esposa também, para ser franco. Mas agora vinha tentando compensar.

E se já fosse meio tarde para isso? E se a sua indiferença tivesse de alguma maneira contribuído para esse ataque? Teria tornado os filhos vulneráveis, incapazes de cuidar de si mesmos, insuficientemente alertas ao perigo?

E aquela conversa do início da noite? Ouvira sem muita paciência a história de um garoto a quem haviam cegado sem qualquer outro motivo senão o fato de ser judeu. Estaria desafiando a providência divina? Finkler não acreditava na validade de uma ideia dessas, mas pensou nisso, assim mesmo. Teria desafiado o Deus judeu a revelar o pior de Si? E teria o Deus judeu decidido, pela primeira vez em sabe-se lá quantos milhares de anos, aceitar o desafio? Um pensamento horrível o assaltou. Estaria Immanuel cego?

E um pensamento ainda mais terrível: seria por sua culpa?

Finkler, o racional e jogador, fez uma promessa por entre lágrimas. Se Immanuel tivesse sido seriamente ferido, ele mandaria os Judeus MORTificados pastarem. E se ele não tivesse sido seriamente ferido...?

Finkler não soube responder.

Não fazia sentido envolver os Judeus MORTificados nisso. Eles não tinham culpa de nada. Simplesmente *existiam*. Como os antissemitas apenas *existiam*. Mas não dá para brincar com emoções viscerais. Encolhido no canto do carro, desejando que os quilômetros passassem voando, nem mesmo sabia ao certo se ainda era sequer defensável usar a palavra judeu num lugar público. Depois de tudo que acontecera, não seria essa uma palavra para consumo privado apenas? Lá fora, na enfurecida esfera pública, ela praticamente equivalia a uma incitação a todo tipo de violência e extremismo. Uma senha para a loucura: judeu. Uma palavrinha desprovida de espaço para abrigar a razão. Dizer "judeu" era como jogar uma bomba.

Teria Immanuel se gabado do seu judaísmo? E se assim fosse, por quê? Para dar o troco a Finkler? Para expressar sua decepção com o pai? *Meu pai pode ter vergonha de ser judeu, mas eu com certeza não tenho, porra!* Em seguida ao quê, porrada!

Tudo acabava voltando a *ele*. Independentemente de como examinasse a situação, a culpa era sua. Mau marido, mau pai, mau exemplo, mau judeu – caso em que, mau filósofo também.

Mas no que isso diferia de superstição, afinal? Ele era um amoral convicto. O que se fez está feito e não existe força punitiva para nos obrigar a prestar contas. Sim, há causa e efeito materiais. Dirige-se mal, bate-se com o carro. Mas não há causa e efeito morais. O filho da gente não perde a visão na mão de um antissemita porque temos amantes ou porque não levamos a ameaça de antissemitismo tão a sério quanto alguns dos nossos compatriotas judeus histéricos acreditam que devamos levar.

Ou será que o filho da gente perde, sim, a visão por causa disso?

Não era a primeira vez, lembrou-se Finkler, que as amantes comprometiam o funcionamento da sua mente altamente racional.

Arrume uma amante e você vai sofrer um acidente de carro. Finkler, é claro, não acreditava nisso. Salvo no sentido material de causa e efeito. Arrume uma amante e mande que ela lhe faça um boquete enquanto você dirige numa estrada movimentada e o carro pode perfeitamente escapar ao seu controle. Não se trata de moralidade, mas de concentração. Então por que, quando dirigia na companhia de uma amante, ele se sentia ligeiramente menos seguro do que quando dirigia na companhia da esposa? Homens e mulheres, acreditava Finkler, não foram feitos para viver monogamicamente. Não era nenhum crime contra a natureza dormir com mais de uma mulher. Era um crime contra a estética, talvez, sair por aí com o decote vertiginoso de Ronit Kravitz quando se tinha uma esposa elegante esperando em casa, mas nenhum castigo jamais foi imposto por Deus ou pela sociedade por conta de um crime contra a estética. Então, por que tamanha apreensão?

No entanto, apreensivo ele ficava sempre que cometia um desses crimes sexuais que a seus olhos não constituíam crime algum. O carro se acidentaria. O hotel pegaria fogo. E, sim – porque a coisa era primitiva mesmo –, seu pau iria cair.

Ele podia explicar. O medo precedeu à razão. Mesmo numa era científica os homens conservavam parte daquela ignorância pré-histórica da qual o medo irracional era filho. O fato de Finkler entender as causas e consequências dos acontecimentos não fazia a mínima diferença. O sol talvez não nascesse em dada manhã devido a alguma coisa que ele tivesse feito ou a algum ritual que não houvesse cumprido. Ele temia, como temeria um homem nascido meio milhão de anos antes dele, ter violado as regras dos deuses e detonado a vingança divina contra o filho.

* * *

Chegou aos aposentos de Immanuel depois de uma hora da manhã. Não havia ninguém. Tentou novamente o telefone, mas a linha continuava ocupada. Blaise, também, não atendeu ao dela. Mandou o motorista seguir para Cowley Road, onde morava a filha. As luzes estavam acesas na sala. Finkler bateu, desnecessariamente, na janela. Alguém que não reconheceu afastou as cortinas antes que Blaise mostrasse a cara. Parecia atônita de vê-lo.

— Isso não era necessário — disse ela, abrindo-lhe a porta. — Eu falei que ele estava bem.

— Ele está aqui?

— Está. Na minha cama.

— Tudo bem com ele?

— Eu já disse. Ele está ótimo.

— Quero vê-lo.

Encontrou o filho recostado na cama de Blaise lendo uma revista de fofocas e tomando rum com Coca-Cola. Tinha um curativo na cara e o braço numa tipoia improvisada. No mais, parecia perfeitamente bem.

— Opa — disse o filho.

— Como assim, "opa"?

— Opa, como em opa-lá-lá. Era o que você dizia quando um de nós levava um tombo.

— Então foi isso? Você levou um tombo?

— Levei. No final, levei.

— Como assim, "no final"?

— Pai, você vai ficar repetindo "como assim"?

— Conte o que houve.

— Falta uma pergunta, pai.

— Qual?

— "Como vai, Immanuel?"

— Desculpe. Como vai, Immanuel?

— Razoavelmente bem, obrigado, pai. Como você pode ver. Rolou uma baderna, foi isso. Na porta da Associação dos Alunos. Tinha havido um debate: *Esta entidade crê que Israel perdeu seu direito de existir*, ou algo no gênero. Fiquei surpreso, na verdade, de você não ter sido convidado como palestrante.

O mesmo aconteceu com Finkler, agora que tomava conhecimento do evento.

— E...

— E você sabe como são essas coisas. Os ânimos ficam meio exaltados. Um insulto aqui, outro ali, e de uma hora para outra, começou a pancadaria.

— Você se machucou?

Immanuel deu de ombros.

— Meu braço está doendo, mas acho que não quebrou.

— Você não foi ao hospital?

— Não vi necessidade.

— Falou com a polícia?

— A polícia falou comigo.

— Apresentaram denúncia contra alguém?

— Sim. Contra mim.

— Você!

— Ao menos estão pensando em fazer isso. Vai depender dos outros caras.

— Por que contra você? O mundo enlouqueceu?

Nesse momento Blaise entrou no quarto com café para todos. Finkler olhou-a alarmado.

— Eu estava lá — disse ela. — O maluco do seu filho começou a confusão.

— Como assim, "começou a confusão"?

— Isto aqui não é uma prova oral, pai — disse Immanuel, da cama. Ele voltara a ler a revista. Que o pai e a irmã esclarecessem as coisas. Culpa dela por ter ligado para o pai, para começar.

— Blaise, você me disse que havia sido um incidente antissemita. Como se *começa* alguma coisa com antissemitas? Fica-se pulando e dizendo: "Sou judeu, venha para cima de mim"?

— Ele não se meteu com antissemitas. Você entendeu tudo errado.

— Como assim, entendi tudo errado?

— Os caras eram judeus.

— Quem era judeu?

— Os caras com quem Immanuel puxou briga.

— Immanuel puxou uma briga com judeus?

— Eles eram sionistas. Genuínos *meshuggeners*, uns malucos de chapéu preto e trancinhas. Tipo colonos.

— Colonos? Em Oxford?

— *Tipo* colonos.

— E Immanuel puxou uma briga com eles? O que ele disse?

— Nada de mais. Ele os acusou de ter roubado o país de outras pessoas...

Blaise fez uma pausa.

— E?

— E de praticar apartheid.

— E?

— E de massacrar mulheres e crianças.

— E?

— Não tem mais. Foi só isso.

— Foi só isso? Foi isso que ele disse? Immanuel, você disse tudo isso?

Immanuel ergueu o olhar. O filho o fazia lembrar da esposa falecida, desafiando-o. Tinha a mesma expressão de desilusão irônica que se tem quando o interlocutor nos é por demais conhecido.

— Sim, foi isso que eu disse. É verdade, não é? Você mesmo disse.

— Não especificamente, não para outra pessoa, Immanuel. Uma coisa é verbalizar uma verdade política genérica, outra é puxar briga com alguém na rua.

— Bom, eu não sou filósofo, pai. Eu não verbalizo verdades políticas genéricas. Eu simplesmente falei tudo que penso deles e daquele paisico de merda e chamei um dos caras, que veio para cima de mim, de racista.

— Racista? O que ele disse a você?

— Nada. Não tinha nada a ver com ele. Eu estava falando do país dele.

— Ele era israelense?

— Como é que eu vou saber? Usava um chapéu preto. Estava lá para protestar contra a moção.

— E isso faz dele um racista?

— Ora, que nome você daria?

— Posso pensar em outras palavras.

— Também posso pensar em outras palavras, mas não estávamos jogando Scrabble.

— E então o que aconteceu?

— Então eu atirei longe o chapéu dele.

— Você atirou longe o chapéu de um judeu?

— Isso é tão horrível assim?

— Jesus Cristo, claro que é tão horrível assim. Não se faz isso com ninguém, muito menos com um judeu.

— Muito menos com um judeu! Como assim? Agora somos uma espécie protegida, por acaso? Essa gente está derrubando aldeias palestinas. Que diferença faz um chapéu?

— Você machucou o sujeito?

— Não o bastante.

— Esse é um ataque racista, Immanuel.

— Pai, como pode ser um ataque racista quando os racistas são eles?

— Não vou nem me dignar responder.

— Pareço um racista? Olhe para mim.

— Você parece a porra de um antissemitazinho.

— Como posso ser antissemita? Sou judeu.

Finkler encarou Blaise.

— Há quanto tempo isso vem acontecendo? — perguntou.

— Há quanto tempo ele é uma porra de antissemitazinho? Vai e vem, dependendo do que ele estiver lendo.

— Está me dizendo que a culpa é minha? Ele não adquiriu esse papo racista/apartheid comigo. Não sou disso.

Blaise sustentou o olhar do pai. Em seus olhos, também, Finkler viu a esposa vingativa.

— Não, não estou dizendo isso. Duvido que ele leia uma palavra do que você escreve, para ser franca. Mas existe um monte de outros autores para ele ler.

— Eu também posso pensar por mim mesmo — interveio Immanuel.

— Duvido — rebateu Finkler. — Duvido que se possa chamar de pensar o que você faz.

Se soubesse como, e se não tivesse feito uma promessa solene a Tyler, ele teria arrancado o filho da cama e lhe quebrado o outro braço.

2

Como curador assistente do Museu de Cultura Anglo-Judaica, Julian Treslove não tinha propriamente uma agenda cheia a ocupá-lo. Seria diferente quando o museu estivesse pronto e funcionando. Hephzibah lhe garantia isso, mas nesse estágio inicial só havia trabalho para arquitetos e eletricistas. O melhor que Treslove podia fazer pelo museu, e por ela, era refletir. Pensar em quem e no quê homenagear. Uma sugestão de que ela se arrependeu tão logo a fez. Não era justo com ele. Os judeus talvez fossem donos de um almanaque lotado de acontecimentos judaicos, um Quem é Quem judaico remontando ao primeiro casal, mas não se podia esperar que Treslove sempre soubesse Quem Era e Quem Não Era, Quem Trocara de Nome, Quem se Casara Dentro ou Fora do Clã. Acima de tudo, ele não teria o instinto necessário. Há coisas que não se pode adquirir. É preciso nascer e ser criado como judeu para ver a mão dos judeus em tudo. Ou então nascer e ser criado como nazista.

O museu ficava numa mansão gótica do final da era vitoriana, construída à semelhança de uma fortaleza da Renânia. Tinha frontões pontudos, chaminés falsas, torreões de imitação e até mesmo uma muralha cujo acesso era inacessível. Ao lado havia um bonito jardim no qual Hephzibah pretendia um dia servir chás da tarde.

— Chás judeus? — indagou Libor.
— O que é um chá judeu? — quis saber Treslove.
— É como um chá inglês, só que duas vezes mais farto.
— Libor! — repreendeu Hephzibah.

Mas a ideia de servir chás especificamente judeus à tarde agradou a Treslove, que aprendera a chamar os bolos de *kuchen* e as panquecas recheadas de creme ou geleia de *blintzes*.

— Pode deixar que eu elaboro o cardápio — prontificou-se. E Hephzibah concordou.

A única preocupação dele era que a localização do museu impedisse a formação da clientela necessária a um jardim-confeitaria bem-sucedido. Ou a um museu, a bem da verdade. O lugar ficava a uma pequena distância dos velhos estúdios de gravação dos Beatles, mas não se tratava de uma caminhada que alguém naturalmente faria. Estacionar não seria fácil. Havia faixas amarelas por todo lado, e devido à ligeira inclinação na via em que a fortaleza da Renânia fora construída, os ônibus executavam manobras difíceis naquele ponto, desviando a atenção de motoristas que eventualmente estivessem em busca do museu. Além disso, as árvores atrapalhavam a visão.

— As pessoas simplesmente não acharão o museu — avisou Treslove a Hephzibah. — Ou vão bater com o carro por estarem procurando por ele.

— Que comentário construtivo! — disse ela. — O que você quer que eu faça? Que mande nivelar a rua?

Treslove se viu parado em pé do lado de fora, vestindo seu uniforme de curador e coordenando o tráfego.

Ele tinha outra preocupação que optou por não expressar. O vandalismo. Era algo tolerado por ali. Praticamente todos os visitantes dos Estúdios Abbey Road escreviam mensagens nos muros externos. Em sua maioria, eram mensagens inofensivas — *Fulano ama beltrana, Todos moramos num submarino amarelo, Descanse em paz, John!* —, mas um dia, ao passar, Treslove reparou numa pichação nova em caracteres árabes. Talvez fosse também uma mensagem de amor — *Imagine um mundo sem países, não é tão difícil assim* —, mas e se fosse uma mensagem de ódio? *Imagine um mundo sem Israel, um mundo sem judeus...*

Ele sabia que não havia motivos para tal suposição. O que, em parte, foi o motivo que o levou a guardá-la para si. Mas a mensagem em árabe tinha uma aparência raivosa. Dava a impressão de garranchos em cima de tudo que já fora escrito nos muros, uma refutação ao espírito do local.

Ou será que também isso era fruto da sua imaginação?

Embora avesso à condescendência, a sugestão de Hephzibah no sentido de que o melhor que ele podia fazer no momento era refletir caiu como uma luva em Treslove. Tinha muita coisa para pensar e se contentava em pensá-las numa condição semiprofissional. Às vezes pensava em casa, em outras, num escritório que Hephzibah improvisara para ele num quartinho onde guardava os xales do Hampstead Bazaar dos quais enjoara, mas que não se dispunha a jogar fora. (Treslove gostou de ver que ante a escolha entre ele e os xales, os xales saíram derrotados.) Em outras ocasiões ele pensava sobre o que quer que houvesse para pensar na biblioteca ainda inacabada do museu — com a vantagem do acesso aos livros judeus e a desvantagem do martelar incessante dos marceneiros e da pichação suspeita que precisava ler no caminho até lá.

No final das contas, preferia ficar no quartinho dos xales. Ou sentar-se e ler no terraço com vista para o Lord's e, à esquerda, alguns prédios depois, para uma sinagoga — ou ao menos para o pátio dela. Esperara flagrar judeus cantando e dançando ali, carregando os filhos nos ombros, ritualmente cortando-lhes o cabelo do jeito como vira num documentário de tevê, ou chegando, solenemente, para alguma data festiva, suas estolas de oração debaixo do braço, os olhos voltados para Deus. Mas aparentemente aquela não era uma sinagoga desse tipo. Ou ele sempre olhava nos momentos errados ou a única pessoa que frequentava a sinagoga era um judeu corpulento (parecido com Topol, motivo pelo qual Treslove sabia que o sujeito era judeu), que ia e vinha numa moto grande e preta. Treslove não sabia se o homem era o zelador — o sujeito tinha pose demais para um zelador — ou o rabino, mas sua aparência também não era a de um rabino. Não só a moto pesava contra essa última hipótese, como também o fato de ele usar uma echarpe da OLP, que enrolava no rosto, como um guerreiro a caminho da batalha, antes de enfiar o capacete e sair ruidosamente no veículo.

Dia após dia, Treslove se sentava no terraço e procurava com o olhar o judeu da motocicleta. A coisa acabou ficando tão óbvia que dia após dia o judeu da motocicleta procurava Treslove com o olhar. Encarava-o de baixo para cima enquanto Treslove o encarava de cima para baixo. Por que a echarpe da OLP?, queria saber Treslove. E não apenas usada como adereço, mas quase como uma capa, como se a echarpe, sozinha, definisse sua identidade. Numa sinagoga!

Treslove admitia que sob a tutela de Libor tivesse se tornado obcecado pela echarpe da OLP. Isso o amedrontava. Fossem quais fossem suas origens inocentes como proteção para a cabeça, adequada a um clima cruel — Abraão e Moisés supostamente deviam usar algo parecido —, a echarpe se revestira de um significado imensamente simbólico para ele, por mais que a OLP fosse agora, conforme lhe explicara Libor, a menor das preocupações de Isrrrae. Usá-la equivalia a fazer uma declaração agressiva, independentemente dos acertos e erros da situação. Tudo bem quando se trata de um palestino, Libor sempre dizia; os palestinos têm o direito, sob qualquer lei, de protestar contra as agressões sofridas. Mas num inglês, isso apenas denotava a ganância pela causa de outrem, acoplada a uma nostalgia por simplicidades jamais existentes, algo fadado a fazer estremecer um refugiado dos horrores do esquerdismo.

Por isso Treslove, refugiado tão somente de Hampstead, estremecia também.

Esse motociclista de meia-idade, porém, que mal podia esperar para se enrolar numa echarpe da OLP, não era somente mais um abutre inglês se alimentando dos cadáveres dos oprimidos, ele era um judeu, e pior, um judeu que aparentemente estabelecera seu lar numa casa judia de oração! Explique isso, Libor. Mas Libor não conseguia.

— Nós nos tornamos um povo doentio — foi tudo que ele disse.

No final, não restou alternativa a Treslove senão perguntar a Hephzibah, a quem ele pretendia poupar.

— Ah, eu faço questão de jamais olhar para lá — disse ela quando finalmente Treslove mencionou o que vinha observando ao longo das últimas várias semanas.

Disse isso dando a impressão de que se tratava de uma Sodoma, para onde não se olha sem correr riscos.

— Por quê? — indagou Treslove. — O que mais acontece lá?

— Bom, acredito que não aconteça nada, mas eles exibem um tantinho demais a própria humanidade.

— Sou a favor de toda e qualquer humanidade — deixou claro, rapidamente, Treslove.

— Sei disso, meu bem. Mas a humanidade que eles exibem é sobretudo em prol de quem não é a gente. Quando digo *a gente*, quero dizer...

Treslove dispensou com um gesto o constrangimento dela.

— Sei o que você quer dizer. Mas será que não poderiam fazer isso sem ir tão longe a ponto de usar aquela echarpe? Não dá para exigir que seus compatriotas se comportem melhor sem ostensivamente louvar o inimigo? Quando digo *seus*, quero dizer...

Ela o beijou na nuca. O que significava que ele tinha muito a aprender.

Assim, ele se dedicou a ficar em casa e tentar aprender. Sentia que Hephzibah preferia desse jeito, sem tê-lo em seus calcanhares no museu. E ele também preferia desse jeito, montando guarda no apartamento na ausência dela, como um orgulhoso marido judeu, inalando o aroma da esposa, esperando que ela voltasse para casa resfolegando um tantinho com o excesso de peso que carregava, os anéis de prata tilintando em seus dedos.

Gostava da forma esperançosa como ela chamava seu nome no instante em que entrava em casa.

— Julian! Oi!

Fazia com que ele se sentisse querido. Quando as outras chamavam seu nome era na esperança de que ele não estivesse em casa.

Era um alívio ouvi-la. Significava que podia encerrar o expediente da própria instrução. Arrependia-se de não ter cursado um ou dois módulos de Estudos Judaicos na universidade. Quem sabe um sobre o Talmude e outro sobre a Cabala. Talvez mais um ainda sobre o porquê de um judeu usar uma echarpe da OLP. Começar do zero não era fácil. Libor sugerira que ele aprendesse hebraico e chegou até a recomendar um professor, um sujeito notável quase dez anos mais velho que o próprio Libor e com quem este de vez em quando tomava um tranquilo chá no restaurante Reuben na rua Baker.

— Com tranquilo quero dizer que ele leva três horas para tomar o dele com canudinho — explicou Libor. — Ele me ensinou o pouco de hebraico que sei em Praga antes de os nazistas aparecerem. Você terá de ir à casa dele, e talvez não consiga entender boa parte do que ele diz. Seu sotaque ainda é muito forte, ele nasceu em Ostrava. Com certeza não vai escutar você, logo não faz sentido lhe perguntar nadinha. E você vai ter de aguentar o tique esquisito no pescoço, tique dele, não seu, e ele vai tossir um bocado em cima de você e talvez derramar uma ou duas lágrimas, lembrando a esposa e os filhos... Mas ele fala um belíssimo hebraico clássico pré-israelense.

Treslove, no entanto, achava que o hebraico, ainda que conseguisse encontrar alguém que ainda estivesse vivo para lhe ensinar o idioma, estava além da sua capacidade. O que ele queria tinha mais a ver com história. A história do sentido das ideias. E o jeitinho para entender o raciocínio judaico. Para isso Hephzibah recomendou-lhe *O guia para os perplexos*, de Moisés Maimônides. Ela própria não o lera, mas sabia que se tratava de um texto do século XII, altamente respeitado, e como o próprio Treslove admitia estar perplexo e necessitado de um guia, ela não via como pudesse achar coisa melhor.

— Você tem certeza de que não quer apenas se livrar de mim? — assegurou-se ele depois de ler o sumário e o tamanho da fonte. Parecia um daqueles livros que se começa na infância e se termina no asilo de idosos deitado numa cama ao lado do professor de hebraico de Libor.

— Para mim você é perfeito do jeito como é — respondeu Hephzibah. — Gosto de você perplexo. É você que vive dizendo que é isso que quer.

— Tem certeza de que gosta de mim perplexo?

— Adoro você perplexo.

— E quanto a circuncidado?

Esse era um tema ao qual ele retornava com frequência.

— Quantas vezes vou precisar lhe dizer — retrucou ela — que tudo isso é irrelevante para mim?

— Tudo *isso*?
— Irrelevante.
— Bom, para mim não é propriamente irrelevante, Hep.
Ele se dispôs a conversar com alguém. Nunca é tarde demais. Ela não quis sequer ouvir falar do assunto.
— Seria uma barbárie.
— E se a gente tiver um filho?
— Não estamos planejando ter um filho.
— E se tivermos?
— Isso seria diferente.
— Ah, quer dizer que o que seria bom para ele não é bom para mim. Já existem critérios distintos de masculinidade nesta casa.
— O que tem masculinidade a ver com isso?
— Essa é a minha pergunta.
— Bom, vá arrumar uma resposta com alguma autoridade mais graduada. Leia Moisés Maimônides.

Treslove sentia pavor de embarcar em Maimônides e depois, de repente, atingir aquela parede cega de incompreensão que o aguardava mais ou menos no mesmo ponto, até mesmo por volta da mesma página, em toda obra de filosofia que tentava ler. Era tão lindo ensaboar-se com a lucidez das ideias iniciais de um pensador, e depois tão desanimador quando a luz bruxuleava, quando a água se tornava salobra e ele se via prestes a afogar-se num mangue de areia suja. Mas isso não aconteceu com Maimônides. Com Maimônides ele começou a se afogar no final da primeira frase.

"Alguns são de opinião", começava Maimônides, "de que o termo *zelem* em hebraico deva ser compreendido como a forma e a figura de determinada coisa, e tal explicação levou os homens a acreditarem na corporalidade [do Ser Divino]: pois eles achavam que as palavras 'Façamos o homem à nossa *zelem*' (Gênesis, 1.26) sugerissem que Deus tinha a forma de um ser humano, i.e., que Ele tinha figura e forma, e que, consequentemente, fosse corpóreo."

Treslove acreditava ser capaz de se esforçar para entender essas distinções sutis relacionadas à aparência, ou não, do divino, mas primeiro era preciso se assegurar do status exato da palavra *zelem* e, sob esse aspecto, incluía-se entre os místicos e os sonhadores. Ora, a palavra literalmente significava o que Maimônides dizia significar, uma imagem ou uma semelhança, mas soava estranha e perturbadora ao ouvido de Treslove, quase como um mantra mágico, e quando tentou rastrear aqueles cuja "opinião" questionava – pois é preciso saber a extensão da própria perplexidade a fim de livrar-se dela –, descobriu-se num mundo onde comentários se amontoavam sobre comentários, rosários de referências e discórdias tão velhos quanto o próprio universo – até deixar de ser possível saber quem questionava quem nem por quê. Se o homem foi feito, com efeito, à *zelem* de Deus, Deus, então, com certeza era incompreensível para Si mesmo.

Essa religião é velha demais para mim, pensou Treslove. Sentiu-se como uma criança perdida numa floresta escura de elucubrações decrépitas.

Hephzibah notou que um clima geral de desânimo se abatera sobre ele. Creditou-o primeiramente ao fato de lhe faltar o que fazer.

– Mais alguns meses e estaremos funcionando a pleno vapor – disse ela.

Quais seriam, exatamente, as responsabilidades de Treslove quando o museu estivesse a pleno vapor era um assunto que jamais havia sido adequadamente abordado. Às vezes Treslove supunha que iria ser uma espécie de maître da cultura anglo-judaica, dando as boas-vindas aos visitantes do museu, mostrando-lhes o caminho para as exposições, explicando o que eles viam – tanto a parcela anglo quanto a judaica –, encarnando ele próprio aquele espírito de questionamento livre não polêmico e culturalmente ecumênico que o museu pretendia estimular. E era possível que a própria Hephzibah não tivesse ido além dessa ideia.

A questão do que seria precisamente a função de Treslove – quer no sentido profissional, religioso ou, com efeito, marital – ainda restava esclarecer.

– Está tudo bem entre vocês? – indagara Libor da sobrinha-bisneta algum tempo antes.

– Maravilha – respondeu Hephzibah. – Acho que ele me ama.

– E você?

– Também. Ele precisa de um pouquinho de atenção, mas o mesmo acontece comigo.

– Gosto muito de vocês dois – disse o tio-bisavô. – Quero que sejam felizes.

– Se tivermos a metade da felicidade que você e a tia Malkie tiveram já está de bom tamanho – completou Hephzibah.

Libor lhe deu uma palmadinha na mão e depois emudeceu.

Hephzibah estava preocupada com ele, mas, conforme notou Treslove no dia em que ela o ajudou com as Quatro Perguntas, preocupar-se com os homens era algo que para ela soava natural, outra característica finkler que Treslove admirava. Mulheres finklers sabem que os homens são frágeis. Só os homens finklers ou todos? Treslove não tinha certeza, mas era o objeto da preocupação dela, fosse qual fosse a resposta. Quando o via desanimado, Hephzibah o tomava nos braços, ralando-o acidentalmente com seus anéis – doía, mas e daí? – e o abrigava dentro de seus xales. O simbolismo não escapava à atenção de Treslove. Quando a própria mãe o flagrava tristonho, sapecava-lhe um beijinho no rosto, acompanhado de uma laranja. Não era de amor que ele carecia, mas de acolhimento. Enroscado em Hephzibah, ele conheceu a paz genuína. Era melhor ali — dentro dela num sentido não erótico, embora não totalmente destituído de erotismo — do que em qualquer outro lugar que já estivera.

— Você anda tendo dúvidas? — perguntou ela ao vê-lo desabado numa poltrona olhando para o teto.

— Sobre nós? De jeito nenhum.

— Sobre o que, então?

— A religião de vocês é durona — respondeu Treslove.

— Durona? Você vive dizendo que somos cheios de amor.

— Durona intelectualmente. Vocês vivem mergulhados em metafísica.

— Eu vivo?

— Não você especificamente, a sua religião. Isso dá um nó na minha cabeça, como diz um dos meus filhos, só não me pergunte qual deles.

— Porque você insiste em entendê-la. Experimente apenas vivê-la.

— Mas não sei que partes devo viver.

— Maimônides não está ajudando?

Ele fez uma expressão cansada.

— Acho que ninguém jamais prometeu que o processo de solucionar a perplexidade seria fácil.

Secretamente, porém, se perguntava se a tarefa não estaria além da sua capacidade. Sentia pena de Hephzibah. Teria se passado por alguém que nunca poderia vir a ser? Corria o risco de voltar a vislumbrar apenas um final para isso tudo: Hephzibah morrendo em seus braços enquanto ele lhe dizia como a adorava. Verdi e Puccini reverberavam em sua cabeça mesmo enquanto ele continuava a queimar os miolos com Moisés Maimônides. *O guia para os perplexos* tornou-se para ele uma ópera romântica, terminando como terminavam todas as óperas que adorava: com Treslove sozinho no palco, soluçando. Só que dessa vez como judeu.

Quer dizer, se algum dia emplacasse como judeu.

Passava aos trancos e barrancos de um capítulo para outro. "Os nomes divinos compostos de quatro", "Doze e quarenta e duas letras", "Sete métodos pelos quais os filósofos buscaram provar a eternidade do universo", "Exame de um trecho do Pirkê De-Rabbi Eliezer referente à criação".

Então chegou à circuncisão e se viu incitado a pensar.

"No que tange à circuncisão", escrevera Maimônides, "creio que um de seus objetivos seja limitar a relação sexual."

Tornou a ler.

"No que tange à circuncisão, creio que um de seus objetivos seja limitar a relação sexual."

Leu mais uma vez.

Mas não precisamos acompanhar cada leitura sua.

Adquirira o hábito de ler cada frase de Maimônides no mínimo três vezes, mas em busca de clareza. Ali tal necessidade não se impunha, já que o texto nada tinha de obscuro. A circuncisão, argumentava Maimônides, "neutraliza a luxúria excessiva", "enfraquece a potência da excitação sexual" e "às vezes diminui o gozo natural".

Tal afirmação merecia leitura e releitura, por si só. E por ele também, se é que algum dia chegaria ao âmago de quem eram os finklers e o que realmente desejavam.

Entre as muitas ideias que povoavam a mente de Treslove havia a seguinte: será que isso significava que ele vinha aproveitando mais a vida do que o próprio Finkler — durante todo esse tempo? Na escola, Finkler se gabara da sua circuncisão. "Com uma dessas belezuras você pode dar no couro para sempre", dissera. E Treslove o contradissera com o que lera e com o que fazia todo sentido para ele, dizendo que Finkler perdera a parte mais sensível de si mesmo. Veredicto este que Moisés Maimônides inequivocamente avalizava. Não só Finkler perdera a parte mais sensível de si mesmo, como ela lhe fora tirada precisamente a fim de que ele não sentisse o que Treslove sentia.

Uma grande tristeza, em nome de Tyler, brotou de repente em seu interior. Ele a aproveitara mais que Finkler. Sem dúvida. Dispunha das ferramentas necessárias para tanto.

Mas resultaria daí que ela o aproveitara mais do que aproveitara Finkler? Na época, Treslove não pensara assim. "Nenhuma mulher há de querer tocar o seu", avisara Finkler na escola, e a aparente relutância de Tyler de olhá-lo de frente dava a impressão de confirmar tais palavras. Mas seria relutância ou uma espécie de medo do castigo divino? Será que ela temia encarar o que lhe dava tanto prazer? Teria ele sido uma divindade para ela?

Porque o que dava a ele um prazer maior decerto também dava a ela um prazer maior. Um homem relutante por conta da própria circuncisão logicamente transmitiria essa relutância à parceira. A "potência enfraquecida da excitação sexual" devia funcionar em mão dupla. O que neutralizava a "luxúria excessiva" de um dos parceiros devia neutralizar a "luxúria excessiva" do outro, do contrário não faria sentido. Por que aleijar o homem para limitar o intercurso sexual se a mulher continuasse a exigi-la com igual ardor?

Com efeito, Maimônides dizia precisamente isso. "É difícil para uma mulher com a qual um homem não circuncidado tem intercurso sexual afastar-se dele." As mulheres não haviam tido dificuldade para se afastar de Treslove, mas isso podia ser atribuído a outras causas. E no começo ele sempre se saía razoavelmente bem — "Se você pensa que vou deixar você me foder no primeiro encontro, está redondamente errado, diziam elas", deixando que ele as fodesse no primeiro encontro –, o que sugeria que o problema era o que mais tarde descobriam a seu respeito como pessoa, não o prepúcio.

Sentiu-se dono de um poder eletrizante que jamais imaginou possuir. Era o *não circuncidado*. Um homem do qual as mulheres achavam difícil se afastar.

O que teria querido Maimônides dizer com "fisicamente difícil de afastar"? Que os não circuncidados de alguma forma ficam, como um cão, presos dentro de uma mulher? Ou, emocionalmente, no sentido de que a incansável luxúria dos não circuncidados as deixam pasmadas?

As duas coisas, concluiu.

Ele era o *não circuncidado* e assim concluíra: as duas coisas.

Retroativamente, apaixonou-se de novo por Tyler, sabendo agora que ela devia tê-lo amado mais do que poderia um dia admitir. E que tivera medo de encarar aquilo que lhe despertava luxúria.

Coitada da Tyler. Pasmada com ele. Ou ao menos pasmada com o pau dele.

E coitado dele a quem escapara esse conhecimento ímpar na época.

Se tivesse sabido disso...

Se tivesse sabido disso, o quê? Não tinha certeza. Só sentia pena de não ter sabido.

Mas nem tudo era pena. Também estava eufórico com a descoberta do próprio poder erótico. No mínimo, Hephzibah era uma sortuda.

A menos que a sua luxúria incansável ao mesmo tempo a cansasse e a enojasse. E que por uma questão de princípio étnico-religioso ela o tivesse preferido podado.

3

Ligou para Finkler.

— Você já leu Moisés Maimônides? — perguntou.

— Você me ligou para isso?

— E para perguntar como você vai.

— Já estive melhor, obrigado.

— E Moisés Maimônides?

— Acho que também já esteve melhor. Mas se eu o li? Claro. Para mim é uma fonte de inspiração.

— Eu não sabia que você achava o pensamento judaico inspirador.

— Então se enganou. Ele ensina como tornar as ideias obscuras acessíveis ao leigo inteligente. O tempo todo diz mais do que parece estar dizendo. Capinamos o mesmo terreno, ele e eu.

Claro, pensou Treslove — *O Guia para os perplexos* e *John Duns Scotus e a autoestima: um manual para as menstruadas*.

O que ele disse, porém, foi:

— Então o que acha do que ele diz sobre circuncisão?

Finkler riu.

— Por que você não desembucha logo, Julian? Hephzibah está querendo que você faça, não é? Bom, não quero ser do contra, mas cá entre nós... Ah! Eu acho que você talvez já seja um tantinho velho. Segundo me lembro, Maimônides alerta que o prazo vai até o oitavo dia de vida, logo você está fora. Por um triz.

— Não, Hephzibah não quer que eu faça. Ela me ama como eu sou. Por que não amaria? Maimônides diz que a circuncisão limita o intercurso sexual, enquanto comigo não existem limites.

— Fico feliz de saber. Mas esta conversa é sobre você ou sobre Maimônides?

— Não é sobre mim. E só fiquei me perguntando o que você, como filósofo que capina o mesmo terreno, pensaria sobre a teoria de Maimônides.

— Que diz que a circuncisão põe um freio no sexo? Bom, sem dúvida ela existe para botar medo na gente, e nos fazer ter medo de sexo é parte disso.

— Você sempre me disse que os judeus curtem sexo à beça.

— Eu disse? Isso deve ter sido há um tempão. Mas se você está me perguntando se a circuncisão como meio de inibir o impulso sexual é especificamente judaica, eu diria que não. Antropologicamente falando, não se trata prioritariamente de sexo, afinal, salvo na medida em que todas as cerimônias de iniciação têm a ver com sexo. Trata-se de cortar o cordão umbilical. O que *é* judaico é interpretar o rito da circuncisão do jeito como faz Maimônides. Ele, o filósofo judeu medieval, é que gostaria que fôssemos mais comedidos e considera a circuncisão o instrumento para isso. Mas preciso lhe dizer que nunca funcionou comigo.

— Nunca?

— Não que eu me lembre. E acho que eu me lembraria. Mas conheço alguém que acredita que foi roubado do prazer e que está prestes a reverter a operação.

— Ela pode ser revertida?

— Tem gente que acha que sim. Olhe o blog de Alvin Poliakov. O endereço é tipo www.senaoagoraquando.com. Ou, se preferir, posso apresentar vocês dois. Ele é superamável, adora falar disso e talvez até lhe mostre o pau dele se você pedir com jeitinho. Aparentemente anda fazendo progressos. Ele está a meio caminho de não ser mais judeu.

— Provavelmente ele é um dos seus Judeus MORTificados.

— Claro. Não é possível ser mais mortificado que isso.

– Você não tem vergonha do seu, tem?
– Você acha que eu devia ter?
– Fiz só uma pergunta. Você tinha orgulho dele na escola.
– Provavelmente eu só queria irritar você. Eu o carrego comigo, só isso, Julian. Sou viúvo. Ser ou não circuncidado não é uma preocupação prioritária para mim neste momento.
– Desculpe.
– Não tem de quê. Acho ótimo a sua vida estar centrada no pau atualmente.
– Só estou falando filosoficamente, Sam.
– Eu sei, Julian. Não espero nada menos que isso de você.

Treslove lembrou-se de fazer mais uma pergunta antes de desligar.
– Por mera curiosidade: seus filhos são circuncidados?
– Pergunte a eles – respondeu Finkler, pondo o telefone no gancho.

A conversa com Libor foi mais prazerosa.

O medo de Libor de que fosse encontrar Treslove mais raramente agora que o amigo não estava mais solteiro revelou-se infundado. Se houve mudanças foi no próprio Libor. Ele vinha saindo menos. Mas, de vez em quando, pegava um táxi até o apartamento de Hephzibah à tarde, quando a sobrinha-bisneta estava no museu, e os dois homens se sentavam à mesa da cozinha para tomar chá.

Ambos gostavam de conviver com o fantasma de Hephzibah usando seus caldeirões em número suficiente para ocupar um séquito de bruxas no preparo de um único ovo. Eles inspiravam seu aroma e sorriam um para o outro, saboreando o fato de conhecê-la, como incorrigíveis amantes de esposas que eram ambos.

Libor agora usava bengala.

— Veja aonde cheguei — disse ele.

— Fica bem em você — elogiou Treslove. — Um toque da velha Boêmia. Você devia arrumar uma com uma lâmina embutida no cabo.

— Para me proteger dos antissemitas?

— Por que você? Sou eu que sofro assaltos.

— Então arrume uma bengala com uma lâmina no cabo.

— Por falar nisso — emendou Treslove —, qual a sua posição quanto à circuncisão?

— Desconfortável — respondeu Libor.

— Foi um problema para você?

— Teria sido um problema para mim se tivesse sido um problema para Malkie, mas ela nunca disse nada. Deveria ter dito?

— Não impediu você de sentir prazer no sexo?

— Acho que o que você carrega teria me impedido de sentir prazer no sexo. Não me leve a mal. Em você com certeza fica lindo, mas em mim não cairia tão bem. Esteticamente, nada tenho a reclamar. Minha aparência é o que deveria ser. Ou era. É de estética que estamos falando?

— Não, não exatamente. Tenho lido que a circuncisão reduz a excitação sexual. Estou fazendo uma enquete.

— Bom, com certeza há de reduzir, caso você resolva fazer na sua idade. Quanto a mim, nunca experimentei outra coisa. E nunca pensei em me queixar. Para ser franco, eu não desejaria ser sexualmente mais excitável do que era. Não foi pouco, obrigado. Na verdade, mais que o suficiente. Isso responde à sua pergunta?

— Acho que sim.

— Só acha? — Viu Treslove encará-lo de cenho franzido. — Sei o que você está pensando.

— O que estou pensando?

— Está pensando que eu me manifestei de forma veemente demais. Está pensando que se não tivesse sido circuncidado talvez eu não achasse tão fácil resistir a Marlene Dietrich. Você é educado demais para falar, mas está se perguntando se não terá sido apenas o pacto de Deus com Abraão que me manteve longe da Huna.

— Ora, você sempre afirmou que era o mais fiel dos maridos, apesar das tentações que a maioria dos homens sequer consegue imaginar...

— E você está perguntando se o fato de não ter sensibilidade no pênis foi o que me manteve fiel.

— Eu jamais seria tão grosseiro, Libor.

— Só que acabou de ser.

— Me perdoe.

Libor recostou-se na cadeira e coçou a cabeça. Um sorriso melancólico, vindo de muito longe, iluminou-lhe o rosto. Um sorriso velho.

— A culpa é minha — disse ele. — Talvez eu sempre tenha feito demasiada questão de promover uma visão específica de mim mesmo e talvez você sempre tenha estado disposto demais a acreditar nela. Vou lhe pedir um favor: no relatório que fizer a meu respeito depois que eu me for, fale de mim como um marido amoroso, mas não me pinte excessivamente casto. Permita-me, ao menos, uma trepadinha eventual.

— Com relação àquela trepadinha eventual — disse Libor antes de sair, querendo que Treslove entendesse que estava ponderando, com certa preocupação, o que falara.

— Sim?

— Quanto a Malkie, também.

Treslove corou.

— Está me dizendo que Malkie...?

— Não, não que eu saiba ou queira saber. Quer dizer, é a reputação dela também que peço a você para proteger. Uma mulher não deveria ser casada com um homem totalmente fiel a vida toda.

— Por que não?

— Isso a diminui.

Treslove enrubesceu novamente, dessa vez em nome próprio.

— Não estou entendendo, Libor.

Libor beijou-lhe o rosto e não disse mais nada.

Mas Treslove interpretou seu silêncio.

"Você não entende porque não é um de nós" foi a sua interpretação.

4

Em geral, Hephzibah tomava um banho assim que chegava em casa de volta do museu. O local ainda continuava uma espécie de canteiro de obras, e ela não conseguia relaxar até lavar a poeira e a fuligem do corpo. Gritava para Treslove de modo a informá-lo de que estava em casa e ele servia um copo de vinho para ambos — ela apreciava o gesto de ser servida por ele, mas raramente provava uma gota sequer — ou, quando se sentia mais Príapo que Baco, juntava-se a ela no chuveiro.

Nem sempre era o que Hephzibah desejava. Para ela, um chuveiro era um local privado, sobretudo considerando que ocupava a maior parte do espaço disponível no boxe. Mas Hephzibah tinha cuidado para não rejeitar o ardor de Treslove e às vezes ficava grata pela massagem que ganhava quando se tornava patente que não estava procurando mais que isso.

— Ai, que bom — dizia, e ele gostava de sentir sob os dedos as costas dela se relaxarem no vapor quente.

Havia alguma coisa no jeito como ela pronunciava a palavra "bom", referindo-se ao que quer que ele estivesse fazendo com ela —, fosse na expressão "Ai, que bom" ou "Ai, como está bom" ou "Como você é bonzinho" ou "Você é muito bom nisso" —, que levava Treslove a achar que encontrara seu nicho como homem.

Como homem?

Bem, ele sabia que Hephzibah estava sempre apenas a um passinho de dizer, assim como ele estava apenas a um passinho de ouvir: "Quem é um bom menino?" Uma pergunta retórica adorada por cães e crianças. Não se iludia nesse aspecto. Ela era dona do show e ele estava satisfeito com o arranjo. Mas não era apenas a mãe ou a passeadora de cães que ele admirava nela. Era — sem querer permitir aqui um excesso de fantasia — a força criativa judaica ou, melhor dizendo, o Criador em pessoa. *Deus chamou ao continente "terra" e à massa das águas "mares", e Deus viu que isso era bom.*

Bom nesse sentido era o que Treslove ouvia quando Hephzibah louvava seus méritos. *Bom* significando mais que bom — *bom* significando congruente, perfeito, harmonioso.

Bom como uma expressão da absoluta correção do universo.

Ele havia sido um homem cheio de infortúnios e agora era um homem cheio de empatia. Tudo se encaixava. Era um homem bom em um mundo bom. Com uma boa mulher.

O que era bom nela vivia mudando quanto mais ele vivia a seu lado. A princípio ele considerara essa uma característica finkler. Uma questão de fecundidade, embora não no sentido de prole. Uma fecundidade de afeto e lealdade, uma fecundidade de amigos e parentes, uma fecundidade de passado e futuro. Sozinho, Treslove se sentia orbitar inutilmente em um universo, tal qual o fragmento de um planeta esquecido. Hephzibah era seu firmamento. Seu firmamento finkler. Nela, ele tinha um lugar. Sentia-se habitado em sua órbita.

Se isso era ou não, afinal, algo finkler, ele não sabia dizer. Esqueça o finkler, então. O que ela representava para ele era *humanamente* importante, independentemente do que isso significasse. E ele a idolatrava por isso. O sol não brilhava a partir dela, o sol *era* ela.

Por isso, quem se atreveria a dizer que ele não era judeu?

Então uma noite ela chegou em casa, sentou-se à mesa da cozinha, não apenas lhe pediu um drinque, como também o tomou, e desatou a chorar.

Ele se aproximou e a envolveu num abraço, mas ela fez um gesto para afastá-lo.

— Meu Deus, o que houve? — perguntou Treslove.

Ela escondeu o rosto e se sacudiu, embora ele não soubesse dizer se estava chorando ou rindo.

— Hep, o que foi?

Mesmo quando ela lhe mostrou o rosto, Treslove não foi capaz de dizer se o que acontecera havia sido terrível demais ou impagavelmente engraçado para descrever em palavras.

Ela recuperou o controle, pediu mais um copo de vinho — o vinho realmente o deixou nervoso: dois copos de vinho para Hephzibah equivaliam à sua cota anual — e lhe contou.

— Sabe aquelas portas de carvalho que acabaram de instalar? Talvez você não saiba. São as portas externas da entrada lateral. Que dão acesso ao terraço onde um dia serviremos nossos chás. Mostrei a você fotos dos puxadores de metal que mandamos fazer, em forma de *shofars*, chifres de carneiro, lembra? Muito bem... Bom, não leve um choque, mas elas foram vandalizadas. Deve ter acontecido enquanto eu estava lá dentro com o arquiteto no final da tarde, porque estava tudo bem quando dei uma saída para almoçar. Quando deixei o prédio agora à noite, porém, lá estava, ou melhor, lá *estavam*. Quero dizer, porra, Julian, por que alguém faria isso? Por quê?

Suásticas, pensou Treslove. Ele lera sobre o reaparecimento de suásticas por todo lado. Contara a Finkler, e Finkler lhe dissera para tornar a ligar quando estivessem novamente matando judeus nas ruas. Malditas suásticas!

– De que jeito? – perguntou a Hephzibah. – Pintadas?

Morreu de medo de ouvir a palavra "sangue". Sangue e fezes estavam no topo da lista. Sangue, fezes e esperma. Hephzibah já recebera algumas cartas escritas com sangue e cocô.

– Não acabei de lhe contar.

– Então conte.

– Era bacon.

– Era o quê?

– Era bacon. Eles... estou supondo que fossem *eles*. Eles enrolaram tiras de bacon nas maçanetas. Dois ou três pacotes inteiros. Não pouparam gastos.

Ela parecia prestes a chorar de novo.

Ele se aproximou, com determinação dessa vez.

– Que coisa horrível – disse. – Quanta maldade!

Ela olhou para ele por trás das mãos.

Ele a abraçou.

– Jesus Cristo! Quem são essas pessoas? Dá vontade de matar todas elas.

Foi quando se deu conta de que Hephzibah estava rindo.

– É só bacon – disse ela.

– Só bacon?

— Não estou dizendo que é bacana. Você tem razão, é maldade. O desejo de fazer isso é perverso. Mas é um gesto tão pequeno. O que eles acham que vamos fazer? Levantar acampamento? Abandonar o projeto por conta de um punhado de tiras de bacon? Vender o prédio? Sair do país? É absurdo demais. É preciso ver o lado engraçado.

Treslove tentou.

— Suponho que sim — disse ele. — Você tem toda razão. É risível.

— E tentou rir também.

Hephzibah enxugou as lágrimas.

— Por outro lado — prosseguiu —, a gente fica pensando no que estará acontecendo por aí. Lê que coisas assim aconteciam em Berlim na década de 1920 e pensa por que eles não entenderam a mensagem e deram o fora.

— Talvez porque nunca tenham acreditado de verdade na mensagem — disse Treslove. — Talvez porque tentassem ver o lado engraçado.

Ele adotara novamente uma expressão solene.

Hephzibah deu um suspiro.

— Em St. John's Wood, ainda por cima.

— Já não há segurança em lugar algum — emendou Treslove, lembrando-se do que sofrera praticamente na porta da BBC.

Seu Judeu.

Ambos se calaram, cada um imaginando hordas de antissemitas saqueando o West End de Londres.

Então Hephzibah começou a rir. Viu as tiras de bacon cuidadosamente enroladas nos puxadores em forma de chifres de carneiro. E os tampões feitos de carne e gordura que — ela não chegara a contar a Treslove — haviam sido enfiados nos buracos das fechaduras das portas. Imaginou os vândalos entrando no Mark & Spencer e comprando o que era preciso, pagando no caixa, talvez até mesmo usando um cupom de desconto, e depois, como milicianos, milicianos armados de bacon, executando a profanação mais abjeta que puderam conceber, atacando o Museu de Cultura Anglo-Judaica, que ainda nem ostentava placas e consequentemente não podia sequer ser considerado existente.

— Não se trata apenas de superestimar o nosso horror a porco — continuou ela, enxugando os olhos. — Tenho certeza, por exemplo, de que eles não sabem que eu adoro um sanduíche de bacon, mas não é só isso e, sim, o quanto exageram a nossa presença. Eles nos encontram antes que nos encontremos. Em lugar algum estamos a salvo deles porque eles acham que em lugar algum estão a salvo de nós.

Treslove não conseguia acompanhar a flutuação dos sentimentos de Hephzibah. Ela não alternava, deu-se conta, do medo à diversão e tornava a voltar, mas vivenciava ambas as emoções simultaneamente. Não se tratava sequer de compatibilizar os extremos, porque para ela não se tratava de extremos. Um complementava o outro.

Ele não sabia fazer o que ela fazia. Não possuía tal flexibilidade emocional. Nem tinha certeza de desejar possuí-la. Não havia ali certa irresponsabilidade? Era como se ele caísse na gargalhada no momento em que Violetta morre nos braços de Alfredo. Uma ideia que considerou impensável.

Não foi a primeira vez nos últimos tempos que Treslove sentiu como se tivesse levado bomba numa prova.

CAPÍTULO 9

1

A mente de Libor estava ficando fétida. Esse veredicto era do próprio Libor.

Nos primeiros meses após a morte de Malkie ele achava insuportável a melancolia que sentia pela manhã. Acordava esperando encontrá-la. Imaginava ver os lençóis se mexerem do lado que ela dormia na cama. Falava com ela. Abria as portas do armário e se imaginava ajudando-a a escolher roupas. Se visualizasse mentalmente um figurino talvez ela surgisse dentro dele.

Tudo de que se lembrava era doloroso por causa da sua ternura. Agora, porém, a dor era de outro tipo. Quantas coisas ruins haviam acontecido a eles, entre eles, em consequência delas. Ele enfurecera os sogros. Ele a privara de uma carreira musical. Os dois não tiveram filhos, perda que não foi irreparável para o casal, mas houve um aborto, que os perturbou precisamente por não os ter perturbado. Ela não viajara para Hollywood com ele, pois não gostava de aviões nem se interessava por fazer novas amizades. A única companhia que desejava, disse ao marido, era a dele. Só ele lhe despertava interesse. Mas agora, pensando bem, Libor se perguntava se isso não teria sido horrível para Malkie e um peso intolerável para ele mesmo. Estava solitário sem ela. Era sujeito a tentações que conseguiria superar com menos esforço se a tivesse a seu lado. E jamais ousara falhar com a esposa, fosse como um infatigável companheiro que voltava das viagens com histórias maravilhosas para contar, como um homem que retribuía o amor da parceira e lhe mostrava que esse amor não estava sendo desperdiçado, fosse como um marido disposto em qualquer instância a justificar a total confiança depositada nele.

Nenhum desses pensamentos o jogava contra ela, mas eles alteravam o clima em torno da lembrança da esposa, como se um halo dourado não tivesse propriamente sumido, mas, sim, enferrujado. Talvez fosse melhor desse jeito, pensou. Era o jeito como a natureza o ajudava a seguir em frente. Mas... e se não quisesse ser ajudado a seguir em frente? Não cabia à natureza decidir!

O pior de tudo eram os acontecimentos sombrios que ele não parava de recordar, que haviam maculado a vida a dois, independentemente de ele ter ou não tomado conhecimento deles na época. Os pais de Libor usavam uma expressão em iídiche, que ele supunha significar "há muito tempo". *Ale shvartse yom* — todos os anos negros. Todos aqueles anos negros eram agora os anos negros *dos dois* — dele e de Malkie. Os acontecimentos que os macularam foram os antimitos do romance que viveram, povoados por monstros, provando que o casal não vivera de forma alguma no paraíso, mas — embora não por culpa própria — em um lugar que mais se assemelhava ao inferno.

Os pais de Malkie, os guturais Hofmannsthal, eram judeus alemães proprietários de imóveis. Para Libor — cuja política era thecoslovaquiamente confusa —, isso os tornava, duplamente, o pior tipo possível de judeus. A decepção com a escolha de um marido por parte da filha foi tamanha que eles praticamente a deserdaram, tratando Libor como se ele fosse um verme, recusando-se a comparecer ao casamento, exigindo que o genro se mantivesse longe de toda e qualquer ocasião familiar, inclusive os enterros. "O que eles acham que vou fazer? Dançar em suas sepulturas?", perguntara Libor a Malkie.

Os sogros tinham motivos para se preocupar. Ele se preocuparia.

E qual era o seu pecado? Ser pobre demais para ela. Ser jornalista. Ser um Sevcik, não um Hofmannsthal, ser um judeu tcheco, não um judeu alemão.

Os pais não puderam deserdá-la por completo. Precisavam legar seu patrimônio a alguém. Deixaram-lhe um pequeno prédio de apartamentos em Willesden. Willesden! Qualquer um pensaria, vendo o exclusivismo de ambos, que se tratava de aristocratas, pensou Libor, mas eles não passavam de senhorios de alguns apartamentos decrépitos em Willesden.

— Ainda bem que sou judeu — comentou Libor com Malkie. — Do contrário sua família teria me transformado num fascista.

— Talvez gostassem mais de você se você não fosse judeu — disse Malkie, querendo dizer, na verdade, se ele fosse músico ou proprietário de imóveis.

— E o que Horowitz tinha? Uma dacha em Kiev?

— Ele tinha fama, meu bem.

— Eu tenho fama.

— Do tipo errado. E não tinha de tipo algum quando me casei com você.

Mas se desprezava os sogros alemães e seu patrimônio imobiliário, Libor desprezava mais ainda os inquilinos do casal devido aos quais não restava a ele e Malkie, agora na condição de proprietários, senão macular a própria alma sendo negociantes. Ali estava o protótipo da natureza humana má, falsa, queixosa e ardilosa. Tais inquilinos, aos quais em qualquer outra circunstância ele não daria abrigo nem mesmo numa caixa de papelão, conheciam o enunciado de todas as leis passíveis de lhes permitir violar qualquer outra lei existente. Empestavam o lugar que habitavam enquanto nele moravam, roubando, ao sair, com uma mesquinhez minuciosa, cada interruptor e cada lâmpada, cada ferrolho e cada maçaneta, todos os fios de todos os tapetes.

Livre-se do prédio todo, foi seu conselho a Malkie, ele não vale a dor de cabeça. Mas a esposa sentia que o imóvel a ligava aos pais. Haviam refeito a vida em Londres, e vender Willesden equivaleria a apagar uma segunda vez a história passada.

— Judia suja e gananciosa — chamavam os inquilinos quando ela não se encolhia ante suas ameaças. E estavam certos, na medida em que ela havia se sujado e se tornado gananciosa devido ao contato com eles.

Vermes humanos, pensava Libor, embora amasse os ingleses. Só que os vermes provavelmente tinham mais apreço por seu habitat. Agora, ele mentalmente associava esses problemas locatícios com a doença de Malkie, embora muito antes de cair enferma ela tivesse seguido a sugestão de Libor, vendendo o imóvel e livrando-se deles. Como ousavam xingar assim uma mulher com a saúde tão frágil! Que pesadelo para ela encontrar numa ocasião tão delicada o animal humano em seu aspecto mais repugnante. Todos os anos negros. Sim, tinham sido felizes juntos. Amavam um ao outro. Mas se pensavam que haviam escapado à contaminação estavam iludidos. Era como se aranhas negras rastejassem pelo ventre da sua amada e linda Malkie enquanto ela dormia na terra imunda.

Ligou para Emmy e pediu que tomasse café da manhã com ele. Emmy ficou surpresa com o pedido. Por que café da manhã? De manhã, ele explicou, estou no meu pior momento. E que vantagem levo nisso?, indagou ela. Nenhuma, respondeu ele. Ela riu.

Encontraram-se no Ritz. Ele se produzira para ela. David Niven de cima a baixo. Mas com o sorriso triste e derrotado da Primavera de Praga de Alexander Dubček.

— Não está pretendendo me seduzir novamente aqui, está? — perguntou Emmy.

Não havia motivo para o contrário. Ela era uma mulher elegante com boas pernas, e Libor não precisava honrar votos nem lembranças. O passado estava infestado de aranhas negras. Mas ficou curioso com o uso das palavras "aqui" e "novamente".

— Foi aqui que você me trouxe na última vez.

— Para tomar café?

— Bom, para cama e mesa. Vejo que se esqueceu.

Ele se desculpou. Quase acrescentou que o fato lhe escapara da memória, mas a expressão soou imprópria para a ocasião, como se sua memória fosse um carcereiro de bons momentos. Uma ideia que ela poderia interpretar como ofensiva, já que ele permitira que esse bom momento se fosse.

— Foi-se — disse ele, tocando na testa. — Praticamente como tudo o mais.

Será que realmente a levara ali para cama e mesa? Como podia arcar com a conta do Ritz tantos anos atrás, nos seus dias de pobreza pré-Malkie? A menos que não tivesse sido há tanto tempo assim, caso em que... caso em que era melhor mesmo que a lembrança do fato lhe tivesse escapado.

Mas como podia ter lhe escapado?

Ela lhe deu tempo para pensar no que estava pensando — não era difícil dizer o que ele estava pensando — e depois quis saber como andava sua terapia do luto.

Terapia do luto? Então Libor se lembrou.

— Foi-se — respondeu, tocando de novo na testa. — Pedi para você vir — prosseguiu sem dar a ela tempo para pensar —, primeiro porque me sinto solitário e quero a companhia de uma mulher bonita, e segundo a fim de dizer que não posso fazer coisa alguma.

Ela não entendeu.

— Não posso fazer coisa alguma a respeito do seu neto. Ou a respeito daquele diretor de cinema antissemita. Ou a respeito de qualquer outra coisa. Não posso fazer coisa alguma a respeito de nada disso.

Ela sorriu um sorriso compreensivo, juntando os dedos de suas mãos bem-cuidadas. Os anéis cintilaram como fagulhas sob os lustres.

— Ah, bom, se você não pode, não pode — disse ela.

— Não posso e não vou.

Ela se sobressaltou como se ele tivesse ameaçado lhe dar um tapa.

Um casal russo na mesa vizinha se virou para encará-los.

— Não vai?

Libor encarou os russos de volta. Oligarca óbvio e prostituta mal-acabada. Mas quando é que os russos foram diferentes disso?

Um russo que sabe o que é bom para si não se senta perto de um cidadão de Praga, pensou Libor.

— Não vou porque não adianta — disse ele, voltando a olhar para Emmy. — As coisas estão desse jeito. E talvez seja como devam estar.

Surpreendeu-se ele próprio com o que disse, ouviu as palavras como se ditas por outra pessoa, mas mesmo assim entendeu o seu significado. O significado era que enquanto houvesse judeus como os pais de Malkie no mundo haveria gente para odiá-los.

Emmy Oppenstein balançou a cabeça como se quisesse espantar Libor de sua mente.

— Vou embora — disse ela. — Não sei por que você quer me punir. Garanto que não há nada que um de nós tenha feito para isso. Entendo, porém, que precise fazer isso. Odiei todo mundo quando Theo morreu.

Ela se levantou para ir embora, mas Libor a reteve.

— Só peço que você me escute mais cinco minutos — pediu. — Não odeio você.

Perguntou-se se os russos estariam achando que ele também era um oligarca discutindo com a própria prostituta, por mais que os dois fossem oitentões. O que mais poderia conceber a imaginação russa?

Emmy se sentou. Libor admirou seus movimentos. Quando ela se levantava da mesa era como um juiz retirando-se da sala de audiências. Agora voltara para proferir o veredicto.

Mas essa admiração brotou numa parte do seu cérebro que não estava funcionando direito.

Ele se inclinou e tomou-lhe as mãos.

— Descobri em mim mesmo uma necessidade profunda de julgar mal todos os meus compatriotas judeus.

Aguardou.

Ela nada disse.

Ele gostaria de ver medo ou ódio nos olhos dela, mas viu apenas uma curiosidade paciente. Talvez nem mesmo curiosidade. Talvez apenas paciência.

— Não *desejo* mal a eles, entenda — prosseguiu. — Apenas *penso* mal deles. O que torna difícil para mim me importar com o que lhes aconteça. A coisa já vem de muito tempo. Como é mesmo aquela expressão que a gente lê às vezes no jornal? Fadiga da compaixão?

Ela piscou os olhos para ele.

– Só que não é compaixão que eu sinto. Compaixão vem de outro lugar. Não se pode ter compaixão por si mesmo ou pelos seus. É algo mais protetor que isso. Quando um judeu é atacado, eu sou atacado. *Essas são as gerações de Adão...* Remontamos ao mesmo pai. Eu *fui* guardião do meu irmão. Mas o passado está muito distante agora. Distante demais para nós, distante demais para aqueles que não são nós. Deve haver um prazo de prescrição. Já chega desse negócio de judeus. É hora de parar de ouvir falar desse assunto, principalmente da boca dos próprios judeus. Tenham um tantinho de decência. Aceitem que o tempo de vocês acabou.

Aguardou, como se esperasse ouvir dela um discurso de assentimento. *Sim, Libor, meu tempo acabou.*

Ela deixou-o aguardar. Então, numa voz mais baixa – os russos, Libor, os russos estão ouvindo –, ela disse:

– Mas o que você está descrevendo não é o que chamam de "pensar mal". Tive medo de que você dissesse que estamos tendo o que merecemos. Que é culpa do meu neto estar cego. A lógica do nosso amigo diretor de cinema: um judeu tira tudo de um árabe na Palestina, outro judeu deve perder a visão em Londres. O que o povo judeu planta o povo judeu há de colher. Acho que não foi o que ouvi você dizer.

Agora as mãos dela seguravam as dele.

– Os pais da minha querida esposa – prosseguiu Libor –, que deviam ter alguma coisa de bom em suas almas ou não a teriam gerado, eram pessoas desprezíveis. Posso lhe dizer o que os tornou desprezíveis, posso imaginar circunstâncias lá atrás... digamos centenas, milhares de anos atrás... que talvez fizessem deles outra coisa, mas não posso continuar a fazer tais concessões. Não posso continuar a me dizer que aquele vigarista americano que acabou de ser preso e vai cumprir uma sentença de cem anos de cadeia é judeu apenas por coincidência, ou que o empresário judeu mal-encarado que vemos na tevê se gabando do próprio dinheiro ou da forma como corre atrás dele... Não consigo me convencer, e muito menos aos outros, de que apenas por casualidade esses homens se parecem com o arquétipo do mal judaico que a história cristã ou muçulmana pintou. Quando judeus desse tipo gozam da eminência que gozam, como esperar que nos deixem viver em paz? Se estamos de volta ao mundo medieval é porque o próprio judeu medieval está de volta. Será que chegou mesmo a ir embora, Emmy? Ou será que sobreviveu aos escombros da destruição como uma barata?

Ela segurou com mais força as mãos dele, como se quisesse espremer essa feiura perturbadora, obrigando-a a sair.

— Vou lhe dizer uma coisa — disse ela. — O que você vê não é o que os não judeus veem. Não os justos, e a maioria deles é justa. O empresário judeu mal-encarado a que você se refere, supondo que eu saiba de quem você está falando, e não faz diferença, porque, sim, claro que conheço esse tipo, não é para os gentios a figura odiosa que é para você. Alguns gostam dele, alguns o admiram, outros não se incomodam com a sua existência. Você talvez se surpreenda ao descobrir que muito pouca gente veja nele o arquétipo judeu. Ou sequer se dá conta de que ele é judeu. Ou se importa. Você é o antissemita, não eles. Você é quem vê o judeu no judeu. E não aguenta. Isso tem a ver com você, Libor.

Ele lhe fez justiça parando para pensar nas palavras dela.

— Eu não veria tão rapidamente o judeu no judeu — disse Libor, finalmente —, se o judeu no judeu não se mostrasse tão rapidamente. Será que ele precisa falar na própria abastança? Será que precisa fumar seu charuto? Precisa ser fotografado entrando no seu Rolls Royce?

– Não somos o único povo que fuma charutos.

– Não, mas somos exatamente aquele que não deveria fumá-los.

– Ah! – disse ela.

O som veio carregado de tamanha força reveladora que Libor achou ter ouvido o russo e sua vadia ecoá-lo. Como se até eles pudessem vê-lo agora tal qual ele era.

– Como assim, *Ah*? – indagou, tanto do casal quanto de Emmy.

– Ah, você entregou o jogo. É você quem diz que o judeu deve levar sua vida de um jeito diferente dos outros. É você quem nos segrega mentalmente. Temos tanto direito aos nossos charutos como qualquer outra pessoa. Você tem a mentalidade Estrela Amarela, Libor.

Ele sorriu.

– Moro na Inglaterra há muito tempo.

– Eu também.

Ele fez uma pausa, antes de prosseguir.

– Você não está, espero, me acusando de meramente expressar um ódio por mim mesmo. Tenho um amigo inteligente que faz isso. E não me pareço em nada com ele. Não me dói o fato de os judeus estarem dando as cartas durante um período curto no Oriente Médio. Não sou daqueles que só se sentem bem quando os judeus estão espalhados e sob o tacão de outrem. O que logo há de voltar a acontecer. Não tem nada a ver com Israel.

Ele não multiplicou os "sr" nem obliterou o "l" com Emmy. Não era preciso.

– Sei disso – disse ela.

— Aplaudo Israel. Foi uma das melhores coisas que fizemos nos últimos dois mil anos, ou seria, caso o sionismo se recordasse de suas credenciais seculares e mantivesse os rabinos ao largo.

— Então embarque para lá. Mas não vai conseguir escapar dos judeus que fumam charutos em Tel-Aviv.

— Não me incomodaria com eles em Tel-Aviv. Em Tel-Aviv eles devem fumar charutos. Como eu disse, porém, isso nada tem a ver com Israel. Nada disso tem a ver com Israel. Nem mesmo o que a maioria de seus críticos fala a respeito de Israel tem a ver com Israel.

— Não. Então por que você traz o assunto à baila?

— Porque não sou como o meu amigo inteligente, o antissionista raivoso. Quero pensar mal dos judeus a meu modo e pelos meus próprios motivos.

— Bem, você está olhando para trás, Libor. Eu preciso olhar para a frente. Tenho netos com os quais me preocupar.

— Então os mande para a aula de catecismo ou para uma madrassa. Estou farto de judeus.

Ela balançou a cabeça e levantou-se para ir embora. Dessa vez, ele não a reteve.

Passou-lhe pela cabeça convidá-la para subir com ele. Pareceu-lhe uma pena desperdiçar o Ritz.

Mas era tarde demais para tudo isso.

2

Numa noite em que perdeu mais de duas mil libras jogando pôquer on-line, Finkler foi procurar uma prostituta. Talvez Libor, sentado perto de uma delas, lhe tivesse transmitido o pensamento por osmose. Os dois eram próximos, por mais que discordassem sobre tudo.

Finkler não estava necessitado de sexo e sim de algo para fazer. Os únicos argumentos contrários a transar com prostitutas que contavam para ele, como um amoral racional, eram o custo e a gonorreia. Um homem é livre para fazer o que quiser com seu corpo, mas não deve empobrecer ou infectar a família nesse processo. No entanto, quando se perdeu duas mil libras jogando pôquer, mais trezentas por uma hora com uma prostituta de aparência decente dificilmente há de fazer grande diferença, filosoficamente falando. E quanto à gonorreia – não sobrara ninguém para ser infectado.

Havia outra questão a ser ponderada. Sua cara era conhecida. Seria improvável que a da prostituta fosse. As prostitutas trabalham no horário em que vão ao ar os documentários de tevê. Mas outros homens à cata de prostitutas poderiam reconhecê-lo, e ele sabia que não podia contar com qualquer solidariedade por parte dos transgressores. Em minutos ele estaria no Facebook de alguém que o vira caçando vadias em Shepherd Market, independentemente do fato de que a pessoa que o tivesse visto também estivesse fazendo o mesmo.

Poderia ir até o bar de um dos hotéis óbvios de Park Lane, onde tudo se daria com mais discrição, mas era da ronda que ele gostava. A ronda imitava a busca infrutífera pelo rosto ou lembrança escondida, o equivalente à busca da felicidade sexual. A ronda era o romance trocado em miúdos. É possível caçar vadias e voltar para casa de mãos vazias e mesmo assim dizer a si mesmo que a noite foi boa. Uma noite *melhor*, no caso de Finkler, já que ele não se lembrava de ter jamais encontrado uma prostituta de que gostasse, mas, também, francamente, o que lhe agradava mesmo era a lembrança ou o rosto escondido, cuja função era permanecer para sempre assim. Com efeito, não teria dito não a uma boa garota judia com seios generosos, em lugar de mais uma daquelas polacas magras como varapaus, mas provavelmente também não lhe diria sim.

O que o deixava à vontade, imaginou, para perambular pelas ruas em sua ronda. Um homem tão nitidamente morno em seu desejo como ele corria apenas um ínfimo risco de parecer estar em busca de sexo.

Por isso quase morreu de susto quando ouviu alguém chamar seu nome.

— Sam! Tio Sam!

Esperto seria ignorar o chamado e continuar andando, mas Finkler sabia que esticara o pescoço ao ouvir o próprio nome, e continuar andando atrairia suspeitas. Virou-se e viu Alfredo à porta da Market Tavern, numa roda de bebedores, tomando uma Corona no gargalo.

— Oi, Alfredo.

— Oi, tio Sam. Está indo a algum lugar especial?

— Depende do que você chama de especial — respondeu Finkler, consultando o relógio. — Fiquei de encontrar meu produtor. Já estou meio atrasado.

— Outra série na telinha?

— Bem, é um projeto ainda embrionário.

— Sobre o quê, desta vez?

Finkler deixou que as mãos traçassem círculos profundamente vagos no ar.

— Ah, Spinoza, Hobbes, livre expressão, câmeras de vigilância, esse tipo de coisa.

Alfredo tirou os óculos escuros, tornou a pô-los e massageou o pescoço. Finkler sentiu álcool em seu bafo. Estaria também ele procurando uma prostituta?, perguntou-se. E tentando encontrar coragem na bebida?

Em caso afirmativo, o garoto se excedera. Nenhuma prostituta chegaria perto dessa dose de coragem.

— Quer saber o que eu acho dessa merda de vigilância, tio Sam?

Finkler odiava ser chamado de tio por Alfredo. Aquele sacaninha sarcástico. Consultou o relógio.

— Me diga.

— Acho o máximo. Espero que tenha uma câmera filmando a gente agora. Filmando todos nós, espero.

— Por que, Alfredo?

— Porque somos uns canalhas mentirosos, trapaceiros e ladrões.

— Que análise mais amarga! Alguém se portou assim com você recentemente?

— Meu pai.

— Seu pai? O que foi que ele fez?

— Você quer dizer o que ele não fez, certo?

Finkler se perguntou se Alfredo ia desabar ali na rua, de tão trôpego que estava.

— Achei que você estava se entendendo com seu pai. Vocês não viajaram de férias há pouco tempo?

— Há séculos. E nunca mais tive notícias dele, embora tenha ouvido dizer que ele foi morar com uma mulher.

— É. A Hephzibah. Fico surpreso por ele não ter contado a você. Sem dúvida vai contar. Você acha que mais câmeras na rua teriam flagrado a mudança dele?

— O que eu acho, tio Sam, como você diz, é que o meu pai, como você chama, é um cara que uma hora é nosso amigo e no minuto seguinte não nos dirige a palavra.

317

Finkler pensou em dizer que sabia o que Alfredo queria dizer, mas, de repente, percebeu que não gostava do papel de pai por procuração. Julian que entendesse o filho.

— Julian está com a cabeça cheia no momento — disse Finkler.

— E a calça também, pelo que ouvi.

— Preciso ir andando — disse Finkler.

— Eu também — disse Alfredo. Fez um gesto com a cabeça, como se dissesse *estou indo, estou indo*, na direção de um grupo de rapazes, entre os quais se incluíam alguns usando echarpes palestinas, embora fosse difícil dizer ultimamente, já que várias echarpes em voga se pareciam com elas e eram feitas do mesmo material.

Imaginou se houvera algum protesto mais cedo no mesmo dia na Trafalgar Square. Nesse caso, indagou-se, por que não havia sido convidado a participar como orador?

— A gente se vê por aí — disse. — Onde você está tocando no momento?

— Por aí. — Pegando a mão de Finkler, Alfredo puxou-o para si. — Me diga, tio Sam, você é amigo dele. O que significa essa "judaíce"?

Na fala enrolada, "judaíce" soou como jesuíta, palavra que Alfredo não conheceria nem sóbrio. O outro detalhe que aparentemente desconhecia, ou de que se esquecera, era que o próprio Finkler também era judeu.

— Por que você não pergunta a ele?

— Não, olhe aqui. Estou falando do pacote todo. Andei lendo que nada disso aconteceu, você sabe...

— Nada disso o quê?

— Aquela merda toda. Campos de concentração e tudo o mais. Uma grande mentira.

— E onde você andou lendo isso?

— Em livros. E meus amigos me disseram. Tenho tocado ultimamente com um baterista judeu de *boogie-woogie* — respondeu Alfredo sacudindo no ar baquetas imaginárias, para o caso de Finkler não conhecer o instrumento. — É tudo papo furado, ele disse. Por que diria isso se não fosse verdade? Ele foi tipo soldado no exército de Israel ou alguma porra do gênero e agora toca como Gene Krupa. Disse que é tudo conversa fiada e mentiras para desviar a atenção.

— Desviar a atenção de quê?

— Do que eles estão fazendo por lá. Os campos de concentração e o resto.

— Campos de concentração? Onde estão os campos de concentração?

— Por todo lado, por todo lado. Nazistas, câmaras de gás, só que nada disso aconteceu, certo?

— Aconteceu onde?

— Em Israel, na Alemanha, sei lá, porra. Mas é tudo...

— Eu preciso mesmo ir andando — insistiu Finkler, desvencilhando-se do rapaz —, ou vou me atrasar para o encontro com o meu produtor. Mas olhe: não acredite em tudo que lhe disserem.

— No que você acredita, tio Sam?

— Eu? Acredito em não acreditar em nada.

Alfredo fez menção de beijá-lo.

— Então somos dois. Também acredito em não acreditar em nada. É tudo papo furado. Como diz o sacana do baterista.

E novamente agitou no ar as baquetas imaginárias.

Finkler pegou um táxi para casa.

3

Curioso como é possível ter a impressão de conhecer bem alguém, pensou Treslove, a partir de um nome, uma palavra e algumas fotos do seu pênis.

Mas também Treslove podia se dar ao luxo de ser generoso: ele tinha o que Alvin Poliakov, epispasmista, havia desejado a vida toda – um prepúcio.

Epispasmose, aprendeu Treslove no blog de Alvin Poliakov, é a restauração do prepúcio. Só que, conforme explica Alvin Poliakov, não se pode restaurar o prepúcio. Quando ele se vai, adeus. Mas não está além da engenhosidade humana providenciar um prepúcio falso para substituir o original. Para prová-lo, Alvin Poliakov se senta diariamente diante de uma câmera.

Em nome do interesse, e a fim de tirar uma folga de Maimônides, além das frequentes ausências de Hephzibah para cuidar dos problemas no museu, Treslove se dedica a observá-lo.

Alvin Poliakov, filho de um deprimido professor de hebraico, solteirão, fisiculturista, no passado engenheiro de comunicações e inventor, membro fundador dos Judeus MORTificados, começa seu dia puxando a pele solta do seu pênis, esticando-a persistente e cuidadosamente para cima. Faz isso durante duas horas, interrompe para um chá com biscoito digestivo de chocolate e recomeça. É um processo muito, muito lento. À tarde ele tira medidas, coleta os dados da manhã e escreve o blog.

"Falo para milhões de mutilados judeus em todo o mundo", confessa a seus leitores, "que sentem o que senti durante toda a vida. Mas não apenas para judeus, pois existem milhões de gentios aí fora que foram circuncidados sob a suposição médica equivocada de que é melhor viver sem um prepúcio do que com ele."

Poliakov não diz abertamente, *os judeus novamente engambelando o mundo*, mas só um tolo conformado, feliz por não ter prepúcio, deixaria de perceber a insinuação.

Alvin Poliakov escreve como falavam os locutores dos jornais cinematográficos da década de 1940, como se não confiassem na tecnologia e se sentissem obrigados a gritar para serem ouvidos.

"Desde a aurora da civilização, os homens buscam restaurar o que lhes foi roubado, numa clara violação dos direitos humanos, antes que tivessem idade bastante para se manifestarem sobre o assunto. O que os leva a isso é uma sensação de incompletude, uma consciência de algo tão incapacitante quanto uma amputação."

Ele menciona a angústia dos judeus na sociedade clássica grega e romana, ansiosos para se integrar e exibir seus dotes, mas incapazes de frequentar as termas e mostrar seus pênis a outros homens por medo de enfrentar zombarias (quantos homens judeus realmente queriam fazer isso?, pergunta-se Treslove). Isso levou muitos judeus desesperados a buscar uma solução na cirurgia, quase sempre com consequências trágicas (Treslove se arrepia). O único método comprovado para restaurar um simulacro, na melhor das hipóteses, decente, de um prepúcio é o que o próprio blogueiro utiliza.

Atenção.

Não nutra grandes esperanças. Mas não se contente com pouco. Essa é a filosofia de Alvin Poliakov.

Quanto à metodologia...

Providencie um bom estoque de papel adesivo, esparadrapo cirúrgico, fita crepe (Treslove se vê pensando naquela com a qual Josephine, a mãe de um de seus filhos – ele não tem certeza se conseguiria se lembrar precisamente de qual –, remendava suas botas), alças de suspensórios, elásticos, pesos e uma cadeira de madeira resistente.

Toda manhã, Alvin Poliakov fotografa o próprio pênis de vários ângulos com a finalidade de postar as fotos na internet no fim da tarde, juntamente com os detalhes diagramados dos procedimentos realizados ao longo do dia – a montagem de coleiras de papelão, a aplicação da fita, a lubrificação da pele dolorida, as horas passadas debruçado sobre si mesmo na cadeira de madeira, puxando delicadamente a pele para baixo, sempre para baixo, e o sistema de pesos que inventou usando joias de cobre, teclas de um xilofone infantil e um par de pequenos castiçais de metal, que, ele explica honestamente, podem ser comprados a preço módico em qualquer bom supermercado ou loja que venda bugigangas indianas.

Como um monge espartano de cabeça raspada e músculos bem-definidos, ele se senta com a cabeça entre os joelhos, à semelhança de um encantador de serpentes que sabe que a serpente não há de se mostrar antes de muitos anos, se é que vai se mostrar um dia. Não há lascívia no procedimento. O que quer que possa um dia ter havido de sexo na cabeça de Alvin Poliakov há muito desapareceu graças às fitas adesivas, ao esparadrapo, às coleiras e aos pesos. Foi por se sentir roubado do prazer que Alvin Poliakov embarcou nessa jornada, mas prazer há muito deixou de ser a questão. A questão são os judeus.

Como acompanhamento das fotos e dos diagramas, Alvin Poliakov anexa uma dose diária de tiradas contra a religião judaica a desserviço da qual, por assim dizer, ele hoje despende suas energias. O crime de mutilação sexual, argumenta, é tão somente mais uma das inúmeras ofensas contra a humanidade a ser imputada aos judeus. Todo dia ele publica o nome de mais uma criança judia, recém-vinda ao mundo, cuja integridade foi comprometida e cujos direitos a atividades sexuais plenas foram tragicamente cerceados.

De onde vêm esses nomes Treslove nem imagina. Terão sido obtidos nas páginas de nascimentos e mortes de jornais judeus? É impossível imaginar que pais culpados se disponham a fornecê-los. Caso em que não será o próprio Alvin Poliakov culpado de roubar da criança o que a criança é jovem demais para dar livremente?

Ou será que os nomes são inventados?

Imperturbável, já que não pode ouvir as objeções de Treslove e não lhes daria atenção se pudesse, Alvin Poliakov, respirando como um atleta, tenta transformar a pele de seu pênis num prepúcio. Toda noite ele acredita estar vendo o surgimento de um prepúcio, mas toda manhã é forçado a começar do zero. Salvo nas noites quando participa de reuniões dos Judeus MORTificados, ele não sai de casa. Uma irmã mais velha faz as compras. Ela se converteu recentemente ao catolicismo. Não está claro se sabe como o irmão passa seus dias, mas Alvin não é homem de guardar suas causas para si. E ela deve se perguntar o que ele faz naquela cadeira de madeira, puxando o pênis. Embora talvez sua interpretação seja equivocada.

Alvin Poliakov ouve rádio, reparando como é rara a menção a judeus mutilados ou a gentios mutilados como judeus por procuração. Que a BBC tem uma tendência pró-judaica ele não duvida nem por um segundo. Do contrário, como explicar que ele ouça tão pouco falar daqueles cujas vidas foram destruídas pelos sionistas e a circuncisão?

Alvin escreveu uma peça vespertina sobre uma dessas vidas. Mas a BBC, embora lhe tenha agradecido por isso, não a levou ao ar. Censura.

Esse ritual bárbaro, sustenta Alvin Poliakov, é análogo à raspagem do cabelo dos jovens antes de alistá-los no exército e cumpre função idêntica: destruir a individualidade e sujeitar todos os homens à tirania do grupo, seja religioso ou militar. É irrefutável, portanto, na visão de Alvin Poliakov, um elo direto entre o ritual judaico da circuncisão e o massacre sionista. O indefeso bebê judeu e o palestino desarmado se tornam um só no sangue inocente que os judeus não têm escrúpulos de arrancar de ambos.

Enquanto está sentado com a cabeça entre os joelhos, Alvin Poliakov elabora dedicatórias às vítimas da brutalidade sionista. Gosta de postar uma nova dedicatória sempre que pode, acima da última foto de seu pênis brutalizado, marcando assim, definitivamente, a conexão. No dia em que Treslove resolve que não vai mais continuar a ler o blog, a dedicatória sobre o pênis de Alvin Poliakov, do qual pendem pesos de tamanhos e materiais variados, diz: *Aos mutilados de Shatila, Nebateya, Sabra, Gaza. Sua luta é minha luta.*

— Pense o seguinte — disse Treslove, descrevendo o blog para Hephzibah, que declinou da sua oferta de lhe mandar o link por e-mail. — Se você fosse um palestino...

— De jeito algum. Com amigos como ele...

— Mas não é só isso. É a apropriação...

— De jeito algum.

— E numa causa tão trivial.

— Não para ele, nitidamente.

— Não, mas afora todas as outras questões, os muçulmanos não são circuncidados, afinal?

— Que eu saiba, são — disse ela, dando as costas, sem querer encorajar esse novo interesse dele.

— Logo...?

— Precisamente — respondeu ela.

— Ainda assim, esse Alvin Poliakov recebe elogios, ao menos supostamente, de palestinos.

— Como você sabe?

— Ele posta no blog.

— Meu bem, você não pode acreditar em tudo que lê na internet. Mas, mesmo que eles sejam genuínos, é compreensível. Todos nós nos fingimos de cegos quanto a uma questão, em prol de outra. E essas pessoas estão desesperadas.

— Não estamos todos?

Ela mandou que ele fechasse os olhos e, então, os beijou.

— *Você* não está.

Ele pensou a respeito. Não, não estava desesperado. Mas estava agitado.

— Isso é um troço maluco — disse ele. — Me deixa inseguro.

— *Você* inseguro?

— Todo mundo. E se ideias desse tipo forem como germes? E se todos nós estivermos sendo infectados? Esse Alvin Poliakov... será que ele não foi infectado em algum momento da vida?

— Esqueça isso — aconselhou Hephzibah. Estava começando a preparar o jantar, tirando panelas do armário. — O homem é um *meshuggener*.

— Como posso esquecer? Seja coisa de um *meshuggener* ou não, esse troço circula. Vem de algum lugar. Vai para algum lugar. Opiniões não se evaporam. Ficam no universo.

— Acho que não é verdade. Como sociedade, não acreditamos hoje no que acreditávamos ontem. Abolimos a escravatura. Demos às mulheres o direito de votar. Não montamos armadilhas para ursos nas ruas.

— E os judeus?

— Ah, meu amor, os judeus!

E beijou-lhe novamente as pálpebras fechadas.

4

Ela gostava dele. Definitivamente, gostava dele. Ele era uma mudança. Parecia não ter ambição, ausência essa que não encontrara em seus maridos. Escutava-a quando ela falava, o que os outros não haviam feito. E dava a impressão de querer sua companhia, prendendo-a na cama de manhã, não para transar — não *só* para transar —, e andando atrás dela pelo apartamento, o que poderia ser irritante, mas não era.

Havia nele, porém, uma tendência a tornar-se subitamente melancólico que a preocupava. E mais que isso, uma fome de melancolia, como se não tivesse em si o bastante para satisfazê-lo e precisasse sugar a dela. Seria isso, no fundo, a essência de toda essa obsessão por ser judeu, a busca de alguma identidade que contasse intrinsecamente com uma melancolia maior do a que lhe era possível fabricar a partir do próprio legado genético? Será que queria toda a merda da catástrofe judaica para si?

Ele não era o primeiro, claro. O mundo pode ser dividido entre os que querem matar judeus e os que querem ser judeus. Os maus tempos são simplesmente aqueles em que os primeiros são mais numerosos que os últimos.

Mas não deixava de ser uma tremenda audácia da sua parte. Os judeus genuínos precisam sofrer pelo seu sofrimento, e ali estava Julian Treslove que achava poder pular no barco sempre que lhe conviesse e sentir-se tremendamente enojado.

E ela nem sequer tinha certeza de que ele gostasse tanto dos judeus como afirmava. Não duvidava da sua afeição. Ele dormia dentro da pele dela e a beijava com gratidão no minuto em que despertava. Mas ela não podia ser o suprassumo da mulher judia que ele desejava. Para começar, não era, em sua própria opinião, suficientemente judia. Não abria os olhos para o mundo e dizia: "Olá, eis mais um dia judeu", o que lhe parecia ser o que Julian gostaria que ela dissesse, esperando em breve poder dizer o mesmo em nome próprio. Olá, eis mais um dia judeu, exceto que...

O "exceto que" consistia naquilo que ela tentava, por insistência dele, fazê-lo apreender. "Quero o ritual", dissera-lhe Treslove, "quero a família, quero o tique-taque cotidiano do relógio judeu", mas, nem bem via seu pedido atendido, ele se encolhia. Ela o levou à sinagoga — não, é claro, à sinagoga vizinha onde se rezava envolto em echarpes da OLP —, e ele não gostou.

— Tudo que eles fazem é agradecer a Deus por tê-los criado — queixou-se. — Mas qual é a ideia de ser criado se tudo que se faz com a própria vida é agradecer a Deus por ela?

Ela o levou a casamentos, noivados e bar mitzvahs judeus, mas ele também não gostou.

— Não há seriedade suficiente — reclamou.

— Você quer que eles agradeçam mais a Deus?

— Talvez.

— Você é difícil de agradar, Julian.

— É porque sou judeu — disse ele.

E, embora tecesse loas sobre a família judia e o calor humano judeu, no instante em que ela o apresentou à sua família, Treslove emudeceu — menos com Libor — e comportou-se como se os odiasse, o que assegurou a ela que ele não os odiava e de maneira geral a constrangeu devido à ausência de... bom, de calor humano.

— Sou tímido — justificou Treslove. — Fico desconcertado com tanta vitalidade.

— Achei que você gostasse da vitalidade.

— Adoro a vitalidade. É que simplesmente não dou conta. Sou demasiado *nebbishy*.

Ela o beijou. Ela vivia beijando-o.

— Um *nebbish* não sabe que é *nebbish* — contestou. — Você não é um *nebbish*.

Ele retribuiu o beijo.

— Está vendo como a coisa é sutil? "Um *nebbish* não sabe que é *nebbish*." É sofisticado demais para mim. Vocês são todos rápidos demais.

— Precisamos ser — atalhou Hephzibah. — Nunca se sabe quando teremos de fazer as malas.

— Posso carregá-las. É o meu papel. Sou o *schlepper*. Ou será que um *schlepper* não sabe que é *schlepper*?

— Ah, um *schlepper* sabe direitinho que é *schlepper*. Ao contrário de um *nebbish*, um *schlepper* se define pelo conhecimento que tem de si mesmo.

Ele a beijou novamente. Esses finklers! Ali estava ele, praticamente casado com uma delas. Praticamente um deles. No coração, sem dúvida. Apenas ficava devendo na prática. Aparentemente, porém, havia uma enorme distância ainda a percorrer.

— Não me deixe jamais — disse ele. Quis acrescentar: "Não se vá primeiro. Prometa que não irá primeiro", mas se lembrou de que essas haviam sido as palavras de Malkie para Libor e repeti-las pareceu-lhe um sacrilégio.

— Não vou a lugar algum — garantiu Hephzibah. — A menos que me obriguem.

— Caso em que — emendou Treslove — serei seu *schlepper*.

* * *

Ele ainda não a apresentara aos filhos. Por quê? A explicação de Treslove a Hephzibah, já que ela, com toda a razão, lhe pedira uma, foi que ele não ligava muito para os rapazes.

— E daí?

— Daí por que eu haveria de querer que eles tivessem contato com você para quem eu ligo um bocado?

— Julian, essa é uma bobagem maior do que tenho fôlego para lhe dizer. Talvez se nos apresentasse você passasse a gostar mais deles.

— Eles são uma parte da minha vida que quero dar por encerrada.

— Você me disse que não queria nada com eles mesmo antes de conhecê-los.

— Verdade. E essa é a parte da minha vida que quero dar por encerrada... Não querer nada com ninguém.

— E como é que o fato de não apresentá-los a mim garante isso?

— Não funcionaria. Você não gostaria deles. E depois eu teria de não querer nada com eles de novo.

— Tem certeza de que não acha que são eles que não gostariam de mim?

Ele deu de ombros.

— Talvez não gostassem. Que importância isso tem? É um assunto que me deixa profundamente indiferente.

Hephzibah se perguntou se seria verdade.

Não dava para saber se ele desejava ter um filho com ela. Treslove já abordara o assunto durante uma das intermináveis conversas sobre circuncisão — será que ele era suficientemente bonito para ela, haveria algum excesso nele, tinha demasiada sensibilidade, o que fariam se tivessem um filho, ele seria como o próprio pai ou como Moisés? –, mas tudo havia sido altamente hipotético e mais a respeito dele mesmo do que de um filho. Ela não cogitava ter filhos. "Não há pressa", dissera a ele. O que era uma bela maneira de dizer "não há interesse". Mas na visão dele isso lhe pareceria um fracasso do casal? Em suas próprias palavras, Treslove era o pior pai da história. Ele vivia repetindo isso de um jeito que a levava a pensar se não seria seu desejo provar que podia sair-se melhor.

Perguntou a ele.

– O quê? Ser um pai judeu desta vez? Acho que não. A menos que você...

– Não, de jeito nenhum. Era a você que eu...

Quanto à questão judaica em geral, no início a coisa toda a divertira, mas agora a preocupava. Será que ele chegara para sugar dela isso também juntamente com a melancolia? Preocupava-a o fato de que ele confundisse as duas coisas.

– Os judeus podem ser alegres, sabia? – disse a ele.

– Como eu poderia esquecer se conheci você num jantar de Pessah?

– Bem, o jantar não foi alegre no sentido que mencionei. Aquelas lembranças de quando fomos escravos no Egito... Talvez eu tenha usado a palavra errada. Eu quis dizer barulhentos, vulgares, naturais.

Ao falar, ela se deu conta de estar praticando menos de tudo isso desde que o conhecera. Ele a tolhia. Queria que ela fosse um determinado tipo de mulher e ela não queria desapontá-lo. Mas havia noites em que teria preferido assistir a uma novela na televisão do que discutir circuncisão ou Moisés Maimônides. Era estressante ter de agir como representante do próprio povo para um homem que decidira idealizá-lo. Não era somente a ele que Hephzibah temia decepcionar, mas o próprio judaísmo, todos os seus cinco mil anos problemáticos.

— Então vamos fazer alguma coisa bem animada — sugeriu Treslove. — Uma banda *klezmer* vai tocar música para dançar no Centro Cultural Judaico lá no fim da rua. Por que não vamos?
— Acho que prefiro ter um bebê seu — respondeu ela.
— Sério?
— Brincadeira.

Dava para ouvir a mente dele trabalhando. Como pode ser piada para os judeus dizer ao parceiro que se quer ter um filho com ele?

Mas o outro lado disso tudo era que Hephzibah não queria preocupá-lo. A gangue do bacon voltara. Dessa vez os safados escreveram com tinta *Morte à Judeuzada* nos muros. *Judeuzada* fazia parte do vocabulário de ódio dos muçulmanos. Cada vez mais surgiam relatos de crianças pequenas hostilizadas como *judeuzada* nas escolas inter-raciais. Hephzibah considerava essa uma ameaça muito mais séria do que as suásticas com que os desordeiros locais profanavam os cemitérios judaicos. Havia uma certa má vontade preguiçosa nas suásticas. Elas eram mais uma lembrança odiosa do que propriamente ódio. Enquanto *judeuzada!* — a palavra tinha uma conotação horrível para ela. *Judeuzada* lembrava um bando de criaturas rastejantes, cuja religião as tornava inferiores e viscosas. Pisadas, sua "judeuzice" esguicharia de forma asquerosa. Era um abuso que doía mais fundo que judeuzeco ou judeuzinho, dirigido não a judeus individuais, mas à essência judaica. E, é claro, vinha de uma parte do mundo onde o conflito já estava empapado de sangue, onde os ódios eram amargos e talvez impossíveis de erradicar.

Libor, igualmente, andava lhe contando coisas que ela preferiria não saber. Repassando-lhe histórias de violência e maldade como se esse fosse o único jeito de livrar-se delas.

— Você sabe o que os jornais suecos andam dizendo? — perguntara a ela. — Estão dizendo que os soldados israelenses matam os palestinos a fim de vender seus órgãos no mercado internacional. Não lembra a você alguma coisa?

Hephzibah mordeu o lábio. Ela já passara por isso no trabalho. Mas Libor não tinha colegas com quem trocar seus medos.

— É a difamação do sangue — disse ele, como se ela precisasse disso.

— É, Libor.

— Somos novamente forçados a nos banquetear com sangue — prosseguiu Libor. — E somos forçados a ganhar muito dinheiro com isso. Parece que voltamos à Idade Média. Mas, também, não se pode esperar outra coisa dos suecos, que jamais saíram da Idade Média!

Ela não queria ouvir, mas ouvia, diariamente. A lista de chamada dos crimes judaicos. E a lista de chamada dos atos de violência em resposta.

Poucos dias antes, um segurança num museu judaico em Washington levara um tiro. Isso provocou um pequeno choque de medo em todos os administradores de instituições públicas judaicas. E-mails de solidariedade ansiosa começaram a ser trocados. Eles eram alvos fáceis, segundo o consenso. Não havia como impedir ataques de lunáticos em lugar algum, é claro. Mas sobrava estoque de ódio contemporâneo a Israel no momento para servir de gatilho para os lunáticos. Houvera contaminação; do conflito regional passara-se ao ódio religioso, sem dúvida. Os judeus voltaram a ser o problema. Depois de um período de excepcional calmaria, o antissemitismo estava se tornando outra vez o que sempre havia sido — uma escada rolante que jamais parava e na qual qualquer um podia embarcar quando quisesse.

Ao deixar de contar tudo isso a Treslove, não mencionando o segurança alvejado, não comentando os e-mails, não partilhando o que Libor lhe dissera – embora não fosse impossível que Libor estivesse contando a Treslove diretamente –, Hephzibah reconhecia que o estava protegendo como teria protegido pai, mãe ou um filho, sobretudo pai e mãe, no sentido de ser cuidadosa com relação às suscetibilidades judaicas. Teria feito o mesmo com o pai, se ele fosse vivo. "Não conte a seu pai, isso vai matá-lo", diria a mãe. Assim como o pai recomendaria: "Não conte à sua mãe, isso vai matá-la."

Era o que faziam os judeus. Escondiam as notícias horríveis uns dos outros. E agora Hephzibah estava fazendo o mesmo com Treslove.

5

Finkler, que não sonhava, teve um sonho.

Estavam socando a barriga de seu pai.

No início de forma amistosa. O pai, na loja, distraía seus fregueses. Mais forte, anda! Se estou sentindo? Nadinha. E tive câncer aí, dois anos atrás. Impossível de acreditar, sei disso, mas é verdade. Ha, ha!

Então, o clima mudou. O pai parou de brincar. E os fregueses pararam de rir com ele. Obrigaram-no a deitar-se no chão da loja onde ficou esparramado em meio a caixas rasgadas de óculos escuros e frascos perfurados de desodorante. A loja sempre dava a impressão de ter acabado de receber um carregamento. As caixas ficavam pelo chão, fechadas, durante semanas. Escovas de dente, chupetas, pentes e tinturas de cabelo permaneciam onde haviam caído ou simplesmente sido largados pelos entregadores.

– Quem precisa de prateleiras quando se tem um chão que cumpre à perfeição o mesmo propósito? – dizia o químicocomediante enquanto andava de gatinhas pela loja, limpando no jaleco o que quer que o freguês tivesse pedido. Era o seu teatro, não uma farmácia. Ali ele representava. Mas dessa vez o caos não era obra sua. Essa gente, que não o socava, estava tirando coisas das prateleiras, não para roubar, mas tão somente para atirá-las por todo lado como se não merecessem ser roubadas.

Haviam também lhe arrancado o chapéu de feltro, embora na vida real ele jamais o usasse na loja. O chapéu de feltro era para ir à sinagoga.

Finkler, escondido num canto do próprio sonho, esperou que o pai gritasse por socorro.

Samuel, Samuel, *gvald*!

Estava curioso a respeito de si mesmo, curioso para ver o que faria. Mas nenhum pedido de socorro veio.

Foi quando os pontapés começaram que Finkler acordou.

Nem sequer dormira na cama. Pegara no sono na frente do computador.

Estava ansioso com relação ao dia seguinte. Faria uma palestra com Tamara Krausz e duas outras pessoas em um auditório em Holborn. Sobre o tema de sempre. Dois contra, e dois a favor. Em geral, ele as fazia dormindo, mas no momento o sono não era um bom lugar para ele. Sabia o que iria dizer no encontro público. E pouco havia a temer dos que a ele se opunham. Ou da plateia. As plateias viviam famintas para ouvir o que Finkler lhes dissesse, fosse qual fosse o tema, por ele ser uma figura da tevê, mas na questão da Palestina os espectadores não passavam de baldes vazios. Isso não significava que não tivessem a cabeça feita. Tinham. Mas buscavam o aval de Finkler. Um pensador judeu atacando judeus era um prêmio. As pessoas pagavam para ouvir. Por isso, não havia motivo para nervosismo. Tamara Krausz é que o deixava agitado.

Ele não confiava em si mesmo na presença dela. Não do ponto de vista romântico. Ela fazia mais o tipo de Treslove que o dele. Lembrava-se do amigo recitando uma lista de todas as mulheres atormentadas pelas quais se apaixonara. Soava como a ala de cordas de uma orquestra feminina, ou melhor, uma orquestra feminina onde só havia a ala de cordas. Os nervos de Finkler vibravam só de ouvir as descrições de Treslove. "Para mim, não", dissera, chupando os dentes. Agora cá estava ele deixando que Tamara Krausz lhe passasse seu arco de violino pela coluna vertebral.

Perguntou-se se haveria um jeito de pedir-lhe para deixá-lo em paz. Ela negaria, claro, ter-lhe feito alguma coisa. Era pura ilusão supor que ela sequer o notasse como homem, como algo além de um colega MORTificado. Não fizera qualquer investida nesse sentido. Se ele a imaginava gritando em seus braços, esse drama não passava de uma criação sua.

Verdade, ao menos até então, mas os gritos que ele antevia não deveriam ser confundidos com os sons que um homem vaidoso imagina ser capaz de extrair de uma mulher sexualmente frustrada. Os gritos que ele ouviu antes que Tamara Krausz efetivamente os emitisse eram ideológicos. O sionismo era seu amante demoníaco, não Finkler. Ela não podia, em seu ódio deslumbrado pelo sionismo, jamais suficientemente correspondido, pensar em qualquer outra coisa. Situação típica de quando se está apaixonado.

Era culpa de Finkler o fato de bastar Tamara dizer: "Margem Esquerda" ou "Gaza", para deixar-lhe os nervos à flor da pele. Era culpa de Finkler o fato de a palavra "ocupação" ou "trauma" nos lábios impertinentemente submissos de Tamara Krausz – úmidos como os de uma prostituta em seu rosto pequeno e ansioso – o inflamar a ponto de deixá-lo louco. Ele sabia o que aconteceria se, devido a algum infortúnio ou mútuo equívoco de interpretação, os dois acabassem juntos na cama e ela gritasse a dialética do próprio antissionismo no ouvido dele — Finkler gozaria seis ou sete vezes dentro dela e depois a mataria. Iria lhe cortar a língua e depois a garganta.

O que talvez fosse precisamente aquilo a que ela se referia quando falava do colapso nervoso da mente judaica, da Solução Final levando os judeus à demência e à busca de soluções finais por conta própria, a violência gerando violência. Com efeito, Finkler não faria senão ilustrar essa tese.

Não era isso mesmo que ela estava pedindo? Mate-me, seu canalha judeu demente, e prove que estou certa.

O estranho em tudo isso era que ela não havia ainda, fosse no ouvido dele ou em qualquer artigo que ele tivesse lido, dito uma palavra da qual Finkler discordasse. Era mais entusiasta da desintegração psíquica que ele e mais confiante nos inimigos de Israel — Finkler se sentia capaz de investir contra o Estado judeu sem precisar fazer amizade com árabes: como filósofo, ele achava que a natureza humana era falha em ambos os lados de qualquer abismo —, mas no restante seus diagnósticos coincidiam. Era o jeito como ela argumentava que o irritava e excitava. Era o subir e descer da sua voz. E a metodologia, que consistia em citar quem quer que defendesse algo que a embasasse e depois ignorar essa mesma fonte, caso saísse em defesa de algo diverso.

Novamente como filósofo, Finkler tendia a condenar tal prática. Achava que numa discussão era imprescindível levar em conta a totalidade do raciocínio de alguém, não balas perdidas de opinião que por acaso fossem convenientes. Isso o tornava cauteloso quanto a Tamara, também pessoalmente, por medo de inadvertidamente sussurrar-lhe alguma coisa sobre determinado assunto que ela pudesse mais tarde citar contra ele num contexto diverso. Só penso em você, só ouço você, só vejo você, poderia dizer a ela na calada da noite, para depois vê-la trazer isso à tona numa reunião dos Judeus MORTificados como prova de que a concentração de Finkler começava a diminuir e que ele não mais se encontrava focado em seu compromisso com o grupo.

Soava como ressentimento. Como se lhe tivessem contado alguma coisa que o povo judeu houvesse dito sobre ela – no dormitório depois de apagarem as luzes –, e agora decidisse vingar-se dele.

Finkler vestiu um terno preto e pôs uma gravata vermelha. Costumava fazer palestras sem gravata, mas nessa ocasião quis parecer imponente, tanto em termos de aparência como de conteúdo. Ou talvez estivesse preocupado em proteger a própria garganta por confundi-la com a de Tamara.

Ocuparam lugares vizinhos no palco. Ele se surpreendeu ao ver como havia pouco dela sob a mesa; como eram curtas as suas pernas e como eram pequenos os pés. Enquanto inspecionava as pernas dela, percebeu que ela inspecionava as dele. Como são compridas, deve ter pensado, e como são grandes os pés. Ela o fez sentir-se desengonçado. Ele torceu para tê-la feito sentir-se insignificante.

No outro extremo da mesa sentaram-se dois judeus do *establishment*. Membros de conselhos em instituições beneficentes e sinagogas, cães de fila da comunidade, guardiões da família judia e do bom nome de Israel, ou seja, inimigos naturais de Finkler. Os guardiões judeus e os insurgentes judeus, com seus questionamentos e ideias, não se misturavam. Um deles fez Finkler lembrar-se do pai fora da loja, quando estava rezando ou conversando com outros judeus que partilhavam suas preocupações comunitárias. Tinha a mesma aparência de perspicácia comercial combinada à inocência jamais posta à prova que deriva de acreditar que Deus ainda se interessa especialmente pelo povo judeu, ora protegendo-o como não protege mais ninguém, ora punindo-o com maior ferocidade do que puniria qualquer outra de Suas criaturas. O solipsismo coletivo dos judeus. Esses homens se admiram com o encanto constante de tudo isso enquanto fecham um negócio difícil.

Tamara Krausz inclinou-se para ele.

— Estou vendo que desencavaram os mais histéricos que encontraram — sussurrou. Seu desdém era como óleo aromático sendo derramado em seu ouvido.

"Histérico" era uma palavra dos Judeus MORTificados. Quem quer que não admitisse sentir vergonha havia cedido à histeria. A acusação remontava à superstição medieval do judeu afeminado, o judeu que cultivava uma ferida estranha e secreta e sangrava como as mulheres. O novo judeu histérico era como uma mulher no sentido de se encontrar num estado de terror nada viril. Para onde quer que olhasse via apenas antissemitas ante os quais estremecia até o fundo da alma.

— Eles desencavaram os mais o quê? — perguntou Finkler.

Ele a ouvira, mas queria ouvir de novo.

— Os mais histéricos.

— Ah, histéricos... Eles são histéricos?

Sentiu que todos os tendões em seu corpo haviam encolhido, de modo que, caso retesasse um ombro, os dedos se retrairiam, fechando-se em punho.

Ela não teve tempo de responder. O debate começou.

Finkler e Tamara Krausz venceram, claro. Finkler argumentou que não se pode tecer loas quanto ao desejo de nacionalismo de um povo e ao mesmo tempo negá-lo a outro. O judaísmo é, basicamente, uma religião ética, afirmou. O que o torna fundamentalmente contraditório em essência, *pace* Kierkegaard, pois é impossível ser ético *e* religioso. O sionismo foi a grande oportunidade do judaísmo de escapar à sua religiosidade. De buscar nos outros o que os judeus queriam para si mesmos e retribuir no mesmo espírito. Com a vitória militar, porém, a ética judaica mais uma vez sucumbiu ao triunfalismo irracional da religião. Somente um retorno à ética seria capaz de salvar os judeus agora.

A visão de Tamara era ligeiramente diferente. Para ela, o ideal sionista era criminoso na raiz. Para provar o que dizia, citou pessoas que acreditavam no oposto. As vítimas dessa criminalidade eram não só os palestinos, como os próprios judeus. Os judeus em qualquer lugar. Até mesmo naquele auditório. Tamara falou com frieza, como se defendesse um cliente no qual não acreditava de verdade, até chegar à questão "do que o Ocidente chama de terrorismo". Então, conforme notou Finkler, sentado a seu lado, o corpo dela começou a aquecer. Os lábios incharam, como se beijados pelo amante demoníaco. Existe uma espécie de erotismo na violência, disse ela à plateia fascinada. É possível acolher no coração aqueles que matamos. Assim como é possível fazer o mesmo com os que nos matam. Mas como haviam amado demasiadamente os alemães e ido, como cordeirinhos, ao encontro da morte, os judeus se rebelaram contra Eros, esvaziaram o amor de seus corações e agora matavam com uma frieza de congelar o sangue.

Finkler não soube dizer se ali estava poesia, psicologia, política ou um monte de baboseiras, mas essa conversa de matança o desconcertou. Será que de alguma forma Tamara adivinhara o que ele pretendia fazer com ela?

Os judeus da comunidade não eram páreo para Tamara. O que não queria dizer grande coisa. Eles não seriam páreo para um palhaço como Kugle. Se fossem os únicos palestrantes ainda conseguiriam perder o debate. Confundiam-se. Finkler soltou um suspiro enquanto eles recitavam a ladainha que já era velha quando ele a ouvira pela primeira vez da boca do pai, trinta ou mais anos antes – como Israel era pequeno, como eram antigas as reivindicações judaicas quanto à terra, como eram poucos os palestinos genuinamente nativos, como Israel oferecera este mundo e o outro, mas todas as tentativas de selar a paz haviam sido rejeitadas pelos árabes, como era mais necessária que nunca a segurança de Israel em um mundo onde o antissemitismo só fazia crescer...

Por que não o tinham contratado para redigir seus roteiros? Ele poderia tê-los feito vencer o debate. Assegura-se a vitória entendendo um pouco do que o outro lado pensa, e eles nada entendiam.

Finkler imaginava essa vitória em todos os sentidos. Ganhar o debate e ganhar o Reino de Deus.

Era a sua discussão mais antiga com o pai: que os judeus, para os quais o forasteiro devia ser lembrado e cuja sede devia ser saciada, para os quais a virtude de todas as virtudes era fazer aos outros o mesmo que se esperava deles, haviam se transformado num povo com ouvidos apenas para si mesmo. Finkler não suportava ver o pai bancar o palhaço na loja, mas ao menos o velho era um democrata, um humanista. Em compensação, quando envergava o paletó negro e o chapéu de feltro, e conversava sobre política na volta da sinagoga, ele fechava a cara de forma tão resoluta quanto fechava a mente.

– Eles lutaram e perderam – costumava dizer o pai. – Teriam nos atirado ao mar, mas lutaram e perderam.

– Não existe motivo para nós não tentarmos imaginar como é a derrota – rebatia o jovem Finkler. – Os profetas não disseram que precisamos demonstrar compaixão apenas pelos que a merecem.

– Eles levam o que merecem. Damos a eles o que eles merecem.

Foi por isso que Finkler jogou fora seu quipá e abreviou seu nome de Samuel para Sam.

— A mesma velha ladainha, a mesma — resmungou para Tamara.

— Como eu disse: histéricos — respondeu ela num subtom.

Os dedos de Finkler se retraíram de tal forma que ele pôde senti-los sumir dentro da manga do paletó.

Foi só quando surgiram as perguntas da plateia que a noite se animou. Gente dos dois lados do debate gritava e contava histórias de natureza pessoal, equivocadamente evocadas como prova do que quer que se acreditasse. Uma mulher gentia de expressão triste ficou de pé e como se estivesse se confessando contou como havia sido criada para admirar o que o professor Finkler — ele não era professor, mas deixou passar — chamara de sublime ética judaica — ele jamais dissera algo no gênero, mas novamente deixou passar —, porém visitara a Terra Santa e descobrira um país adepto do apartheid e governado por supremacistas racistas. Ela tinha uma pergunta para os cavalheiros palestrantes que se queixavam de Israel ser um alvo especial de censuras: que outro país se autodefine e define aqueles aos quais permite acesso com base em critérios racistas? Será que o motivo para se tornar um alvo especial de censuras é ser especialmente racista?

— Ela é uma lição para nós — disse Tamara Krausz a Finkler em seu subtom acetinado. Era como ouvir uma mulher com quem não se quer fazer amor despir a calcinha, pensou Finkler.

— Como assim? — indagou ele.

— Ela fala do fundo de um coração ferido.

Terá sido isso que levou Finkler a não esperar a resposta dos cavalheiros a quem fora dirigida a pergunta? Ou seria a sua certeza de que eles responderiam a ela de forma tão ineficaz como haviam respondido a todas as outras? O próprio Finkler não soube dizer, mas o que ele efetivamente disse também saiu do fundo de um coração ferido. O mistério: do coração ferido de quem?

6

O que Finkler disse foi:
Quanta audácia!
Durante um instante ele nada mais disse. Não é fácil deixar uma frase pendurada no silêncio, no final ruidoso de um encontro público quando todo mundo está ansioso para ser ouvido. Mas a Finkler, no passado um professor de Oxford exibicionista, agora um experiente filósofo da mídia, não faltava certo domínio dos truques da eloquência. Como ex-amado marido de Tyler, agora viúvo enlutado, como ex-pai orgulhoso, agora não mais, como assassino potencial de Tamara Krausz, ele também dominava alguns segredos da lei da gravidade.

"Quanta audácia!" era algo inesperado, politicamente, da parte de Finkler, inesperado como reação à mulher sofrida e preocupada que um dia louvara a ética judaica e cuja voz vinha do fundo da alma da humanidade sofredora, e inesperado pela violência do tom usado. Um único tiro de revólver não ameaçaria mais.

Ele deixou que o impacto reverberasse pelo auditório – um décimo de segundo, meio segundo, um segundo e meio, uma vida inteira – e depois, numa voz não menos chocante em sua serena razoabilidade pedagógica, acrescentou:

– Quanta audácia de um não judeu! Devo dizer que não me impressiona de forma alguma que a senhora tenha sido criada para admirar a ética judaica, ao contrário, o fato me deixa arrepiado. Que petulância a sua imaginar que pode dizer aos judeus em que tipo de país eles devam viver, quando foi a senhora, uma gentia europeia, que tornou necessária a existência de um país para os judeus. Por meio de que sofisticação canhestra em sua argumentação a senhora se acha no direito de determinar, arrogantemente, para onde eles irão agora que a senhora se livrou deles e como devem prover o próprio bem-estar futuro? Sou inglês e amo a Inglaterra, mas por acaso este não é também um país racista? A senhora conhece algum país cuja história recente não tenha sido maculada por preconceito e ódio dirigidos a alguém? O que, então, dá poder aos racistas para farejar racismo em terceiros? Apenas num mundo do qual acreditem nada ter a temer os judeus se disporão a receber lições de humanidade. Até lá, a oferta de segurança feita pelo Estado judeu aos judeus em todo o mundo... sim, aos judeus em primeiro lugar... embora talvez não seja uma atitude igualitária, não pode ser interpretada, em sã consciência, como racista. Entendo que um palestino diga que ela lhe parece racista, por mais que ele também seja herdeiro de uma história de desprezo por indivíduos de outras crenças, mas não a senhora, já que se apresenta como uma representante sofrida e constrangida do mundo gentio, precisamente aquele do qual os judeus, embora não lhes caiba a culpa, vêm fugindo há séculos...

Finkler olhou à volta. Não viu uma muralha de aplausos. O que esperava? Alguns batiam palmas entusiasticamente. Um número maior vaiava. Caso não tivesse a autoridade que tinha, supôs — raios partam, esperava — que haveria gritos de "Tenha vergonha!". Um demagogo gosta de ouvir gritos de "Tenha vergonha!". No entanto, basicamente o que ele viu foi a humanidade presa à própria convicção, como ratos em ratoeiras.

Os que viam as coisas como ele viram o que ele viu. Os outros, não. E estes venceram.

Foda-se, pensou. Naquele momento essa era a soma total da sua filosofia. *Foda-se*.

Virou a cabeça na direção de Tamara Krausz.

– Então, o que você acha? – indagou.

Ela ostentava um sorriso estranho no rosto, como se tivesse sido a mentora do que ele dissera.

– Histeria – respondeu Tamara.

– Acho que você não gostaria de se deitar em meus braços e gritar isso, gostaria? – sugeriu no tom mais convidativo possível.

CAPÍTULO 10

1

Com o tempo, Treslove passou a acreditar que podia muito bem ter motivos para suspeitar que Finkler estivesse de olho em Hephzibah. Se esse era um jeito um bocado indireto de pôr as coisas, o fato se devia a serem as suspeitas de Treslove igualmente indiretas.

Com efeito, ele não tinha motivos para acreditar que Finkler estivesse de olho em Hephzibah, mas optou por suspeitar dele assim mesmo. Nada vira e nada ouvira, quer de Finkler quer de Hephzibah. Tratava-se, tão somente, de uma sensação. E quando se trata de ciúmes uma sensação já é motivo.

Treslove admitia que tal sensação podia simplesmente ser consequência da sua devoção. Quando se ama profundamente uma mulher, existe uma propensão a imaginar que todos os outros homens devem amá-la profundamente também. Mas não era qualquer outro homem que lhe despertava a suspeita de estar de olho em Hephzibah. Só Finkler.

Sem dúvida Finkler mudara. Estava menos arrogante, de certa maneira. Assumira uma postura diferente. Quando aparecia para jantar com Libor, ficava calado e sem disposição para que o arrastassem para uma discussão sobre Isrrrae. Na opinião de Hephzibah, e Hephzibah era profissional no assunto, ele se desentendera com seus pares, expoentes da MORTificação Judaica na questão do boicote acadêmico proposto. Quão sério seria esse desentendimento, porém, ela não sabia dizer.

— É porque ele não quer perder uma turnê de palestras com tudo pago em Jerusalém, Tel-Aviv e Eilat — sugeriu Treslove.

— Julian! — exclamou Hephzibah.

(Viram?)

— Julian o quê?

— Você tem certeza disso?

Treslove admitiu que não. Mas conhecia o amigo.

— Às vezes me pergunto se conhece mesmo — retrucou Hephzibah.

(Viram?)

Com Treslove, também, Finkler andava menos combativo, como se percebesse as mudanças operadas nele por influência de Hephzibah. Será que isso significava que ele agora via Treslove de uma maneira diferente ou simplesmente estava querendo uma parte do que Treslove encontrara?

No entanto, Hephzibah decerto não fazia o gênero de Finkler, principalmente considerando-se que Tyler fosse o seu padrão. Treslove sabia que Finkler sempre tivera amantes. Amantes judias, também. Tyler lhe contara. Mas Treslove não conseguia imaginá-las. O rego profundo e sombrio entre os seios de Ronit Kravitz, por exemplo, o pegaria de surpresa caso o tivesse visto. Quando tentava visualizar as amantes de Finkler, Treslove as imaginava como versões judias de Tyler, que, aliás, ele sempre tomara por judia. Mulheres afiadas como lâminas e mandíbulas estreitas, mais inclinadas a gostar de terninhos bem-talhados do que de xales e capas. Mulheres que pisavam firme e usavam salto agulha e calças bem vincadas, não mulheres que flutuavam em câmera lenta envoltas em montes de tecido. Ou seja, mulheres que nem de longe se pareciam com Hephzibah. O que podia significar uma de duas coisas: ou Finkler estava atrás de Hephzibah apenas para sacanear Treslove ou se apaixonara por ela na condição de uma mulher totalmente alheia à sua experiência e preferência, caso em que devia estar perigosamente fisgado. Exatamente como acontecera com Treslove. Exatamente como continuava acontecendo com Treslove. A pergunta de um milhão de dólares era o que sentia Hephzibah. Estaria Hephzibah fisgada também?

Ele abordou o assunto com ela na cama ao final de uns dois ou três dias atipicamente taciturnos entre ambos. O que ele não sabia é que ela vinha guardando segredo sobre o segundo ataque ao museu.

— Você acha que a gente devia convidar o Sam para jantar um dia desses? — indagou ele. — Com Libor? Acho que ele anda solitário.

— Libor? Claro que ele anda solitário.

— Não. Sam.

Hephzibah tomou um golinho do seu chá.

— Se você quiser...

— Ora, só se *você* achar uma boa ideia.

— Eu acho uma boa ideia.

— Convidar Sam ou dar o jantar?

— Como assim?

— Você acha uma boa ideia, genericamente, convidar alguém para jantar, e esse alguém pode muito bem ser o Sam, ou você acha uma ideia especialmente boa convidar o Sam?

Hephzibah pousou a xícara de chá e rolou para o lado de Treslove na cama. Ele adorava as marolas ondulantes do colchão quando Hephzibah se deslocava em sua direção. Tudo era portentoso com ela. Desde o início a terra se mexera para ele na companhia dela, os oceanos se encresparam, as nuvens se uniram e o céu escureceu. Fazer amor com Hephzibah era como sobreviver a uma tempestade elétrica. E em algumas noites, ele não se importaria de não sobreviver. As manhãs, também, eram prenhes de promessas. Algo seria dito. Algo iria acontecer. Não se passava um dia sem que Hephzibah fosse um acontecimento.

Que diferença das mães de seus filhos, cujas gravidezes ele sequer notara.

Mas, também, elas já haviam lhe dado o fora quando descobriram que estavam grávidas.

Mas, também, ele deveria ter notado que elas haviam lhe dado o fora.

— Afinal, qual é a ideia? — perguntou Hephzibah, finalmente se instalando no cantinho da cama que pertencia a ele.

— *A ideia?* Nada. Eu só queria saber se a ideia do jantar lhe agradava.

— Com Sam?

— Ah, então a ideia de Sam lhe agrada? Está falando do jantar com Sam?

— Julian, qual é a ideia?

— Estou me perguntando se você está tendo um caso com ele.

— Com *Sam*?

— Ou ao menos pensando em ter um caso com ele.

— Com *Sam*?

— Viu? Você não consegue parar de dizer o nome dele.

— Julian, por que eu estaria pensando em ter um caso com qualquer pessoa? Estou tendo um caso com você.

— Isso não é empecilho.

— Não seria para você?

— Para mim, sim, mas não sou como as outras pessoas.

— Isso é verdade — concordou ela —, mas eu também não sou. Você devia acreditar nisso.

— Então acredito.

Ela o obrigou a encará-la.

— Não estou interessada em Sam Finkler. Não acho Sam Finkler interessante nem atraente. Ele é o tipo de homem judeu que passei a vida evitando.

— Que tipo é esse?

— Arrogante, sem coração, autocentrado, ambicioso e convencido de que a própria inteligência o torna irresistível.

— Isso soa como uma descrição, segundo seu próprio relato, dos dois homens com quem você se casou.

— Exatamente. Nos intervalos dos meus casamentos eu evitava esse tipo de homem. E desde que me casei com eles, eu *evito* esse tipo de homem.

— Mas a gente só evita o que nos dá medo, sem dúvida. Você tem medo de Sam?

Ela soltou uma gargalhada sonora. Sonora demais?

— Bom, com certeza ele adoraria a ideia de que eu tivesse, mas não tenho. Mas a sua pergunta é estranha. Será que é você que tem medo de Sam?

— Eu? Por que eu teria medo de Sam?

— Pela mesma razão que eu.

— Mas você disse que não tem.

— E você não sabe ao certo se acredita em mim. Rolou alguma coisa entre vocês na escola?

— Entre mim e Sam? Credo, não!

— Não fique tão horrorizado. Os meninos passam por isso, não?

— Não os que eu conheço.

— Então, talvez devesse ter rolado. Acho que é bom se livrar disso tudo logo cedo. Meus dois maridos tiveram casinhos na escola.

— Um com o outro?

— Não, seu bobo. Eles não se conheciam. Com outros meninos.

— Sim, e você não teve um bom casamento com eles.

— Mas não foi por isso. Eu estava o tempo todo esperando por você.

— O *goy*?

Ela o envolveu com um braço protetor e o acolheu em seu regaço.

— Como *goy*, devo dizer, você é meio decepcionante. A maioria dos *goys* que conheço não gastam seu tempo lendo Moisés Maimônides e decorando apelidos carinhosos em iídiche.

Ele se deixou ser sacudido pela tempestade, cavalgando as ondas ondulantes daquele regaço. Quando ela o segurava assim, ele não conseguia ver coisa alguma, mas a cor da sua cegueira era a cor das ondas quebrando na praia.

— *Neshomeleh* — disse Treslove, de encontro à carne dela.

Mas não dava para deixar as coisas nesse pé. No dia seguinte, durante o preparo de uma omelete em cinco diferentes frigideiras, ele disse:

— Existe uma ligação especial?

— Entre?

— Os judeus.

— Depende do judeu.

— É meio como ser gay? Os judeus dispõem de algum radar que lhes permita identificar seus compatriotas?

— De novo, depende. Raramente acho que alguém é judeu quando esse alguém não é, mas muitas vezes não acho que estou falando com um judeu quando estou.

— E o que é que você procura?
— Não procuro nada.
— Então, o que é que você reconhece?
— Não dá para explicar. Não é uma coisa só, é um conjunto de coisas. Traços, expressão facial, um jeito de falar, de andar.
— Então, você faz uma avaliação racial?
— Eu não chamaria de racial.
— Religiosa?
— Não, definitivamente não.
— O quê, então?
Ela não sabia.
— Mas vocês estabelecem uma ligação.
— De novo, depende.
— E com Sam?
— O que tem o Sam?
— Vocês estabeleceram uma ligação?
Ela soltou um suspiro.
Voltou a suspirar quando Treslove tornou a abordar o assunto. E na vez seguinte a essa. Achou que pusera fim às suspeitas dele, mas não foi essa a única razão a lhe arrancar um terceiro suspiro. Por incrível que pareça, Sam havia aparecido no museu naquela tarde para falar com ela. Isso era algo que ele jamais fizera. Também não soube explicar o motivo da visita. Sentiu, ao vê-lo, como se ele tivesse se materializado em função da conversa de Treslove, ou mesmo por força da vontade de Treslove.

O próprio Finkler deve ter ficado surpreso com o espanto dela ao recebê-lo.

— A que devo esta visita? — perguntou-lhe Hephzibah, estendendo a mão.

Ela sabia a resposta. A visita se devia aos temores do amante.

— Ora, eu estava passando e tive a ideia de entrar. Vim ver como estão as coisas. Julian está aí?

— Não. Ele parou de vir. Não tem muita coisa para ele fazer enquanto as obras não acabarem.

Finkler olhou à volta. Para os armários prontos, os murais, as bancadas de computadores e fones de ouvido. Numa parede distante, achou ter visto uma foto de Isaiah Berlin e Frankie Vaughan. Não juntos.

— Para mim parece um bocado adiantado — comentou.

— Sim, mas não tem nada ligado.

— Então ainda não dá para eu rastrear a minha genealogia?

— Eu não sabia que você queria fazer isso.

Ele deu de ombros. Quem poderia dizer o que ele queria?

— Será que você pode me levar para uma visita guiada ou está muito ocupada?

Hephzibah consultou o relógio.

— Posso lhe dar dez minutos — respondeu —, mas só se você prometer ser menos irônico a nosso respeito do que foi da última vez em que conversamos. Este não é, volto a dizer, um museu em memória do Holocausto.

Finkler sorriu. Ele não era, pensou Hephzibah, assim tão sem atrativos.

— Ora, eu não me importaria se fosse — disse ele.

2

Quando comentou com Hephzibah que achava que Finkler parecia solitário, Treslove deixou de mencionar de onde tirara tal ideia. Ou seja, afora o fato de ser uma consequência do seu próprio medo da solidão. Tirara isso de uma mensagem de texto recebida de

Alfredo: *vi seu amigo maluquete da tevê tentando arrumar uma puta estranhei você não estar com ele*

Treslove respondeu com outra mensagem de texto: *como você pode saber que um homem está atrás de puta?*

Alfredo levou uns dois dias para bolar uma resposta: *o cara fica de língua de fora*

Treslove escreveu de volta: *você não é meu filho*, mas resolveu não enviar. Não queria dar bandeira para Alfredo quanto à sua negligência paterna.

Quanto a Finkler, deixando Hephzibah fora disso, teve pena, considerando-se que a suposição mesquinha de Alfredo fosse verdadeira e mais pena em caso contrário, mas Finkler simplesmente parecia um sujeito sem uma casa para a qual voltar e sem uma mulher de quem cuidar.

Que coisa terrível é perder a mulher que se ama.

3

— Você na certa está imaginando coisas — disse Libor.

Treslove o levara para comer um sanduíche de carne-seca no Nosh Bar, que reabrira na rua Windmill. Anos antes, Libor levara Treslove e Finkler ao mesmo bar, como parte do processo de apresentação dos jovens às delícias escondidas da cidade que Libor passara a amar acima de todas as outras. Na época, um sanduíche de carne-seca no Soho equivalia a uma descida ao submundo da devassidão cosmopolita. Era como se estivesse vivendo os últimos dias do Império Romano, mesmo que os romanos nunca tivessem chegado a provar sanduíches de carne-seca. Agora Treslove se perguntou se estaria vivendo os últimos dias dele mesmo.

Libor, também, ao que parecia. O velho se dedicou a separar a carne do pão de centeio porque esse último não era facilmente digerido, mas depois não tocou na carne. Não pedira mostarda. Não aceitara pepino em conserva.

Já não comia mais, meramente ciscava no prato.

No passado teria olhado pela janela e aproveitado o desfile de dissolutos. Hoje, contemplava o nada através de olhos semicerrados. Não lhe fiz favor algum por trazê-lo aqui, pensou Treslove.

Mas também a saída não havia sido planejada como um favor a Libor e, sim, para satisfazer uma necessidade de Treslove.

— Por que eu estaria imaginando coisas? — indagou. — Estou feliz. Estou apaixonado. Acredito que sou amado. De onde eu tiraria um pesadelo assim?

— Do lugar de sempre — respondeu Libor.

— Isso é tcheco demais para mim, Libor. Onde fica o lugar de sempre?

— O lugar de onde vem o medo. O lugar onde armazenamos o nosso desejo de que as coisas acabem.

— Isso é mais tcheco ainda. Não tenho desejo algum de que as coisas acabem.

Libor sorriu e pousou uma velha mão cansada na dele. Com exceção da velhice e do cansaço, o gesto fez Treslove se lembrar de Hephzibah. Por que todo mundo lhe fazia afagos desse tipo?

— Meu amigo, ao longo de todo esse tempo em que nos conhecemos, você sempre desejou que as coisas acabassem. Passou a vida toda se preparando, à beira das lágrimas. Malkie reparou. Ela nem tinha certeza se devia ou não tocar Schubert na sua presença. Esse aí não precisa de encorajamento, dizia ela.

— Encorajamento para fazer o quê?

— Para se atirar no fogo. Não é por isso que está com a minha sobrinha e anda lendo Moisés Maimônides?

— Não penso em Hephzibah como sendo fogo.

— Não? Então o que deixa você tão ansioso? Acho que está tendo o que foi procurar. O *gesheft* judeu completo. Você acha que se trata de um atalho para a catástrofe. E não sou eu quem vai dizer que você está errado.

Treslove teve vontade de rebater que isso era besteira. Mas não se convida um idoso para comer um sanduíche que ele não é capaz de digerir para falar que o que ele diz é besteira.

— Não estou reconhecendo o que você descreveu — optou por dizer.

Libor deu de ombros. Se não reconhece, dane-se. Ele não dispunha de energia para discutir. Mas pôde ver que Treslove necessitava de mais.

— A queda, o dilúvio, Sodoma e Gomorra, o Juízo Final, Masada, Auschwitz... Você vê um judeu e pensa logo no Armagedon. Contamos boas histórias sobre criação, mas somos ainda melhores quando se trata de destruição. Estamos no começo e no fim de todas as coisas. E todos estão atrás de um naco da ação. Os que não aguentam esperar para mergulhar nas chamas desejam perecer gritando ao nosso lado. É uma coisa ou outra. Por temperamento, você estava fadado a escolher a outra.

— Você fala como a sua sobrinha-bisneta.

— Não espanta. Somos parentes, você sabe.

— Mas tudo isso não é um tantinho solipsista, Libor, como diria Sam? Pelo que você diz, ninguém escapa dos judeus.

Libor empurrou o prato para o lado.

— Ninguém escapa dos judeus — confirmou.

Treslove olhou pela janela. No lado oposto da rua estreita, uma garota gorda, mal servida pela natureza e vestindo uma saia curta, tentava convencer os homens a entrar num clube onde somente uma pessoa desesperada ou transtornada entraria. Ela flagrou o olhar dele e lhe fez um gesto para chamá-lo. Traga o seu amigo, sugeria sua atitude. Traga o seu sanduíche de carne-seca. Treslove baixou os olhos.

— E você acha — disse, tomando o fio da meada puxado por Libor — que estou imaginando Hephzibah e Sam com a finalidade de apressar o meu fim?

Libor abanou as mãos diante do próprio rosto.

— Não foi bem isso que eu disse, mas quem espera o pior sempre vê o pior.

— Não vi coisa alguma.

— Exatamente.

Treslove pôs os cotovelos na mesa.

— Libor, já que você disse que Hephzibah é sua parente, o que você acha? Ela faria uma coisa dessas?

— Com Sam?

— Com ele ou com outro.

— Bom, o fato de ser minha parente não a torna diferente de qualquer outra mulher. Embora eu jamais tenha concordado com a ideia de que as mulheres são, por natureza, inconstantes. Minha experiência foi bem diferente. Malkie nunca me enganou.

— Você tem certeza?

— Claro que não posso ter certeza, mas se ela me permitiu acreditar que jamais me enganou, então jamais me enganou. Não se julga a fidelidade por cada ato individual. É o desejo de ser fiel e o desejo de que o outro acredite nisso que contam.

— Isso não pode ser verdade, Libor. Fora de Praga.

— Não morávamos em Praga. O que estou dizendo é que uma indiscrição não precisa pesar. É a intenção geral de fidelidade que conta.

— Quer dizer que Hephzibah pode ter a intenção de me ser fiel e mesmo assim de repente estar trepando com Sam.

— Espero que não esteja.

— *Eu* espero que não esteja.

— E duvido que ela esteja. A pergunta é por que você não duvida também, já que não viu nada para supor o contrário.

Treslove refletiu a respeito.

— Preciso pedir mais um sanduíche — disse, como se uma reflexão genuína dependesse disso.

— Coma o meu — sugeriu Libor.

Treslove balançou a cabeça e pensou em Tyler. "Coma a minha", dissera Finkler, ainda que não textualmente. "Coma a minha, estou ocupado com outra."

Ele jamais contara a Libor sobre suas noites assistindo com Tyler aos documentários de Finkler. Jamais contara a pessoa alguma. Essas noites não lhe pertenciam exclusivamente. Também pertenciam à coitada da Tyler. E, num certo sentido, pertenciam a Finkler. Mas ele gostaria de poder mencionar o caso, se é que se tratara realmente de um caso, a Libor agora. Isso ajudaria a explicar alguma coisa, embora Treslove não tivesse certeza do quê. Mas como saber se não ouvisse da própria boca a pergunta? Libor era velho. A quem contaria? O segredo, que de outra forma iria para o túmulo com Treslove, sem dúvida iria para o túmulo bem mais cedo com Libor.

Por isso, num impulso, ele contou.

Libor ouviu calado. Quando a história terminou, para espanto de Treslove, ele chorou. Não foi um choro copioso, apenas uma ou duas lágrimas no canto do olho embaçado pela catarata.

— Lamento — disse Treslove.

— E devia mesmo.

Treslove não soube o que dizer. Não esperara uma reação como aquela. Libor era um homem do mundo. "Dê um jeito de incluir uma trepadinha minha quando for fazer o relato da minha vida", dissera a Treslove. Homens e mulheres faziam essas coisas. *Uma indiscrição não precisa pesar* — palavras do próprio Libor.

— Eu não devia ter lhe contado — disse Treslove. — Foi errado da minha parte.

Libor contemplou as mãos.

— É, foi errado da sua parte me contar — concordou, como se não estivesse falando com Treslove. — Provavelmente mais errado da sua parte me contar do que fazer o que fez. Não quero o fardo desse conhecimento. Eu preferia me lembrar de Tyler de outra maneira. E de você. Quanto a Sam, não importa realmente. Ele pode tomar conta de si mesmo. Embora eu preferisse não tomar conhecimento da falsidade da amizade de vocês. Você faz do mundo um lugar mais triste, Julian, e ele já é suficientemente triste, pode crer. Por que me contou? Foi uma maldade.

— Não sei. E repito que lamento muito. Não sei o que me levou a contar.

— Sabe. A gente sabe por que conta. É porque se orgulha disso como uma escapulida?

— Uma escapulida? Santo Deus, não.

— Uma conquista, então?

— Uma conquista? Santo Deus, não.

— Por algum motivo você se orgulha disso. Será porque passou por cima de Sam?

Treslove sabia que tinha o dever de pensar sobre a resposta. Ficar repetindo *Santo Deus, não!* o tempo todo não bastaria.

— Passar *por cima*, não, Libor. Espero que não. Tem mais a ver com *entrar* no mundo dele. No mundo deles.

— Do qual você se sentia excluído?

Ele tinha o dever de pensar sobre isso também.

— Sim.

— Porque eles formavam um casal glamourosamente bem-sucedido?

— Acredito que sim.

— Mas Sam era seu amigo. Vocês cresceram juntos. Você continuou a se encontrar com ele. Ele não habitava um universo que lhe era inacessível.

— Crescemos juntos, mas ele sempre foi diferente para mim. Um mistério, de alguma forma.

— Por ser inteligente? Por ser famoso? Por ser judeu?

O sanduíche de Treslove chegou, empapado de mostarda como ele aprendera a apreciar. Acompanhado não por um, mas por dois pepinos em conserva cortados em rodelas fininhas.

— Isso é difícil de responder — disse ele. — Mas, sim, tem razão, por tudo isso.

— Então quando se deitava nos braços da mulher dele, você era, durante um instante, tão inteligente, tão famoso, tão judeu quanto ele.

Treslove não revelou que jamais se deitara nos braços de Tyler e que ela jamais se deitara nos dele. Não queria que Libor soubesse que ela ficava de costas o tempo todo.

— Acho que sim.

— Alguma dessas coisas mais que as outras?

Treslove deu um suspiro. Um suspiro do fundo das entranhas da sua culpa e dos seus temores.

— Não sei dizer — respondeu.

— Então eu digo para você. Era a parte judia que importava mais.

Treslove inclinou-se por sobre a mesa para impedir Libor de prosseguir.

— Antes que você continue... você sabe que Tyler não era judia. Eu achava que fosse, mas afinal não era.

— Você parece ter ficado desapontado.

— Fiquei. Um pouco.

— Mais um motivo, então. Garanto que era a parte judia. E sei disso por causa do seu temor quanto a Sam e Hephzibah agora.

Treslove encarou o idoso sem sistema digestivo operante que agora formulava enigmas.

— Não entendi — disse.

— O que você suspeita que exista entre Sam e Hephzibah? Que eles estejam dormindo juntos. E com base em que provas? Nenhuma, salvo que você supõe que eles façam isso porque partilham alguma coisa que exclui você. Eles são judeus, você não é, logo eles estão trepando.

— Ora essa, Libor.

— Ache o que quiser, mas você não tem explicação melhor para as suas suspeitas. Você não há de ser o primeiro gentio a assumir que os judeus são lascivos. Já tivemos chifres um dia, e um rabo, como bodes ou como o diabo. Nós nos reproduzimos como vermes. Poluímos as mulheres cristãs. Os nazistas...

— Chega, Libor. Isso é tolo e ofensivo.

O velho recostou-se na cadeira e esfregou a cabeça. No passado tivera uma esposa que a esfregava para ele, rindo enquanto lhe lustrava a careca, como uma dona de casa se deleitando com os afazeres domésticos. Mas já fazia muito tempo.

Ofensivo? Libor deu de ombros.

– Estou mortificado – disse Treslove. – Por ter lhe contado o que contei.

– Você está mortificado? Então essa é mais uma coisa que vocês dois têm em comum.

– Me poupe – implorou Treslove.

– Julian, foi você quem começou – disse Libor. – Você me convidou para sair para conversar sobre o medo que tem de que Sam e Hephzibah estejam trepando. Pergunto com base em quê você desconfia disso. Você me fala de um temor indefinível. Sou seu amigo, por isso estou me esforçando ao máximo para defini-lo. Você atribui poderes sexuais estranhos e secretos a eles, esse é o porquê do seu medo. Você acha que eles não conseguem se refrear porque são movidos por um impulso sexual irrefreável, judeu por judia e vice-versa, e você acha que não vão se refrear porque são inescrupulosos, os judeus com os gentios. Julian, você é antissemita.

– Eu?

– Não fique tão atônito. Você não é o único. Somos todos antissemitas. Não temos escolha. Você. Eu. Todo mundo.

Ele não comera sequer um pedaço do seu sanduíche.

4

Foram ao teatro juntos – Hephzibah, Treslove e Finkler. Treslove estava fazendo aniversário e Hephzibah sugerira uma saída em vez de festa, já que todo dia era de festa para eles. Convidaram Libor, mas ele não gostou da cara da peça.

Nenhum dos três gostou da cara da peça, mas, como disse Finkler, se deixarmos de ir ao teatro toda vez que não gostarmos da cara de uma peça, quando iremos ao teatro? Além disso, ela só ficaria em cartaz uma semana, gerando uma polêmica sobre a qual havia gente escrevendo cartas furiosas e entusiásticas aos jornais. Em Londres não se falava de outra coisa.

— Tem certeza de que não vai estragar o seu aniversário? — perguntou Hephzibah, meio arrependida.

— Não sou criança — respondeu Treslove. Não acrescentou que já que tudo estava estragando seu aniversário não havia por que cismar com isso.

O título da peça era *Filhos de Abraão* e mostrava as agonias do Povo Escolhido desde os tempos remotos até os dias atuais, quando os judeus decidiram despejar suas agonias em cima de outros. A cena final era um quadro bem-encenado de destruição, com bastante fumaça, placas de metal chacoalhantes e música wagneriana, ao som da qual o Povo Escolhido dançava como demônios em câmera lenta, ladrando e uivando, banhando pés e mãos no sangue que esguichava qual ketchup dos cadáveres de suas vítimas, entre as quais se incluía um número razoável de crianças.

Finkler, sentado do lado oposto de Treslove junto a Hephzibah, ficou surpreso ao descobrir, lendo o programa, que Tamara Krausz não escrevera a peça nem colaborara na sua produção. Assistindo-a, ele sentiu como se Tamara estivesse em algum lugar do teatro. Não propriamente a seu lado. Hephzibah estava a seu lado. Mas nas redondezas. Dava para sentir o aroma vadio da sua inteligência vingativa, exibindo a beleza de suas filhas de Hebron para que os inimigos do pai se banqueteassem e promovessem sua vingança.

Nos segundos finais do drama, o instantâneo aéreo de uma cova coletiva em Auschwitz foi projetado sobre uma cortina de gaze, antes de se dissolver numa foto dos escombros de Gaza.

Tamara pura.

A plateia aplaudiu de pé. Nem Hephzibah nem Treslove se levantaram de suas cadeiras. Finkler riu sonoramente, virando-se de costas para poder ser observado. Treslove se surpreendeu com a reação do amigo. Não apenas pela conclusão que ela implicava, mas pela sua natureza bizarra. Teria Finkler pirado?

Um punhado de Judeus MORTificados se encontrava presente, mas Finkler achou decididamente fria a reação que seus pares esboçaram ao vê-lo. Apenas Merton Kugle o abordou.

– E aí? – perguntou Kugle.

– Fantástica – respondeu Finkler. – Simplesmente fantástica.

– Então por que você estava rindo?

– Não era riso, Merton. Eram contorções de sofrimento.

Kugle assentiu e saiu do teatro.

Finkler se perguntou se ele não havia parado num supermercado a caminho do teatro e agora carregava nos bolsos latas de esturjão israelense proibido.

Os espectadores deixaram o teatro em silêncio, mergulhados em reflexão, uma reflexão profunda, possível apenas àqueles que já sabem o que pensam. Pertenciam, em sua maioria, ao segmento artístico e de assistência social, concluiu Finkler. Acreditou já ter visto alguns deles em protestos na Trafalgar Square. Pareciam manifestantes tarimbados. *Fim ao massacre! Fim ao genocídio israelense!* Fosse outra a ocasião, trocaria apertos de mãos com eles, numa celebração mórbida, como fariam os sobreviventes de um ataque aéreo.

Sugeriu um drinque de aniversário em homenagem a Treslove no bar na cripta do teatro. O bar os fez lembrar quando eram estudantes. Cervejas raras servidas como chope. Para comer, homus e tabule com pão pitta. Velhos sofás cobertos com cortinas pretas onde trocar ideias. Finkler comprou os drinques, fez tim-tim nos copos de Treslove e Hephzibah e depois se calou. Durante dez minutos, ninguém abriu a boca. Treslove se perguntou se o silêncio denotaria erotismo reprimido da parte dos outros dois. Havia se surpreendido enormemente com o fato de Finkler aceitar o convite do casal — isto é, o convite de Hephzibah — para o teatro. Ele devia saber que a reação dos dois seria diferente da sua. Por isso, um motivo subjacente o levara a aceitar o convite. Com o canto do olho, Treslove acompanhava a troca de olhares e os movimentos de mão de Finkler e Hephzibah. Nada viu.

No final foi outra pessoa que acabou encerrando o que Treslove interpretou como um impasse ideológico.

— Ei! Estou surpreso de encontrar você aqui.

Treslove ouviu a voz antes de ver a pessoa.

— Abe!

Hephzibah, enroscada nas cortinas do sofá, levantou-se em meio a um emaranhado de xales.

— Julian, Sam, este é Abe, meu ex.

Com qual de nós dois, especulou Treslove, Abe acha que ela está agora — Julian ou Sam?

Abe apertou a mão de ambos e juntou-se ao trio. Um sujeito com cara de cafajeste e, ainda assim, de certo modo angelicamente bonito com um halo cacheado de cabelo preto salpicado de branco, como se fossem raios de luz, um nariz adunco e olhos juntos. Um rosto penetrante, pensou Treslove, ou seja, que esfaqueia e perfura, não um rosto que cansa. Um rosto de profeta ou filósofo — pensamento este que o agradou no sentido em que, consequentemente, era Finkler quem devia sentir ciúmes, não ele.

Hephzibah havia, claro, lhe contado sobre os dois maridos, Abe e Ben, mas Treslove precisou queimar os miolos para se lembrar qual deles era o advogado e qual era o ator. Dado o local onde estava, a aparência e a camiseta preta que o sujeito usava, concluiu que Abe devia ser o ator.

– Abe é advogado – disse Hephzibah. Estava corada, acalorada até, achou Treslove, com as atenções de tantos homens. Seu passado, seu presente, seu futuro...

– Por que você se surpreendeu de encontrar Hep aqui? – perguntou Treslove, reivindicando uma posse que um homem mais confiante consideraria já consagrada.

Abe reluziu como as brasas de uma fogueira que acabara de se apagar.

– A peça não faz o gênero dela – respondeu.

– E eu tenho um gênero preferido de peças? – perguntou Hephzibah. Inquieta, concluiu Treslove, reparando em tudo.

– Bem, não é este.

– Você ouviu falar do meu museu?

– Ouvi.

– Então não deveria ficar surpreso por eu ter de manter meus pés no chão.

– Embora não necessariamente na lama – atalhou Finkler.

Treslove ficou pasmo.

– Você está dizendo que não gostou da peça?

Hephzibah também.

– Interessante – disse ela.

Então era isso que ele estava fazendo, perguntou-se Treslove, *interessando* Hephzibah?

Finkler virou-se para Abe.

— Julian e eu somos amigos dos bancos escolares, ele acha que conhece o meu gosto.

Treslove decidiu se impor.

— Você é um Judeu MORTificado. Você é Sam, o Maioral dos Judeus MORTificados. Tinha de gostar. A peça foi escrita para você. Podia muito bem ter sido escrita *por* você. Tive a impressão de estar ouvindo você falar.

— Não, você nunca me ouviu dizer *essas* palavras. Analogias nazistas não são a minha praia. Os nazistas foram os nazistas. De todo jeito, por acaso você me ouviu dizer que não gostei? Adorei. Só preferia que houvesse mais música e mais dança. Ficou faltando um número de arrasar, no estilo de "Primavera para Hitler". Essa é a minha única queixa. Não havia ritmo para eu acompanhar com os pés. Trocando em miúdos, você viu alguém sair assoviando Wagner?

— Deixe-me ver se entendo — disse Treslove. — Para você é uma questão de gosto?

— Para você não?

— No sentido musical, não.

Finkler envolveu-lhe o ombro com o braço.

— Quer saber? Acho que vou deixar essa conversa a cargo de vocês três. Vou pegar mais drinques de aniversário. Abe?

Abe não bebia. Ao menos não nessa noite. Explicou que estava, por assim dizer, trabalhando.

— E por acaso não está sempre trabalhando? — interveio Hephzibah, exercendo o privilégio de uma ex.

— Trabalhando em quê? — indagou Treslove.

— Basicamente apenas assistindo à peça e avaliando as reações a ela. Um dos coautores é meu cliente.

— E você veio aqui para ver se ele tem fundamentos para entrar com uma ação de perdas e danos contra o povo judeu? – continuou Hephzibah, apertando o braço de Abe. Treslove sentiu que tivera um insight sobre o casamento dos dois e desejou não ter tido.

Depois de dois copos de vinho, mais do que sua cota anual, Hephzibah havia, em sua opinião, excedido também sua cota anual de nervosismo.

— Bom, se você veio aqui para avaliar reações, fico feliz de lhe revelar a minha – disse ele, mas estava fora de sintonia com a conversa e não foi ouvido.

— Abe sempre soube como arrancar o último centavo de um réu – disse Hephzibah a Treslove.

— A coisa não é bem assim – retrucou Abe.

— Como? O povo judeu está processando o seu cliente?

— Não, os judeus não. E também não tem a ver com dinheiro. Meu cliente está sendo despedido da universidade em que dá aulas. É biólogo marinho quando não está escrevendo peças. Foi despedido quando estava debaixo d'água. Minha missão é lhe devolver o emprego.

— Foi despedido porque escreveu a peça?

— Não exatamente. Por dizer que Auschwitz era mais uma colônia de férias do que um inferno para a maioria dos judeus confinados ali.

— E onde não há inferno, não há demônio... É essa a ideia?

— Bem, não posso falar quanto à teologia dele. O que ele afirma, e diz poder provar sem sombra de dúvida, é que havia cassinos e spas e prostitutas à disposição. Ele tem fotos de judeus de papo para o ar em piscinas com recepcionistas do campo lhes dando morangos gelados na boca.

Hephzibah soltou uma gargalhada estridente.

— Então, de acordo com a própria peça que ele escreveu, Gaza também deve ser uma colônia de férias. Não dá para ser diferente. Não faz sentido chamar os judeus de nazistas se os nazistas na verdade não passavam de filantropos amantes da diversão.

— Talvez Sam tenha razão nesse caso e aquilo a que acabamos de assistir seja uma comédia romântica leve — disse Treslove, mas, novamente, estava fora de sintonia.

— Acho que isso é ser um tantinho literal quanto à forma como uma analogia deve funcionar — argumentou Abe, falando com Hephzibah, não com Treslove. Mas olhando para Treslove, de homem para homem, de marido para marido. Essas literalistas... esposas!

— E como judeu, o que *você* acha? — indagou Treslove, alteando o tom.

— Bem, como advogado...

— Não. O que você acha como judeu?

— Da peça? Ou do meu cliente?

— Do pacote todo. Da peça, do seu cliente, do resort de Auschwitz.

Abe mostrou as palmas das mãos.

— Como judeu, acredito que todo argumento tenha contra-argumento.

— Por isso somos tão bons advogados — disse Hephzibah rindo e apertando os braços de ambos.

Essa gente não sabe como defender suas opiniões, pensou Treslove. Essa gente já entregou os pontos.

Ele foi ao banheiro. Banheiros sempre o deixavam com raiva. Eram lugares que o devolviam a si mesmo. Desiludido, olhou-se no espelho. Essa gente abdicou da própria indignação, falou para a imagem no espelho enquanto lavava as mãos.

Quando voltou viu que Sam se juntara novamente ao grupo. Sam, Hephzibah, Abe. Um sarau íntimo de finklers. Ou vai ver fui eu que entreguei os pontos, pensou Treslove.

CAPÍTULO 11

1

A caminho do museu uma semana depois, Hephzibah pensou que sua paciência com todos eles já se esgotara.

Não sabia se Finkler estava ou não de olho nela, mas Abe, o ex, definitivamente estava. Ligara duas ou três vezes para ela depois do encontro casual de ambos no teatro. Sem chance, avisou Hephzibah, estou feliz.

Abe respondeu que dava para ver que ela estava feliz, o que era altamente merecido, mas quis saber o que a felicidade dela tinha a ver com os dois se encontrarem para um drinque.

— Não bebo.

— Você estava bebendo naquela noite.

— Era uma ocasião especial. Eu acabava de ser acusada de infanticídio. Quando a gente é acusada de infanticídio, a gente bebe.

— Eu acuso você de infanticídio.

— Não brinque com isso.

— Tudo bem, você não bebe. Mas conversa.

— Estamos conversando.

— Eu gostaria de saber mais sobre o museu.

— É um museu. Eu lhe mando um prospecto.

— É um museu do Holocausto?

Cristo, mais um, pensou ela.

Um a mais, um a menos. Finkler parara de ser irônico sobre o museu. Não lhe fizera outras visitas surpresa, mas vivia dando um jeito de passar mais tempo à sua volta, de aparecer inesperadamente e, mesmo quando não estava presente, conseguia de algum jeito fazer-se presente surgindo na tela da tevê ou em alguma conversa de terceiros, como quando Abe, tentando amolecê-la, comentou como havia gostado de conhecer Sam Finkler no teatro, já que sempre o admirara. Embora de forma alguma fosse uma mulher sexualmente vaidosa – era demasiado chegada a xales para isso –, Hephzibah não acreditava totalmente nas recentes manifestações de curiosidade por parte de Finkler a respeito do trabalho dela. Curiosidade não era uma característica natural de Finkler. Ao menos, porém, o sarcasmo havia sido substituído por civilidade. O que tal civilidade queria dizer, contudo, ela não era capaz de avaliar com clareza porque as apreensões de Treslove toldavam-lhe a visão.

Por isso perdera a paciência também consigo mesma. Mais uma vez na vida, via o mundo pelos olhos do homem amado.

Talvez, porém, toda essa irritação não passasse de uma cortina de fumaça para alguma outra raiva ou tristeza. Julian a preocupava. Estava começando a parecer um homem que não sabia o que fazer da vida. Libor também. Passava semanas sem vê-lo e quando se encontravam ele não a fazia rir. Libor sem piadas não era Libor.

E as informações que choviam em seu escritório – acusações contínuas de apartheid e faxina étnica, notícias vindas de instituições de caridade e organizações defensoras dos direitos humanos mencionando crimes de guerra e defendendo boicotes, um zumbido incessante de boatos e censuras nos ouvidos dos judeus, uma desmoralização que não era menos eficaz por ser aleatória (esperava ela em Deus que fosse aleatória) – só faziam botar lenha na fogueira da sua inquietação. Hephzibah não era sionista fervorosa. Jamais havia sido uma judia centrada na terra. St. John's Wood para ela era um ótimo lugar onde ser judia. Adoraria encontrar na Bíblia uma referência à aliança de Deus com os judeus ingleses prometendo-lhes a rua High de St. John's Wood. Mas as conquistas do sionismo não podiam passar despercebidas em um museu de cultura anglo-judaica, devido à contribuição feita ao sionismo pelos judeus ingleses, mesmo se tratando de um museu situado a um passo da faixa de pedestres tornada famosa pelos Beatles. A pergunta com a qual precisou travar um embate foi: até que ponto os fracassos do sionismo precisavam também ser notados?

Fora feita uma trégua quanto aos incidentes movidos a ódio. Há semanas ninguém emporcalhava com bacon as maçanetas nem cobria os muros com ameaças de vingança e morte (vingança em St. John's Wood!). As coisas andavam calmas no Oriente Médio, ao menos segundo os relatos da mídia britânica, de modo que a raiva que se grudava aos calcanhares das reportagens jornalísticas havia sido temporariamente amenizada. Sem dúvida *Filhos de Abraão* revivera uma dose dela entre as classes dos mais lidos e dos frequentadores de teatro, onde, na opinião de Hephzibah, vivia em banho-maria permanente agora, como uma chama que não se apaga, mas ao menos os judeus tinham deixado de ser no momento o único tópico de conversa para os indivíduos instruídos. O problema é que a calmaria soava mais sinistra que a tempestade. O que seria preciso – que tipo de ação contra Gaza ou o Líbano, ou mesmo contra o Irã, que tipo de ato beligerante ou de retaliação, de acontecimento em Wall Street, de incidente influenciado por judeus do tipo errado na esquina da residência da rua Downing – para que tudo começasse de novo, com mais violência do que na vez anterior, mais virulento ainda depois da letargia?

Ela própria não dormia com facilidade há séculos, e isso não se devia apenas à presença de Treslove em sua cama. Não caminhava até o trabalho com a cabeça fresca. Não encontrava os amigos com a cabeça fresca. Uma ansiedade pairava, como poeira fina, sobre tudo que fazia e sobre todos que conhecia – ao menos sobre todos os judeus. Também eles pareciam à espreita – não propriamente de um perigo iminente, mas de um futuro incerto, que guardava semelhanças temíveis com um passado por demais conhecido.

Seria paranoia?, perguntava-se Hephzibah. A própria pergunta lhe soava monótona. Era a pergunta natural a fazer no caminho para o trabalho sob um sol invernal, atravessando o campo vazio do Lord's, desejando ser um homem que tudo fosse capaz de esquecer dedicado à prática de um esporte, e cheia de medo quanto ao que a aguardaria no museu. *Será que estou ficando paranoica?* O ritmo da incerteza afetava seu passo. Ela começara a andar nesse compasso.

A ideia de que o museu fosse um alvo a assustava, mas o medo não a assustava menos. Seria de esperar que os judeus já tivessem superado isso. "Nunca mais" e toda essa conversa. Bem, era difícil imaginar-se como deportada num vestido florido veranesco, carregando uma maletinha, os olhos vidrados pelo terror, enquanto percorria as ruas arborizadas de St. John's Wood usando pulseiras tilintantes e portando uma bolsa de mil e quinhentas libras. Mas a mulher de olhos fundos dentro de um vestido florido... não teria também achado difícil imaginar seu destino?

Era ou não paranoia? Não sabia dizer. Ninguém sabia. Alguns afirmavam que os paranoicos fabricam aquilo que temem. Mas como isso seria possível? Como o fato de ter medo do ódio podia fabricá-lo? Haveria nazistas que não sabiam ser nazistas até que um judeu se mostrou alarmado? Será que o cheiro da apreensão judaica os levara aos alfaiates em busca de uma camisa marrom e botas militares?

O velho *foetor Judaicus*. Ela sempre entendeu que o cheiro imaginário seria sulfuroso, um acompanhamento para rabo e chifres, prova cabal de que o judeu era amigo do diabo e tinha seu habitat natural no inferno. Uma sala em seu museu mencionaria o *foetor Judaicus* ao lado de outras superstições cristãs acerca dos judeus, agora relegadas à lixeira do ódio medieval, um lembrete do progresso feito pelos judeus neste país.

Ou não houvera progresso?

Mas... e se o *foetor Judaicus* não fosse, em absoluto, infernal na origem? E se o cheiro que os cristãos medievais farejavam nos corpos chifrudos e peludos dos judeus fosse simplesmente o cheiro do medo?

Nesse caso — se existem pessoas capazes de matar porque são excitadas pelo odor do medo da vítima —, seria o próprio conceito de antissemitismo um afrodisíaco, um impulso erótico para o desprezo?

Talvez. Ela própria desprezava a palavra. *Antissemitismo*. Soava medicinal, antisséptica. Alguma coisa para ser guardada a sete chaves no armarinho do banheiro. Há muito ela prometera a si mesma jamais abrir esse armarinho. Se for possível evitar, não se deve ver a coisa: se for possível evitar, não se deve usar a palavra. Antissemita, antissemita, antissemita — a ausência de musicalidade lhe feria o ouvido, a trivialidade a degradava.

O que não podia perdoar nos antissemitas era o fato de a obrigarem a chamá-los de antissemitas.

Uma dupla de muçulmanos, talvez numa pausa para conversar a caminho da Mesquita de Regent's Park, olhou-a de um jeito que a deixou desconfortável. Ou teria ela olhado para os dois de um jeito que os deixou desconfortáveis? Hephzibah parou para remexer na bolsa em busca das chaves. Os homens seguiram seu caminho. Do outro lado da rua um rapaz de uns dezenove anos falava ao celular. Segurava o aparelho de forma suspeita, pensou ela, ninando-o, como se apenas fingisse estar falando. Será que usara o telefone como câmera?

Ou como detonador?

2

Treslove tentou marcar um encontro com Finkler. Havia muito a conversar. Libor, para começar. Por onde andava ele? Como estava?

E a peça. Tudo bem que Finkler quisesse bancar o palhaço a respeito, mas algo precisava ser dito. Talvez uma peça-resposta precisasse ser escrita. *Filhos de Ismael* ou *Filhos de Jesus*. Treslove se disporia a fazer, ele próprio, uma investida, mas não era escritor. Nem conheço muito desse assunto, disse a Hephzibah, embora isso, conforme os dois concordaram, não houvesse detido os autores de *Filhos de Abraão*. Finkler, por outro lado, produzia palavras como se fosse uma fábrica. E parecia estar se tornando mais fluido em termos de política. Mais fluido em alguma coisa, de todo jeito.

— Não conte com isso — disse Hephzibah, ao que Treslove atribuiu uma dezena de interpretações, todas elas perturbadoras da sua paz de espírito.

Hephzibah, naturalmente, era outro motivo para Treslove ficar cara a cara com Finkler.

Não que pretendesse abordar, de saída, esse tópico. Mas Finkler talvez o fizesse. E ainda que não o fizesse, uma frase ou olhar estranho decerto revelaria algo.

E havia a questão das prostitutas. Treslove não tinha a intenção de xeretar ou dar conselhos. Não dispunha de conselhos para dar. Mas supostamente era amigo de Finkler. E se Finkler andava baratinado, bom...

Ligou para o amigo.

— Vamos sair para nos divertirmos.

Mas Finkler não estava a fim.

— Perdi a graça — respondeu.

Os dois haviam bolado uma resposta-padrão para isso na escola.

— Eu encontro para você.

— Bacana da sua parte, mas duvido que você saiba onde procurar. Vamos deixar para outra hora, se você concordar.

Não falou que tinha prostitutas para visitar. Ou pôquer on-line para jogar. Ou que, na verdade, o que perdera era dinheiro. Nem disse *Mande um beijo para Hep*. Seria essa omissão significativa?

A mensagem de texto de Alfredo sobre as prostitutas continuava a incomodar Treslove. Inclusive com relação a Alfredo. Por que a maldade? Por que a malcriação? Ou estaria tentando dizer ao pai que ele próprio se via agora reduzido a procurar prostitutas graças à sua criação depravada? Você é uma tamanha merda de pai que sou obrigado a buscar consolo nas putas.

Treslove rogou-lhe uma praga. E imediatamente voltou atrás. Por que tamanha vontade de ser judeu quando podia ter se saído melhor sendo pai?

Não entendia por que alguém se dispunha a buscar consolo nas putas. Pessoalmente, não curtia sexo dissociado de amor. E não tinha motivos para crer que Finkler fosse diferente. Por isso, das duas, uma: ou ele estava tão dissociado de si mesmo que não havia mais como saber do que era capaz, inclusive dar em cima de

Hephzibah, ou já havia dado em cima de Hephzibah e, rejeitado, recorrera às prostitutas como Treslove recorria à ópera.

A menos que tivesse dado em cima de Hephzibah, sido bem-recebido e procurado prostitutas: a) para aplacar a culpa, ou b) para expressar a superabundância da própria satisfação. Essa última Treslove podia entender: transar com uma segunda mulher, movido pelo pós-efeito delirante de ter acabado de transar com a primeira.

Mas não uma prostituta. Não depois de Hephzibah.

Treslove não queria estar sentindo nada disso. Nem quanto ao amigo, que provavelmente apenas se encontrava ainda nas garras do luto da viuvez, nem quanto a Hephzibah, extremamente preocupada com a iminente inauguração do museu e que não haveria de agradecer a Treslove por sobrecarregá-la com suas estapafúrdias preocupações sobre adultério. Nem quanto a si mesmo. Desejava ser feliz. Ou, se já era feliz, ser mais feliz. Sadio. Ou se já era sadio, mais sadio ainda.

Não acreditava plenamente nas próprias suspeitas. Ciúme não lhe era algo natural. Não se tratava de cabotinice. Tentou desenvolver uma forte emoção quanto a Finkler e Abe e qualquer um que Hephzibah estivesse encontrando no museu, o arquiteto, o empreiteiro de obras, o eletricista, o sujeito contratado para limpar a gordura de bacon das maçanetas, até mesmo a pessoa responsável por emporcalhá-las, mas não conseguiu achar nenhuma raiva ou tristeza duradoura. A praia de Treslove era exclusão, não ciúme. E embora os dois sentimentos fossem relacionados, não eram a mesma coisa. Ciúme o teria deixado com raiva de Hephzibah, talvez chegasse mesmo a excitá-lo. Mas ele se sentia apenas solitário e rejeitado.

Era como ser uma criança em meio a adultos; não carente de amor, mas de atenção. No máximo o toleravam. Ele não era o artigo genuíno, trocando em miúdos. Não só não era judeu, como os judeus o achavam uma piada.

O *goynuino*.

A família de Hephzibah era um exemplo. Toda vez que ela o levava para conhecer o primo de segundo grau de uma tia afim de terceiro grau, sempre cercada de sobrinhos e sobrinhas e dos filhos destes, iguaizinhos aos do último lote, mas não parte dele, todos partiam para cima de Treslove, como se o tivessem encontrado vagando nu e emudecido na Mata Atlântica, a fim de serem os primeiros a lhe explicar as complexidades das relações familiares no mundo civilizado, informações pelas quais ele decerto seria grato, caso não lhe fossem fornecidas como se qualquer sistema de parentesco que não a condição de filho único de pais divorciados e drogados estivesse além da compreensão de um gentio.

No mesmo espírito eles o alimentavam, empanturrando-o de comida como se uma refeição decente fosse coisa que ele não via desde quando fora abandonado nas mãos dos silvícolas vinte anos antes e por isso não soubesse o nome de coisa alguma além de mato, nem se encontrasse preparado para identificar o gosto de coisa alguma além de coco.

— Cuidado, isto é picante! — gritavam, quando o flagravam passando rábano numa fatia de língua, embora ele soubesse que a banana amassada e o pêssego em calda que lambuzava a cara toda de um dos bebês fossem bem mais picantes.

Em seguida vinha o comentário:

— Talvez você não goste, é língua, nem todo mundo encara língua.

Nem todo mundo? Teriam eles por acaso se tornado *todo mundo* no instante em que lhe puseram os olhos?

Não era por mal, ele sabia. Justo o oposto. E Hephzibah achava tudo muito engraçado, aproximando-se dele durante o processo e passando-lhe as mãos pelos cabelos. Mas a coisa toda o desgastava. Não havia trégua. Jamais lhe abriram a porta e disseram: *Julian, que bom ver você, entre. Não temos nada em termos de comida ou outros segredos da nossa cultura com que testá-lo hoje e não estamos mais atentos ao fato de você ser gentio do que ao de sermos judeus.*

Treslove sempre foi uma curiosidade para eles. Sempre foi uma espécie de bárbaro que era preciso apaziguar com contas e espelhos. Ele acusava a si mesmo de ingratidão e falta de humor. Toda vez perdia a paciência, prometia aprender a se sair melhor. Mas nunca conseguiu. Eles não deixavam. Não o admitiam em seu meio.

Então, quando admitiram...

3

O incidente do rosto pintado.

Certa vez, nos tempos de faculdade, Treslove conheceu uma bela hippie, uma genuína filha etérea da natureza e da maconha, que usava uma versão menina-moça de camisola de menininha. O encontro se deu numa festa retronostalgia em que os participantes fingiam ser seus pais como imaginavam que seus pais tivessem sido. Mas não era apenas representação, já que todos tinham uma agenda ecológica.

Por mais que estivesse cursando um módulo em Poluição e Conservação, Treslove não tinha, propriamente, uma agenda ecológica, mas agradava-lhe o fato de outros terem. Fornecia munição para uma boa festa.

Era uma noite de início de verão, e a ternura pairava no ar. Sentados em almofadões no chão, todos diziam entre si o que pensavam uns dos outros. Muito raramente alguém expressava algo que não fosse profunda afeição. Havia velas no jardim, música tocando, gente se beijando, figuras de papel colorido pendiam das árvores, e os convidados pintavam o rosto uns dos outros.

Treslove tinha pouca aptidão para qualquer tipo de arte, mas para pintura de rosto sua aptidão era nula. A bela hippie flutuou até o banco de jardim onde ele estava sentado fumando um baseado. Através do vestido de menininha ele pôde ver aqueles seios de menina-moça.

— Paz — saudou Treslove, oferecendo-lhe o baseado.

Ela carregava os apetrechos de pintura.

— Me pinte — pediu.

— Não posso — disse Treslove. — Não dou para isso.

— Todo mundo sabe pintar — insistiu a garota, ajoelhando diante dele, oferecendo-lhe o rosto. — Deixe as cores fluírem.

— As cores simplesmente não fluem comigo — explicou Treslove. — E nunca consigo imaginar um tema.

— Me pinte do jeito como você me vê — disse ela, fechando os olhos e puxando para trás o cabelo.

Assim, Treslove pintou um palhaço. Não um palhaço elegante ou trágico. Não um Pierrô ou uma Pierrete, mas um palhaço típico, com um absurdo narigão vermelho e grandes rodelas brancas contornadas de tinta preta em torno da boca e acima dos olhos, bem como bolachas encarnadas nas bochechas. Um palhaço borrado, babaca e babão.

A garota chorou quando viu o que ele fizera com ela. O dono da festa pediu que ele se retirasse. Todos o encaravam. Inclusive Finkler, que viera de Oxford para passar o fim de semana e que

Treslove levara como seu convidado. Finkler estava abraçado a uma moça cujo rosto ele pintara artisticamente com formas flutuantes, ao estilo Chagall.

— O que foi que eu fiz? — quis saber Treslove.

— Você me fez de boba — respondeu a garota.

Por nada neste mundo Treslove a teria feito de boba. Para ser exato, apaixonara-se por ela enquanto a pintava. A questão é que um nariz vermelho, uma bocarra branca e bolachas encarnadas nas bochechas foi tudo que ele conseguiu pensar em pintar.

— Você me humilhou — gritou a garota, soluçando num lenço de papel. As lágrimas, misturadas à pintura, fizeram com que ela parecesse ainda mais ridícula que antes. Ela estava fora de si de desespero.

Treslove olhou para Finkler em busca de apoio. Finkler balançou a cabeça como se faz com alguém com quem se teve uma paciência infinita no passado, mas que já não era mais possível continuar perdoando. Apertou mais a sua acompanhante nos braços para que ela não precisasse ver o que o amigo havia feito.

— Saia — ordenou o anfitrião.

Treslove demorou um bocado para se recuperar do incidente. Ficou marcado, a seus próprios olhos, como um homem que não sabe se relacionar com terceiros, sobretudo com mulheres. Dali em diante, relutava toda vez que o convidavam para uma festa. E se sobressaltava, do jeito como algumas pessoas se sobressaltam ao ver uma aranha, toda vez que via um kit infantil de pintura ou amigos pintando os rostos uns dos outros.

Que a garota que pintara de palhaço pudesse ser a Judite que se vingou dele do lado de fora da J. P. Guivier naturalmente lhe passou pela cabeça. Tudo passou pela cabeça de Treslove. Para tanto, porém, ela precisaria ter mudado consideravelmente ao longo dos anos, tanto em termos de aparência quanto de gênio.

Seria provável, também, que ela acalentasse tal ressentimento não apenas durante mais de vinte e cinco anos, mas a ponto de deliberadamente rastrear o paradeiro de Treslove e segui-lo pelas ruas de Londres? Não. Mas, por outro lado, os efeitos de um trauma são incalculáveis. Será que ele, com um kit de pintura, transformara aquela menina doce numa brutamontes louca e incapaz de perdoar?

Essas perguntas não passavam de puramente acadêmicas agora que Treslove se tornara um finkler. O que acontecera acontecera. Com efeito, ele se lembrou do incidente da pintura apenas quando Hephzibah o levou a uma reunião de família para comemorar um aniversário, durante a qual surgiu um kit de pintura. Embora as crianças não costumassem tomar muito conhecimento da presença de Treslove, a quem conseguiam não enxergar, uma menininha – ele não sabia ao certo seu parentesco com Hephzibah e por isso concluiu que era uma sobrinha-bisneta (ou, se assim não fosse, uma tia-bisavó) –, sabe-se lá por que motivo inexplicável, o viu.

– Você é o marido da Hephzibah? – perguntou a ele.

– Digamos – respondeu Treslove.

– Digamos que sim ou que não?

Treslove ficava pouco à vontade quando falava com crianças, sem saber se devia encará-las como uma versão muito jovem de si mesmo ou como versões muito velhas de si mesmo. Como a menina era uma finkler e, consequentemente, presumiu ele, sobrenaturalmente inteligente, Treslove optou pela versão muito velha de si mesmo.

– Digamos que ambas as coisas – respondeu. – Aos olhos de Deus, ainda que não aos olhos da sociedade, sou marido dela.

— Meu pai diz que Deus não existe — retrucou a garotinha.

Isso levou Treslove aos limites do seu conhecimento em termos de conversa com crianças.

— Bem, então pronto.

— Você é engraçado — retorquiu a garotinha. Havia nela uma precocidade com a qual Treslove não conseguia atinar. A menina parecia quase estar flertando com ele, impressão esta reforçada pelas roupas de adulta que usava. Ele já reparara nessa característica nas crianças finklers. As mães as vestiam no auge da moda adulta, como se não pudessem desperdiçar oportunidade alguma de achar um marido para as meninas.

— Engraçado como?

— Diferente.

— Entendi — disse ele. Com diferente será que ela queria dizer não finkler? Seria tão evidente para uma criança?

Foi nesse ponto que Hephzibah apareceu com o kit de pintura.

— Vocês dois parecem estar se dando muito bem — comentou.

— Ela sabe que não sou *unserer* — disse Treslove baixinho. — Me tomou por *anderer*. Que coisa estranha.

Unserer, conforme o termo era usado pela família de Hephzibah, significava judeu. Um de nós. *Anderer* era um *deles*. O inimigo. O forasteiro. Julian Treslove.

— Que bobagem — contestou Hephzibah, baixinho.

— Por que vocês estão cochichando? — perguntou a garotinha. — Meu pai disse que é falta de educação cochichar.

Falta de educação cochichar, pensou Treslove, mas não é falta de educação ser ateu aos sete anos, porra.

— Já sei — atalhou Hephzibah. — Por que você não pede ao Julian com jeitinho para ele pintar seu rosto?

— Julian com Jeitinho, você pinta meu rosto para mim? — disse a menina, divertindo-se às custas da própria piada.

— Não — respondeu Treslove.

A garotinha abriu a boca de espanto.

— Julian! — exclamou Hephzibah.

— Não posso.

— Por que não?

— Não posso. Basta.

— Porque você acha que ela sabe que você não é *unserer*?

— Não seja ridícula. Simplesmente não pinto o rosto dos outros.

— Pinte o dela. Olhe, ela ficou nervosa.

— Desculpe se deixei você nervosa — disse ele à garotinha. — Mas é melhor você se habituar à ideia de que nem sempre se consegue o que se quer.

— Julian! — exclamou novamente Hephzibah. — É só uma brincadeira. Ela não está pedindo que você compre uma casa para ela.

— *Ela* — atalhou Treslove — não está pedindo nada. Você está.

— Então você está querendo ensinar *a mim* o que não se deve esperar da vida?

— Não estou ensinando nada a ninguém. Só que pintar rostos não é a minha praia.

— Mesmo que duas jovens estejam profundamente nervosas com a sua recusa?

— Não banque a engraçadinha, Hep.

— E você não seja do contra. Pinta logo a droga da cara dela.

— Não. Quantas vezes preciso repetir? Não. Pintar a cara dos outros não é a minha praia. O.k.?

Em seguida ao que, no que Hephzibah descreveu para si mesma como o mais fresco dos ataques de petulância, Treslove deu uma rabanada e deixou a sala. Com efeito, deixou a casa. Quando Hephzibah chegou de volta, muitas horas depois, encontrou-o na cama com a cara virada para a parede.

Hephzibah não era mulher de cultivar silêncios.

— Então, o que foi aquilo? — perguntou.

— Você sabe o que foi aquilo. Pintar a cara dos outros não é minha praia.

Hephzibah entendeu que aquilo era um código para *Sua família não é a minha praia.*

— Muito bem — disse ela. — Então quer parar por favor com essa fantasia de como você nos acha maravilhosos?

Treslove entendeu que *nós* era um código para finklers.

Não prometeu que iria parar. Mas também não disse a ela que sua conclusão estava errada.

Tudo era demais para ele — crianças, festas, pintura de rostos, famílias, finklers.

Seu olho havia sido maior que a barriga.

4

Ainda assim, ele era mais eles do que eles, sentia mais por eles e pelo que eles defendiam do que, pelo que podia perceber, eles eram capazes de sentir por si mesmos. Não teria ido tão longe a ponto de dizer que lhes era necessário, mas era, não é mesmo? Eles *precisavam* de Treslove.

Saíra do teatro espumando de raiva. Em nome de Hephzibah. Em nome de Libor. Em nome de Finkler, independentemente do que Finkler sentira ou fingira sentir quanto à peça venenosa. Nossa, ele estava até mesmo disposto a sentir raiva em nome de Abe, cujo cliente chamara o Holocausto de férias e se perguntava por que perdera o emprego enquanto mergulhava no Mediterrâneo.

Alguém tinha de sentir o que ele sentia porque em nome de si mesmos o que é que eles sentiam? Não o suficiente. Hephzibah, Treslove sabia, ficou zangada e desolada, mas preferiu fechar os olhos. Finkler achou que era tudo uma grande piada. Libor virara as costas para tudo e para todos. Restava apenas ele, Julian Treslove, filho de uma melancólica e de um vendedor de charutos inamistoso que tocava violino onde ninguém pudesse ouvi-lo; Julian Treslove, ex-BBC, ex-administrador artístico, amante de uma só transa de uma série de garotas descarnadas sem futuro que usavam sutiãs em excesso, pai de um homossexual não assumido fazedor de sanduíches e de um pianista oportunista e antissemita; Julian Treslove, finklerófilo e aspirante a finkler, embora os finklers em seu separatismo étnico-religioso, ou seja lá como quisessem chamá-lo, simplesmente não estivessem nem aí para isso.

É difícil continuar indignado em nome de pessoas que se comportam com a gente exatamente como seus acusadores dizem que elas se comportam com todos os demais, sobretudo quando tais acusações são o motivo em si da nossa indignação. Difícil, porém não impossível. Treslove percebeu aonde isso o estava levando e se recusou a seguir esse curso. Uma noção de verdade – verdade política e verdade artística – se sobrepunha a essas traições e decepções pessoais. *Filhos de Abraão*, como a maior parte de seus similares, não passava de um travesti do pensamento dramático porque lhe faltava a imaginação do que seja o outro, porque atribuía à própria arrogância uma supremacia da verdade, porque confundia propaganda com arte, porque incitava os ânimos, e Treslove devia a si mesmo, que se danassem seus amigos inadequadamente ofendidos, não aceitar ser incitado. Quem dera ainda fosse encarregado de um programa dedicado às artes. Adoraria dar à peça — *Filhos*, como sem dúvida devia ser chamada pela confraria — uma crítica devastadora às três da madrugada.

Seria a contribuição de Treslove para a honra e a veracidade.

— Você está querendo dizer que o sionismo não deve ser criticado? Está negando o que vimos com nossos próprios olhos na tevê? — diriam os chefões da BBC ao analisar o programa, como se ele, Julian Treslove, filho de um vendedor de charutos melancólico e inamistoso etc., de repente tivesse se tornado o porta-voz do sionismo, ou como se fosse possível descobrir a verdade em dez segundos no *Newsnight,* ou como se a humanidade fosse incapaz de lidar com um erro sem instigar o cometimento de outro.

Treslove sabia o que pensava. Pensava que não haveria como solucionar isso até ocorrer um novo Holocausto. Podia prever porque estava de fora. Podia se dar ao luxo de ver o que eles — seus amigos, sua amada — não ousavam enxergar. Os judeus não teriam permissão para prosperar, salvo como sempre prosperaram, à margem, nas salas de concerto e nos bancos. *Ponto.* Como diziam seus filhos. Qualquer coisa a mais não seria tolerada. Uma corajosa ação de retaguarda frente a dificuldades insuperáveis era uma coisa. O que quer que parecesse vitória e paz era outra história. Não seria encampado nem pelos muçulmanos, para os quais os judeus eram uma espécie de falsos irmãos covardes, a serem sempre mantidos em seus lugares, nem pelos cristãos, para os quais os judeus eram anátemas, e nem pelos próprios judeus, para os quais não passavam de um motivo de constrangimento.

Essa era a soma total das descobertas de Treslove depois de passar um ano como finkler por adoção, ainda que apenas a seus próprios olhos e de mais ninguém: os judeus não tinham a mínima chance.

Precisamente como ele.

Assim, pelo menos nisso eles estavam juntos. Embolados.

"Em *schtuck*" era uma das expressões favoritas do pai, um homem que levou a vida, basicamente, sem se expressar. Ao recordá-la, recentemente, Treslove imaginou que a palavra devia ser iídiche, e o fato de o pai usá-la provava que alguma porção judia tentava escapar dele à força. *Schtuck* – parecia iídiche, soava iídiche e significava algo – uma espécie de mistureba pegajosa – que somente em iídiche podia ser adequadamente expresso. Só que Treslove não conseguiu encontrá-la em nenhum dicionário de iídiche do museu. A prova de sua ascendência judaica revelou-se, como sempre, recalcitrante. Ao menos nisso, contudo, ele era um judeu – estava metido num baita *schtuck*.

5

O pior, lembrou-se Libor, eram as manhãs. Para ela e para ele, mas era nela que estava pensando.

Não havia como se reconciliar com isso: nenhum dos dois tinha o que se pode chamar de fé religiosa, ambos rejeitavam consolo fácil, mas havia um momento em que a claridade era incipiente e ele se deitava ao lado dela, acariciando-lhe o cabelo ou segurando-lhe a mão, sem saber se a esposa estava acordada ou adormecida – mas pensando nela, não em si mesmo –, um momento em que, acordada ou adormecida, lhe parecia que ela aceitara o que não podia senão aceitar, e a ideia de voltar ao pó ou até mesmo ao nada, havia sido silenciosamente aceita.

Ela podia sorrir para ele à noite, quando a dor amainava. Podia olhar dentro dos olhos dele, chamá-lo com um gesto e sussurrar ao seu ouvido o que Libor supunha tratar-se de algo para ficar guardado como uma terna lembrança, mas que acabava se revelando uma alusão grosseira, uma obscenidade até. Ela queria fazê-lo rir, porque tantas vezes os dois haviam rido juntos. Ele a fizera rir no início. O riso tinha sido seu presente mais precioso para ela. Sua capacidade de fazê-la rir foi o motivo – um dos motivos – por que ela o escolhera em detrimento de Horowitz. O riso jamais foi incompatível com as emoções mais delicadas que ela tinha em si. Malkie podia explodir em gargalhadas e ser meiga ao mesmo tempo. E agora queria que o riso fosse seu derradeiro presente para o marido.

Nas fugazes alternâncias entre baixaria e ternura, em algum ponto entre a consciência e o sono, a claridade e a escuridão, os dois acharam – ela achou, ela achou – um *modus morti*.

Era suportável, então. Não se tratava de paz ou resignação, mas de um casamento do fato da morte com o fato da vida. Embora ela estivesse morrendo, eles ainda viviam. Juntos. Libor apagava as luzes, voltava a deitar-se com a esposa e a ouvia desligar, sabendo que ela estava vivendo com a morte.

Só que pela manhã o horror daquilo tudo retornava. Não só o horror da dor e da percepção da própria aparência, mas o horror da consciência.

Se Libor ao menos pudesse tê-la poupado dessa consciência! Ele seria capaz de morrer para poupá-la disso, mas sua morte seria um ônus adicional e, segundo ela mesma, uma perda maior. Ele não aguentava, quando raiava o sol, vê-la acordar para aquilo que talvez tivesse esquecido enquanto dormia. Ele imaginava o mais ínfimo fracionamento do tempo, o milésimo de um milionésimo de segundo de puro martírio mental no qual a incontroversibilidade terrível da sua vida encerrada voltava para assombrá-la. Nada de riso nem de obscenidades confortadoras nos primeiros minutos do dia. Nada de companheirismo na dor também. Malkie ficava ali deitada sozinha, sem vontade de ouvi-lo, indisponível para ele, olhando para o teto — como se esta fosse a via de saída que finalmente decidira adotar —, vendo a certeza gélida de que logo voltaria ao nada.

A manhã sempre a aguardava. Independentemente do ponto a que tivessem chegado na noite anterior e por mais que Libor acreditasse que ela pudesse nutrir alguma ilusão de conviver com a própria morte, a manhã sempre sepultava essa possibilidade.

Assim também, a manhã sempre aguardava Libor. A manhã à espera de que Malkie acordasse. E agora, a manhã à espera de que ele mesmo acordasse.

Libor adoraria ser um crente. Adoraria que ambos pudessem sê-lo, embora um deles talvez tivesse levado o outro junto. Mas a crença tinha seu viés de dúvida também. Como poderia ser diferente? Entender o sentido de tudo à noite, até mesmo ver a face de Deus, quando se tem sorte — a *shechina*: ele sempre amou esse conceito ou, ao menos, a ideia. O resplendor de Deus. Mas no dia seguinte, ou no seguinte ao seguinte, isso desaparecia. A fé não tinha mistério para ele: o mistério para ele era apegar-se à fé.

Ele beijava os olhos da esposa à noite e tentava adormecer na esperança. Mas as coisas não melhoravam, elas pioravam, precisamente porque todo e qualquer esforço para sentir-se melhor, para aceitar, submeter-se, conformar-se — faltava-lhe a palavra — não sobrevivia mais que uma única noite. Nada jamais se resolvia. Nada jamais se definia. O dia começava mais uma vez como se o horror brotasse nela naquele exato momento pela primeira vez.

E também nele.

6

A vida de Tyler se encerrou de forma muito mais rápida. Uma mulher célere em tudo que fazia, inclusive em seus adultérios, ela lidou de maneira profissional com a morte. Providenciou o que precisava ser providenciado, deixou instruções, exigiu determinados compromissos de Finkler, despediu-se da maneira menos emotiva possível dos filhos, trocou um aperto de mão com Finkler como se concluísse um negócio que não tivesse funcionado divinamente, porém também não de todo mal, apesar dos pesares, e morreu. "É só isso que me cabe?", Finkler teve vontade de perguntar sacudindo-a pelos ombros.

Com o passar do tempo, porém, ele descobriu que havia coisas que a esposa quisera lhe dizer, assuntos que quisera trazer à tona, mas que, fosse por medo de perturbá-lo ou por medo de perturbar a si mesma, ela evitara. Não se tratava de questões de natureza sentimental ou emotiva — embora ele continuasse a encontrar cartas que havia lhe escrito e fotos de ambos e da família que ela juntara e amarrara com fitas antes de guardar em lugares que Finkler supunha serem sagrados —, mas questões de natureza prática e até mesmo polêmica, lembranças das discórdias do casal, como os documentos relativos à conversão dela ao judaísmo e uma série de artigos escritos por ele, que Tyler, sem o seu conhecimento, enchera de anotações e arquivara, além de uma fita cassete do episódio de *Meus Discos numa Ilha Deserta* no qual ele declarou ao mundo sua mortificação, algo que ela prometera jamais, jamais na vida, lhe perdoar.

Numa caixa onde se lia "Para ser aberta pelo meu marido quando eu não estiver mais aqui", que, a princípio, ele achou que a esposa tivesse arrumado antes de partir num sentido mais mundano —

será que algum dia ela pensara *seriamente* em deixá-lo?, perguntou-se –, Finkler encontrou fotos suas como um garoto judeu no próprio bar mitzvah, fotos suas como um bom noivo judeu no próprio casamento e fotos suas como um bom pai judeu nos bar mitzvahs dos filhos (estas num envelope marcado com um grande "?", como se a perguntar por que, por que, Shmuelly, você consentiu em realizar qualquer dessas cerimônias se pretendia cagar em cima delas?), juntamente com alguns artigos sobre a religião judaica e sobre o sionismo, alguns de autoria dele, com profusas anotações, alguns de autoria de outros jornalistas e acadêmicos, e um curto manuscrito escrito à máquina, protestatório, excessivamente pontuado e muito bem arrumado numa pasta de plástico, como um dever de casa, de autoria de ninguém menos que Tyler Finkler, sua esposa.

Finkler dobrou-se em dois e chorou ao encontrá-lo.

Tyler era por demais estressada para ser uma boa escritora, Finkler sempre achara. O próprio Finkler não era perito em estilo, mas sabia como fazer funcionar uma frase. O crítico de um dos seus primeiros livros de autoajuda – Finkler não tinha certeza se o sujeito pretendera ser gentil ou grosseiro e optou pela primeira hipótese – comentou que ler a sua prosa era como fazer uma viagem de trem na companhia de alguém que poderia ser um gênio, mas poderia perfeitamente também ser um retardado. A prosa de Tyler não alternava entre esses dois extremos. Lê-la era como fazer uma viagem de trem com uma pessoa indubitavelmente inteligente que dedicara a vida a escrever cartões de cumprimentos. Crítica, com efeito, recebida pelo primeiro best-seller de Finkler, *O flerte socrático: como usar a razão para ter uma vida sexual melhor.*

Tyler pusera suas ideias no papel movida por um repentino insight acerca do marido. Ele também era judeu. Não sofria de uma insuficiência de raciocínio ou de temperamento judaico, mas, sim, do oposto. Todos eles sofriam, esses judeus *shande* (esse era o nome dado por ela aos MORTificados. *Shande* queria dizer vergonha no sentido de desonra, e era assim que Tyler os via, como *causadores* de vergonha). Finkler, o sacana arrogante, acima de todos os outros.

"O problema do meu marido", escreveu, como se o destinatário fosse um advogado de família, embora, ao invés, fosse o próprio Finkler, "é que ele pensa que pulou a cerca judaica que o pai ergueu à sua volta, mas, ainda assim, continua a enxergar tudo de um ponto de vista TOTALMENTE judaico, inclusive os judeus que o decepcionam. Onde quer que sua vista alcance, seja em Jerusalém, em Stamford Hill ou Elstree, ele vê judeus vivendo igualzinho a todo mundo, não melhor. E porque não são excepcionalmente bons, sua dedução — segundo sua extremista lógica judaica — é que são excepcionalmente maus! Como os judeus convencionais de que zomba para confrontar o pai, meu marido advoga com arrogância o princípio de que os judeus existem para ser 'a luz das nações' (Isaías, 42,6) ou não merecem de todo existir."

Finkler chorou mais algumas vezes. Não devido ao que a esposa lhe havia imputado, mas devido à precisão infantil de suas citações bíblicas. Dava para vê-la debruçada sobre a página, concentrada. Talvez tivesse recorrido a uma Bíblia para se assegurar de citar corretamente Isaías. Isso o fez vê-la como uma garotinha na aula dominical de catecismo, lendo a respeito dos judeus enquanto mordiscava um lápis, sem saber que um dia se casaria e entregaria a vida a um deles e se tornaria, ela própria, uma judia, embora não aos olhos dos judeus ortodoxos como o sogro. E talvez, igualmente, nem aos olhos do próprio Finkler.

Em nenhum momento ele se mostrara solidário quanto às aspirações judaicas de Tyler. Não precisava estar casado com uma judia. Já era suficientemente judeu – ao menos em termos de ascendência – para bastar aos dois. Tudo bem, dissera quando ela lhe contou o que pretendia fazer. Presumiu que Tyler quisesse um casamento judeu. Que mulher não haveria de querer um casamento judeu? Tudo bem.

Lá se foi ela falar com os rabinos e quando lhe disse que optaria pela via da Reforma, Finkler assentiu sem prestar atenção. Ela bem poderia estar falando de uma viagem de ônibus que planejava fazer. Levaria mais ou menos um ano, acrescentou ela, talvez mais ainda, porque partiria do zero. Tudo bem, concordou ele. Leve o tempo que quiser. Não porque assim lhe sobraria mais tempo para passar com as amantes. Não se casara ainda com Tyler – ela não se casaria enquanto não se tornasse judia –, e por isso as amantes ainda não haviam entrado na história. Finkler era escrupuloso. Não teria amantes antes de ter esposa. Outra mulher, sim; uma amante, não. Era um filósofo, a terminologia fazia diferença para ele. Por isso não havia motivo para sua indiferença. Mas não conseguia levar a sério a decisão da esposa de tornar-se uma boa judia, simplesmente porque estava pouco se lixando para isso.

Durante quatorze meses Tyler teve aulas uma vez por semana. Nelas aprendeu hebraico, segundo apurou Finkler, ouviu sabe Deus o quê sobre a Bíblia, descobriu o que não comer, o que não vestir, o que não dizer, como gerir um lar judeu e como ser uma mãe judia, desfilou perante um conselho de rabinos, deixou-se mergulhar (por insistência própria) na água, e – viva! – Finkler ganhou uma noiva judia. Ele não ouvia quando toda semana ela tentava interessá-lo no que aprendera. A vida *dele* era mais interessante. Finkler assentia, mudo, esperava que ela terminasse e depois lhe contava sobre o encontro que tivera com um editor. Estava no caminho certo. Começava a chamar atenção. Acaso ela queria um Moisés para guiá-la até a Terra Prometida? Ele não era esse Moisés. Ela devia apenas segui-lo.

Tão pouco ele reparava nos estudos da esposa que, pelo que sabia, ela bem poderia estar tendo um caso com um dos rabinos. Essas coisas acontecem. Os rabinos também eram homens de carne e osso. E ensinar era... bem, Finkler sabia tão bem quanto qualquer um o que era ensinar.

Ele não a teria censurado se fosse esse o caso. Agora que estava morta, ele desejava que a esposa tivesse tido uma vida melhor que a que dera a ela. Nenhum marido é mais magnânimo, pensou, do que o que acabou de enviuvar. Alguém escrevera um artigo sobre isso.

Foi na aula de conversão, supostamente, que ela ouviu falar sobre a aspiração judaica de ser "a luz das nações". Teriam eles – o rabino que ele gostaria que estivesse apaixonado por ela e que secretamente esperava que a tivesse levado em segredo a restaurantes *kosher* para ensiná-la a comer pudim de *lokshen* – teria *ele* lhe mostrado como acrescentar um pequeno parêntese destacando capítulo e versículo citados?

Pobre Tyler.

(Tyler Finkler, 49,3) A idade que ela tinha ao morrer e o número de filhos que se viram órfãos de mãe.

Isso lhe partiu o coração, o que não o impeliu a prosseguir com a leitura. A última coisa que desejava recordar a respeito da esposa era sua instrução hebraica elementar. Tornou a guardar o artigo escrito por Tyler na pasta, atirou-lhe um beijo, e pôs a caixa na qual o encontrara na parte de baixo do armário, onde ficavam os sapatos de Tyler.

Apenas na noite em que voltou do teatro onde fora com Hephzibah e Treslove assistir a *Filhos de Abraão*, o impulso de tornar a lê-lo o assaltou. Não soube dizer por quê. Talvez se sentisse sozinho sem ela. Talvez estivesse desesperado para ouvir sua voz. Ou talvez simplesmente precisasse de algo, fosse o que fosse, que o impedisse de ir até o computador e jogar pôquer.

Os argumentos eram os mesmos de que se lembrava, mas ele se sentia mais benevolente agora. Às vezes um marido demora para descobrir que as palavras da esposa merecem atenção.

Ela esbarrara num paradoxo.

(Imagine – Tyler esbarrando num paradoxo! Quanta coisa um marido desconhece acerca da capacidade da própria esposa!)

O paradoxo era o seguinte:

"Os judeus *shande*, com os quais meu marido passa suas noites (quando não as passa com as amantes), acusam os israelenses, os quais eles chamam de 'companheiros sionistas de viagem' de se considerarem donos de um status moral *especial* que lhes dá o direito de tratar todos os demais como merda, mas essa acusação se baseia na suposição de que os judeus gozam de um status moral especial e por isso não deveriam pensar assim (você se lembra, Shmuel, do que dizia aos meninos quando eles se queixavam de estarem sendo criticados por fazerem exatamente o mesmo que faziam os outros garotos? – 'Julgo vocês com base num padrão mais exigente', você lhes dizia. Por quê? Por que você – justo você – julga os judeus com base num padrão mais exigente?)."

Seu próprio marido "sábio" lhe dissera que o Estado de Israel – um Estado cujo nome ele não suportava pronunciar sem acrescentar um "i" pejorativo – derivara de um ato brutal de expropriação. E que Estado não surgiu assim?, indagava Tyler, citando o índio americano e o aborígine australiano.

Finkler sorriu. A Tyler elegante, envolta em joias e peles, preocupada com o aborígine australiano.

Era a visão dela...

Quanta audácia! *Era a visão dela*. Tyler Gallagher, neta de funileiros irlandeses – que ganhara um prêmio na aula de catecismo aos oito anos pelo desenho do Menino Jesus estendendo as mãozinhas gorduchas para receber os presentes de Natal dos Três Reis Magos –, explicando a ele a sua visão.

Essa era, de todo jeito, a imagem que se apresentava a ela, independentemente do que achasse o marido.

"*Pogrom* após *pogrom*, os judeus baixaram a cabeça e aguentaram firme. Deus os havia escolhido pessoalmente. Deus os ajudaria. O Holocausto – sim, Shmuelly, lá vamos nós, Holocausto, Holocausto! –, o Holocausto mudou tudo isso PARA SEMPRE. Os judeus finalmente acordaram para o fato de estarem por conta própria. Precisaram cuidar de si mesmos. E isso significava ter seu próprio país. Na verdade, já tinham, mas não vamos embarcar nesse assunto, sr. Palestina. Eles precisavam ter seu próprio país, e quando somos donos do nosso país nos tornamos diferentes de quem éramos *antes* de termos nosso próprio país. Nos tornamos iguais a todo mundo! Só *você* e os seus *comparsas* não os deixam ser como todo mundo, porque para você, Shmuel, eles continuam obrigados a obedecer a Deus (no qual você não crê!) e a ser um exemplo para o mundo!

"Explique à sua pobre e ignorante esposa aspirante a judia: por que não deixa em paz os judeus do país que já cheguei a ouvir você chamar de Canaã, seu doente fodido? Tem medo de que se não meter logo o bedelho crítico, algo pior virá de outro lugar? Será que você cultiva algum tipo de patriotismo pervertido que prefere queimar um território cuja perda você teme a deixá-lo cair em mãos inimigas?

"Me responda o seguinte: por que não vai cuidar da sua vida, Shmuel? Você não será julgado juntamente com os israielenses, a menos que deseje isso. Você tem o seu país, eles têm o deles – um fato que, para citar você mesmo a respeito de estar casado comigo, 'não desperta uma simpatia excepcional nem uma excepcional reprovação'. Eles são agora apenas sacanas comuns, meio certos, meio errados, como o *restante* de nós.

"Porque nem mesmo você, meu falso e amado marido, está TOTALMENTE errado."

Dessa vez, Finkler não dobrou o artigo manuscrito e o guardou, mas demorou-se com ele algum tempo. Pobre Tyler. O que equivalia em linguagem Finkler, conforme estava ciente, a pobre Finkler. Sentia saudades dela. Os dois brigavam um bocado, mas sempre houve companheirismo nisso. Ele jamais levantou a mão para Tyler, nem ela para ele. Sempre conversaram sobre tudo, com o som da voz de um e do outro funcionando para ambos como fonte cotidiana de prazer não registrado. Ele adoraria ouvir a voz dela agora. O que não daria para ser capaz de ir com ela até o jardim, hoje abandonado, e botar o dedo no nó de corda vegetal como ela sempre lhe pedia para fazer.

Os dois não viveram juntos o bastante para que a deles fosse uma grande aventura matrimonial semelhante à vivida por Libor e Malkie, mas haviam trilhado um caminho agradável. E criaram três filhos inteligentes, apesar de uns serem mais inteligentes que outros.

Sentou-se e chorou um pouco. As lágrimas foram boas no sentido de serem indiscriminadas. Ele não precisava saber por quem ou pelo que chorava. Chorava por tudo.

Gostou da hipótese de Tyler que o pintou como um patriota, queimando o que temia perder. Não sabia se era ou não verdade, mas agradou-lhe a ideia. Seria Tamara, então, a mesma coisa? Estariam todos os Judeus MORTificados matando aquilo que amavam por medo de que caísse em mãos inimigas?

A hipótese de Tyler era tão boa quanto qualquer outra. Algo devia explicar o ódio esdrúxulo, passional, dessa gente. Não se tratava, decerto, de auto-ódio. Quem se odeia segue seu caminho num isolamento carrancudo, mas os Judeus MORTificados buscavam a companhia uns dos outros, aplaudiam uns aos outros, expressavam seus sentimentos como uma atividade coletiva, como soldados fariam na véspera da batalha. Poderia muito bem ser, nesse caso, exatamente como descrevera a coitada da Tyler, mais uma versão do velho e problemático tribalismo judaico. O inimigo continuava a ser quem sempre havia sido. Os *outros*. Isso simplesmente era a mais recente tática na guerra milenar. Matar os seus antes que *outros* os matem.

É certo que Finkler jamais saiu de uma dessas reuniões sem sentir precisamente o que sentia quando acompanhava o pai em suas idas à sinagoga – que o mundo era demasiado judeu para ele, demasiado velho, demasiado coletivo de um jeito antropológico, quase primitivo – demasiado remoto, demasiado profundo, demasiado distante no tempo.

Ele era um pensador que não sabia o que pensava, salvo que amara e desiludira sua amada, de quem agora sentia falta, e que não escapara ao que era opressivo no judaísmo ao unir-se a um grupo judeu que se reunia para falar com fervor sobre a opressão de ser judeu. Falar com fervor sobre ser judeu *era* ser judeu.

* * *

Ficou acordado até tarde assistindo à tevê, tentando ficar longe do computador. Chega de pôquer.

Mas o pôquer cumpria um propósito. T. S. Eliot disse a Auden que o motivo por que jogava paciência noite após noite era ser isso a coisa mais próxima de estar morto.

Paciência, pôquer... Que diferença faz?

CAPÍTULO 12

1

Achou-se que Meyer Abramsky estivesse sofrendo de depressão grave. Tinha sete filhos e a esposa carregava na barriga o oitavo. Havia sido informado pelo exército israelense de que devia preparar-se para evacuar a família do assentamento que ajudara a fundar, de acordo com a promessa de Deus, dezesseis anos antes. Viera do Brooklyn com a jovem esposa a fim de manter seu pacto com Deus. E agora lhe faziam isso! Receberia ajuda para reinstalar-se com a família e dariam à esposa consideração especial devido ao seu estado. Mas o assentamento precisava acabar. Assim falou Obama.

Decidiu-se que eles não sairiam sem alarde, nenhum deles. Sair sem alarde seria compactuar com a blasfêmia. Essa era a terra deles. Não precisavam partilhá-la, não precisavam fazer acordos para ficar com ela, a terra era deles. Meyer podia mostrar o versículo da Torá onde se lia isso. Ali estava a promessa, ali estava o lugar. Ora, bastava ler como devia ser lido para ver que a própria casa de Meyer Abramsky era mencionada. Ali. Bem ali onde a página ficara gasta de tanto ser manuseada.

Depois de ameaçar sitiar a família em casa e atirar em quem quer que tentasse removê-la -- ainda que fossem compatriotas judeus; compatriotas judeus não despejam os seus da terra sagrada –, Meyer Abramsky leu sobre si mesmo nos jornais. Diziam que ele se rendera a uma "mentalidade de cerco". *Mentalidade de cerco!* Esperavam o quê? O cerco não era apenas para Meyer Abramsky, mas para todo o povo judeu.

Não chegou a cumprir a ameaça de atirar nos soldados israelenses que o despejaram. Em vez disso, embarcou num ônibus e matou uma família árabe. Mãe, pai e um bebê. Uma, duas, três balas. Uma, duas, três vítimas. Assim falou o Senhor.

2

Não se sabe se Libor leu a respeito do incidente e foi afetado por ele. Parece improvável. Libor não lia um jornal há semanas.

Se comprou um jornal para ler no trem para Eastbourne também não se sabe. Se o fez, sem dúvida há de ter visto as fotos de Meyer Abramsky nas manchetes. Mas, a essa altura, Libor já tomara sua decisão. Por que outro motivo pegaria o trem para Eastbourne?

No trem, sentou-se em frente a Alfredo, filho de Treslove, sem que qualquer dos dois soubesse quem o outro era. Só depois soube-se disso, o que levou Treslove a desenrolar uma cadeia improvável de causalidade ao fim da qual encontrou sua culpa. Se Treslove tivesse sido um pai melhor e mantivesse boas relações com Alfredo, talvez o convidasse para jantar na casa de Hephzibah onde o rapaz conheceria Libor e, tendo conhecido Libor, o reconheceria no trem e então...

Por isso a culpa era de Treslove.

Alfredo estava a caminho de Eastbourne levando na sacola seu *dinner jacket*. Ia tocar "Parabéns para Você" e pedidos similares no melhor hotel de Eastbourne naquela noite.

Achou que o velho sentado à sua frente estava encardido. Devia ter uns cem anos, disse. Alfredo não gostava muito de velhos. Essas criaturas provavelmente já foram pais, e Alfredo não gostava muito do pai. Em resposta à pergunta sobre se o velho sentado à sua frente parecia ansioso ou deprimido, Alfredo repetiu que o velho parecia ter uns cem anos – que outra coisa se esperava que alguém dessa idade parecesse senão ansioso e deprimido? Não trocou uma palavra com o velho afora para lhe oferecer uma bala de menta, recusada, e perguntar para onde ele ia.

– Eastbourne – respondeu o velho.

Eastbourne, claro, mas especificamente aonde? Ia se hospedar com a família? Num hotel? (Alfredo esperava que não fosse o hotel onde ia tocar, que já tinha uma clientela suficientemente idosa).

– Lugar nenhum – disse o velho.

Libor foi mais preciso em suas instruções ao motorista de táxi, quando chegou a Eastbourne.

– Bitchy 'Ead.

– O senhor quer dizer Beachy Head? – indagou o motorista.

– O que foi que eu disse? – retrucou Libor. – Bitchy 'Ead!

Desejava ser deixado em algum lugar em especial? No bar, no mirante...

– Bitchy 'Ead.

O motorista, que tinha pai e sabia que os velhos se irritam com facilidade, explicou que se o passageiro quisesse que ele esperasse, tudo bem. Do contrário, bastava telefonar que ele voltaria para apanhá-lo.

– Também tem um ônibus – acrescentou. – O 12a.

– Não é necessário – disse Libor.

– Bem, se o senhor precisar de mim... – insistiu o motorista entregando-lhe um cartão.

Sem olhar para o cartão, Libor guardou-o no bolso.

3

Tomou um uísque no pub com piso de ardósia, sentado a uma mesa redonda com vista para o mar. Achou que fosse uma mesa idêntica àquela em que sentara com Malkie no dia em que haviam ido até lá de carro para testar a coragem um do outro, mas talvez estivesse enganado. Não fazia diferença. A vista era a mesma, a costa serpenteando para oeste, pedregosa e antiga, o mar descorado, salvo pela linha fina prateada no horizonte.

Tomou mais um uísque e depois saiu do pub e subiu lentamente a encosta, tão curvado quanto as árvores e os arbustos. Sem a luz do sol sobre eles, os penhascos pareciam escuros, uma massa de cal suja resvalando para o mar. "É preciso coragem para fazer isso", lembrou-se de ter dito a Malkie.

Malkie se calara, refletindo sobre o que ele dissera.

— No escuro seria melhor — disse ela por fim, enquanto os dois passeavam de braços dados. — Eu esperaria até a noite e depois sairia andando sem parar.

Ele passou pela pequena pilha de pedras, que lembrava algo que Jacó ou Isaac podiam ter construído, com a placa na qual o Salmo 93 se achava gravado. *Mais que o estrondo das águas torrenciais, mais imponente que a ressaca do mar, é imponente Iahweh, nas alturas.*

Pareceu-lhe que havia menos cruzes de madeira aleatoriamente plantadas do que se lembrava de ter visto. Pela lógica, deveria haver mais. A menos que, passado um período decente de tempo, elas fossem removidas.

O que era um período decente de tempo?

Também dessa vez, preso a um pedaço da cerca de arame, havia um ramo de flores. Esse era do Marks & Spencer, com a etiqueta de preço grudada. £4,99. Não andaram esbanjando, pensou Libor.

O lugar não era isolado. De um ônibus havia desembarcado um grupo de aposentados. Havia gente passeando com cachorros e soltando pipas. Espiando o precipício. Estremecendo. Um casal de corredores saudou-o com um oi. Mas o silêncio era grande, o vento soprava as vozes para longe. Ele ouviu uma ovelha. "Méé." A menos que fosse uma gaivota. E lembrou-se de casa.

Não havia indícios para embasar a convicção fantasiosa de Malkie de que o marido levaria um bom tempo para chegar lá embaixo. Apesar de acreditar que se casara com um homem excepcional, ele não voou nem flutuou. Foi direto ao fundo como qualquer outra pessoa.

4

Treslove soube que Alfredo se sentara em frente a Libor no trem para Eastbourne pela mãe de Alfredo. Alfredo vira a foto de Libor no jornal da televisão — jornalista veterano mergulha para a morte no terceiro suicídio em um mês em Beachy Head — e concluiu que o suicida era o centenário com quem falara no trem. Mencionou o fato para a mãe, fato este que ela se deu ao trabalho de mencionar para Treslove quando leu com os próprios olhos o nome do morto no jornal e o reconheceu como amigo do pai de seu filho.

— Coincidência estranha — disse ela, na mesma voz de BBC que usava para desembalar pacotes de ideias e abalar a sanidade de Treslove.

— Como assim, estranha?

— Alfredo e o seu amigo no mesmo trem.

— É uma coincidência. O que a torna estranha?

— Duas pessoas do seu passado se encontrando.

— Libor não pertence ao meu passado.

— Tudo mundo pertence ao seu passado, Julian. É lá que você põe as pessoas.

— Foda-se — retrucou Treslove, desligando o telefone.

Ele não soube da morte de Libor dessa maneira. Se tivesse sabido, nem imaginava que tipo de violência seria capaz de cometer contra Alfredo e Josephine. Não queria que fossem mencionados na mesma frase ou fôlego em que se mencionasse o pobre Libor, não queria pensar neles como sequer companheiros de existência do amigo. Aquele rapaz tolo devia ter visto que havia algo de errado, devia ter entabulado conversa com o idoso, devia ter dito a alguém. Não se tratava de um trem qualquer. Todos sabem que é preciso prestar atenção em quem viaja sozinho para Eastbourne porque praticamente só existe um motivo para uma pessoa sozinha optar por ir até lá.

Sentiu a mesma coisa com relação ao motorista do táxi. Quem leva um velho até um conhecido local de suicídios no final da tarde e o larga lá? Na verdade, o motorista pensou precisamente isso uma hora depois de deixar Libor e informou a polícia, mas a essa altura já era tarde demais. Isso, assim como todo o resto, perturbou Treslove — o fato de o amigo ter passado sua última hora na Terra olhando para aquele cretino do Alfredo com seu chapéu borsalino e discutindo o tempo com um taxista retardado de Eastbourne.

Mas não podia continuar a culpar os outros. A culpa era sua por mais motivos do que era capaz de enumerar. Abandonara Libor nos últimos meses, pensando apenas em si próprio. E quando o procurava era só para falar do seu ciúme sexual. Não se fala em ciúme sexual — não se fala, quando se tem um mínimo de tato ou delicadeza, de coisa alguma envolvendo sexo com um velho que acabou de perder a mulher por quem foi apaixonado a vida toda.

É grosseiro. E mais grosseiro ainda – pior que grosseiro: brutal – foi sobrecarregar Libor com o conhecimento do seu caso com Tyler. Esse era um segredo que Treslove deveria ter levado para o túmulo, como supunha ter feito Tyler. E o próprio Libor.

Não estava fora de questão que essa confissão inconveniente e extemporânea se contasse entre os motivos para Libor pôr fim à vida – para não ter mais de suportar a torpeza do amigo. Treslove vira o rosto de Libor se toldar quando se gabou – vamos dar nomes aos bois, ele se *gabou* – de passar aquelas tardes com a mulher de Finkler; vira a luz se apagar nos olhos do velho. Era como se a vilania fosse demais para Libor. Treslove maculara, desacreditara, corrompera a história da duradoura amizade dos três homens, transformando a confiança entre eles, apesar de todas as diferenças, numa ficção, num engodo, numa mentira.

As falsidades se alastram. Talvez não fosse apenas o romantismo da amizade dos três que Treslove tivesse corrompido; talvez fosse a própria ideia de romantismo. Depois que perdemos uma ilusão que nos é cara, o que há de impedir que percamos outras? Teria a iniquidade de Treslove e Tyler envenenado tudo?

Não, isso em si não podia ter matado Libor. Mas quem seria capaz de afirmar que não contribuíra para enfraquecer sua determinação de permanecer vivo?

Treslove teria admitido tudo isso para Hephzibah, implorado pela absolvição em seus braços, mas para tanto precisaria lhe contar, também, sobre Tyler, e isso era algo que não conseguiria fazer.

Ela própria estava abalada. Embora os dois estivessem juntos por causa de Libor, Treslove, por sua vez, tornara Libor mais importante para ela do que o velho havia sido até então. Sempre houve afeto entre ambos, mas raramente sobrinhas-bisnetas são íntimas de tios-bisavôs. Durante seu tempo com Treslove, porém, essa velha afeição, sob certos aspectos, formal, desabrochara, virando amor, a ponto de Hephzibah não conseguir se lembrar de não tê-lo por perto, fazendo-a lembrar-se da tia Malkie e transformando seu amor por Julian quase num assunto de família. Também ela se culpava por ter deixado outras preocupações consumirem sua atenção. Devia ter ficado de olho em Libor.

Essas outras preocupações, porém, não eram exclusivamente suas. O assassinato da família árabe num ônibus foi um acontecimento intolerável. Hephzibah não conhecia quem não estivesse horrorizado. Horrorizado em nome dos árabes. Horrorizado *por* eles. Mas, sim, horrorizado também por prever as consequências. Os judeus vinham sendo retratados por todo lado como monstros sedentos de sangue, independentemente de como fosse explicada a história do sionismo — sedentos de sangue, para começo de conversa, ao tomar a terra de alguém, sedentos de sangue em consequência dos acontecimentos que, pouco a pouco, os deixaram indiferentes à compaixão —, mas nenhum judeu comemorou a morte dessa família árabe, nem nas ruas nem no silêncio do próprio lar, nenhum grupo de mulheres judias se reuniu junto ao poço e expressou seu júbilo, nenhum homem judeu foi à sinagoga para louvar com danças o Todo-Poderoso. Não matar. Podiam dizer o que quisessem, os caluniadores e os incitadores, estigmatizando os judeus como racistas e supremacistas, mas "não matar" estava gravado a fogo no coração dos judeus.

E dos soldados judeus?

Bom, Meyer Abramsky não era um soldado judeu. De forma alguma ele a ultrajara moralmente. Foi uma pena ter sido morto a pedradas. Ela gostaria de vê-lo julgado e condenado mil vezes pelos judeus. *Ele não é um dos nossos.*

E depois ser apedrejado até a morte por aqueles cujo caráter moral ele emporcalhara.

Sem dúvida ergueriam um monumento em seu nome. Os moradores de assentamentos precisavam ter seus heróis. Quem eram essas pessoas? De onde haviam surgido de repente? Nada tinham a ver com a educação e a criação dela. Nada tinham a ver com qualquer judaísmo que ela reconhecesse. Eram os filhos de uma irracionalidade universal, da mesma extração que os homens-bombas e todos os outros adoradores da morte e apologistas do Final dos Tempos, não os filhos de Abraão, cujo nome haviam difamado. Mas ai de quem tentasse dizer isso àqueles que saíam para as ruas e praças de Londres, bastando um chamado de última hora, com seus cartazes e palavras de ordem, incitados a discursar com violência contra o único país do mundo de maioria judia para depois se decepcionar quando um novo dia não mostrasse justificativa para tanto.

Começara de novo, de todo jeito. Dos e-mails que ela recebia jorrava uma torrente de ameaças e insultos. Um tijolo foi atirado numa janela do museu. Um judeu ortodoxo sessentão levou uma surra num ponto de ônibus em Temple Fortune. As pichações nos muros de sinagogas voltaram, a Estrela de Davi cortada por uma suástica. Na internet a loucura fervilhava. Hephzibah não suportava abrir um jornal.

Seria alguma coisa ou não seria nada?

Nesse ínterim houve um inquérito policial sobre a morte de Libor. E perguntas mais difíceis de responder brotaram no coração dos que o haviam amado.

Ela sabia o que achava. Achava que Libor saíra para um passeio ao crepúsculo — sem dúvida um passeio melancólico, solitário, mas apenas um passeio – e caíra. As pessoas caem. Nem tudo é deliberado.

Libor caíra.

5

– O mais difícil – disse Finkler a Treslove – não é ser definido pelos próprios inimigos. Só porque não pertenço mais aos Judeus MORTificados não significa que eu tenha aberto mão da minha prerrogativa de sentir vergonha.

– Por que trazer essa história de vergonha à baila?

– Você parece a coitada da minha mulher.

– Pareço? – Treslove, de cabeça baixa, enrubesceu.

Finkler, felizmente, não reparou.

– "O que significa para você?", ela costumava me perguntar. "Como isso reflete em você?" Mas reflete. Reflete em mim porque eu espero coisa melhor.

– Isso não é pretensão?

– Ah! Minha mulher de novo. Você não discutiu a minha pessoa com ela, discutiu? Essa é uma pergunta retórica. Não. Não acho que seja pretensão levar para o lado pessoal o que aquele lunático do Abramsky fez. Se a morte de qualquer homem me diminui porque faço parte da humanidade, o ato homicida de qualquer homem tem o mesmo efeito.

– Então sinta-se diminuído como membro da humanidade. Pretensão é sentir-se diminuído como judeu.

Finkler passou um braço à volta do ombro do amigo.

– Serei julgado como judeu – disse ele –, pense você o que pensar.

Sorriu debilmente ao ver Treslove usando um *yarmulke*. Os dois haviam se afastado, deixando a família de Libor, sozinha, junto à sepultura. A cerimônia terminara, mas Hephzibah e um punhado de outros haviam querido um tempinho para refletir, longe das atenções de coveiros e rabinos. Quando eles se fossem, Treslove e Finkler teriam seu momento.

Seria preferível não falar sobre Abramsky. Nada havia de civilizado para falar sobre Abramsky, mas eles evitaram conversar sobre Libor por temerem seus próprios sentimentos. Treslove, sobretudo, viu-se incapaz de olhar para a terra na qual Libor — ainda quente, que era como Treslove o imaginava, ainda sofrido e magoado — fora enterrado. Ao lado daquele monturo de terra ficava o túmulo de Malkie. A imagem dos dois, deitados lado a lado, silentes por toda a eternidade, sem riso, sem obscenidades, sem música, era mais do que ele podia suportar.

Será que ele e Hephzibah...? Será que lhe seria permitido jazer em um cemitério judeu, afinal? Já haviam perguntado. Tudo dependia. Se ela quisesse ser enterrada onde haviam sido enterrados seus pais, em um cemitério administrado por ortodoxos, a Treslove provavelmente seria negado o direito de ser sepultado a seu lado. Se, contudo... São tantas as complicações quando se escolhe viver com um judeu, conforme descobrira Tyler. Pena que ela não mais estivesse presente para lhe responder: "Quanto à questão dos direitos de pernoite, Tyler...?"

Libor e Malkie tinham querido ser enterrados no mesmo túmulo, um sobre o outro, mas surgiram obstáculos, como sempre surgem obstáculos a tudo, na morte como na vida, embora ninguém tivesse certeza sobre se estes se baseavam em princípios religiosos ou simplesmente se deviam ao fato de que a terra era dura demais para aguentar uma sepultura suficientemente funda para abrigar dois corpos. De todo jeito, brincara Malkie, o casal acabaria mesmo brigando para saber quem ficaria por cima. Por isso, os dois foram deitados democraticamente, lado a lado, em seu decoroso leito *queen size*.

Hephzibah indicou com um gesto que ela e a família iam se retirar. Como estava bonita, pensou Treslove, envergando um véu e um xale negros, como uma viúva vitoriana. Uma relíquia majestosa. Treslove indicou com um gesto que ele e Finkler ainda se demorariam um pouco. Os dois homens se deram os braços. Treslove agradeceu o apoio. Achava que as pernas cederiam sob seu peso. Sua estrutura não combinava com cemitérios. Cemitérios lembravam vividamente demais o fim do amor.

Se tivesse olhado à volta, ficaria pasmo com a falta de eloquência estatuária. Cemitérios judeus são lugares neutros, mudos, como se na altura em que alguém ali chega nada mais exista para ser dito. Mas Treslove manteve os olhos baixos, esperando nada ver.

Os dois permaneceram juntos e em silêncio, como se fossem lápides.

— A que serventia básica podemos retornar — disse Finkler, passado um tempo.

— Sinto muito — desculpou-se Treslove. — Não estou para brincadeiras. Não hoje.

— Muito justo. Não tive a intenção de ser leviano.

— Sei disso. Não me passou pela cabeça criticá-lo. Tenho certeza de que você gostava dele tanto quanto eu.

Fez-se silêncio novamente. Então:

— O que você acha que a gente podia ter feito de diferente? — indagou Finkler.

Treslove se surpreendeu. Esse tipo de pergunta normalmente vinha dele.

— Vigiá-lo.

— Ele teria deixado?

— Se tivéssemos feito do jeito como devia ser feito, ele não teria reparado.

— Estranho — murmurou Finkler, sem intenção de discordar —, mas sinto que ele nos deixou.

— Bom, sem dúvida.

— Quero dizer antes.

— Quanto tempo antes?

— Quando Malkie morreu. Você não acha que quando Malkie morreu ele deu uma parada?

Treslove refletiu sobre a pergunta.

— Não, não senti assim.

Para Treslove, a morte de uma mulher era um começo. Ele era um homem talhado para o luto. Sempre se imaginara curvado, como Thomas Hardy já velho, revisitando as lembranças laceradas do amor. Na verdade, achara Libor um tantinho vigoroso após a morte de Malkie. Ele próprio teria se mostrado mais perdido, mais atormentado.

— Para mim — prosseguiu —, parece que ele se foi quando me juntei com Hephzibah.

— Ora, quem está sendo pretensioso agora? — disse Finkler. — Você acha, por acaso, que ele deu por cumprida a sua missão?

Se Finkler considerou pretensiosa tal suposição, imagine o que diria se algum dia descobrisse que, na opinião de Treslove, Libor cometera suicídio por conta da história do seu adultério com Tyler? Não que um dia Finkler fosse descobrir. Supondo-se, lógico, que ele já não soubesse.

— Não, claro que não. Mas o meu recomeço, em si — por que foi que eu disse isso?, perguntou-se Treslove, por que me desculpar? —, meu recomeço com Hephzibah talvez o tenha feito pensar que não poderia haver recomeço para ele.

— Então ele devia ter preferido a minha companhia — atalhou Finkler —, já que eu não tinha nenhum recomeço para partilhar.

— Ah, me poupe.

— *Ah, me poupe*, uma ova. Nós não podíamos competir com você. O seu foi um começo para encerrar começos. Você não era um viúvo. Não era nem mesmo divorciado. Você começou do zero. Uma nova mulher, uma nova religião. Libor e eu éramos homens mortos pertencentes a uma religião morta. Você se apropriou das nossas almas em dois sentidos. Melhor para você. Não tínhamos mesmo serventia para elas. Mas não dá para você fingir que nós três um dia pertencemos a uma mesma confraria. Não fomos os Três Mosqueteiros. Morremos para que você pudesse viver, Julian. Se essa não for uma noção demasiado cristã num lugar como este. Diga você.

— O que sei é que você não está morto, Sam.

Ou estaria? Sam, o Morto. Treslove não ousou erguer os olhos para encarar o amigo. Não olhara para ele desde que haviam chegado ali. Não vira nada nem ninguém — salvo, é claro, Hephzibah a quem não poderia deixar de ter visto.

— Bem, de nós dois... — começou Finkler, mas não conseguiu terminar. Uma terceira pessoa se aproximara do túmulo. Ela ali permaneceu, calada, ansiosa para não perturbar a conversa dos dois. Passado um instante, inclinou-se e pegou um punhado de terra que espalhou como se fossem sementes sobre o monturo.

Os homens se calaram, constrangendo-a.

— Desculpe — disse a mulher. — Eu volto depois.

— Por favor — atalhou Finkler. — Já estamos mesmo de saída.

Antes que ela se empertigasse, Treslove pôde examiná-la com o olhar. Uma mulher mais velha, mas não envelhecida, com a cabeça coberta por uma echarpe leve, uma mulher serena, que não era novata em cemitérios e funerais judeus, concluiu. Ao menos uma coisa Treslove já descobrira: a religião judaica assustava até mesmo os judeus. Apenas alguns se sentiam à vontade em todos os rituais. Essa mulher não se deixava intimidar nem mesmo pela morte.

— A senhora é parente? — perguntou Finkler. Queria avisá-la de que a família estivera ali e já se fora, e que se ela quisesse alcançá-la...

Ela se pôs de pé, sem qualquer dificuldade, e balançou a cabeça.

— Sou apenas uma amiga de longa data — esclareceu.

— Nós também — disse Treslove.

— Este é um dia muito triste — acrescentou a mulher.

Seus olhos estavam secos. Bem mais secos que os de Treslove. Ele não podia dizer quão secos estavam os de Finkler.

— De cortar o coração — concordou Treslove. Finkler assentiu.

Os três se afastaram do túmulo juntos.

— Meu nome é Emmy Oppenstein — disse a mulher.

Os dois homens se apresentaram. Não houve apertos de mão. Treslove aprovou. Os judeus eram bons em não misturar as estações, pensou. O protocolo o assustava, mas lhe causava admiração. Era bom diferenciar alhos de bugalhos. Por que esta noite é diferente de todas as outras noites. Ou *não* era bom? Eles levavam a diferença para o túmulo.

— Quanto tempo faz que vocês não o viam? — indagou Emmy Oppenstein.

Ela queria saber como andava Libor no período que antecedeu sua morte. Ela própria ficara sem vê-lo vários meses, mas os dois haviam falado ao telefone algumas vezes após o último encontro.

— Em circunstâncias normais a senhora se encontrava bastante com ele? — perguntou Treslove. Aborrecido por causa de Malkie.

— Não, absolutamente. Em circunstâncias normais, eu me encontrava com ele uma vez a cada meio século.

— Ah.

— Entramos em contato novamente depois de todo esse tempo porque precisei da ajuda dele. Acho que estou querendo ouvir que não o pressionei mais do que ele podia aguentar.

— Bom, ele jamais disse coisa alguma — informou Treslove. Quis acrescentar que Libor jamais chegara a mencionar sua existência, mas não podia ser tão cruel assim com uma mulher da idade dela.

— E a senhora conseguiu que ele a ajudasse? — quis saber Finkler.

Emmy hesitou.

— Consegui a companhia dele, mas não sua ajuda. Acho que posso dizer que não lhe foi possível me ajudar.

— Isso não era do feitio dele.

— Não, foi o que pensei. Embora, claro, depois de tanto tempo eu não estivesse em condições de saber com certeza. Mas achei que foi difícil para ele me recusar ajuda. O curioso é que tive a sensação de que ele queria que lhe doesse. E é claro que me entristece profundamente pensar que de alguma forma eu possa ter sido o que o levou a fazer mal a si mesmo.

— Estamos todos nos punindo com essa tristeza — disse Finkler.

— Vocês também? Lamento saber. Mas é um sentimento natural nos amigos. Há tanto tempo não tenho um amigo que não me cabe o direito, e, na verdade, não *me cabia* o direito, de me ver como amiga dele. Mas eu precisava de um favor.

Ela contou aos dois, finalmente, que favor era esse. Contou-lhes sobre o trabalho que fazia, sobre o que temia, sobre o ódio aos judeus que começava a infectar o mundo em que ela vivera a vida toda, o mundo em que as pessoas no passado se orgulhavam de pensar antes de julgar, e contou-lhes sobre o neto, que perdera a visão na mão de uma pessoa que ela não tinha escrúpulos em chamar de terrorista.

Os dois homens ficaram abalados com a história. Libor também, disse ela, mas na última vez que o vira ele lhe parecera virar as costas para o ocorrido. É assim que são as coisas, dissera-lhe ele. É o que acontece com os judeus. Troque o disco.

– Libor disse isso? – perguntou Treslove.

Ela assentiu.

– Então ele estava pior do que eu pensava – prosseguiu Treslove. A emoção que lhe embaçava o olhar desde que vira o caixão de Libor baixar à sepultura começou a sufocá-lo.

Finkler, por sua vez, também teve dificuldade para encontrar palavras. Lembrou-se de todas as discussões que tivera com Libor sobre esse tema. E não lhe agradou de todo saber que Libor se rendera afinal. Existem discussões que não travamos com o objetivo de vencer.

Finkler e Emmy Oppenstein desejaram um ao outro vida longa ao se despedirem. Hephzibah contara a Treslove sobre esse costume. Em um enterro, os judeus desejam vida longa uns aos outros. É um voto de que a vida continue em vista da morte.

Virou-se para Emmy Oppenstein.

– Vida longa para a senhora – desejou, erguendo os olhos.

6

Treslove, que sempre sonhou, sonha que é levado para uma câmara de gás. O cômodo é escuro e fede. Não à morte, mas à comida. Restos de costeletas de cordeiro deixados à própria sorte tempo demais. Para ser exato é o odor adocicado de gordura de cordeiro que ele sente. Estranho, porque se lembra de Libor ter dito que jamais conseguira comer cordeiro por ter adotado como animal de estimação na infância um cordeirinho que pastava num campo atrás da sua casa na Boêmia. "Béé", havia dito o cordeiro para o pequeno Libor. E "Béé", o pequeno Libor respondera. Depois de conversar com um cordeiro não dá para comê-los, explicara Libor. O mesmo acontece com qualquer outro animal.

Em seu sonho, Treslove se pergunta o que São Francisco teria encontrado para comer.

Não lhe resta dúvida de que foi até ali para render as últimas homenagens a Libor, mas está apavorado ante a perspectiva de vê-lo. Tem medo da face da morte.

Horrorizado, ouve uma voz chamá-lo da cama.

— Julian, Julian. Uma palavra... venha.

A voz não é de Libor. É de Finkler. Débil, mas decididamente, a voz de Finkler.

Treslove sabe o que vai ouvir. Finkler está fazendo o mesmo velho joguinho arrogante dos tempos de escola.

— Se algum dia me tiveste em teu coração — dirá a seguir —, afasta-te um pouco da felicidade...

E Treslove há de responder:

— Felicidade? Quem é Felicidade?

Aproxima-se da cama.

— Mais perto — diz Finkler. A voz ganha força de repente.

Treslove faz como ele pede. Quando está próximo o bastante para sentir o hálito de Finkler, Finkler se senta na cama e cospe em seu rosto um esguicho violento de imundícies – muco, vinho azedo, gordura de cordeiro, vômito.

– Isto é por Tyler – diz Finkler.

Treslove, a essa altura, já sabe driblar seus sonhos. Por isso nem sequer se dá ao trabalho de perguntar-se se aquilo é realmente um sonho ou um medo real.

Ou ambos.

Ou se o medo é um meio-desejo.

Não serão todos os medos meios-desejos?

Começara a acordar novamente com a velha sensação de perda absurda. Em busca da decepção aguda que sentia e localizando-a em alguma catástrofe esportiva: um jogador de tênis pelo qual não se interessa sendo derrotado por outro jogador de tênis de quem nunca ouviu falar; o time inglês de críquete perdendo de lavada no subcontinente indiano; um jogo de futebol, qualquer um, se encerrando com uma grande injustiça; até mesmo um golfista perdendo a calma no último buraco – e é bom que se diga que golfe é um jogo que ele nunca praticou nem acompanhou.

Não que o esporte lhe permitisse amenizar a melancolia; o esporte *expressava* a sua melancolia. A futilidade de suas expectativas era a dele.

Identificara algo judeu nisso, uma busca ávida de reveses e frustração, equivalente a torcer pelo time de Tottenham Hotspur como faziam alguns amigos judeus de Hephzibah. Entretanto, já não tinha tanta certeza.

Andava vendo auroras demais. Auroras não combinavam com Treslove.

— Você havia de preferir uma aurora que acontecesse por volta do meio-dia — brincara Hephzibah ao descobrir seu medo de auroras. Ela própria as adorava e, nos primeiros meses de moradia conjunta, costumava acordar Treslove para vê-las. Uma das vantagens do seu apartamento alto e com terraço era ser possível sair diretamente da cama e deslumbrar-se com o panorama de uma aurora londrina. Um sinal do quanto ele a amava era acordar no minuto em que ela o sacudia e sair para o terraço em sua companhia para suspirar de encantamento pela glória da vista, como sabia que ela queria que fizesse. A aurora era o elemento deles. Criação deles. Treslove o novo e recém-nascido homem feliz e judeu. Enquanto raiasse a aurora, tudo iria bem no mundo de ambos. E não apenas no mundo de ambos. No mundo inteiro.

Bem, a aurora continuava raiando e o mundo deles já não ia bem. Ele não a amava menos. Ela não o desencantara. Nem ele a ela, esperava Treslove. Mas Libor estava morto. Finkler morria em seus sonhos e, se as aparências funcionavam como indicador, se putrefazia em sua vida. E ele, Treslove, não era judeu. Pelo que talvez devesse ser grato. Essa não era uma boa época para ser judeu. Nunca houve uma boa época para isso, ele sabia. Nem mesmo se retrocedêssemos mil, dois mil anos. Mas Treslove havia achado que seria, pelo menos, uma boa época para *ele* ser judeu.

Mas não se pode ter um judeu feliz numa ilha de judeus apreensivos ou mortificados, certo? Menos ainda quando esse judeu por acaso é gentio.

Agora ele se levantava cedo não porque Hephzibah o acordasse para ver a beleza do romper do dia, mas porque não conseguia dormir. Por isso essas eram auroras relutantes, ressentidas.

Hephzibah tinha razão sobre seu esplendor. Mas não quando falava em romper. O verbo estava errado. Sugeria uma revelação demasiado repentina e proposital. Do terraço dela, a grande aurora londrina parecia sangrar devagar diante de quem a contemplava, como uma linha fina de sangue rubro vazando por entre os telhados, surgindo nas janelas dos prédios onde gradualmente se infiltrara como num golpe militar silencioso. Em algumas manhãs era como se um mar de sangue se erguesse do solo da cidade. Lá em cima, o céu se listrava de azul profundo e de roxo, lembrando hematomas. Empurrado à força para a claridade, o dia começava.

Treslove, envolto num robe de chambre, andava de um lado para o outro no terraço tomando um chá demasiado quente para seu gosto.

Havia desgraça ali. Ele não sabia ao certo onde. Talvez no fato de a aurora pertencer à natureza ou de não superar a maré de sangue apesar das tentativas de centenas de milhares de anos. Ou a cidade seria a desgraça? A ilusão de civilidade que ela representava? Sua indomabilidade anônima, como a teimosia cega, intratável, de uma criança que não aprende sua lição? Qual das duas teria engolido Libor como se ele jamais tivesse existido e logo engoliria todos os demais? De quem era a culpa?

Vai ver, a desgraça era ele, Julian Treslove, que se parecia com todo mundo, mas, na verdade, não era esse nem aquele, não era ninguém. Sorvia seu chá, escaldando a língua. A especificidade que buscava — se é que alguém tão indeterminado como ele pudesse ser chamado de específico — era desnecessária. A desgraça era universal. O simples o fato de ser um animal humano já era uma desgraça. A vida era uma desgraça, uma desgraça absurda, apenas superada em sua natureza desgraçada pela morte.

Hephzibah ouvia Treslove se levantar e sair para o terraço e não tinha vontade de segui-lo. Já não achava mais graça em partilhar a aurora com ele. A gente sabe quando a pessoa com quem se vive acha a vida uma desgraça.

Não seria humana caso não se perguntasse se a culpa era sua. Nem tanto devido ao que fizera, mas quanto ao que deixara de fazer. Treslove era mais um na longa fila de homens que precisavam ser salvos. Seriam esses os únicos homens que vinham até ela — os perdidos, os pirados, os carentes? Ou será que não havia homens de outro tipo?

De um jeito ou de outro, suas exigências a desgastavam. Quem eles pensavam que ela era? A América/Estátua da Liberdade? *Que venham a mim os teus exauridos, os teus pobres... Os rejeitados que se apinham nos litorais sem amanhã.* Ela parecia forte e sólida o bastante para abrigá-los, esse era o problema. Parecia espaçosa. Um porto seguro.

Bom, Treslove, por exemplo, se equivocara. Ela não o resgatara. Talvez ele não fosse resgatável.

Boa parte disso tinha a ver com Libor, ela sabia. A ficha de Treslove ainda não caíra. Por motivos que Hephzibah não entendia, ele parecia se culpar. Além do mais, trocando em miúdos, sentia falta da companhia de Libor. Por isso, não competia a ela se meter e perguntar: "Foi alguma coisa que eu fiz, amor?" O certo era deixá-lo sozinho um pouco. Ela também podia aproveitar a privacidade. Também estava sofrendo. Mesmo assim, se preocupava e sofria.

Para culminar, o museu...

Hephzibah andava cada vez mais ansiosa quanto à inauguração. Não porque as obras estivessem atrasadas — isso não tinha importância –, mas porque o clima andava ruim. As pessoas queriam ouvir falar menos de judeus agora, não mais. Há épocas para abrir portas, outras para fechá-las. Se coubesse apenas a ela a decisão, Hephzibah mandaria amuralhar o museu.

Tudo que podia fazer era esperar que o mundo, de uma hora para outra, virasse o disco, que a onda de ódio de alguma forma cessasse por conta própria, que uma rajada de vento fresco soprasse para longe os vapores letais que envenenavam os judeus e suas atividades.

Por isso esperar foi o que ela fez.

De cabeça baixa, olhos no chão e dedos cruzados.

7

Só que não era da sua natureza sujeitar-se passivamente aos acontecimentos. Não podia relegar o assunto ao esquecimento, como queriam seus patrões, os filantropos patrocinadores do museu. Mais uma vez, ela insistiu quanto ao péssimo timing. Um adiamento seria constrangedor, mas não exatamente uma novidade. Poderiam alegar o atraso das obras. A economia corrente. Os problemas de saúde de alguém. Os problemas de saúde *dela.*

Não seria mentira. Sua saúde mental não ia bem. Ela lia o que não lhe fazia bem ler – a proliferação irrefreável da teoria da conspiração, judeus planejando o 11 de setembro, judeus promovendo a falência de bancos, judeus envenenando o mundo com pornografia, judeus comerciando órgãos humanos, judeus fingindo o próprio Holocausto.

Porra de Holocausto. Ela sentia quanto à palavra Holocausto o mesmo que sentia quanto à palavra antissemita – amaldiçoava os que a obrigavam a usá-la até gastar. Mas fazer o quê? Havia chantagem no ar. Parem de falar na porra do Holocausto, seus judeus, ou vamos negar que ele tenha acontecido. O que significava que ela não podia parar de falar nele.

O Holocausto se tornara negociável. Ela encontrara por acaso com o ex-marido — não Abe, o advogado, mas Ben, o blasfemo, o ator, o contador de histórias e mentiroso (é engraçado que basta topar com um dos ex-maridos não confiáveis para topar logo em seguida com o outro) —, e ele viera com um papo macabro sobre ter dormido com uma negadora do Holocausto com quem permutara números por favores sexuais. Ele cortaria um milhão de vítimas, caso ela lhe fizesse isso, mas voltaria a considerar esse mesmo milhão em troca de lhe fazer aquilo.

— Eu me senti igual ao... Como é mesmo o nome dele?

— Me dá uma pista — pediu Hephzibah.

— O cara que tinha uma lista.

— Ko-Ko?

— Já contei que uma vez encenei o Mikado no Japão?

— Milhares de vezes.

— Sério? Estou humilhado. Mas não é ele. O outro cara da lista.

— Schindler?

— Isso. Schindler. Só que, no meu caso, eu estava salvando os que já haviam sido exterminados.

— Que horror, Ben — atalhara ela. — Essa é a piada mais suja... não, essas são as *duas* piadas mais sujas que já ouvi.

— Quem está fazendo piada? É assim que andam as coisas agora. O Holocausto se transformou numa mercadoria. Tem um prefeito espanhol que cancelou o dia de Homenagem à Memória das Vítimas do Holocausto na sua cidade por causa de Gaza, como se houvesse alguma ligação.

— Sei disso. A ideia é que os mortos de Buchenwald só ganhem a chance de serem lembrados se os vivos de Tel-Aviv se comportarem. Mas não acredito em você.

— Em que você não acredita?

— Em que você dormiu com uma negadora do Holocausto. Nem você faria uma coisa dessas.

— Fiz por motivos nobres. Esperava fodê-la até a morte.

— Por que não estrangulou a mulher sem fodê-la?

— Sou judeu.

— É permitido, quando se trata de negadores do Holocausto. Mais que permitido, é obrigatório. O décimo primeiro mandamento: "Torcei o pescoço de todos os negadores, pois que a negação é um ato abominável."

— Provavelmente, mas eu também queria reabilitá-la. Como se faz com prostitutas. Você me conhece...

— Seu coração mole...

Ele teria lhe beijado a mão se ela deixasse.

— Coração mole — concordou.

— E conseguiu?

— Consegui o quê?

— Reabilitá-la.

— Não, mas consegui que chegasse aos três milhões.

— O que você fez para isso?

— Não me pergunte.

Ela não contou aos patrões a história de Ben. Nunca se sabe o que um judeu vai ou não achar engraçado.

Quanto ao museu, ele abriria quando quisessem que abrisse. Não dá para fugir apavorado. Não no século XXI. Não em St. John's Wood.

CAPÍTULO 13

1

Nas manhãs em que a desgraça era grande demais para suportar e ofensiva demais para a pobre Hephzibah testemunhar, Treslove enfiava um casaco, saía do apartamento e atravessava o parque para ir até a casa de Libor. Ainda se referia ao local como a casa de Libor. Não se tratava de fantasia. Ele não esperava ver Libor postado à janela. Algo do amigo, porém, continuava abrigado ali, da mesma forma como Treslove temia que algo da própria desgraça continuasse presente no terraço de Hephzibah apesar da sua ausência.

A essa hora o Regent's Park pertencia aos adeptos do jogging, aos proprietários de cães e aos gansos. As aves tinham todas o seu próprio horário. Bem cedinho, os gansos eram os donos do pedaço, dedicando-se a bicar o solo seco, buscando na terra o que era deles. Pouco depois, chegava a vez das garças e em seguida a dos cisnes e então vinham os patos. Como seria bom, pensou Treslove, se os humanos aprendessem a distribuir suas vidas de maneira similar, sem lutar por um território, simplesmente dividindo os dias em prestações. Muçulmanos pela manhã, gentios à tarde, judeus à noite. Ou outra ordem qualquer. Não importava quem e quando, só que todos ficassem com a sua parte.

O parque era o maior espaço londrino ao ar livre para pensar, maior ainda que Hampstead, onde um excesso de pensadores disputava espaço para pensar. Em determinadas manhãs Treslove acreditava ser a única pessoa no parque inteiro dedicada a pensar – pensar, simplesmente, não pensar durante a corrida ou pensar passeando com o cachorro, mas exclusivamente pensar. Ele enviava os pensamentos para um extremo do parque e os reencontrava no outro, transmitido por árvores, do contrário desocupadas – como os postes de telégrafo transmitem a voz humana. Os mesmos pensamentos que levara ao parque o aguardavam na saída.

Não pensava com alguma finalidade, pensava apenas por pensar. Revivia a própria vida. Refletia sobre o significado do que lhe enchia a cabeça.

E o que resultava dessas manhãs de pura reflexão desenfreada?

Nada.

Zero.

Gomisht.

Logo no início do relacionamento com Hephzibah, Treslove fantasiara que os dois fariam caminhadas até o lago, se sentariam num banco durante meia hora para admirar as garças, falariam dos judeus e da natureza – por que a Bíblia era tão comedida na descrição da natureza, por que até mesmo o retrato do Paraíso era vago em termos de vegetação etc. – e esperariam a chegada de Libor para lhes fazer companhia. Depois de trocarem muitos beijos, Hephzibah tomaria o rumo do museu e Libor e o velho amigo passeariam juntos, de braços dados como uma dupla de respeitáveis senhores austro-húngaros, trocando anedotas em iídiche, idioma que a essa altura Treslove já dominaria com maestria. Mais tarde, os dois se sentariam novamente num banco junto ao lago e Libor explicaria por que os judeus sabiam tão bem viver na cidade. Treslove, apesar de ter vivido na metrópole a vida toda, não sentia que a "transpirava" como Libor. Os gansos estavam para o lago do Regent's Park assim como Libor para as ruas em seu entorno, apesar de sequer ter nascido ali e de pronunciar erradamente metade das palavras inglesas que usava. Treslove não só desejava que lhe explicassem tal habilidade, como também que lhe ensinassem como adquiri-la.

Se tal fantasia não se concretizou, a culpa coube tão somente às circunstâncias. O fato de Hephzibah andar ocupada, de Treslove ter memória fraca, de o clima não colaborar e de Libor se mostrar sem vontade, sem condições, e por fim acabar sumindo da vida de Treslove como um fantasma que ninguém vira passar. Mas ele, Treslove, nutrira um intenso desejo de viver tal fantasia, que seria um estilo de vida – não um caminho para um novo estilo de vida, embora com frequência ele se visse emergindo daí uma nova pessoa, mas uma vida nova de per se. Que consistiria nisto: os passeios com Hephzibah e Libor naquele semi-Éden, ainda que pouco apreciado em termos de natureza, portando um judeu em cada braço. E entre os dois, mais um judeu, em termos.

Bem, a simetria se quebrara. Na verdade, porém, essa ideia sempre foi de Treslove e de mais ninguém. Apenas Treslove procurava uma saída e uma entrada. Libor achara a própria saída. E Hephzibah era feliz onde estava até que Treslove surgisse para imaginá-la sofrendo em seus devaneios.

Assim, todo passeio no parque passara a ser uma espécie de homenagem póstuma à nova vida que não se materializara. Qualquer um que o observasse – embora ninguém o fizesse, porque quem passeia com seus cachorros se importa apenas com o que vê no outro extremo da coleira e os corredores se importam apenas com os próprios batimentos cardíacos – o confundiria com um homem de luto.

O que ninguém adivinharia era o quanto e por quantos ele carpia.

***

O que o fez nesse dia específico voltar ao parque depois de concluir sua peregrinação até a casa de Libor — o que tornou esse dia diferente de todos os outros — ele não saberia dizer. Cumprira sua rotina habitual de cutucar a memória, deixara o parque pelo portão mais próximo do apartamento de Libor, onde parou e olhou para cima durante meia hora, identificando as janelas com os aposentos por trás delas e identificando cada aposento com o que fizera e vira neles: Malkie tocando Schubert, os inúmeros jantares animados, a mobília pesada de Libor, as pantufas com iniciais de Libor, Libor e Finkler discutindo sobre Isrrrae, a ocasião em que vira Hephzibah pela primeira vez — "Pode me chamar de Juno, se for mais fácil para você." Treslove só guardava lembranças boas do apartamento de Libor, apesar de ter derramado um bocado de lágrimas ali e sofrido um assalto a poucas centenas de metros de distância, pois também isso era uma lembrança boa, na medida em que o conduzira, mais ou menos diretamente, a Hephzibah.

O que ele normalmente faria então era passar rapidamente pelo prédio da BBC, aquele buraco de rato do qual não guardava uma única lembrança boa, demorar-se um tantinho na frente da vitrine da J. P. Guivier, inspirar os odores de charuto ainda entranhados nos muros da rua onde o pai tivera sua loja, parar para um cafezinho, permitir-se certa melancolia só para não perder o hábito — falta do que fazer, esse era o problema, demasiada expectativa quanto ao que quer que estivesse para acontecer — e, mais cedo ou mais tarde, voltar para casa de táxi. Nesse dia, porém, estando o tempo mais convidativo do que estivera nas últimas semanas, com grandes nuvens de algodão rolando pelo céu, Treslove levou o dobro do tempo para fazer todas essas coisas. Decidiu arrematar o passeio com um almoço expiatório no bar da carne-seca onde violentara o ouvido de Libor e depois voltar ao parque e caminhar devagar até em casa pelo caminho que o levara até lá. Na altura do meio da tarde estava cansado e, para sua surpresa, tirou um cochilo num banco como faria um mendigo idoso. Acordou com o pescoço doendo, o queixo lhe pendendo sobre o peito. Seguira pelo caminho mais longo, deliberadamente sem pressa, que atravessava um trecho mais ermo do parque. Não gostava daquele lugar. Não parecia fazer parte de Londres, ou parecia ser a Londres errada. Cheirava a problemas, embora a única coisa que acontecesse ali fosse uma pelada entre garotos brasileiros e poloneses com um bocado de algazarra.

A algazarra deve tê-lo acordado. Um bando de alunos de escola primária, de todas as cores e sexos, gritava alguma coisa que ele não ouviu direito, mas percebeu que não se tratava de uma gritaria aleatória, mas da repetição de uma frase, repetição essa que, em si, era uma espécie de provocação. O alvo dessa provocação, porém, ele também não conseguiu localizar.

Nada a ver com ele, e embora soubesse que nenhum adulto ousa hoje em dia dispersar um bando de crianças de escola, por maior que seja a travessura, pois em geral ao menos um membro do bando costuma estar armado de um facão, Treslove levantou-se do banco como se pretendesse tratar da vida – embora tratar da vida fosse algo que ele não costumasse fazer – e tentou se aproximar um pouco mais do grupo.

Um baita erro, pensou, um segundo antes de cometê-lo.

2

No meio do círculo de crianças ele viu um jovem de uns quinze anos num terno preto. Era esbelto e bem bonito, ao estilo espanhol ou português, e tinha cachos de um negro azulado e franjas a lhe arrematarem a camisa. Na cabeça, usava um chapéu de feltro de menino — não, não era um chapéu de feltro de menino, pois nada havia nele de infantil, mas um chapéu de feltro de um homem franzino. Isso mesmo — ele era um pequeno judeu sefardita. Um líder religioso em tudo, menos na idade.

Treslove foi engolfado pela repulsa.

Como, presumivelmente, acontecera com as crianças. A frase com que elas provocavam o rapaz era: "É um judeu!"

— Isso é um judeu! — gritavam. — Isso é um judeu!

Como se tivessem feito uma descoberta. Vejam só o que apareceu, vejam o que encontramos fora do seu habitat natural.

Isso.

As crianças não pareciam capazes de promover um linchamento. Não eram alunas da melhor das escolas, calculou Treslove, mas também não pertenciam à pior delas. Os garotos não davam a impressão de estarem armados. As meninas não falavam palavrões. Havia limites para a ameaça. Não iriam matar o rapaz, mas apenas cutucá-lo do jeito como se cutuca algo estranho que vai dar numa praia.

— Isso é um judeu!

O líder religioso em tudo menos na idade — o jovem líder religioso — estava nervoso, mas não aterrorizado. Também ele aparentemente sabia que não seria morto. No entanto, não era possível permitir que aquilo continuasse, independentemente do que o rapaz achasse. Inseguro quanto ao que fazer, Treslove olhou à volta. Uma mulher da sua idade, passeando com um cachorro, chamou sua atenção. A expressão dela dizia: "Não é possível permitir que isso continue." Treslove assentiu.

— Ei, o que está havendo? — gritou a dona do cachorro.

— Ei! — ecoou Treslove.

As crianças avaliaram a situação. Talvez tenha sido o cachorro da mulher que fez com que elas se decidissem. Talvez estivessem apenas querendo que alguém lhes passasse um pito, obrigando-as a parar.

— Estamos só brincando — respondeu uma delas.

— Xô, xô! — disse a mulher, avançando com o cachorro. Não passava de um terrier com a expressão atônita de um inglês da alta roda, mas um cão é um cão.

— Xô você — retrucou uma das meninas.

— Vaca — gritou um garoto, recuando.

— Ei! — gritou Treslove.

— Só estávamos brincando como amigos — argumentou outra menina. Seu tom sugeria que esses dois bisbilhoteiros haviam metido o bedelho ali para fazer o judeu perder um novo leque de amigos.

As crianças se dispersaram e foram se afastando, não de uma só vez, mas aos poucos, como a maré que se afasta do objeto esdrúxulo que levou até a praia. Deixado em paz, o objeto esdrúxulo seguiu seu caminho. Não agradeceu à mulher ou a Treslove e nem mesmo ao cachorro da mulher. Provavelmente isso ia de encontro à sua religião, pensou Treslove. Mas por um átimo de segundo Treslove olhou diretamente dentro daqueles olhos negros como carvões. O rapaz não estava com raiva. Treslove sequer sabia ao certo se ele sentira medo. O que Treslove viu em seu rosto foi conformismo.

— Tudo bem com você? — indagou Treslove.

O rapaz deu de ombros, num gesto quase insolente. É simplesmente assim que as coisas são, dizia o gesto. Não faça marola. Talvez até com um quê de orgulho, com um ar distante dos que se veem como protegidos de Deus. Ele me considera uma coisa impura, pensou Treslove.

Treslove revirou os olhos para a mulher. Ela fez o mesmo. Vai entender essa garotada.

Treslove voltou ao banco onde cochilara mais cedo. Descobriu que estava tremendo.

Não conseguia tirar da cabeça aquela frase. *Isso é um judeu!*

Mas se debatia com outras frases de sua própria autoria. *Então por que vocês andam vestidos assim? Então por que você se ofereceu a eles? E por que você não nos agradeceu? E por que me olhou como se para você eu também fosse um "isso"?*

Uma das meninas não fugira com o restante do bando. Continuava ali, olhando à volta. Treslove teve a horrível impressão de que ela pretendia convidá-lo para um "programa", oferecer seus préstimos por alguns trocados. Ele devia parecer um alvo fácil, sentado naquele banco tremendo.

Ela se abaixou, sem olhar para ele, a fim de tirar os sapatos. Foi naquele momento que Treslove a reconheceu. Era a garota do seu sonho recorrente — ou seja, recorrente, antes do advento de Hephzibah —, a garota que fazia uma pausa em sua corrida para tirar os sapatos que a atrapalhavam. Se era vulnerabilidade ou determinação que ela mostrava dentro daquele uniforme de saia preguada, blusa branca, colete azul e gravata de nó esmerado, ele jamais foi capaz de decidir. A garota apressada da qual ele jamais soube que um dia viria a gostar de ser o alvo.

— Por que você está tirando o sapato? — perguntou ele.

Ela o examinou como se a resposta fosse óbvia para qualquer pessoa, salvo um retardado: estava tirando o sapato para raspar Treslove da sola.

– Tarado! – disse ela, com uma careta, atravessando depois, correndo, o gramado.

Isso é um tarado!

Não havia nada de pessoal, então. *Isso é um tarado, isso é um judeu.* Simplesmente alguém que não era um deles.

Nada por que valesse a pena morrer.

Ou seria o oposto: nada por que valesse a pena viver?

3

Caía a noite quando ele voltou ao apartamento. Sentira necessidade de um drinque.

Ainda bem que nenhuma *shiksa* frágil com uma expressão aquosa de Ofélia entrara no bar no qual ele parou para beber. Talvez Treslove a tivesse levado até o parque e se afogado com ela no lago.

O apartamento estava estranhamente silencioso. Nada de Hephzibah. Procurou pela casa. Nada de Hephzibah na cozinha, nada de Hephzibah escarrapachada no sofá da sala assistindo à tevê e se perguntando por onde ele andaria, nada de Hephzibah no quarto vestida num robe oriental e com uma rosa entre os dentes, nada de Hephzibah no banheiro. Mas dava para sentir seu perfume. Uma das portas do lado dela no armário estava aberta e havia sapatos espalhados pelo chão. Ela tinha saído.

Então, como se uma pedra lhe tivesse atingido as têmporas, ele se lembrou. Era a noite do museu. A inauguração. A Grande Estreia, como Hephzibah se recusava a chamar. Jesus Cristo! Os dois deveriam ter chegado às cinco e meia, já que as portas se abririam para os convidados às seis e quinze. Cedo, avisara Hephzibah. Cedo e de curta duração. Entrar, sair, chamar o mínimo de atenção possível. Até mesmo os convites tinham sido insignificantes e postados com atraso. Normalmente, conforme observara Treslove para Hephzibah, os judeus adoravam convites. Que eram totêmicos, invariavelmente impressos com letras góticas douradas em folhas grossas de cartolina, superentusiásticos e enviados com meses de antecedência. Venha a uma festa! Comece a pensar num presente! Comece a bolar seu figurino! Comece a perder peso! Hephzibah se assegurou de que os seus convites fossem pequenos, simples e chegassem ao público sem alarde.

Ele não lhe prometera que não se atrasaria. Por que fazer isso? Ele jamais se atrasava. Na maior parte do tempo não saía de casa. E não se esquecia de compromissos.

Então por que *estava* atrasado e por que *se esquecera* desse compromisso?

Sabia o que Hephzibah haveria de dizer. Ela diria que ele se esquecera porque quisera se esquecer. Não para que ela imaginasse por quê. Porque se desapaixonara dela, talvez. Porque desenvolvera um ciúme irracional do amigo. Porque havia começado a se opor intimamente ao museu.

Ela não lhe deixara um bilhete. Isso, para Treslove, sugeria um altíssimo grau de raiva e mágoa. Ele a desertara sem dizer palavra; ela faria o mesmo.

Perguntou-se se estaria tudo acabado entre eles. Culpa de Libor, se estivesse. Existem certos acontecimentos que tornam impossível o retorno ao lugar em que se estava. Depois de Libor, que os unira, nada. Vai ver tinha sido essa a intenção dele. Aqueles que eu uni, eu hei de separar. Treslove se solidarizava com o raciocínio de Libor. Libor descobrira que o amigo era uma cobra e um fornicador fanfarrão. Que maculara o ninho de Finkler e macularia o de Libor via Hephzibah. O que pretendia, afinal, esse *goy* biruta? Sugar a tragédia deles, pois sua própria vida era uma farsa. Fora, Julian. Volte para o lugar de onde você veio. Deixe a gente em paz.

Sentou-se na beirada da cama, com a cabeça explodindo, concordando com esse veredicto. Sua vida *tinha sido* uma farsa. Ridícula em cada um de seus elementos. E, sim, era verdade que ele tentara se infiltrar na tragédia e na grandeza dos outros já que não conseguia obtê-las por conta própria. Não tivera intenção de ferir nem desrespeitar, muito ao contrário, mas mesmo assim era roubo.

"Isso é um judeu!", zombaram as crianças, e Treslove tomara a ofensa como algo pessoal. Sentiu-a como uma lança no próprio flanco. Mas o que, além da obrigação de um adulto de puxar a orelha dos pequenos *mamzers*, aquilo tinha a ver com ele? Por que se levantara trêmulo do banco do parque, como um animal ferido, e saíra à procura de álcool? Para aliviar a dor de quê?

É hora de mais uma despedida, então. Por que não? Despedidas sempre foram a sua especialidade. Que mal faria mais uma?

Viu sua vida tomar um leque de direções. Era como estar bêbado. Estar bêbado era como estar bêbado. Talvez saísse porta afora e jamais fosse visto outra vez. Talvez fizesse as malas e voltasse para o seu apartamento de Hampstead que não ficava em Hampstead. Talvez se vestisse rapidamente e corresse para o museu. "Desculpe, meu bem, cheguei a tempo de comer o último canapé *kosher*?"

Um daqueles surtos ilusórios de euforia, aos quais são suscetíveis os homens sem propósito, o assaltou. Tinha o mundo diante de si para escolher seu lugar de descanso. A opção de sair porta afora e sumir era a sua favorita. Havia honra ali, bem como rebeldia. Presentearia Hephzibah com a sua ausência e a ele próprio com a liberdade. Vamos, pensou. Vamos botar o pé na estrada. Teria socado o ar caso fosse um homem dado a socar o ar.

Mas a visão dos sapatos de Hephzibah em desordem o tocou. Ele amava aquela mulher. Ela o pusera em sintonia com o universo. Talvez jamais o perdoasse pelo que ele lhe fizera, mas devia a ela, devia a ele, devia a ambos, uma segunda chance. Tomou uma chuveirada, vestiu um terno preto e saiu a toda a disparada.

A escuridão o chocou. Consultou o relógio. Oito e quarenta e cinco! Como isso aconteceu? Mal passava das sete quando voltara do parque. O que foi feito do tempo? Seria possível que tivesse desmaiado na cama, entre imaginar sua fuga e recordar-se de como amava Hephzibah, inspirado por seus sapatos? Provavelmente. Não havia outra explicação. Adormecera pela segunda vez no mesmo dia e não se dera conta. Não estava no controle de si mesmo. Coisas aconteciam com ele. Não era o agente da própria vida. Sequer estava vivendo a própria vida.

Era uma caminhada de apenas dez minutos, mas cheia de perigos. Os postes de iluminação novamente se precipitavam sobre ele. Imaginou uma colisão com árvores e caixas de correio. O tráfego estava intenso demais na rua e todos os carros andavam rápido demais. Os ônibus manobravam com dificuldade na ladeira. Atrás deles, os automóveis arriscavam ultrapassagens com base num mero palpite de que era seguro. Cada osso em seu corpo doía, antecipando o impacto.

Tentou não ler a pichação em árabe nos muros do velho estúdio de gravação dos Beatles.

Eram cerca de nove horas quando chegou ao museu. As luzes estavam acesas no prédio e um pequeno número de pessoas — talvez uma dezena — se congregava do lado de fora. Talvez congregar não fosse a palavra certa. Congregação sugere intenção e ele não tinha muita certeza de que houvesse algum motivo para essa gente se encontrar ali. Meio que esperara ver faixas. *Morte aos Judeuses*.

Caricaturas de judeuzecos esfomeados devorando criancinhas e Estrelas de Davi se transformando em suásticas. Tais imagens já não eram sequer chocantes. Podiam ser vistas no miolo, ou mesmo na capa, das revistas mais respeitáveis. As ruas fervilhavam nos últimos dias com manifestantes sem rumo em Trafalgar Square e na Embaixada de Israel, estilhaços humanos de uma ensurdecedora barragem de indignação, e Treslove não ficaria surpreso de vê-los aqui, tentando atrair a atenção de um ou outro judeu importante convidado por Hephzibah, um embaixador, um membro do Parlamento, um pilar da comunidade. *Parem o massacre. Condenem a carnificina. Matem os judeuses.* Mas tudo parecia calmo e em ordem. Não havia sequer, pelo que ele podia ver, um Judeu MORTificado disposto a declarar sua dissolidariedade furtiva com relação ao próprio povo.

E Finkler? Estaria do lado de dentro ou cá fora? Finkler escondido num grupinho, fazendo hora, ou dentro do prédio. Ou como acompanhante por procuração de Hephzibah, já que o titular desertara?

Era um evento finkler. Sam tinha um direito natural mais sólido de estar lá dentro do que Treslove.

De todo jeito, não estava do lado de fora. Aqueles eram apenas fumantes, concluiu Treslove. Ou gente que saíra para respirar ar fresco.

Passou pelo grupo e se dirigiu à entrada, onde uma dupla de seguranças pediu para ver seu convite. Ele não tinha convite. Não havia motivo, explicou, para levar convite. Não era um convidado, mas praticamente o anfitrião.

O ingresso dependia estritamente da apresentação do convite, informaram os seguranças. Nada de convite, nada de festa. Treslove explicou que não se tratava de uma festa, mas de uma recepção.

Viram? Como saberia que se tratava de uma recepção e não de uma festa se fosse meramente um estranho em busca de confusão? Podia enumerar o que havia em cada sala. Vamos lá, me testem. Hephzibah Weizenbaum, a diretora do museu, era sua companheira. Se pudessem, quem sabe, avisá-la de que ele estava ali...

Os seguranças balançaram a cabeça. Ele se perguntou se ela os avisara para não deixá-lo entrar. Ou talvez os dois tivessem sentido seu bafo de álcool.

— Vamos lá, rapazes — disse Treslove, tentando passar por eles, mas sem agressividade, numa espécie de drible irônico. O mais corpulento agarrou-o pelo braço.

— Ei! — disse Treslove. — Isso é assédio.

É quando ele se vira, na esperança de encontrar um rosto solidário. Talvez alguém que o reconheça e possa atestar a validade do que está dizendo. Mas se descobre encarando o olhar meio demente do guerreiro judeu grisalho da echarpe da OLP que estaciona a moto no pátio da sinagoga para onde dá o terraço do apartamento de Hephzibah. Ah, pensa Treslove. Ah! Cai a ficha. Essas pessoas não são, afinal, fumantes ou convidados que saíram da recepção para respirar ar fresco. Elas estão montando uma vigília silenciosa. Uma mulher segura a foto ampliada de uma família árabe. Mãe, pai e o filho bebê. A seu lado, um homem segura uma vela. Eles próprios talvez sejam árabes, mas nem todo o grupo é. O motociclista grisalho da echarpe da OLP, por exemplo. Ele não é árabe.

— Então, o que é isso? — pergunta Treslove.

É ignorado. Ninguém quer confusão. O segurança que agarrou o braço de Treslove se aproxima novamente.

— Vou precisar pedir que o senhor se retire — avisa.

— Vocês são judeus? — indaga Treslove.

— Meu senhor... — retruca o segurança.

— Estou fazendo, educadamente, uma pergunta — diz Treslove. — Porque se vocês são judeus, quero saber por que permitem que esse protesto continue. Isto aqui não é uma embaixada. E se vocês não são judeus quero saber o que estão fazendo aqui, afinal.

— Isto não é um protesto — explica o homem com a vela na mão. — Apenas estamos aqui.

— *Vocês apenas estão aqui.* Estou vendo — prossegue Treslove. — Mas por que vocês apenas estão aqui? Este é um museu judeu. Um lugar de estudo e reflexão. Não é a porra da Margem Ocidental. Não estamos em guerra aqui.

Alguém o agarra. Ele não sabe ao certo quem. Talvez duas pessoas. Talvez sejam os seguranças, talvez não. Treslove sabe como isso vai terminar. Não está com medo. O rapaz sefardita não teve medo, ele não terá medo. Vê o rosto cansado, conformado, do rapaz. "Isso é um judeu!" São assim as coisas. Vê a garota de uniforme se abaixando para amarrar o cadarço do sapato. "Tarado!"

Ele dá um bote. Não se importa com quem atinge. Ou quem o atinge. Gostaria que um ou outro fosse o traidor da echarpe da OLP. Mas se não for, tudo bem. Não deseja, porém, atingir um árabe. Ouve gritos. Gostaria que um deles o empurrasse contra a parede e dissesse: "Seu Ju!" É heroico morrer como judeu. Se é preciso morrer por alguma coisa, que seja por ser judeu. "Seu Ju", e depois a faca no seu pescoço. Isso é o que se chama de uma morte séria, não a merda que Treslove fantasiou a vida toda.

Sente uma pressão nas costas, mas não é de uma faca. É de um punho. Ele revida. Estão atracados agora, Treslove não sabe ao certo com quem nem com quantos se atraca. Ouve uma comoção, mas pode muito bem ser a comoção do próprio coração. Cambaleia, perde o equilíbrio no solo desnivelado. Então cai de cara no chão. As luzes o cegam. De repente o ombro dói. Ele fecha os olhos.

Quando torna a abri-los, o judeu da echarpe da OLP está inclinado sobre ele.

— Você está bem?

Treslove se surpreende com a delicadeza dos modos do sujeito. Imaginava que ele cuspisse fogo, como a sua motocicleta.

— Você sabe onde está? — Suas perguntas soam como as de um médico. Será que esse louco é isso, pergunta-se Treslove, um eminente médico judeu usando uma echarpe da OLP?

Encara o homem, imaginando se terá sido reconhecido como o xereta do terraço de Hephzibah. Como esta é uma ocasião de Hephzibah, a ligação não será difícil.

Mas, se o motociclista o reconhece, não dá mostras disso.

— Você sabe o seu nome? — persiste, ainda demonstrando preocupação.

— Brad Pitt — responde Treslove. — E o seu?

— Sydney. — A voz e educada e serena. Paciente. O homem tira a echarpe e faz dela um travesseiro para a cabeça de Treslove. — Sorte a sua ele ter bons freios — arremata.

— Quem? — pergunta Treslove, mas não escuta a resposta.

Em lugar de ficar devendo a Sydney e a qualquer que seja a causa doentia de autoabnegação humana a que ele serve enrolando-se na echarpe dos inimigos do seu próprio povo, Treslove lamenta que os freios tivessem sido tão bons.

Em lugar de ficar devendo a Treslove e à dona do cachorro, será que o jovem judeu sefardita preferia, igualmente, ter sido abandonado à própria sorte nas mãos dos seus atormentadores?

Coisa engraçada a ingratidão, pensa Treslove, fechando novamente os olhos. Foi um dia longo.

* * *

Ele não está gravemente ferido, mas o hospital decide mantê-lo internado até o dia seguinte, por via das dúvidas. Hephzibah o visita, mas ele está dormindo.

— Não o acordem — diz ela.

Acredita que ele saiba que ela está ali, mas não deseje vê-la. Ela se tornou parte de tudo que o enoja. Como Libor, ele quer dar o fora. Ela está errada. Mas não importa. Aquilo sobre o que talvez esteja errada hoje será verdade amanhã.

EPÍLOGO

Como Libor não tem filhos, os dois rezarão o *Kaddish* por ele, combinaram Hephzibah e Finkler. Como não judeu, Treslove não tem permissão para recitar a prece judaica pelos mortos e por isso foi excluído das deliberações.

— Não sou uma frequentadora de sinagogas, diz Hephzibah. — Não tolero essa história de saber por quem se pode e por quem não se pode rezar o *Kaddish*, onde e quando se sentar e menos ainda o que é permitido a uma mulher e como distinguir uma denominação de sinagoga da outra. A nossa religião não torna as coisas muito fáceis. Por isso vou rezar em casa.

E ela reza.
Pelos mortos e os que estão mortos para ela.
Por Libor ela chora até lhe faltarem lágrimas.
Por Julian — porque não pode, no fundo do coração, excluir Julian —, ela chora lágrimas amargas que vêm de uma parte sua que não reconhece. No passado chorou pelos homens que amou um dia. Mas no caso deles foi a irreversibilidade da separação que lhe doeu. Com Julian é diferente: será que ele algum dia esteve presente para ela hoje se sentir distante? Terá sido para ele um mero experimento? Terá ele sido para ela um mero experimento?

Ele lhe disse que ela era o seu destino. Quem quer ser o destino de alguém?

* * *

Para Samuel Finkler o arranjo é menos conveniente, mas talvez mais objetivo. Ele deve ir até a sinagoga mais próxima para rezar a prece que ouviu pela primeira vez dos lábios do pai. *Yisgadal viyiskadash...* a antiga língua dos hebreus carpindo os mortos. *Que o Seu grande Nome seja louvado e santificado.* Ele faz isso três vezes ao dia. Quando o morto não é o pai ou a mãe do enlutado, a obrigação de rezar o *Kaddish* cessa após trinta dias, em vez de onze meses. Mas Finkler não abre mão de continuar a rezá-lo passados trinta dias. Ninguém consegue convencê-lo do contrário. Ele não sabe ao certo se deixará de rezá-lo mesmo após onze meses, embora admita o raciocínio em prol de fazê-lo: a fim de que as almas dos mortos não chorados possam afinal encontrar seu caminho para o Paraíso. Mas também não acha que serão suas preces que as impedirão de chegar lá.

A beleza do *Kaddish*, na visão de Finkler, é ser indeterminado. Assim ele pode, simultaneamente, chorar tantos mortos quantos lhe apetecer.

Tyler, finalmente, ele não sabe por quê. Supõe que Libor de alguma forma tornou isso possível. Desatou alguma coisa.

Tyler, com quem fracassou como marido, Libor, com quem fracassou como amigo.

Yisgadal viyiskadash... É tão totalmente abrangente que ele pode perfeitamente estar chorando todo o povo judeu.

Não que ele se limite aos judeus. Até mesmo Treslove ganha um olhar, um enlutado olhar de soslaio, embora esteja vivo e gozando de boa saúde — tão boa quanto possível — e supostamente de volta ao emprego de sósia.

É de Hephzibah, com quem mantém contato frequente, que Samuel Finkler recebe a deixa. A sensação de incompletude de

Hephzibah, de uma coisa não encerrada que pode muito bem nem ter começado, tornou-se a dele. Ele jamais conheceu Treslove de verdade. E isso também lhe parece um motivo de pesar.

Não existem limites para o luto de Finkler.

Impresso no Brasil pelo
Sistema Cameron da Divisão Gráfica da
DISTRIBUIDORA RECORD DE SERVIÇOS DE IMPRENSA S.A.
Rua Argentina 171 – Rio de Janeiro, RJ – 20921-380 – Tel.: 2585-2000